中外文论

CHINESE JOURNAL OF
LITERARY THEORIES

2020年

第2期

名誉主编 ■ 钱中文

主　编 ■ 高建平　执行主编 ■ 丁国旗

主办
中国中外文艺理论学会

中国社会科学出版社

图书在版编目(CIP)数据

中外文论．2020年．第2期/高建平，丁国旗主编．—北京：中国社会科学出版社，2021.12
ISBN 978-7-5203-9450-5

Ⅰ.①中… Ⅱ.①高…②丁… Ⅲ.①文学理论—世界—文集 Ⅳ.①I0-53

中国版本图书馆CIP数据核字(2021)第280486号

出 版 人 赵剑英
责任编辑 郭晓鸿
特约编辑 杜若佳
责任校对 师敏革
责任印制 戴 宽

出 版 中国社会科学出版社
社 址 北京鼓楼西大街甲158号
邮 编 100720
网 址 http://www.csspw.cn
发 行 部 010-84083685
门 市 部 010-84029450
经 销 新华书店及其他书店

印 刷 北京明恒达印务有限公司
装 订 廊坊市广阳区广增装订厂
版 次 2021年12月第1版
印 次 2021年12月第1次印刷

开 本 787×1092 1/16
印 张 16
插 页 2
字 数 344千字
定 价 99.00元

编 委 会

目　录

文化传统与现代性转化

古代文论

西方文论

文本批评

译 文

附 录

文化传统与现代性转化

论中国传统文化对朱光潜诗学建构的重要意义

史玉辉*

（江苏师范大学文学院　江苏徐州　221116）

摘　要：中国传统文化对朱光潜诗学建构的意义何在？对此问题从两方面展开探讨：第一，儒家哲学思想是朱光潜诗学研究的基础：其诗学建构以真善美统一与礼乐精神为原则。第二，中国人文精神是朱光潜诗学中西融通的核心：其诗学所包含的理性精神的实质是孔子所代表的儒家理性；其诗学建构既借鉴西方重理性分析、重逻辑体系的科学精神和科学方法，又体现中国传统的人文精神。传统文化是朱光潜诗学思想的精神源泉。

关键词：中国传统文化；朱光潜；诗学建构

重视中国传统文化是朱光潜诗学研究的理论自觉，他清醒地意识到新文化的建设必须以传统作为逻辑的基础和出发点。着眼于新诗建设的发展，朱光潜在传统文化基础上对新诗本体建设作理论思考，坚持诗的审美特质，创造性地继承中国诗学。研究朱光潜诗学与中国传统文化的关系不仅要分析其在格律、言意关系、“静穆”理想方面所接续的传统精神，还必须在整体诗学建构、在诗话到诗学的现代转型的历史语境中，思考中国传统文化之于朱光潜诗学研究的意义。下面主要从诗学研究基础和中西融通特质两方面分析：

一　儒家哲学思想是朱光潜诗学研究的基础

如何面对西方文化的挑战，接受还是批判？朱光潜在新诗发展所碰到的危机和困境处设思，在对传统、西方的客观事实加以分析的基础上，以儒家哲学思想对西方挑战作出创建性回应。儒家哲学思想是朱光潜诗学研究的基础，主要体现在以下两方面。

---

* 作者简介：史玉辉（1973—），女，河北保定人，江苏师范大学文学院讲师，博士，主要研究方向为文学理论。基金项目：本文系江苏师范大学博士学位教师科研支持项目“传统文化视域中的朱光潜诗学思想研究”（项目编号：16XWR025，2019年立项）的阶段性成果。

（一）真善美合一的诗学研究

诗学理论是变动的，对诗学理论的理解、领悟活动同样带有历史性。朱光潜具有强烈的历史感，他不仅努力领悟儒家思想的过去性，还致力于领悟它的现在性。朱光潜视人生为真善美的融合，不但善与美是一体，而且真与美也并没有隔阂。真善美具备，人生才完美。人生是多方面却互相和谐的整体，为正名析理，分析开来看，有实用的活动、科学的活动、美感的活动；物有真善美三面，心有知情意三面。“道德的宇宙”中的价值标准是善恶，“科学的宇宙”的价值标准是真伪，“美术的宇宙”的价值标准是美丑。完满的人生见于三种活动的平均发展，所以它们虽是可分别但不是互相冲突的。朱光潜将人生看作由各具内在价值的多维元素构成的有机系统。求知、想好、爱美都是人类的天性，教育的功用就在顺应人的天性，使人在这三方面得到最大限度的调和发展，以达到完美的生活。儒家最高的人生理想就是“尽性”。强调多元宇宙及其各自的价值标准，体现出朱光潜对人性的丰富性、复杂性的充分认识。

朱光潜对中国诗论的建构同样追求真善美融合，达到了还真、阐美、化善三者的合一。还真方面，他坚持严谨的科学态度，对诗的起源、诗与散文、诗与绘画、诗与音乐的联系与区别、诗的内容与形式的关系、中国诗的节奏与声韵、中国诗何以走上格律的道路等方面进行科学化的条分缕析，将诗学研究建立在科学精神和科学方法的基础上。朱光潜不但对问题本身有科学的认识，而且在研究过程中将古代文论、西方文论的重要观念作科学化的分析，使其面貌得到真切的细致展现。言意研究与诗的境界、诗的格律研究一起构成了具有较强逻辑穿透力的诗学体系，为中国诗学的现代化做出了实实在在的开拓性贡献，也体现出朱光潜对诗学建构的科学之真的追求。阐美方面，一方面体现为坚持诗美的合法性，注重本民族艺术精神、审美精神的发掘；另一方面，体现为对美感教育的推崇，与善融合。化善方面指的是朱光潜的诗学建构注重人格的完善、人格的修养以及诗的教化作用。

美与善的融合是朱光潜诗学建构中的重要内容，这来自他对儒家美感教育思想的挖掘。儒家哲学为其诗学建构奠定了深厚的文化根基。朱光潜继承儒家“温柔敦厚，诗教也”的观点，认为诗扩大想象、培养同情，美育是德育的基础，艺术、美育关乎民族复兴。他特别关注诗的发展，倡导诗的美感教育。

朱光潜源于儒家的诗教思想值得我们特别重视。20世纪的西方，科学技术的发展取得巨大成就，但科学理性却向“工具理性”倾斜，忽视了“价值理性”，忽视了“真善美”等基本价值。在这样的历史语境中，朱光潜坚持探讨“真善美”的内在价值。他对人的理解是真善美合一的，他的理想是通过改造人来改变社会，源于儒家传统涵盖性很强的人文主义，在诗学研究领域完成对传统的转化性创造，尝试现代理想人格的建立。朱光潜精通中西文化，发掘儒家人文精神、价值理性，提出了自己的诗学理想。

西方文化崇真求知，中国文化重知行合一，以善为本。朱光潜学习西方美真的统一，重视科学方法、逻辑规范，以成其诗学的学理建构，骨子里则以儒家为主导，特别关注美善统一，其诗学向人生开放，灌注传统伦理审美化的文化精神。朱光潜的诗学不仅是对诗的思考，也是对人生的思考，是一种人生审美价值的追求，因此，其建构的真善美合一的诗学理论，不仅具有诗学的价值，而且具有人生的价值。

朱光潜揭示出孔子诗学理想的核心是尽善尽美、善美统一、内容和形式的统一。孔子重视艺术给人带来的审美愉悦和享受，反对禁欲的自我禁锢；他强调音乐等艺术，既满足人的精神向善的提升，又给人一种感官的美的愉悦。朱光潜重新发现儒家所重视的这种人格的善和艺术的美之间的统一，并通过自己对诗的学理阐发将人格之善融于诗歌的艺术之美，同时也将诗之美融于人格之善。其诗学理想是人生的善与艺术的美的完美融合，可见他并不是抓住人们所谓儒家追求功利的宣传教化功能来反对儒家思想，而是发现政治教化之外的儒家诗学理想，是对儒家诗学思想的再认识。朱光潜以自己敏锐的思维力深刻地认识到儒家的“善美合一”、儒家所追求的善美妙合无间、尽善尽美的最高理想。进一步讲，由静的性德而来的“乐”，是儒家孜孜以求的艺术人生之意境。人的生命如果能沉浸于美与善统一的诗的艺术境界之中，便能获得无限的充实和谐的精神状态，这显然抓住了儒家艺术精神的真谛。而且以不断完善、提升人生——人生的艺术化作为最高的艺术精神，在这一点上，朱光潜对儒家的精神高度认同。他不仅阐发儒家尽善尽美、美善统一、乐的作用等思想，而且从实际出发，希望以洗涤人心来解决社会问题，其诗学研究的学理基础就是儒家的“美善统一”。

（二）以儒家礼乐精神建构诗学思想

要消化外来文化，首先自己肠胃的力量要强大。朱光潜的诗学建构中，中国传统文化消化西方文化的强大生命力体现在哪里？

1942 年朱光潜撰写文章《乐的精神与礼的精神——儒家思想系统的基础》提炼“和”“序”来概括儒家的礼乐精神。乐的精神是“和”，礼的精神是“序”，两者构成儒家的思想基础。“和”是个人修养与社会发展的胜境，达到这一境界的路径是“序”，序”是“和”的条件。乐和礼、情和理是相通的，礼乐不能相离，它们是内外相应、相友相成。乐在冲突中求和谐，礼在混乱中求秩序。

“和”是中国文学与文论的文化根基。朱光潜吸收外来文化靠儒家礼乐精神的力量来调和。他以“和”的精神化解中西、新旧的冲突，化除情理的冲突，使对立的双方摆脱疏离与排挤，相互渗透和统一，获得自由和谐；以“序”的精神安顿中西、新旧；以“和”“序”统一的精神建立诗学理想和人生理想。朱光潜是希冀人格丰美的智者，精神襟怀聚焦、阐扬了儒家人文精神。他的诗论是“和”与“序”的统一，是深沉厚重的理性与活泼轻盈的感性的美妙融合。儒家哲学基因在朱光潜诗论中彰显、生长、发展。

具体而言，朱光潜的诗学虽然是儒道释融合，但儒家是核心，朱光潜晚年自道受儒家影响大。具体到诗学建构，他自觉不自觉地运用儒家的礼乐精神建构。表面是西方话语，骨子里是儒家的“和序”精神。“和”具体体现在中西、新旧的冲突化为和谐，将旧诗纳入新诗，弥合了新旧诗之间的裂痕，以旧诗经验来弥补新诗本体建设的短处；“和”体现在朱光潜将诗的内部因素研究与诗的外部因素研究结合；“和”更体现在朱光潜的诗学建构以儒家哲学精神为根基，也融合了道家、佛家和西方文化。新与旧、中与西的“和”不是物理组合而是化学式的“和”，即生成新的物质。“序”体现在“和”的成分不是无序的简单的相加，它们各安其位、妥妥当当。“序”不单指有条理秩序，不仅体现为分析的条理化，如把中国古代文论说不清楚的某些概念说清楚以及提出问题是大处着眼、处理问题是小处下手的条理，更体现为节制、礼序、不激进、不偏激。比如，朱光潜对待文艺的态度体现为化冲突之后的“和”。他既不是以实用的态度来看待文学，也不是为艺术而艺术的纯艺术的观点。朱光潜一方面受魏晋文学自觉的影响，强调艺术的独立性，认为艺术不应卷入现实的纷争、艺术不应有政治实用功利性；另一方面，他自幼读经，受儒家影响大，所以同时强调儒家的美善合一、诗教观点。朱光潜试图弥合这两者的矛盾，他深刻体认儒家的诗教观，不强调儒家的政教化的一面，而是突出诗教观的审美成分，认为诗等艺术独立于政治，但是诗是人生的一部分，通过艺术审美实现人生境界的提升。朱光潜试图抛开艺术的实际功利目的，超越政治的意识形态，从伦理与审美为诗寻找家园。这种文艺观是儒道思想的化合。

“和”与“序”的统一集中体现为朱光潜继承儒家温柔敦厚的诗教思想，提出的“静穆”的诗学理想，“静穆”将诗与人生结合起来，朱光潜的诗学理想也就是他的人生理想。“静穆”包含诗之于人生的价值——怡情养性，指向人生。朱光潜把儒学为核心的传统当成一种生命形态、一种人生哲学，从美学、伦理学、哲学的角度理解和发掘。因此，朱光潜诗学思想具有哲学的内涵，是他思考人生的一种方式。“静穆”消解人生的矛盾，是一种以艺术超越人生痛苦达到的诗性和谐。朱光潜以“静穆”为最高艺术理想，延续了民族的精神之根。

朱光潜将孔子诗学转化成“新的精神能量”，继承民族文化精神与诗学资源，在接续中国传统文化生命的基础上，建构现代中国诗学。他以诗学研究探讨了如何弥合民族性与现代性的矛盾，其诗学思想是中国传统文化、传统诗学面对西方文化、西方文论的挑战作出的创建性回应。在诗歌理论建设上，朱光潜有意回归传统，这种回归建立在他对于中国传统文化和西方文化的复杂性、多样性的认识与解析基础上。现代诗学不能只是停留在中国文化、中国传统诗论的范畴里，中国传统必须面对西方文化的挑战。如果传统文化不能面对西方挑战作出回应，我们所谓创造转化的工作以及建立新的价值就无从谈起。这是我们对中国传统文化进行反思的时候所不能回避的问题。朱光潜虽然在诗学研究方法上、言说方式上引进西方，弥补了传统诗论思辨性不强的缺点，但是在内在精神上仍牢牢坚持传统。中国语言特色、中国诗的特质、中国诗学理想等，都是他迎接西方挑战的武器。朱光潜强调以儒家为核心的中国传统文化的合理性，并以这个合理性为基础重新定位传统文化在新的诗学建构中应该扮演的角色和应该体现的价值。当然，在迎接挑战的过程中，他对传统文化也有所突破。

二 中国人文精神是朱光潜中西融通的核心

朱光潜的诗学思想产生于中国传统文化在西方文化的影响下发生延续与变革的时代。因此，与传统、西方之间存在着复杂的关系：对传统的沿袭与突破、对西方的借鉴和改造以及传统与西方的交互作用。其中前两种关系容易被人们关注。传统与西方的交互作用具体包括互动的两个方面：一是西方理论对朱光潜沿袭与突破传统诗学所起的作用；二是中国传统文化对朱光潜接受改造西方理论起到的影响作用。相比之下，因为现代的文学理论产生于西方话语的背景下，西方理论之于朱光潜对传统的沿袭与突破的作用也容易被人们注意到；而中国传统文化在朱光潜接受西方理论影响时所起的作用却少有关注，但毫无疑问这也应该是朱光潜研究的一个不可或缺的视角。中国传统文化作为朱光潜接受西方理论的“理解的前结构”对他接受西方文化有重要影响。朱光潜以平等互补、分析、批判地选取等原则将中国传统文化与西方文化融通，他的诗学呈现出以西方的研究方式、西方话语方式对中国传统文化实质精神的继承，承传又创新，接受又改造。具体体现在以下两方面。

（一）理性逻辑表达对诗的推崇

要深入考察朱光潜诗学中西融通的特质首先应该从他的理性入手。朱光潜既推崇孔子的理性精神，又赞扬古希腊的逻辑理性，在坚持民族文化特有的理性传统基础上将两者融合。

古希腊经历哲学的逻辑理性最终取代神话、诗的思维方式的变革，这场变革是革命性的。尽管海德格尔重新举起诗的大旗，并视柏拉图以降的哲学发展为理性异化的历史，但这场革命无疑奠定了西方文化的逻辑理性思维的传统。

孔子有与柏拉图十分相似的以伦理、政治为本位的理性精神和对待神话、宗教等超自然现象的怀疑与批判。但是孔子与柏拉图有重大的文化差异，“孔子并没有像柏拉图那样把诗同神话并列为一体，作为理性的对立面。恰恰相反，孔子一方面拒绝神话……另一方面却极度推崇神话时代的精神产物——音乐与诗歌，把它们看作是人格教育的根本和基础：这种对诗的截然相反的理性态度绝不是个人爱好和趣味的问题，它恰恰暗示了孔子所代表的儒家理性不同于希腊的逻辑理性的特异之处”①。

朱光潜根本上是推崇诗的，这一点显然与古希腊的逻辑理性不同。他虽然借鉴了古希腊的理性精神，但是对诗重情以及注重抒情诗对人格养成的作用等民族文化根性不变。实际上，朱光潜是以逻辑方式剖析诗以推崇诗，西方理性只是工具、手段，他

---

① 叶舒宪：《原型与跨文化阐释》，暨南大学出版社 2002 年版，第 308—309 页。

的理性精神的实质还是富有民族特色的孔子所代表的儒家理性。

当然，朱光潜不是以摒弃科学理性的态度看待诗，他学习西方的理性精神，研究诗的本质、要素以及特征，在如何保持诗作为诗的特性等问题的探究中，朱光潜不否认对诗作西方式解析，但是他同样注重怎样使诗保持民族特性？探究为什么以诗作为人格教育的根本，这表明朱光潜不愿失去民族文化理性的精神气质。

朱光潜为什么推崇诗？

中国传统社会重视诗教，诗歌是主要的文学样式。清末民初，社会对文体实用价值的认同导致诗歌这一中心文体不再独占主流地位，小说的文化启蒙功能被强化，现代中国文学的发展从以诗为中心转向以叙事文学为中心。在这样的背景下看朱光潜，他显然不是从功利启蒙的角度出发，如果他是，他会去推崇小说。他也不是照搬西方、学习西方，如果是，他也会去推崇小说。朱光潜为什么推崇诗，主要有以下几点原因。

一是个人兴趣以及对古典诗词的珍爱。朱光潜自幼就养成了对古典文化特别是诗的浓厚兴趣。他对诗的喜爱是一生的喜爱。从儿时的熏陶到中学时代对诗的鉴赏，从香港大学对中西诗的比较、留学后仍钟情于中国诗到回国后对中国诗的认识更深刻、更珍爱。朱光潜对古典诗词的珍爱代表了他对中国传统文化的敬爱，虽然朱光潜认识到当时不是诗的时代，但是他一直崇信艺术的最高境界是诗。朱光潜对诗的兴趣使他长期浸染在代表母语文化的优秀古诗中，乐此不疲并深解其韵。

二是朱光潜坚信只有中国诗可以与西方文学相抗衡。他对传统不仅深情地欣赏而且理性地认同。朱光潜直陈“中国文学只有诗还可以同西方抗衡，它的范围固然比较窄狭，它的精炼深永却往往非西方诗所可及”①，中国的诗强于西方，所以新诗没理由西化，打碎西方文化的普世价值。但是，新诗放弃了中国诗歌的传统，新诗破坏了旧形式，新的形式还未成立，在新文学各门类中，新诗成绩较差。1941年，在《给一位写新诗的青年朋友》中，他说这二十年中差不多天天都在读诗，讲授过多年的诗，当过文艺刊物的编辑，读过许多青年朋友们写的新诗。他很深切地感到大部分新诗根本就没有“生存理由”。朱光潜对中国诗的未来充满忧虑、不安，努力探索新诗发展的路径。

三是要想养成纯正的文学趣味，最好是从读诗入手。朱光潜根据他的教书经验，发现一般的青年都喜欢听故事，但是不喜欢读诗。所以说一般青年对文学的趣味很低。诗里面也有故事，但是诗之所以为诗，却并不在故事，“而在故事后面的情趣，以及抓住这种简朴而隽永的情趣，用一种恰如其分的简朴而隽永的语言表现出来的艺术本领”②。读诗要从貌似容易但是实际上不容易作出的地方去下功夫，也就是要学会了解这些地方的佳妙。朱光潜说对这种佳妙的了解和喜好就是“趣味”。“一个人不欢喜诗，何以文学趣味就低下呢？因为一切纯文学都要有诗的特质。一部好小说或是一部好戏剧都要当作一首诗看。诗比别类文学较谨严，较纯粹，较精致。如果对于诗没有兴趣，

① 朱光潜：《给一位写新诗的青年朋友》，《诗论》，中华书局2012年版，第262页。

② 朱光潜：《谈读诗与趣味的培养》，《我与文学及其他　谈文学》，中华书局2012年版，第24页。

对于小说戏剧散文等等的佳妙处也终不免有些隔膜”[①]。不爱好诗而爱好小说、戏剧的人往往很难领略艺术家对于人生的深刻观照以及传达这种观照的技巧。能欣赏诗，自然就能欣赏小说、戏剧等其他种类的文学。

四是诗具有对人性的陶冶作用，朱光潜认同诗对人的这种作用。他并不是强调诗的政治教化作用，而是强调诗对心灵的陶冶，而且他追溯到了孔子。朱光潜对诗寄予改造人心、涤荡社会污浊之气的希望。（上文已论，此处不再赘述）

朱光潜推崇诗歌，与先秦理性有渊源，显然不同于古希腊的逻辑理性。他沟通和整合东方的诗性智慧与西方的逻辑理性，这种文化互补造成了朱光潜的思想个性及其诗学范式的独创性。

（二）人文精神与科学精神

朱光潜的诗学研究借鉴西方的重理性分析、重逻辑体系的科学研究精神和科学方法，又体现中国传统的人文精神理性。他的诗学研究将西方寻求真理的科学精神与重修身养性、心灵关怀的儒家人文精神合二为一。传统文化使朱光潜诗学研究中的科学精神带有浓厚的人文色彩。

一方面，朱光潜对西学持一种开放心态，承认西学的合理性，认识到西方文化长处和中国文化短处，吸收科学、民主、个性等方面的现代价值理念，致力于中国诗话向诗学转型的现代化尝试。他深知，中国文化如果没有另一文化系统来作参照，是很难深化其学理创造的，只有在与西方文化相参照的过程中，才能激活研究思路，推进文化的创新发展。在《诗论》的《抗战版序》中朱光潜提出“中国向来只有诗话而无诗学，刘彦和的《文心雕龙》条理虽缜密，所谈的不限于诗。诗话大半是偶感随笔，信手拈来，片言中肯，简练亲切，是其所长；但是它的短处在零乱琐碎，不成系统，有时偏重主观，有时过信传统，缺乏科学的精神和方法”[②]。朱光潜学习西方的“科学”的精神和方法，对中国传统重综合、轻分析的缺陷做了纠偏补正的工作。“五四”新文化运动所倡导的“科学”精神，贯穿了他的诗学研究。在言意关系的探讨中，朱光潜接受现代的学术方法，努力将古代诗学的观点自身逻辑化、分析化，解决了中国古代诗学没有很好解决的问题，用逻辑分析方法建构的诗学思想，清晰而严整，令人叹服。他重新建构了言意关系，对中国传统诗学的概念、论题进行了现代化的科学洗礼，一定程度上实现了中西诗学价值理念的有机整合。

另一方面，科学讲究理性分析，实证的、分析的思维模式确实可以有效地帮助人们把握诗的种种奥义，但是并不能有效地把握诗作为人类的一种高级精神活动的精神要义，科学并不能解决诗的领域里的所有问题。解决中国诗精神活动的问题，离不开中国传统的人文精神，如果舍弃中国传统的人文精神，照搬西方诗学理论，不可能创造现代意义上的中国诗学。朱光潜虽然对传统诗话缺乏科学分析精神不满，自觉以西

---

① 朱光潜：《谈读诗与趣味的培养》，《我与文学及其他　谈文学》，中华书局 2012 年版，第 23 页。

② 朱光潜：《诗论》，中华书局 2012 年版，第 3 页。

方的科学精神来弥补不足，但这并不意味着他放弃中国诗话适应中国诗特有抒情特质而形成的重同情、直觉体悟以及重视人格的成分等传统。既有对诗真理的探求又有对诗的修身养性价值的探求。事实上，朱光潜非但没有舍弃，反而是将它们发扬光大。

朱光潜把西方文化的科学与中国文化的人文特长相结合，这从他对诗的研究专著《诗论》一书的章节安排可以见出。朱光潜强调各种艺术的“异质”，通过剖析诗与其他艺术的区别来把握诗的本质特征。所有对诗的科学分析都在深化“诗是什么”“诗应该如何”。为诗“正名定义”。其实从第一章到第十二章所有对诗的科学分析，都贯穿着朱光潜对诗的历史意识以及诗在情趣、音律方面的民族特质。第一章《诗的起源》并不单纯只是为了分析诗的内部要素，对诗作科学的分析。起源的探究可见朱光潜是重历史的，这是中国学问的特色。朱光潜为诗的格律提出历史的根据；研究“内容与形式”问题为格律寻到哲学的根据；五章至七章分析诗与其他艺术区别的特质；后面则直接探讨中国诗的格律特征、格律化道路，也就顺理成章了。

《诗论》最后一章是《陶渊明》，为什么以《陶渊明》作为最后一章？体例上似乎与全书不协调，其实有着很深的内在联系。《陶渊明》代表了朱光潜的诗学理想，也是特别充满情感的一章。作为终章，从体例上看，显然不符合《诗论》的整体体例，但这实际上恰恰反映出他对西方诗学成体系的科学研究的突破。可见，朱光潜并没有完全按照西方的逻辑体系去建构他的诗学。他更看重诗的价值世界，否则完全可以删掉《陶渊明》，不要让这章破坏整个理论体系的逻辑建构，保持体例的一贯完整。无论是整个书的起章与终章的安排，还是《诗论》所传递出来的审美观念，都可以看出对于诗而言，朱光潜认为价值世界与科学世界同等重要，其诗学研究在科学解释基础上，回归了价值世界。《陶渊明》虽与前面章节的体例不一致，但却是朱光潜基本诗学价值取向的高潮。从这一章可以明显看出朱光潜对诗解释的具体路径和他的诗学创新。在其研究视野中，诗不仅是科学研究的客观对象，还是主体价值的文化凝结；诗不仅是科学意义上的诗，而且是文化意义上的诗、人生意义上的诗。正因为如此，《诗论》以形式逻辑分析形成的知识系统蕴含诗的仁性关怀的文化意蕴。

《诗论》仁性关怀的文化意蕴以儒家诗学思想为核心。“儒家的诗学公式是：‘诗歌——人心——治理’，这就是说，‘言志’的诗歌可以塑造人的善良的心灵，而善良的心灵可以纯洁社会的风俗习惯”[①]。一些研究把儒家的诗学思想归结为“实用”，过分强调其“政治教化”方面，忽视儒家诗学思想所蕴含诗的审美意义方面。朱光潜看到了儒家有超脱的一面，他的诗学观念的核心是以诗来怡情养性，洗刷人心，改造社会，就是发现了儒家的人格理想蕴含了某种诗性的追求，将之发掘出来。

儒道两家思想不同的价值取向，适应人们在不同境遇的精神需要。出世入世的平衡感，既形成古代知识分子的一种重要的社会心理，也影响了中国的诗学观念，“即在

① 童庆炳：《中国古代文论的现代意义》，北京师范大学出版社 2001 年版，第 8 页。

‘诗言志’的大纲领下，涵盖了丰富的内容，既容纳了‘兴、观、群、怨’和‘美刺’等儒家的审美观念，也容纳了‘游’、‘虚静’、‘玩味’等道家的审美观念，这两种观念既互相对立，又互相联系与沟通”①。朱光潜的“静穆”艺术理想和“以出世精神做入世事业”的人生理想就是儒、道、释的相通互补。

孔子认为诗的社会作用很大，所以他十分重视诗教。孔子把培养君子人格作为诗教的根本。对此，朱光潜是非常肯定的。《论语·阳货》篇中写道：“子曰：‘小子何莫学夫诗？诗可以兴，可以观，可以群，可以怨。迩之事父，远之事君；多识于草木鸟兽之名。’”“‘兴’的意思是指诗的形象和思想感情对人的情感激励鼓舞。孔子的‘兴’的观念既考虑到诗的形象性特征，又强调了诗的感情特性。对于‘兴’，基本上可以理解为培养人的情感力”②。诗的学习对人的感情有助益。抒情诗参与中国知识分子的人生建构，诗既是知识分子投身政治等社会活动的重要途径，也是他们在艺术层面实现自我的主要方式。周至春秋，祭典、宴会以及交谈和讽谏，可以说无不用诗。周王朝采集整理诗歌以观民风得失、察政治效果。同时，也用诗教育子弟，“学诗”是修身的重要手段。因此，孔子强调“不学诗，无以言”。中国抒情诗不仅书写着知识分子的“政治情结”，由于“学诗”来修身，诗还直接参与知识分子的人格建构，造成中国知识分子的理想人格涵养有明显的审美化倾向。朱光潜非常喜爱的陶渊明就是理想人格的典范。

朱光潜非常赞同孔子的“兴于诗，立于礼，成于乐”。诗与乐并提，诗具有塑造完善人格的重要作用。“兴于诗”的观点说明孔子看到诗能在艺术的感化中逐步培养人的道德品格。朱光潜也强调通过学习诗，人的思想受到潜移默化的影响，从而成为有“仁”的君子；注重诗歌的审美娱乐和对人的精神陶冶作用，以诗来陶冶精神、提高情怀。中国传统的文化精神贯穿《诗论》始终，比西方的科学精神所占的比重更大。当然，这种文化关怀，不仅仅是儒家的，还是儒家、道家、释家相融合的。朱光潜发挥孔子诗学关心仁性的成分，以西方科学精神发挥了儒、道、释融合的心灵关怀的诗美学观念。《诗论》不同于西方倾向纯粹学理探讨的理路，颇具中国传统的审美趣味与提高人生境界追求的价值取向。

朱光潜诗学思想的最核心点是诗本人本，诗化人生，是诗自身的审美到审美人格的建构，这显现中国古典诗学的气质。先秦诸子追求个体人格境界成为古代文论的主要价值目标。诗成为士人人格境界的象征，艺术蕴含生命情怀、生命超越的诗性旨趣成为中国优秀的文化传统。以文辞观人的传统，发展到唐宋，更是直接以人格论诗。传统文论中的人格论对朱光潜影响深远。朱光潜把陶渊明的人格与诗并观，诗与人浑然合一，认为伟大的诗与伟大的人生相通。他追求“人生的艺术化”，无所为而为的审美精神使人心免俗，强调诗提升人格、诗对人生养成的作用，倡导美感修养是人心、

① 童庆炳：《中国古代文论的现代意义》，北京师范大学出版社2001年版，第32页。
② 童庆炳：《中国古代文论的现代意义》，北京师范大学出版社2001年版，第75页。

人格之根本，他希望以真善美统一的人格论改变中国人的质料，创造理想的社会。朱光潜本人的人格也体现出他所建立的基于传统的现代理想人格的深厚意蕴。

可见，朱光潜中西融通的诗学建构深深地植根于中国传统文化，中国的人文精神是他的文化内核，“西学”为他继承儒学传统提供了新的研究方法。朱光潜诗学思想中西融通的特质也体现在话语方式是西方的、对诗审美价值的追求却是传统的，这也正是他的创造性所在。

综上所述，运用西方研究方法、表达方式与坚持中国传统文化精神并不矛盾。深厚的中外文化学养使朱光潜具有寻根自立的精神取向和内化外来思想的学术能力。他在接受西方理论影响、变诗话为诗学的同时，在西方式思辨体系中保留了浓厚的民族意味、延续了民族文化精神。他坚持以优良的传统消化西方，以中化西，以儒家的美善合一、礼乐精神文化内力融通中西、新旧，化冲突为和谐。朱光潜人文与科学并重、寻求中国特质的人文精神与西方理性科学逻辑相会通，其诗歌审美理论的建构重人生、重内心修养、重感性体悟，既有对诗真理的探求又有对诗的修身养性价值的探求。毋庸置疑，关注民族特色及审美人格的建构，是朱光潜诗学思想之根本文化精神气质，传统文化是涵养朱光潜其人、其诗学思想的精神源泉。中国传统文化在朱光潜的现代诗学建构中获得精神层面的安顿，在与西方文化相较相融中继续其生命的活力。

程砚秋借鉴西方戏剧于中国戏曲教育与戏曲舞台的实践

党思敏*

（香港理工大学　香港）

摘　要：程砚秋之子程永江说过："能在时代历史大背景上来考察砚秋先生，从社会思潮发展史、文化史和中外文化交流史角度，把砚秋先生的一生作为一个重大的社会文化现象来研究，似乎还没有开始。"① 对于程砚秋先生的艺术成就以及他对于戏曲的改良和创新已经有不少学者专门研究，取得了丰硕的成果。不过，截至目前对于程砚秋先生借鉴西方戏剧所长以改良中国戏曲教育以及戏曲舞台设施等方面的研究较少。笔者在本文中将结合时代背景，从中外文化交流的角度探索程砚秋先生对中国戏曲改良所付出的努力，重点论述程砚秋先生对于中国戏曲教育的改良，同时也会提及他对于舞台设施、导演制度等的改进和意见。

关键词：程砚秋；西方戏剧；中国戏曲教育改良；舞台设施改良

在戊戌维新时期中国便有一批文人主张改良中国戏曲，认为其为旧剧。在之后的新文化运动和五四运动中又出现了一批文人极力颂扬西方戏剧而极端否定中国戏曲。这些文人大多没有专门研究过中国戏曲，更没有登台表演的舞台实践经验。因此，他们难以提出切实有效的戏曲改良方法。直到1918年，中国文艺界中一些有声望的艺术家认为中国戏曲需要汲取西方戏剧的养分以改良和创新，但同时也要保留中国戏曲的本质与优点。其中，程砚秋先生和他的师傅们，例如，梅兰芳、罗瘿公、王瑶卿，以及与程先生有剧本合作的翁偶虹先生，与程先生共同管理中华戏曲专科学校的焦菊隐先生都是当时戏曲界改革的先锋式人物。② 程先生感到自己所学有限，遂于1932年自费赴欧洲游学考察。待他归国后，他将自己的所学与当时国内的实际情况相结合，在

---

* 作者简介：党思敏（1994—），陕西西安人，香港理工大学中国文化学系，主要研究兴趣为近现代中外交流史与国际关系史。

① 程砚秋著，丁纪红编：《程砚秋自述》，作家出版社2018年版，第283页。

② 杨先让：《1918年徐悲鸿为梅兰芳、程砚秋画像的缘由》，收入程砚秋著，程永江整理《程砚秋日记》，时代文艺出版社2013年版，第65页。

中华戏曲专科学校进行现代化的戏曲教育实践。此外，他还对导演制度、剧院舞台等提出了自己的看法以及在自己的舞台实践中运用自己在西方学到的戏剧知识。不过，程先生从未否定过中国戏曲。他认为中国戏曲应该保持自己的优良传统，在此基础上进行适当的符合中国戏曲传统的改良才是可行的。他曾嘱咐学生："要保持京剧传统，不要胡发挥。"①

一 程砚秋对西方戏剧教育的借鉴与对中国传统戏曲教育的改良

中国伶人自古以来鲜少有接受文化教育的机会。学戏途径一般分为三种，其一，家庭条件不错的请师傅上门教；其二，科班学戏，非常辛苦，师傅任意打骂，还需要为师傅家干很多杂活，没有任何接受文化课教育的机会；其三，"写字"给师傅，即相当于签卖身契，签后所有管教归于师傅，此种更是严厉辛苦，一般经济状况很差的家庭会选择这种方式将孩子送去学戏。② 程砚秋便是通过第三种方式学戏的，所以程先生深知这种封建式的学戏方式的弊端和学生所受的苦楚。不过，幸运的是程先生遇到了为他赎身的诗人罗瘿公，罗瘿公先生亲自教程砚秋书法，还给他引荐书画界人士学习绘画，名师教习昆曲，安排其看戏和看电影以学习其他艺术的表现方法。罗瘿公先生还将程先生演过的剧本作为"教材"教他识字，学习剧本故事的历史背景进而剖析剧本的深刻含义，让程砚秋学习文化的同时也熟悉了剧情。这些经历也影响了程先生对于传统戏曲教育和西方戏剧教育的看法。

1931 年程砚秋先生被任命为中华戏曲音乐院南京分院的副院长，但是他感到自己"常识不足，真不敷用"③，决定远赴欧洲考察西方戏剧，志在学成归国后改良中国戏曲。程先生于 1932 年 1 月离开北平远赴欧洲进行为期一年零三个月的考察学习。他的这一举动被当时的媒体称为"梨园界破天荒之事"④。程先生在欧洲考察时参观访问了欧洲的艺术院校，他发现欧洲院校教学设施齐全，教学方法具有先进性与科学性。他下决心回国后要用新式的、科学的教育方法培养中国的戏曲人才以改变传统科班教育方式中的陋习。所以，程先生回国后将他在欧洲学到的先进的、科学的戏曲音乐教育方法和理念运用于他与焦菊隐、金仲荪先生合办的中华戏曲专科学校⑤的教学

① 张金樑：《忆程砚秋先生同中华戏曲专科职业学校》，收入贺捷生、曹其敏编《御霜实录——回忆程砚秋先生》，文史资料出版社 1982 年版，第 202 页。

② 张君秋：《程砚秋先生向我传艺》，收入贺捷生、曹其敏编《御霜实录——回忆程砚秋先生》，文史资料出版社 1982 年版，第 190 页。

③ 《程艳秋将游学欧洲》，《北平晨报》1931 年 12 月 23 日；转引自程砚秋著，程永江整理《程砚秋日记》，时代文艺出版社 2013 年版，第 132 页。

④ 《程艳秋将游学欧洲》，转引自程砚秋著，程永江整理《程砚秋日记》，时代文艺出版社 2013 年版，第 132 页。

⑤ 后文中出现的"中华戏校"等同于中华戏曲专科学校。该校是一所不同于旧科班的，较新式的京剧学校。1936 年程砚秋被任命为北平私立中国高级戏曲职业学校（中华戏曲专科学校改名后的名称）董事长。

实践中。

程先生对于只教授戏曲技艺不涉及文化知识的传统科班教育持否定态度。他认为“从前伶界思想，极其简陋，如同富连成科班，有许多童伶，只知学戏，不知读书”[①]。中华戏曲专科学校不同于传统的科班，是一所同时教授戏曲专业知识与文化知识的专业戏曲学校。1930 年的《戏剧与文艺》报纸上刊登了该校的办学宗旨：“一即演剧与研究学术并重；一即话剧音乐及皮簧并重。”[②] 由此见得该校旨在用新方法培养人才，从而让具备现代思想的专业戏曲人才承担起中国京剧改革的任务。

（一）程砚秋对学校思想道德教育的重视

程砚秋一生为人正直，在业界有着良好的口碑。对于戏曲表演他怀揣着强烈的社会责任感，不同于当时大多数的戏曲从业者。他在《致梨园公益会同人书》中提到：“第一要紧的事，就是要使社会认识我们这戏剧，不是‘小道’，是‘大道’，不是‘玩艺儿’，是‘正经事’，这是梨园行应该自重的。”[③]

他告诫学生演戏一则要从意义上去认识戏剧的可演不可演，二则从观众的感情上认识戏剧的宜演不宜演，守着这两个原则去演剧，演剧才不会倒坏。[④] 他时常教导学生演戏要向观众传达社会现实意义，要对社会负有劝善惩恶的责任，要为提升民众的生活品质而演戏，这是作为一名戏曲从业者所应该担负起的责任。他还叮嘱过焦菊隐校长，学生演戏不可以在众多剧本中随便选择一出演，而是要遵循着以上原则严格筛选，如果没有合适的旧剧本，就是编新的剧本，也不能随便找剧本去演。在他看来如果演员演的剧没有高尚的意义，就宁可另找吃饭穿衣的路，也绝不靠演玩意儿给人家开心取乐。[⑤] 由此可见，中华戏校的教育目的已经不仅限于不为名利的为戏曲界培养人才，延续香火，而是为中国社会培养出具有良好道德品质、有责任感、有担当的对社会进步有所贡献的戏曲表演者。

（二）程砚秋对学校文化教育的重视

在欧洲考察期间，程砚秋发现欧洲戏剧从业者的社会地位很高，这与中国社会伶人低下的社会地位形成了鲜明的对比。程先生注意到造成中西戏剧从业者社会地位巨大差异的重要原因之一是中西戏剧表演者受教育程度的巨大差异。他在柏林时了解到柏林的戏剧从业者大部分都接受过高等教育，而中国的大多数伶人根本没有机会接受正规的文化教育，更不用说高等教育了。当时很多的老一辈演员因为没有接受文化教

① 《周大文为程砚秋践行李煜瀛梅兰芳等二十余人作陪》，《世界日报》1932 年 1 月 9 日；转引自程砚秋著，程永江整理《程砚秋日记》，时代文艺出版社 2013 年版，第 137—138 页。

② 达：《戏剧消息：北平戏曲专科学校招生》，《戏剧与文艺》1930 年第 1 卷第 12 期。

③ 程砚秋：《致梨园公益会同人书》，收入中国戏曲研究院编《程砚秋文集》，中国戏剧出版社 1962 年版，第 177 页。

④ 程砚秋著，丁纪红编：《程砚秋自述》，作家出版社 2018 年版，第 30 页。

⑤ 程砚秋著，丁纪红编：《程砚秋自述》，作家出版社 2018 年版，第 29 页。

育的机会，甚至连自己的名字都不会写。[①] 程先生在戏曲教育中非常重视文化知识的学习，他曾经在《我之戏剧观》中说过："戏剧是以人生为基础的，人生常识是从享受普通教育中得来的。"[②] 可见他认为，一定的文化基础可以帮助演员认识、分析事物，深刻地理解剧中人物并传达给观众戏剧的思想性和社会现实意义。这样的表演要求演员具有相当高的艺术修养。若表演者自身文化水平有限，将会限制戏剧的演出效果和戏剧所要传达的社会现实意义。

虽然程先生的个人经济能力以及当时的社会现实情况不足以为学习戏剧音乐的学生们设立一所专业的音乐大学，但是程先生积极地将学习戏剧音乐同样需要接受文化教育的理念运用于中华戏校的教学过程中。所以，学生们接受完六年教育后具有高中生的文化水平，还可以继续考大学深造。程砚秋在中华戏曲专科学校的演讲中说道："一面学习演剧，一面又能享受许多普通教育，这是从前演剧的人所未曾得到过的幸运!"[③] 艺术修养的养成虽然可以依靠长年累月的舞台实践积累和丰富的人生阅历，但是这种方法终归是太慢并且在此过程中可能还会走许多弯路，"论终南捷径还是读些书的好"[④]。

中华戏曲专科学校的学生白天学戏，晚上学习文化课程。程先生了解到日内瓦世界大学的教授都是按照各国的特长聘请的。[⑤] 中华戏曲专科学校学习了西方学校的可取之处，聘请北京戏剧界的知名演员担任戏曲专业课程的老师，按照老生、武生、小生、旦行、老旦、净行、丑行、昆曲、武功诸行当因材施教，[⑥] 文化课有语文、外语（英语、法语、日语）、历史、戏曲史、戏曲常识、音乐、美术等，并且学校按照学生的文化程度将班级分为甲一、甲二、乙一、乙二和丙班（补习班）从而做到因材施教。[⑦]

值得一提的是，程先生非常重视外语学习。学生通过学习外语从而具备与外国人沟通的能力，这样才能更好地理解和学习西方戏剧的优点进而将其融合进中国戏曲。程先生谈到收荀令香为徒的原因时提到："令香聪敏，习英文算术，颇知勤学，所以我愿意为他的师。"[⑧] 他谈到在欧洲考察的教训时说道："最要之点，却是使我首先注意语言文字及幼年的教育。"[⑨] 1933年程先生在家书中写道："……关于学英文事，甚需要，连大馨（砚秋之长子程永光）也要练习认英文字母……此时最好先将英文学入门，免得将来吃亏。"[⑩] 在20世纪30年代戏曲界人士能如此重视英文学习实属难得。中华戏

---

① 程砚秋著，丁纪红编：《程砚秋自述》，作家出版社2018年版，第53页。

② 程砚秋：《我之戏剧观》，中国戏曲研究院编《程砚秋文集》，中国戏剧出版社1962年版，第15页。

③ 程砚秋著，丁纪红编：《程砚秋自述》，中国戏剧出版社1962年版，第27页。

④ 程砚秋著，丁纪红编：《程砚秋自述》，中国戏剧出版社1962年版，第28页。

⑤ 程砚秋著，丁纪红编：《程砚秋自述》，中国戏剧出版社1962年版，第237页。

⑥ 程永江：《我的父亲程砚秋》，时代文艺出版社2014年版，第73页。

⑦ 白玉薇：《我在中华戏校的前前后后》，收入中国人民政治协商会议北京市委员会、文史资料研究委员会编《京剧谈往录三编》，北京出版社1996年版，第77页。

⑧ 《程砚秋南面为师名流大宴丰泽园岁首雅集》，《北平晨报》1932年1月6日；转引自程砚秋著，程永江整理《程砚秋日记》，时代文艺出版社2013年版，第134页。

⑨ 程砚秋著，丁纪红编：《程砚秋自述》，作家出版社2018年版，第272页。

⑩ 程砚秋著，程永江整理：《程砚秋日记》，时代文艺出版社2013年版，第199页。

校的外语教学实践也证明了学生学习外语的优势何在：白玉薇同学可以讲一口流利的英语，张金樑同学可以说不错的日语。[①] 中华戏校在金仲荪先生和程砚秋先生主持下的六年多（1935—1941年）的时间内，培养出大约280名学员，[②] 其中有不少已定居海外。如果这些学生没有在中华戏校学习外语，即使在艺术造诣上成就颇高，也很难将中国的京剧艺术传播至海外。

文化课程的开设在一定程度上扩大了学生的职业选择范围，学生将有更多的谋生手段而不仅限于舞台戏曲表演。中华戏校的相当一部分学生日后都在从事与戏曲相关的行业而不是全部登台唱戏，例如：何金宽在台湾的复兴剧校管戏箱，吴德贵在复兴剧校做实习主任，牟金铎在台湾教花脸，嗓子坏了的白玉薇去了台湾教戏曲并且在台湾戏曲界获得了认可，[③] 用她自己的话说就是："我自己演戏虽然不成，可是教戏的时候，我自己觉得教得有把握"[④]。

（三）程砚秋对学校实践教育的重视

程砚秋在欧洲考察期间发现欧洲的戏曲音乐教育俨然成为他们的国民常识教育。[⑤] 欧洲的音乐教育已经进入小学，孩子们从小学就开始听音乐和读剧本以培养他们对于戏曲音乐的兴趣，学校尤其注重音乐教育的实践性而不过早涉及理论知识，到了较后的学年才进行一些理论知识的学习。此外，日内瓦世界学校中的学生除了学习课本还可以从事与所学相关的实习工作。这种教学方式更有利于学生对所学知识的掌握，学生通过亲身实践理解知识远要比中国旧式教育中死记硬背的学习方法来得轻松容易。欧洲的国立剧院还会在学校休假时特地为学生开演戏日，使学生有机会通过实际的观摩学习印证读过的剧本，从而理解实际演出中的许多技术，如发音、表情和动作等。同时，通过现场的音乐赏析还可以简单地学到许多课本上理论化的不那么容易理解的技巧。[⑥] 如此一来，差不多人人都能默诵剧本内容，演奏乐器，懂得和声、旋律、节奏、对位法。[⑦]

中华戏校非常重视学习西方戏剧教育中的实践方法。学校安排学生观摩话剧以开阔眼界，进而从其他舞台艺术中汲取经验和灵感。中华戏校的学生还排演过西方戏剧，如《梅萝香》《少奶奶的扇子》，为的是让学生从中受到启发从而借鉴西方舞台艺术的

---

① 李玉茹：《锐意改革旧制的戏曲教育家》，贺捷生、曹其敏编《御霜实录——回忆程砚秋先生》，文史资料出版社1982年版，第204页。

② 程永江：《我的父亲程砚秋》，时代文艺出版社2014年版，第74页。

③ 白玉薇：《我在中华戏校的前前后后》，中国人民政治协商会议北京市委员会、文史资料研究委员会编《京剧谈往录三编》，北京出版社1996年版，第84页。

④ 白玉薇：《我在中华戏校的前前后后》，中国人民政治协商会议北京市委员会、文史资料研究委员会编《京剧谈往录三编》，北京出版社1996年版，第87页。

⑤ 程砚秋著，丁纪红编：《程砚秋自述》，作家出版社2018年版，第240页。

⑥ 程砚秋：《赴欧考察戏曲音乐报告书》，中国戏曲研究院编《程砚秋文集》，中国戏剧出版社1962年版，第195页。

⑦ 程砚秋著，丁纪红编：《程砚秋自述》，作家出版社2018年版，第240—241页。

优点以丰富传统戏剧。[①] 中华戏校不仅给学生聘请各界名师，比如齐如山、俞振飞、曹心泉等而且还为学生提供剧场位子观摩名师们的表演，程砚秋先生每周在中和戏园演两场戏，总是留两个包厢给戏校学生用以观摩学习。著名昆剧演员俞振飞表示他在三十年代经常看到戏校学生在戏院观摩演出，因为程砚秋每次演出都会给学生们留包厢。[②] 因此，学生们可以看到很多程先生的冷门戏。此外，学校因材施教，根据学生的个人情况为学生选择适合其戏路的剧供其观看，例如让学旦角的学生李玉茹观看荀慧生和于连泉（小翠花）的演出。[③]

学校特意聘请一位郝先生教学生拉小提琴和民族器乐，演出中还让学生在换戏的间隔时演奏几支曲子，从而为学生提供了舞台实践的机会，学生们对这种教学方法都积极响应。例如，笔者在中和戏院程剧团的《柳迎春》戏单中发现除了主要演员以外，在戏单的正中间醒目处还写了“特约戏曲学校学生”几个字，印证了戏校学生不仅有观摩演出的机会，而且有上台实践的机会。1934 年的《北洋画报》中载有“中华戏曲专科学校，有下星期来津出演春和戏院之说，该校将以八本雁门关号召”[④]。此外，程先生在 1937 年打算组剧团赴法国演出，剧团团员除了俞振飞外，还有中华戏校的毕业生宋德珠、王金璐、关德咸等。[⑤] 中华戏校的许多学生都多才多艺，不局限于自己的行当，例如：赓金群同学擅长打鼓，还能指挥西洋乐队，李金泉同学不仅擅长演老旦，还可以设计唱腔。[⑥] 这些都与学校提供给学生的实践机会分不开。由此可见，中华戏曲专科学校非常重视学生们在学习过程中的实践情况，学生只有通过亲身的体验才能更好地理解老师教授的知识，也可以在更短的时间内运用所学知识技能提升自身的专业能力。

（四）程砚秋对学校科学教育的重视

程砚秋先生在欧洲考察时欣赏了钢琴演奏和一位男高音的表演和演唱后，他发现西方人教学有方，因材施教，循循善诱，处处以科学理论为根据。程先生还观察到柏林音乐大学采用单人教学法，授课时教授非常耐心且严谨认真，学生学习时态度端正。教授一字一句地纠正学生，甚至同一句反复唱数十遍，直至唱对为止。[⑦] 这种情况与中国传统科班严厉的训斥教育和体罚教育大相径庭。程先生认为如果中国借鉴西方的教学方法会让学生更易接受并感到轻松，他还表示不懂得科学原理则不能进步，一定要

---

① 张金樑：《忆程砚秋先生同中华戏曲专科职业学校》，贺捷生、曹其敏编《御霜实录——回忆程砚秋先生》，文史资料出版社 1982 年版，第 199—200 页。

② 俞振飞著，王家熙、许寅等整理：《俞振飞艺术论集》，中西书局 2016 年版，第 184 页。

③ 李玉茹：《锐意改革旧制的戏曲教育家》，贺捷生、曹其敏编《御霜实录——回忆程砚秋先生》，文史资料出版社 1982 年版，第 207 页。

④ 《戏剧专刊：剧訊》（二六一期），《北洋画报》1934 年第 22 卷第 1093 期。

⑤ 梅兰芳、马连良、程砚秋等：《中国戏剧大师回忆录》，作家出版社 2012 年版，第 134 页。

⑥ 李玉茹：《锐意改革旧制的戏曲教育家》，贺捷生、曹其敏编《御霜实录——回忆程砚秋先生》，文史资料出版社 1982 年版，第 206—207 页。

⑦ 程砚秋：《自柏林致本所同人书》，程砚秋著，程永江整理《程砚秋日记》，时代文艺出版社 2013 年版，第 154 页。

彻底地改变中国的旧式教学方法。[①]

1. 不主张体罚

旧戏班存在“打戏”之举，学生若犯了错误就会被劈头盖脸一顿毒打，甚至还会连累无辜。[②] 程先生小时候便是在这种毒打下学戏的，他幼年的师傅荣蝶仙脾气暴躁，他常常遭受无理打骂，一直过着一边学唱一边挨打挨骂的生活。平时荣蝶仙为防止程先生绑着跷的时候偷懒弯腿，便把筷子的两头削尖扎在他的膝盖弯。有一次刚刚“耗腿”结束他就被师傅荣蝶仙一顿毒打导致血液淤结在大腿形成血瘤，直至程先生赴欧考察期间才在德国医院动手术治愈。由此可见旧时戏班的教学方法和管理学生的方法是极其不合理和不科学的，给学生的身心都造成了极大的创伤。

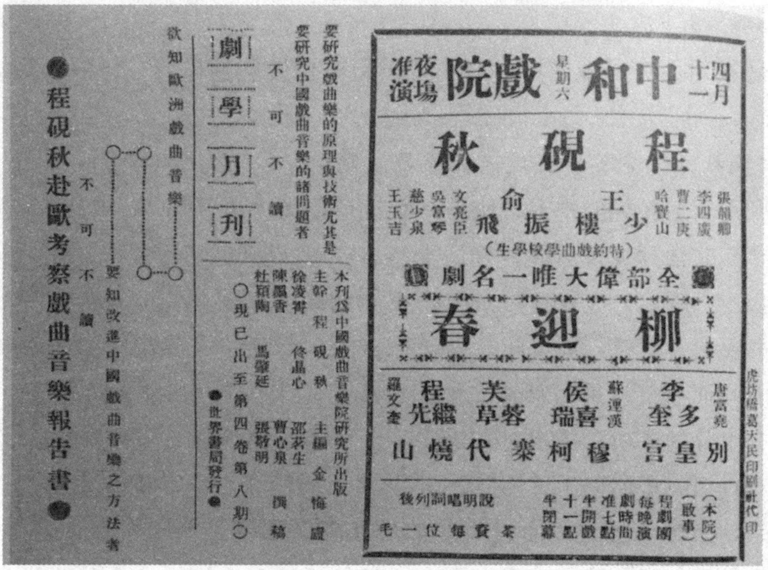

中和剧院《柳迎春》戏单[③]

程先生深知旧时学戏的苦楚，所以他立志改革旧时戏剧学习中的陋习而采用科学的教育方法。他在欧洲考察时发现欧洲采用以艺术为手段的教育方法，即用艺术去学习政治、宗教等，完全不同于中国以戒尺为手段的教育方式。程先生不主张体罚学生，他规定中华戏校的老师不许随意打骂学生和任意罚跪打通堂。[④] 中华戏曲专科学校的学生宋德珠曾写到，在教过他的老师里，从不打学生的只有程砚秋和荀慧生。可见程先

① 胡天石：《在欧洲考察的日子里》，贺捷生、曹其敏编《御霜实录——回忆程砚秋先生》，文史资料出版社1982年版，第127—128页。

② 张金樑：《忆程砚秋先生同中华戏曲专科职业学校》，贺捷生、曹其敏编《御霜实录——回忆程砚秋先生》，文史资料出版社1982年版，第201页。

③ 程砚秋著，程永江整理：《程砚秋日记》，时代文艺出版社2013年版，第234页。

④ 程永江：《我的父亲程砚秋》，时代文艺出版社2014年版，第73—74页。

生是从自身做起改变科班“打戏”的陋习。[①] 虽然中华戏校没有废除体罚，但是进行了改进，程砚秋先生、焦菊隐先生和金仲荪先生坚持打学生不许打头脸，不许伤内脏，这样“打戏”之风就收敛了很多。[②]

2. 奖励制度

中华戏校有一套完善的奖励制度，为了促进学生努力学习设立了月考、大考、年终评奖制度。每年将学戏、文化及操行均优的学生评为优秀学生并且予以奖励。把优秀学生的作品和成绩贴在墙上供他人学习。这种制度让学生形成了以学习好为荣的意识。[③] 中华戏校让学生从根本上意识到学习的重要性，以学习好为荣耀从而发自内心地想要学好戏、学好文化而不是在老师的毒打下不得已而为之。

二 程砚秋对西方导演制度、戏剧音乐和舞台设施的借鉴

（一）程砚秋呼吁完善行业规范——导演制度

一部好剧不仅需要好的剧本、演员，而且还需要专业的导演。程砚秋在欧洲考察时发现欧洲的导演非常具有权威性，导演秉持着一丝不苟的工作态度，演员对于导演的要求和指导都会耐心听取。他曾在参观规模极大的乌发电影公司时观察到导演们对演员的每一句台词都要精益求精，甚至同一个动作，同一句话重复拍摄了三十分钟才通过，不过演员并未因此而生气。来因赫特先生还告诉程先生：“……排演时有了十二分的成功，上演时才会有十分的成功；排演时若仅有十分成功，还是暂不上演的好”[④]。欧洲的导演都会将一部戏排演三星期以上才决定正式上演，这样才不会马虎地对待观众。与此形成鲜明对比的是，当时中国的戏曲表演常常马马虎虎排演一两次足矣，最多不超过三次，实在是对观众的不负责。演员也没有剧本，只是被简单地告知一个分幕或分场的大概，[⑤] 之后演员就按着自己的理解直接进行表演了。此外，若是中国的名角儿像欧洲演员那样被严格要求，恐怕早已经发脾气了。所以，程砚秋先生回国后多次提到欧洲的导演制度并且感慨当时国内的情况，可见他迫切地希望中国戏曲界借鉴欧洲戏剧界制度化的导演制度。

（二）程砚秋对中国戏曲音乐的改良实践

程砚秋先生在欧洲时常常参加音乐会、与德国的音乐家们沟通交流，还将我国诗人李白、杜甫的诗句谱上曲调，参与演奏实验。他回国后在《赴欧考察戏曲音乐报告

① 宋德珠：《言传身教忆程师》，贺捷生、曹其敏编《御霜实录——回忆程砚秋先生》，文史资料出版社 1982 年版，第 196 页。

② 张金樑：《忆程砚秋先生同中华戏曲专科职业学校》，贺捷生、曹其敏编《御霜实录——回忆程砚秋先生》，文史资料出版社 1982 年版，第 201 页。

③ 张金樑：《忆程砚秋先生同中华戏曲专科职业学校》，贺捷生、曹其敏编《御霜实录——回忆程砚秋先生》，文史资料出版社 1982 年版，第 201—202 页。

④ 程砚秋著，丁纪红编：《程砚秋自述》，作家出版社 2018 年版，第 245 页。

⑤ 程砚秋著，丁纪红编：《程砚秋自述》，作家出版社 2018 年版，第 243 页。

书》中总结了欧洲音乐的优点也提出了中国音乐存在的问题，他认为“中国音乐不如欧洲音乐柔合、复合而完全”[①]。但是，程先生并不主张“抛弃我们固有的而去完全照抄欧洲的老文章”[②] 而要将中西音乐的可取之处融会贯通。

京剧早年伴奏较单一，文场是胡琴、弦子、月琴。《春闺梦》在重排后于1934年11月首演，其间使用了灯光、布景，用锣鼓渲染战场气氛，在乐队中增加了口琴和双二胡，1942年在上海黄金大戏院演出的《春闺梦》还用到小提琴伴奏，这些都是对传统戏曲的大胆创新，以至于这出戏被人们戏称为“洋戏”，但是受到了观众的热烈欢迎。[③]《锁麟囊》对伴奏音乐也有创新，周长华与制琴高手史善鹏合作设计了一款声调低沉宽厚的新胡琴，这把胡琴周长华只有在为程砚秋伴奏时才使用并首次用于《锁麟囊》。此外，《锁麟囊》还运用了好莱坞明星麦克唐娜在《凤求凰》中的歌唱腔调。《碧玉簪》中用二胡取代了京胡。

（三）程砚秋对中国传统戏曲舞台的改良

程砚秋先生在欧洲考察归国后接受记者采访时表示：“我国舞台之设备，布景砌末，以及戏剧时间过长等等，均有改良必要……”[④] 对于西方豪华精美的舞台背景，程先生进行了适度的借鉴，他所用的布景，向为画面派，现改为立体派。[⑤] 在《春闺梦》这出戏的“梦会”一场中，程先生用一幅秀雅的花园绘画当作布景以体现剧中人物内心的苦闷和压抑。《费宫人》一剧中的立体布景也仿效了欧洲戏剧的布景。[⑥] 通过媒体的报道还可以了解到程先生使用纱屏取代手胶（即台上所悬的幔帐），而且竖立在台上的纱屏上面的绘画非常素雅精美以迎合所演剧目的氛围。

程砚秋之春闺梦剧照（十一月二十三日摄于北平中和戏院）[⑦]

① 程砚秋：《赴欧考察戏曲音乐报告书》，收入中国戏曲研究院编《程砚秋文集》，中国戏剧出版社1962年版，第201页。

② 程砚秋：《赴欧考察戏曲音乐报告书》，第201页。

③ 胡金兆：《程砚秋》，湖南文艺出版社1987年版，第90页。

④ 《程砚秋返平具改良戏剧决心》，《庸报》1933年4月8日；转引自程砚秋著，程永江整理《程砚秋日记》，时代文艺出版社2013年版，第241页。

⑤ 《程砚秋：演将春闺梦、费宫人》，《影与戏》1937年第1卷第26期。

⑥ 沈慕秋：《关于程砚秋》，《三六九画报》1940年第2卷第8期。

⑦ 薛：《程砚秋之春闺梦剧照十一月二十三日摄于北平中和戏院：[照片二幅]》，《剧学月刊》1934年第3卷第11期。

程砚秋之春闺梦剧照（十一月二十三日摄于北平中和戏院）[①]

程先生观察到欧洲剧场所用的灯光可使“登场人的生活环境得到一种抽象而融合的衬托”，从而增加剧的情绪。[②] 他认为复杂的装置短时间内无法实现，但是要做到台上有灯光而台下没有或者仅有很弱的光则可以立刻实践。于是，笔者在《文姬归汉》的戏单中看到了“新奇电光布景”的广告语，可想而知这便是程先生的尝试了。

程先生从西方的舞台设置和空间大小也观察到了中国戏曲值得学习的地方。他发现欧洲剧场的后台面积十分广阔且大于前台，后台还有缝纫处、铁工处、木工处以及临时制作简单布景、工具和服饰之处，还有演员的化妆室、休息室、储物室等。以法国的剧场为例，大的剧院前台观众席只能容纳三千座，小的话剧场只有五百座。程先生认为中国的戏院需要学习欧洲剧院的这种布局方式，因为只有一切都在后台整齐地准备好了才能搬到台前献给观众，不能只贪图剧场的座位多而压缩后台的面积。如果为了卖座而压缩后台空间，将会导致戏剧编排不成熟，长此以往自然不会受到观众的欢迎。[③] 虽然在当时的条件下，中国剧场的后台不能做到如同欧洲剧场的后台布局，但是程先生从他自身和身边的人做起。他在后台有专门的房间扮戏，与他合作演戏的演员也有三四人合用一间的情况。程先生一到后台便进入房间扮戏，待他化妆完毕，他便静候登场以培养情绪从而能快速进入角色。[④]

---

① 薛：《程砚秋之春闺梦剧照十一月二十三日摄于北平中和戏院：［照片二幅］》，《剧学月刊》1934年第3卷第11期。

② 程砚秋：《致本所同人书》，程砚秋著，程永江整理《程砚秋日记》，时代文艺出版社2013年版，第151页。原文写于1932年2月23日，原载于《剧学月刊》第1卷第4期。

③ 参见程砚秋《程砚秋自述》，作家出版社2018年版，第246页。

④ 俞振飞著，王家熙、许寅等整理：《俞振飞艺术论集》，中西书局2016年版，第181页。

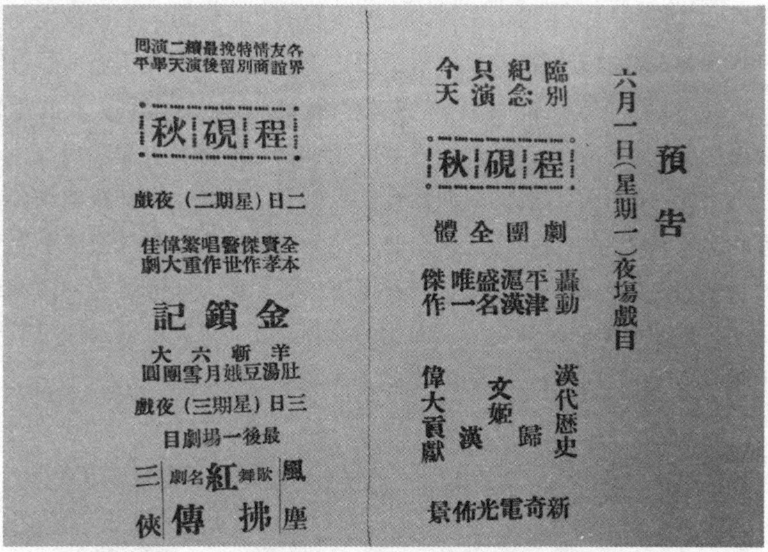

《文姬归汉》戏单中的布景广告①

程先生在欧洲时，来因赫特邀请他参观欧洲舞台设计中的转台，转台由四个间隔组成，当其中一个间隔面向观众时，其他三个间隔可以在观众看不到、听不到的情况下将道具、背景布置好，演员就位。当前一幕结束时后一幕便立刻转过去，整个过程用时不超过一分钟。② 这样转台的优点很明显：观众不会因为中途捡场而影响看戏的情绪，而且观众也听不到布置舞台时影响观戏情绪的嘈杂声音。然而，中国戏台的捡场观众一看便知，这个过程会影响观众的观剧情绪。程先生知道中国戏院的舞台设置在短时间内无法做到像欧洲剧院那样。不过，他还是对此进行了适当地改进，他要求捡场者布置好桌、椅、帐后不能再站在台上，并且让中华戏曲专科学校的学生们穿着统一的服饰换道具。程先生还废除了京剧舞台上的“饮场”。中国戏曲在表演过程中有饮场的传统，而且每次饮场递给演员水的人穿着随意，这样很容易让观众分心，进而影响观众的观戏情绪。程先生从欧洲回来后在舞台上废除了饮场，他以身作则，唱戏全程无饮场，配角也不允许饮场，并且中华戏曲专科学校的学生也要奉行这个规矩。此外，京剧舞台上多年沿袭使用的角色出入的“门帘”也被废除。程先生创造了隐幕，乐队的锣鼓手、琴师在里面奏乐从而达到净化舞台的目的。

总　结

在20世纪初期的时代背景下，戏曲界像程砚秋先生这样积极学习西方戏剧所长并亲身

① 程砚秋著，程永江整理：《程砚秋日记》，时代文艺出版社2013年版，第232页。

② 程砚秋著，丁纪红编：《程砚秋自述》，作家出版社2018年版，第246—247页。

赴欧学习，学后归来将所学用于教学实践的人是少有的。可以说，程砚秋先生是那个时代戏曲改良的先锋式人物。他没有仅将改良停留于理论说教的层面而是积极地学习实践，用中华戏曲专科学校培养出的优秀学生证明了其戏曲教育改良的成功。此外，程先生将他在西方的所学，包括导演制度、戏曲音乐、舞台设置等应用于自己的舞台表演实践中。可谓是从自身做起，从自己力所能及的中华戏校的戏曲教育改良做起。程先生深知戏曲舞台表演的各个要素共同提升且相互紧密配合才会演出一出出的高质量剧目。高质量的表演不仅要求有素质过硬的演员，而且要求有能力到位的导演、与时俱进的音乐改良、完善的剧院舞台设施等。戏曲教育是内化的，其他的部分是外化的，内化的事物需要有外化的辅助才可以更好地体现出来，两者相辅相成才能构成一个有机的整体。

德國國家戲院內景（一）

德國國家戲院內景（二）

①

程先生还呼吁政府要加大对戏曲的扶持力度以帮助中国戏曲改良，即政府要为戏曲发展提供主要的资金。程先生认为中国的剧院若要建成欧洲剧院那样一定需要政府的支持和资助。仅有教育制度完善的音乐戏曲学校是不够的，学生们毕业后需要在剧

① 《德国国家戏院内景（一）》（程砚秋自柏林寄），《剧学月刊》1932 年第 1 卷第 8 期。

院实践自己的所学，所以设施完备的剧院就变得不可或缺。而且政府还应该通过补贴的方法降低票价以减轻观众因为观戏而产生的经济压力，从而让民众有更多的观戏机会以丰富大众的精神文化生活。不过，程先生指出戏曲界人士若想从根本上改变自己的生存状况和社会地位，必须不断努力完善专业技能和提高自身素养以赢得社会各界对戏曲界人士的尊重和政府的重视，这便又回到了改良戏曲教育这个问题本身。

再描述：中国美学超越二项对立思维模式的一种可能策略*

郝二涛**

（湘潭大学文学与新闻传播学院　湖南湘潭　41005）

摘　要：西方美学二项对立的思维模式不仅是中国当代美学二项对立的思维模式的主要来源，也是造成“美”概念的完全理论化、“审美态度”的偏颇和“美感”的同质化问题的思维根源。罗蒂的“再描述”话语策略彰显出的亦此亦彼的思维模式是对西方哲学、美学二项对立的思维模式的扬弃。“再描述”话语策略对中国当代美学超越二项对立的思维模式的启发意义包括三点。第一，“再描述”话语策略所赖以形成的“反抗社会不公正”的人生信条所彰显的“反抗不平等”的意识启发中国当代美学，同等看待“美”概念与生活实践的地位，将“美”概念与生活实践有机结合起来。第二，“再描述”话语策略蕴含的“反启蒙理性”意识启发中国当代美学重视偶然观念，在感性与理性的平衡中保持恰当的“审美态度”。第三，“再描述”话语策略所蕴含的“反被动‘发现’”意识启发中国当代美学重视个体主动创造意识并强化对美感的独特性的认识。

关键词：再描述；身心二元对立；罗蒂；中国美学

英国当代美学家特里·伊格尔顿先生曾指出，美学从诞生的时候就是话语的集合体。① 这种观点不仅点出了话语在美学中的核心地位，而且明确了美学的属人性。但是，美学作为研究人的感性认识完善的科学，也具有科学性。这两种特性决定了美学话语的二重性。

美学话语的二重性在于，它既源于日常生活经验，又高于日常生活经验，使人感

* 本文受 2019 年度湖南省社会科学成果评审委员会课题“罗蒂审美伦理思想中国化当代意义研究”（项目号：XSP19YBZ144）与湘潭大学科研基金“论理查德·罗蒂审美伦理思想对中国美学话语建构的启发”（项目号：2018XJ23）资助，特此致谢！

** 作者简介：郝二涛，文学博士，湘潭大学文学与新闻传播学院讲师，主要从事西方美学理论研究。通信地址：湖南省湘潭市雨湖区羊牯塘街（路）27 号湘潭大学文学与新闻传播学院，邮编：410005。联系电话：13017153976。电子邮箱：fjsky1988@126.com。

① Terry Eagleton. *The Ideology of the Aesthetic*, Britain: Blackwell Publishing Ltd., 1990, p. 13.

到既熟悉又陌生。[①] 这两种感受既形成了美学话语的张力，也构成了美学话语创新的一个瓶颈。这个瓶颈主要指二项对立的思维模式。

如何突破美学话语中二项对立思维模式的瓶颈一直是中西方美学者探寻的问题。这一问题的探索早在19世纪中叶的德国、英国、法国、美国等国家就已经开始。这些国家的美学学者提出的一些超越二项对立的思维模式的具有启发性的方法引起了国内美学学者的关注，比如，叔本华的意志论引起了王国维的关注，克罗齐的“直觉说”、布洛的“心理距离说”引起了朱光潜的关注，等等。据不完全统计，仅20世纪80年代，这方面的研究论著的数量就达到100余部。

20世纪以来，在西方美学学者群体中，除了维特根斯坦、约翰·杜威、海德格尔、伽达默尔、本雅明、卢卡奇、马尔库塞、阿多诺、阿尔都塞等美学学者的形形色色的反本质主义的观念之外，理查德·罗蒂的反本质主义观念以其连续性、系统性和彻底性引起了中国美学学者的高度重视。理查德·罗蒂的《哲学与自然之镜》一书系统地梳理了二项对立的思维模式的发生、发展过程及其在当代社会文化语境中的局限性，是试图打破西方美学中二项对立思维模式的集大成的著作之一。这本书与罗蒂的《实用主义的后果》一书共同对思考如何超越二项对立的思维模式的中国美学学者产生了强烈的吸引力。

在这种吸引力的驱动下，20世纪80年代中后期，国内学者开始翻译罗蒂的论著，以李幼蒸对罗蒂的成名作《哲学与自然之镜》的翻译为代表。80年代末，罗蒂出版的《偶然、反讽与团结》一书标志着罗蒂找到了一条超越二项对立的思维模式的路径：以叙述和语言偶然观念为核心、以语汇的个体创造为主要方式的“再描述”路径。这进一步激起了中国美学学者对罗蒂相关思想观念的研究兴趣。90年代，中国学者已经不再满足于译介罗蒂论著，而开始研究罗蒂的相关思想观念，比如，蒋劲松、张国清、陈亚军、涂纪亮、杨寿堪为代表。

21世纪以来，随着中国当代美学在这一时期树立话语自信的思潮兴起，赵彦芳、毛崇杰、张清民、李立等为数不多的美学学者从美学视角对理查德·罗蒂的哲学思想进行研究。但是，这些学者关于罗蒂哲学、美学思想研究的广度有待拓展、深度有待深化，尤其是对罗蒂哲学、美学思想的核心观念“再描述”的研究更需要加强。

我们先理清罗蒂的“再描述”话语策略内涵。理查德·罗蒂（1931—2007）是美国当代最重要的新实用主义哲学家。罗蒂虽然没有专门论述过美学，但是他的许多观念对当代美学却产生了深刻的影响。这里要论述的主要是罗蒂的“偶然”观念对当代美学的影响。

罗蒂重视“偶然”观念，他在《偶然、反讽与团结》一书中将其分为自我偶然、民主社会偶然和语汇偶然，尤其强调语汇偶然。罗蒂断言，偶然是创造一切事物的根

---

① Terry Eagleton, *The Ideology of the Aesthetic*, Britain: Blackwell Publishing Ltd., 1990, p. 2.

本因素，语汇偶然决定了事物本质。这样，事物的本质就跟随着个体语汇的变化而变化。当看待事物本质之时，我们应采取语言优先原则，这实际上强调了描述事物本质时个体创造和描述的可重复性，比如，在《偶然、反讽与团结》一书中对英国左翼作家乔治·奥威尔小说《1984》中温斯顿和茱莉亚之间爱情的“残酷”遭遇的描述中，罗蒂关注的是日常生活中潜在的“残酷”现象，在《文学经典的启迪价值》一文中，罗蒂描述了小说《1984》对社会民主政治前景的启迪价值。这两种描述较好地诠释和佐证了同一部小说可以被重复描述的观念，即“再描述”观念。

在罗蒂的“再描述”话语策略中，西方传统美学中的二项对立思维模式中的知识优先、普遍性追求、必然性、理性与感性的对立、理论与实践的对立等观念就丧失了意义。罗蒂在《失落的世界》一文中将这种状况称为“失落的世界”。在“失落的世界”中，语言只是发现终极知识的工具，语言在描述事物时，不可避免地会造成事物的同质化，使我们误将“真理”与“终极知识”等同。然而，在罗蒂看来，这只不过是一种假象，“真理”只是个语词，“终极知识”也只是个语词，两者都不具有普遍性的意义。

罗蒂成名于20世纪70年代末80年代初，此时，分析哲学之前的哲学、分析哲学、欧陆哲学在美国由盛转衰，实用主义哲学兴起，罗蒂秉持着批判性立场思考美学何去何从问题。

罗蒂阅读量惊人，涉猎广泛，视野开阔，从分析哲学之前的哲学中思考美学话语创造的主体问题与话语自我创造方式。比如，在话语创造的主体问题上，罗蒂赞同尼采、波德莱尔、爱默生等人文学者强调的艺术家在个体风格形成中的作用，避开了艺术家独创性的精英主义狭隘，将独创性的权利赋予每一个个体。他吸收了 F. 施莱格尔的话语自我创造方式，摒弃了自我批判与自我毁灭的方式，采取自我质疑的创造方式，即“反讽”。在如何界定“反讽”内涵上，罗蒂又选择了克尔凯郭尔所主张的语汇可变换的内涵，并灵活地避免了使话语创造陷入自我意识、疯狂和死亡的摇摆之中的尴尬。最终，罗蒂将审美的视角聚焦于审美直觉与审美话语，这是来自谢林的灵感，因为谢林将审美直觉作为穿越美感的理性表述策略。

但是，罗蒂也清醒地意识到，这些话语策略基本都受制于二项对立的思维模式。为了摆脱二项对立的思维模式的束缚，罗蒂编辑了语言哲学经典论文集《语言学转向》，潜心研究分析哲学十多年，意识到了语言在哲学中的革命性作用。到 20 世纪 70 年代，随着艺术向日常生活的回归，分析哲学逐渐对当代新艺术及新艺术现象失去了阐释效力，陷入纯粹概念分析的困境中。

罗蒂重新思考当时分析哲学纯粹概念分析的困境，并确立了个体话语创造的立场。德国美学家莫里茨·盖格从现象学美学的研究立场来超越主客二项对立的思维模式，这种观点给予了罗蒂以主体间性来解构本质主义观念的启发。为了避免在解构的过程中再度陷入本质主义的陷阱，罗蒂没有像德里达于 1966 年在霍普金斯大学举办的“关于结构主义学说”的大会上宣读的《人文科学话语中的结构、符号和表演》一文中主张的那样，在词与物二项对立的思维模式范围内超越二项对立的思维模式，而是使哲学由科学向文学靠拢、由发现向自我创造转变，以个体创造的语汇超越二项对立的思维模式。

为了弥补分析哲学之前的哲学和分析哲学打破二项对立思维模式的不彻底性之不足，罗蒂将目光转向当代欧陆哲学，并且希望从中寻求灵感。罗蒂从德国哲学家海德格尔关于“生活世界”的思想观念打破美的本质问题的合法性中学习重新看待美的本质问题的经验，从哈贝马斯的交往理性打破启蒙理性的束缚中学习重新思考理性与感性之间关系的方法。此外，法国哲学家雅克·朗西埃在《审美与政治的伦理转向》中直接反对审美与政治、伦理之间的“区分”。这启发罗蒂反对理性与感性之间的区分，并充分考虑反对理性与感性之间区分的历史语境及区分所带来的局限。罗蒂赞赏雅克·朗西埃重视偶然观念的做法，却认为他并没有将偶然提升到本体地位。[①] 同时，罗蒂吸收了法国哲学家阿兰·巴迪欧教诲式的重构美学话语的观念，避免了封闭式的美学话语建构的困境。

但是，罗蒂并没有满足于使美学话语建构保持开放的立场，而是使美学话语建构具有深厚的本土文化根基。于是，罗蒂回归美国本土的实用主义哲学，并在此基础上创立了自己的学说。美国实用主义哲学奠基人杜威心怀大众。杜威认为，艺术即经验，力主审美回归大众、回归集体生活。罗蒂也强调回归大众，但路径却是强调对个体的特殊性地培育。美国实用主义美学家舒斯特曼在《身体美学》一书中以回归身体实践重构美学话语，这启发罗蒂重新思考审美与欲望、精神与身体等二项对立的关系，重视审美的身体维度，强调审美主体的自我完善。

综上，罗蒂的“再描述”话语策略以个体为审美创造主体，打破了以集体审美创造主体独霸现代美学话语的局面，确立了个体审美话语创造的立场，突破了终极话语创造立场之局限性，将美学研究对象由本质主义转向偶然现象，解构了现代美学的终极知识研究对象，把审美功能由创造普遍性审美愉悦转向追求个体精神生活的完善，打破了普遍性审美愉悦在美学追求中的基础地位。由于中国现代美学的集体审美主体、终极话语创造立场、审美研究的终极知识、审美愉悦普遍性观念彰显出的二项对立的思维模式无法有效地介入当代文化艺术现实问题中，因此，罗蒂的“再描述”话语策略在一定程度上对打破现代美学二项对立的思维模式具有启发意义。正是认识到了这一点，中国学者才大量地译介、研究罗蒂的论著。

罗蒂的相关论著在中国的译介与传播为中国当代美学学者超越二项对立思维模式奠定了资料基础。改革开放以来，罗蒂的论文被大量地译为中文，如《美国现代哲学的状况》（任立译）、《非还原的物理主义》（李幼蒸译）、《没有镜子的哲学》（吕祥译）、

① 参见汤拥华《激进与实用的诗学：朗西埃与罗蒂的对话》，《文艺研究》2018年第1期。

《哲学与自然之镜》(李幼蒸译)、《后哲学文化》(陶黎铭译)等。李幼蒸、黄勇、林南、徐文瑞、孙伟平等学者译介了罗蒂的部分论著。这些译著进一步激发了许多来自不同学科的中国学者对罗蒂哲学思想的研究兴趣。比如，来自哲学学科的王治河、王元明、蒋劲松、张国清、陈亚军等学者研究了罗蒂后现代文化哲学与实用主义哲学思想，来自文艺学学科的王岳川、朱立元、毛崇杰、高小康、赵彦芳、张清民、李立等学者研究了罗蒂的文化理论、诗学批评、文艺美学思想，他们中的许多学者与来自美学学科的彭锋共同从美学视角研究罗蒂的后哲学、文学文化、话语创造等思想观念并在一定程度上触及了罗蒂的“再描述”话语策略。

虽然罗蒂不再在自己的理论中区分后现代和现代性，但他的“再描述”话语策略仍然有后现代的痕迹。[①] 后现代在思维层面呈现出的突出特点是亦此亦彼。这种亦此亦彼的思维模式以扬弃二项对立的思维模式为目的，对中国当代美学中二项对立的思维模式是否具有超越意义呢？要回答这个问题，我们首先要理清楚中国当代美学二项对立思维模式的来源。

二　中国美学中二项对立的思维模式的来源

在人类不同民族思维发展过程中，二项对立是具有一定的普遍性的思维观念。就美学思维方式而言，中国美学中二项对立的思维模式主要源于西方美学中的二项对立思维模式。

西方美学中二项对立的思维方式的形成与西方哲学的二项对立的思维传统有关。西方哲学的二项对立的思维传统萌芽于毕达哥拉斯的“美是和谐”，奠基于柏拉图对现实世界与理念世界的区分，发展于法国哲学家笛卡尔对心灵和肉体的对立的洞察，成熟于康德对现象与物自体的区分和黑格尔对现象与理念的区分。鉴于美学与西方哲学之间的隶属关系，西方哲学二项对立的思维传统对美学二项对立的思维模式的形成产生了巨大的影响力。

西方美学中二项对立的思维模式的形成也与西方哲学学者对美的本质问题的探讨密切相关。从爱尔兰美学家伯克的《对我们关于崇高与美的观念的起源的哲学研究》、英国美学家休谟的《论趣味的标准》和英国启蒙学者哈奇森的《我们关于美与道德观念的起源研究（一）》书前半部分等对美的本质问题的论述来看，西方哲学学者关于美的本质的观点大致呈现出美的科学自然主义、美的特殊的经验主义和美的调和论三种倾向。[②] 由于调和论也有客观和主观两种倾向，康德在《判断力批判》中对“美”的概

① 参见李西建《当代中国当代美学的历史与现状——中国实践论美学问题发展史》，《学术月刊》1998 年第 9 期。

② 参见［美］托马斯·门罗《谈论“美”时应避免的错误》，中国社会科学院哲学所美学室编《走向科学的美学》第八篇第十节，石天曙、滕守尧译，中国文联出版公司 1986 年版，第 445—449 页。

念的情感和感性的定位成为影响西方美学成型的重要模式之一，即主体—客体模式，因此，“美”的本质观主要呈现为美的客观论、美的主观论两个方向。这两个方向之间的区分可追溯至苏格拉底，区分的界限是休谟的《论趣味的标准》。休谟发表《论趣味的标准》之前，以柏拉图的“理念说”为基础的“美的客观论”居于主导地位，休谟发表《论趣味的标准》之后，休谟开启的“美的主观论”逐渐居于主导地位。

在哲学中，美的客观论是由古希腊毕达哥拉斯学派开创的，毕达哥拉斯学派主要从事物的属性和特征入手探究美的本质，将美的本质视为和谐。古希腊时期，美的本质观侧重事物的数理逻辑本源，毕达哥拉斯、德谟克利特、柏拉图、亚里士多德等学者基本都遵循这一理念。古罗马时期，美的本质观侧重事物的客观规律性，持这种观点的代表性学者主要有爱比克泰德（Epictetus）、西塞罗、马尔库斯·奥里利厄斯（Marcus Aurelius）。中世纪时期，美的本质观侧重上帝的永恒和神圣，圣·奥古斯丁与圣·托马斯·阿奎那关于美的本质的观点最为典型。文艺复兴时期，美的本质观侧重艺术形式的客观性，诸如 17 世纪英国画家和艺术理论家荷迦兹、英国美学家休谟等追求的形式美。启蒙运动时期，美的本质观侧重理念的客观性，典型人物如 18 世纪英国美学家越诺尔兹（Joshua Reynolds）、德国艺术史家希尔特。德国古典美学时期，美的本质观侧重事物属性或绝对理念，持这种观点的学者有康德（前批判期）、席勒、黑格尔等。

美的主观论是由古希腊智者派开创的，发展于 16 世纪法国作家蒙田，形成于 17 世纪英国哲学家斯宾诺莎，主要从鉴赏者客观的精神本体或从鉴赏者主观心理层面着眼，研究美的本质。古希腊时期，“智者派”学者强调个体内心美。文艺复兴时期，16 世纪法国作家蒙田、17 世纪荷兰哲学家斯宾诺莎、意大利古典主义美学家缪越陀里、英国作曲家阿什利、库帕等强调美的伦理性。启蒙运动时期，法国神父和哲学家夏尔·巴图、英国哲学家夏夫兹伯里、爱笛生、F. 哈奇生、埃德蒙·伯克、阿里生、德国美学家鲍姆嘉登、艺术史家温克尔曼、美学家莱辛，基本都强调精神或观念之美。德国古典美学时期，美学学者基本都倾向于从纯形式角度研究纯粹美的本质问题，将纯粹美视为无利害、无概念、无目的、合目的的愉悦感，比如，康德（批判期）、谢林、叔本华等。

从康德明确地指出“唯理智论”的“独断论”倾向和“感性论”的“怀疑论”倾向开始，人们才清楚地认识到，美学的思维模式是感性与理性之间对立的思维模式。

值得注意的是，西方哲学二项对立的思维模式进入美学之中并没有马上使美学产生主客二项对立的结构，而是在被纳入以彼岸否定现实的历史进程中后才使美学中已有的主客结构激变为二项对立的结构的。

中国学者最终接受二项对立的结构不仅与甲午战败、严复等译介的进化论思想有关，而且与 1840 年以来中国现代美学学科的形成和中国学者对美学学科奠基人康德论著的大量译介有关。中国现代美学学科诞生的主要标志是王国维的《〈红楼梦〉评论》

及其对历史、人生、学术的态度和王国维对美学中国化的开创性贡献。这与王国维等学者对德国学者康德论著的译介密切相关。除了王国维译介康德自传及论著之外，康有为、严复、章太炎、梁启超、鲁迅等都译介了康德的论著，译介内容涉及康德学说的许多方面，比如，康德的“不可知论”哲学、“地质学”、“美学”等。由此，我们可以把握中国美学学者对西方美学思想译介的大致状况。中国当代美学学者对西方美学思想的译介大致可分为三个阶段。

第一个阶段（1886—1926），译介西方美学奠基人康德关于美的作品。西方美学的奠基人康德在《判断力批判》一书的“美的分析”部分，通过鉴赏判断的四个契机——“质”、“量”、“关系”和“模态”将美界定为无利害的快感、无概念的普遍、无目的的合目的性形式和人类共通感。这是康德对美概念的普遍性说明。对于渴望在中国建立美学学科的学者来说，中国学者不满足于仅仅通过日本学者中江兆民、德国传教士花之安等学者的论著了解西方美学，也不满足于通过他们对西方美学的转译来了解西方美学，而是迫切希望直接了解西方美学。译介康德美学论著是建立中国当代美学学科的最佳路径。中国美学学者做了大量的译介工作。比如，中国当代美学家王国维编撰的《哲学小辞典》（1902）、汪荣宝和叶澜编撰的《新尔雅》（1903）都介绍了康德关于美的观念。鲁迅的《摩罗诗力说》（1907）和《拟流布意见书》（1913）援引了康德关于美的观念，蔡元培在《伦理学原理》（1909）以及他著的《自写年谱》（1907）、《哲学大纲》（1916）、《美学进化》（1921）中概要地介绍了康德的美学思想，商成祖、罗璈阶翻译的《康德传》（1922）介绍了康德的生平，张颐（1924）、范寿康（1926）将康德美学学说纳入康德哲学课程之中。这些译著基本都将美学视为研究自然和艺术中美之本质的学问。

第二个阶段（1927—1948），译介康德之后近现代西方美学学者关于美的作品。康德之后，西方美学中涌现了许多美学家，比如，马克思、克罗齐、布洛、车尔尼雪夫斯基等。这些美学家或发挥康德美学，或批判康德美学，拓展了美的概念，对西方美学学科的发展和完善具有不可替代的作用。除此之外，中国学者也深刻地意识到：要全面把握西方美学，仅仅了解康德美学是不够的，还必须了解康德美学之后的美学，尤其是美的观念，比如，瞿秋白翻译的《共产党宣言》、周扬翻译的《生活与美学》等论著分别介绍了马克思、车尔尼雪夫斯基等关于美的观念。这使中国当代美学学者对美的本质观念有了更加深刻的认识。

第三个阶段（1949—1969），译介康德之前西方古代美学学者关于美的作品。柏拉图、布瓦洛等学者关于美的观念是西方美学学科得以形成的重要基础。这对中国当代美学学者理清西方美学发展的脉络具有重要的意义。20 世纪 50 年代，围绕美的观念展开的“美学大讨论”使中国美学学者进一步了解了西方美学学者，尤其是苏联美学学者关于美的观念的代表性观点，比如，别林斯基的“艺术是形象思维”、车尔尼雪夫斯基的“生活美学”等。这些观点为中国当代美学学者翻译西方美学经典著作做了一定的铺垫，促进了中国当代美学学者对西方美学的译介和研究。20 世纪 60 年代朱光潜翻译了柏拉图的《文艺对话集》、布瓦罗的《诗艺》等著作，撰写了《西方美学史》，宗白华先生翻译了康德的《判断力批判（上卷）》和瓦尔特·赫斯编的《西方现代派画论选》。通过教育部颁布的美学课程大纲和编纂的“美学原理”通编教材以及课堂教学实践，美的本质观念迅速地扩展开来，成为中国当代美学中最具影响力的观念之一。

受苏联美学中“美的客观论”、“美的主观论”和“美的主客观辩证统一论”三种观点的影响，中国当代美学关于“美”的本质的理解主要有四个代表性观点：蔡仪的“美的客观论”，吕荧、高尔泰的“美的主观论”，朱光潜的“美的主客观辩证统一论”，李泽厚的“美的客观社会论”。由于苏共二十大后社会主义意识形态领域出现了混乱的局面，客观性被纳入社会主义意识形态中，成为社会主义现实主义审美原则的一部分，主观性被归为资产阶级唯心主义观念的范围之内而被贬低，且“主观性与朴素的唯物主义有着明显的区别，实际上并不允许有辩证法”①。又由于唯物主义与主观观念实际上无法统一，因此，美的主客观辩证统一论和美的客观社会论不能单独构成一种倾向，中国当代美学关于美的本质观念可被概括为美的客观论和美的主观论。美的客观论和美的主观论所体现出来的思维模式主要是主客观二项对立思维模式。

三　中国美学中二项对立的思维模式存在的问题

在中国美学学科草创时期，二项对立的思维模式对美学话语的建构发挥了不可替代的作用的话，在发展、成熟时期，二项对立的思维模式则是美学发展的一个阻碍因素，使中国当代美学紧跟在西方美学后面，很难与西方美学平等的对话，也使中国当代美学远离二项对举的主导思想传统，难以承担起文化复兴的重任。这严重挫伤了中国当代美学学者的学术话语自信心。当前，我们必须正视中国当代美学中二项对立的思维模式存在的主要问题。按照美学中核心概念出现的先后时间顺序和其对美学理论在思维空间层面的不同侧重的影响，以“美”、“审美态度”和“美感”三个概念为中心，笔者将中国当代美学中二项对立的思维模式存在的问题简要地概括为以下三点。

第一，“美”概念的完全理论化。“美”的概念的理论化始于公元前 4 世纪柏拉图对“美是什么”问题的追问，初步完成于德国哲学家鲍姆嘉登于 1735 年发表的《关于诗的哲学默想录》，最终完成于康德于 1790 年发表的《判断力批判》。“美”的概念的理论化与西方美学学科的形成几乎同步。这是西方有“美”有“学”的美学。与西方美学不同，中国美学是有“美”无“学”的美学。有“美”无“学”的美学与西方有“美”有“学”的美学共存了几千年。直到 17 世纪，西方国家的现代化、全球化等因素使美学成为一个世界性学科。

---

① 参见张法《本在范式冲撞中的美学》，《中西美学和文化精神》引言第二部分，中国人民大学出版社 2010 年版，第 4—5 页。

鉴于西方文化和中国文化在世界现代性进程中强弱对比的形势，中国文化在追赶西方现代化的过程中，吸纳了西方文化的知识体系和思维方式。同理，作为西方文化的一部分，美学也吸纳了西方美学的知识体系和思维方式。从这个意义上说，中国当代美学中“美”概念的完全理论化既与西方形而上学二元对立思维模式的影响有关，也与中国当代美学所处的政治文化现实有关。因此，“美”概念的完全理论化可以从“美”概念的发生和发展两个阶段来论述。

首先，“美”的概念在发生阶段的完全理论化。在尼采之前的西方美学史上，“美”的概念基本是在形而上学的框架内讨论的。形而上学秉持现象与本质分离的二项论立场，将现象视为可见的假象，将本质视为不可见的真相，追寻“美”的本质必然造成忽略现象的生活世界。尽管尼采之后，“美”的概念的讨论力图超越形而上学，追寻“美”的本质依然会造成忽略生活世界，使“美”的概念完全理论化，比如，在19世纪末英国唯美主义的视域中，佩特和王尔德主张，“为艺术而艺术”的创作立场和“为艺术而生活”的诗人立场，将“美”视为与现实绝缘的纯粹技巧美。作为在西方美学基础上建立起来的学科，中国美学也深受形而上学的影响，并致力于对“美”概念本质的探究，呈现出完全理论化的格局。

其次，“美”的概念在发展阶段的完全理论化。比如，20世纪50、60年代的“美学大讨论”和20世纪80年代的“美学热”都是围绕“美”的本质问题展开的，基本秉持本质与现象二项对立的立场。

这虽然使中国当代美学迅速地完成学科化，但却留下了美学与文艺实践分离的隐患。这种隐患是美学学科与生俱来的，美学之父鲍姆嘉登和美学奠基人康德关于美学的表述都有美与文艺实践分离的特点，“美”是作用于概念之前的人的感情层面的认识范畴。在中华人民共和国成立前三十年的社会文化语境中，“美”的概念一直被视为资产阶级的美学概念而遭到批判。[①] 美与文艺实践之间分离不断加剧，直至在“文革”中完全分离。结果，“美”完全理论化并被甩出美学的范围。

第二，审美态度的偏颇。在西方美学中，审美态度理论可追溯至柏拉图的“理式论”，由夏夫兹博里正式提出，形成于康德在《判断力批判》一书中提出的“审美无利害”观念，以康德的“审美无利害”观念、叔本华的“审美静观”、爱德华·布洛的“心理距离”说为代表。

近代以来，王国维、朱光潜等中国美学学者在译介康德、叔本华、布洛等美学家论著的基础上，逐步厘清了各种不同的审美态度理论之间的内在关联及其呈现出来的二项对立的思维模式。比如，康德的审美无利害观念就深受沃尔夫、鲍姆嘉登“感性与理性之间区分”观念的影响，并在此基础上形成了二项对立的思维模式。

康德虽然在《纯粹理性批判》中批评了鲍姆嘉登用理性来评判感性的做法，但却

---

① 参见［日］岩城见一《美的范畴》，《感性论——为了被开放的经验理论》第二章“序”第一部分，王琢译，商务印书馆2008年版，第108页。

在《判断力批判》中将感性与理性之间的区分进一步明朗化。康德之后，叔本华延续了康德对感性与理性之间的区分。这种区分借助世俗西方思想所提供的两种乌托邦式策略——理性法则和理性法则可测量的、理性化的生活进步、色情化的审美主义、享乐主义的幸福允诺，相应的现代性和后现代性的解决方案之间的分立成为一种美学话语策略。①

这种话语策略主要体现为中国当代美学学者对自然美的误读和误释及其与中国美学中感性与理性之间的对立关系的内在关联，比如，蔡仪、朱光潜对自然事物的感性与认识自然事物的感性的理性能力之间的混淆，李泽厚对社会事物的感性与认识社会事物的理性能力之间的混淆，吕荧、高尔泰对艺术的感性与认识艺术品之间的理性能力之间的混淆，等等。

与中国古典美学的“物我为一”“天人合一”“情理交融”的审美态度相比，中国当代美学的“审美态度”出现了一定程度的偏颇。

第三，美感认识的同质化。王国维、蔡元培等不仅接受了康德关于人的心灵能力的“知、情、意”三分法，深入领会了审美无利害原则，而且将之创造性地运用到了对美感的阐释之中。从朱光潜、宗白华、邓以蛰、丰子恺等学者对“美感”的阐释中，我们可以看到，美感理论为了满足中国学者否定及批判封建正统文艺思想的需要而出现了弱化的迹象。比如，美感理论因囿于康德的美感与生理欲望对立而失去对社会现实问题的阐释有效性，因受到马克思主义意识形态、市场经济利益、后现代思潮、文化研究等挑战而逐步被边缘化。

21 世纪以来，随着文化研究和日常生活审美化思潮的兴起，美感弱化问题越来越严重，美感几乎被淡出美学研究的视野。这严重削弱了中国美学学者的话语自信心，为新时代中国美学话语自信、理论自信的形成设置了一个障碍。为了增强中国美学的话语自信、理论自信心，我们必须尽快移除这个障碍，尽快找到一条超越二项对立思维模式的有效路径。

四　“再描述”话语策略的启发

罗蒂的“再描述”策略在 20 世纪 80 年代就已进入中国学者的视野，引起许多学者的研究兴趣，且至今仍没有被充分地研究的理论形态之一。王岳川、朱立元、赵彦芳、毛崇杰、张清民等学者较早意识到这一点，并触及了“再描述”话语策略，他们的一些观点引人深思。在此基础上，笔者通过研究“再描述”话语策略对中国当代美学超越二项对立的思维模式的启发意义，将之概括为以下三点。

①“再描述”话语策略追求的美是“为社会正义而奋斗”和“反抗社会不公正”，

① 参见［德］哈贝马斯《启发性批判还是拯救性批判》，邓晓芒译，刘小枫主编《德语美学文选》（下卷），华东师范大学出版社 2006 年版，第 364—365 页。

启发中国当代美学向日常生活回归，同等看待美与日常生活。

罗蒂出身于美国左派家庭，深受父母社会主义思想和托洛茨基社会主义思想的影响，并将托洛茨基的“为社会正义而奋斗”作为毕生的信条。这一人生信条不仅贯穿于“再描述”话语策略之中，而且在他的“再描述”话语策略中得到了有效地验证与长久地坚持。比如，无论是罗蒂在《偶然、反讽与团结》中对残酷现象的批判、对私人完美的构想、对社会团结的想象，还是他在《铸就我们的国家》中对民主的信念以及当代民主中出现的各种问题的警惕，他对国家未来美好前景的信心，基本是通过对已存在的社会文化现象“再描述”来实现的。

针对小说《1984》《洛丽塔》等作品中出现的“残酷”现象，罗蒂在《偶然、反讽与团结》一书中第三篇第八章《欧洲的最后一位知识分子——奥威尔论残酷》和第七章《卡思边的理发师——纳博科夫论残酷》中运用自己的语汇对残酷现象进行不同于以往奥威尔和纳博科夫小说研究专家的描述，揭示出美国社会中存在的类似的不易为人察觉的“残酷”现象，使人对美国民主社会中存在的“残酷”问题保持警惕。

借助“再描述”话语策略，罗蒂向我们表明：每一个读者都可以对小说《1984》《洛丽塔》等进行描述，只要他们所使用的语汇是与之前读者所用的语汇不一样的语汇，这种描述就是有效的。这既借助个体创造的语汇展示了文学描述的个体性和多种可能性，又借助“再描述”话语策略的大众化消解了二项对立思维模式所蕴含的中心/边缘等级关系，以“语汇中心论取代了语音中心论”，因为，二项对立的思维模式实质是逻各斯中心主义（在场的形而上学）的“语音中心论”，“语音中心论”主张语音在传达意义的直接性、表达意义的有效性层面优于语汇，暗含着语音与语汇的二项区分和语音高于语汇的意思，而作为“再描述”话语策略的核心构件，“语言、意义和自我概念植根于社会实践之中”，力图发挥艺术话语的社会政治功利批判价值，实际上以语汇取代了语音的中心位置。[①]

②“再描述”话语策略所蕴含的“反启蒙理性”的意识启发中国当代美学重视偶然观念，在感性与理性的有机联系中保持恰当的审美态度。

首先，从“再描述”与二项对立的话语策略所处的后现代语境来看，理性的原有的首要地位遭到了严重地挑战，理性的内涵是“愿意探讨事物，倾听不同意见，试图达成和平的共识”，“理性是在对话中培养的”。[②] 语言取代理性在美学中的主导地位，成为一种用来进行新的创造和自我完善的方式。因为，在后现代语境中，“理性”已不再是启蒙理性，也不再是人们追寻本质的工具，而是一种对话方式通过对话和平地达成协议的能力。

这种能力所展现出来的思维模式是亦此亦彼的思维模式，不再是启蒙理性的非此

---

① 黄药眠：《论食利者的美学》，《文艺报》编辑部编《美学问题讨论集》（第一集），作家出版社 1957 年版，第 134—135 页。

② ［美］理查德 · 舒斯特曼：《哲学实践》，彭锋等译，北京大学出版社 2002 年版，第 127 页。

即彼的思维模式，考虑的是对话者之间的可能具有的各种分歧之相互共存，而不再是启蒙理性所宣扬的将自己的观念强加给对方或者绝对地屈从于对方的观念。

其次，从“再描述”话语策略与二项对立的关系来看，“再描述”话语策略将通往后现代反讽文化之路的叙述建构在类似于感性与理性对立的诸多二项对立范畴之上，比如，隐喻与真理、偶然与必然、特殊与普遍、个人与公共等，且将颠覆理性对感性的压迫视为自由与进步的本分。后现代主义理性对启蒙理性的拒斥，实际上是彻底否定普遍自然秩序的存在所展现出来启蒙理性与感性对立的思维模式。

中国当代美学学者正是看到审美可以满足理性（先天、先验、超验）所不能满足的特殊、偶然、私人、暂时和虚构的东西，才对后现代主义理性及其理论家产生了浓厚的兴趣。①

20世纪80年代以来，在中国改革开放的背景下，罗蒂等美国学者多次访问中国，与中国学者进行交流。一个引人注目的现象是，在国内大力引进和学习国外最新的美学成果的时候，理查德·罗蒂通过《哲学与自然之镜》对二项对立的思维模式系统地评析和后续力作《实用主义的后果》《偶然、反讽与团结》对打破二项对立的思维模式成因、路径的系统阐释而逐渐为中国哲学、美学界熟识和重视。

以李幼蒸、黄勇、林南、徐文瑞为代表的中国学者对罗蒂著作的持续译介和以张国清、陈亚军、孙伟平、赵彦芳、毛崇杰、张清民、李立、汤拥华、刘剑为代表的学者对罗蒂哲学、美学及文学批评思想尤其是“再描述”话语策略的研究使我们打破二项对立的思维模式奠定了坚实的基础。其主要中介是罗蒂的“再描述”话语策略。

在罗蒂看来，语汇是由个体创造的，具有随机性，可以不断创造。与杜威强调“个体应尽可能地利用革新语汇的机会”“社会应为个体利用革新语汇的机会创造条件”的观点不同，罗蒂认为，个体拥有自由处置革新机会的权利，可以利用，也可以忽略。与此相应，语汇的功能主要是对事物进行“再描述”。这种话语策略实际上巧妙地避开了感性与理性之间的对立。

罗蒂认为，话语是对生活的现象进行“再描述”的整体语汇，本身没有感性与理性之间的区分。“再描述”是审美的描述，是语言叙述的创造与冒险。这或许源于高级艺术体制对罗蒂的误导，恰恰正是这种误导使罗蒂的“再描述”的话语策略指向审美生活，使艺术的感性与理性之间的分裂反过来暴露出“美的艺术”观念的局限性。

从当代艺术发展的现实状况看，艺术的多样性使我们不能再将艺术局限在“美的艺术”范围内，而应该充分关注艺术的动态和新的艺术现象，也应该充分认识到，艺术的动态和新艺术现象中充满了偶然性，因此，我们必须重视艺术的偶然性，跳出感性与理性对立的审美态度的藩篱，在感性和理性之间的有机联系中确立恰当的审美态度。

① ［美］理查德·罗蒂：《启蒙运动与后现代主义之间的连续性》，《哲学、文学和政治：罗蒂自选集》，黄宗英等译，上海译文出版社2009年版，第202页。

③“再描述”话语策略中蕴含的“反被动‘发现’”的意识启发中国当代美学重视个体创造意识，强化对美感的独特性的认识。

罗蒂敏锐地意识到，美感的本质只是古希腊以来的形而上学哲学家出于理论建构的需要而作出的一种假设，实际上并不存在，存在的只是自我，是某种能用恰当的语言来描述的、可从整体上稳定地认识的事物，自我创造不是一个发现的过程，而是一个发明的过程。

这个过程所蕴含的语言的自我创造观念充分顾及到了个体的生理和审美的双重需求，在一定程度上弥补了美感与生理欲望对立的话语策略的不足。这种认识源于罗蒂对偶然的重要价值之独特认识和对语言之偶然性的领悟。在区分世界存在与真理存在的基础上，罗蒂看到了话语的属人性以及世界通过人设计的话语程式使人拥有信念的逻辑趋势，将语言视为偶然的，将人的知识视为信念，把信念看作人类创造的语汇。①

这就抽掉了审美与政治之间对立的话语策略的启蒙理性基础，用后现代的对话协商“理性”取代启蒙理性，对审美与政治功利欲望对立的话语策略具有超越性意义，因为，语言偶然观念跳出了科学主义认识论的范围，持一种无原则的伦理立场，而审美与政治功利欲望对立的困境在于，二者都在以真理为本的科学主义认识论范畴内，持一种伦理中立的立场。

这种立场对我们解决中国当代美学中美感的同质化问题具有重要启发。美感的同质化问题是由我们对美感本质的普遍和一致的认识之追求造成的，与形而上学哲学密切相关，已经很难适应当代中国美学的发展需要。当代美学面临的是多样的文化艺术现象，需要个体对这些文化现象进行独特的审美体验。这种审美体验凭着个体的能动性主动体验美感的多样性，而不再被动地去发现早已假定存在的美感本质。

罗蒂对此有清醒的认识，将美感视为个体话语创造的产物，摒弃了对美感本质的追求和追求美感本质的二项对立的思维模式。

余　论

晚清以来，在西方美学的影响下，中国当代美学从无到有，在革命战争、政治变革、市场经济的夹缝中成长，在反思与对话中走向自觉。

我们发现，西方美学促进中国当代美学话语的形成，中国当代美学因完全照搬西方美学话语，而缺少独创性话语。究其原因，除了中国民族身份的缺失、中国当代美学与中国古代主流思想文化传统的断裂之外，我们也不能忽略西方美学二项对立思维模式本身的影响。照搬西方美学二项对立的思维模式导致中国当代美学话语模仿西方美学话语，缺少独创性。这严重地挫伤了中国当代美学话语的自信心。

---

① ［美］理查德·罗蒂：《语言的偶然》，《偶然、反讽与团结》第一章，徐文瑞译，商务印书馆 2003 年版，第 15 页。

为了重拾中国当代美学话语自信，中国当代美学学者将目光转向了罗蒂等后现代西方美学学者的话语观念。罗蒂因《哲学与自然之镜》《实用主义的后果》《偶然、反讽与团结》等书中对二项对立的思维模式的系统分析、批判而将中国美学学者的目光聚焦于自己提出的“再描述”话语策略。“再描述”话语策略启发中国当代美学在话语建构的过程中重视平等意识、偶然观念、个体创造，以独特的语汇创造彰显个体性、描述的多种可能性，从而打破了二项对立的思维模式所假设的描述的普遍性、终极性、唯一性的束缚，使美与生活实践、感性与理性、美感与功利之间保持有机地平衡互动。不过，罗蒂的“再描述”话语策略可能会导致认知相对主义、语言本体论、取消主义，甚至罗蒂本人也担忧“再描述”话语策略会因沉溺于自我故事的编织和元叙述而被误读为本质主义，误读可能会加剧个体与他者、理论与现象之间进一步断裂，这也是罗蒂美学思想中一直受到争议的地方。① 这些不足既是我们从美学角度研究罗蒂的“再描述”话语策略的时候应该始终保持警惕的问题，也是需要我们进一步研究和解决的问题。

---

① ［美］理查德·罗蒂：《后哲学文化》，黄勇译，上海译文出版社1992年版，第158页。

学科交融与书法审美教育

肖玫杉*

（北京师范大学书法系　北京　100875）

摘　要：书法是书写文字的艺术，具有丰富的审美价值，审美能力对个体的发展至关重要。因此，书法教育不仅是技法教育，更应该融入书法审美教育，逐步培养书法审美能力。书法审美教育需要借助文学、历史学、文字学、美学、哲学等学科进行交叉学科研究。

关键词：美育；书法审美教育；交叉学科

审美能力对一个人的发展至关重要，审美能力高可以带来精神上的愉悦，有助于人格的完善和境界的提高。康德认为色彩着重于刺激人的感官，线条比色彩更抽象，绘画是对客观世界的描绘，而书法是对客观世界的抽象概括，书家运用丰富的线条抒情写意，达到艺术的自由灵境，在审美层次上书法更具有审美价值，更接近美本身。

书法是中国文化的符号，优秀的书法作品所传达的精神理念与美有某种共通性。不是每一个人都会成为书法家，但是每一个人对书法所表现出来的这种美应该有鉴赏能力，能够欣赏书法艺术的抽象美。因此，书法教育不仅是技法教育，更应该融入书法审美教育，逐步培养出这种审美能力，在笔墨纸砚的合奏中唤醒每个人心中的审美潜能，从而使自身的审美境界得到升华，丰富想象力，培养创新意识，养成一种懂美、欣赏美的积极乐观的生活态度。

一　书法美学与书法审美教育回顾

书法美学的范畴根植于中华民族传统美学观念，我们可以用西方话语阐释书法是对客观世界的抽象概括，是时间与空间营造下的视觉艺术，但我们不能忘了用本民族的美学品格阐释书法，这是中国书法永远不变的文化身份与立场。林语堂先生认为书法有一整套术语，如“道”“气”“骨”“肉”“筋”“神”“韵”等，这些术语具有中国

---

* 作者简介：肖玫杉（1993—），陕西西安人，中国教育科学研究院助理研究员，主要从事书法理论、书法教育研究。

传统的美学精神，“可以把这些术语所代表的观念看作是中华民族美学观念的基础”①。

纵观世界文字的书写，基本都是以实用性、便利性为主，而中国的书法艺术不仅讲求实用性，还讲究艺术性，是一门可以与诗词、绘画、音乐、舞蹈等相媲美的独特艺术，甚至可以认为是中国文化的典型代表，日本、韩国等东方国家虽然也有书法艺术，但他们的根基都是来源于古老的中国，他们崇尚的也都是古老的中国文化。

从甲骨文到金文，从隶书到楷书，从王羲之到楷书四大家，从各个历史时期不同的书写习惯到风格的诞生，从晋韵、唐法到宋意，书法反映了人的精神气质、学识修养、思想感情，书法是中国文化的代表，是中国人心灵的家园。博大精深的中国书法史，也是中国文化史的缩影。

古代的书法教育不是单纯的写字教育，它还蕴含书法审美教育，在书法技能练习的同时，还伴随着识字、儒学教育。在书法官学教育体系中，学习《苍颉》《急就》等字书，书法学习伴随着文字训诂的训练，而在书法私学教育中，笔法传授与经学儒学的学习也是相辅相成的，书法之外的文史功底更是培养和提高书法审美的基石。

> 贞观元年，敕见在京官文武职事五品已上子，有性爱学书，及有书性者，听于馆内学书，其书法内出，其年有二十四人入馆。敕虞世南、欧阳询教示楷法，黄门侍郎王珪奏，学生学书之暇，请置博士，兼肄业焉，敕太学助教侯孝遵授其经典，著作郎许敬宗授以《史》《汉》，二年，王珪又奏请为学生置讲经博士，考试经业，准式贡举，兼学书法。②
>
> 书学博士掌教文武官八品已下及庶人子之为生者，以《石经》《说文》《字林》为专业，余字书亦兼习之。《石经》三体书限三年业成，《说文》二年，《字林》一年，其束脩之礼、督课、试举如三馆博士之法。③
>
> （唐代）私学教育中，书法、经学、儒学三足鼎立，共同构建诸生受业内容。④

从上述文献可知，无论是官学还是私学，古人在书法学习的进程中，识字、书写与经学、儒学的学习是共同进行的，国学文化从未离开过书法，因书法特长而招致宏文馆的学生也要通经识典，学习《史记》《汉书》等，并有专人讲解经义。书法在与国学的互动中，彼此成就，以学问滋养艺术，以文化陶冶性情，文化促进了书法的发展，成就了其独特的东方艺术和东方美学品格。

近代以来，书法的生存环境发生了巨大的、颠覆性的转变，钢笔等硬笔逐渐取代毛笔作为日常书写工具，同时在西学东渐的时风之下，中国高等院校学科的设立是参

---

① 林语堂：《中国人》，郝志东、沈益洪译，学林出版社 2007 年版，第 218 页。

② 《唐会要》卷六十四，清武英殿聚珍版丛书本。

③ 《唐六典》卷二十一，明刻本。

④ 李锦秀：《唐代制度史略论稿》，中国政法大学出版社 1998 年版，第 234 页。

照西方的学科框架体系，而书法是我国古老独特的东方传统艺术，西方是没有这个学科的，这就导致了书法在当时教育体系的学科框架中很难有容身之处，传统的书法教育受到了剧烈的冲击，只留下点点星火。“由于近代以来中国传统文化的断裂，书法自身的文化土壤发生的改变，因此今天的书法在对传统的回归上不是继承得太多，而是不足。”①

“民国期间的书法，受到两种观念上的力量支撑。一是新史学、新史料化转成的精神成果在当时书法意识中的内部支撑，另一即是在书法美学对当时书法意识的渗透。”②19世纪末20世纪初，西方思想纷至沓来，康德、尼采、叔本华思想应接不暇，为传统的民族艺术提供了新的思路和参照，打破了固有的封闭局面。王国维将西方美学引进到中国古代文艺研究中，在书法美学方面，梁启超《书法指导》导其源，朱光潜、宗白华、邓以蛰、林语堂等人扬其波，探讨了书法美的本质问题。中华人民共和国成立初在现实主义文艺创作路线下，书法理论研究更注重于考释、文字学和技法研究，对书法美学的研究较少。

1955年，中小学书法教育主要在语文课中，《小学语文教学大纲草案（初稿）》规定了写字课时、书法教材选定、书法教学目标。到了工业时代建设讲求效率性，学生是教育流水生产线的标准化产品，语文讲求工具性，因此“识字”的目标重于“写字”的目标，书法教学忽略了书法的美学价值。

在高校，同其他专业比较起来，书法专业被边缘化。20世纪初仅有国立北京师范、国立北京艺术学校等少数高校开设有书法课程。1962年潘天寿先生随中国书法代表团前往日本考察学习，他发现日本的大学设立了书法专业，潘天寿先生随后在全国高等美术教育的会议上倡议在我国高校中设立书法专业。此后的1963年，浙江美术学院最早开始招收书法专业本科生。1965年后由于特殊原因，被迫中断。1979年，浙江美术学院招收书法专业的首届硕士研究生，之后首都师范大学设立全国首个书法博士点，1995年招收第一批书法博士。

虽然在现代教育体系下、在电脑打字的环境中，书法在一定程度上受到了冷落，但是书法传统深深根植于中华民族的血脉里，在经过一段时间的蛰伏后，在全球文化交流与传播日益频繁的今天，在呼唤民族自尊与文化自信的当下，书法又焕发了活力。2011年，国务院学位委员会、教育部印发的《学位授予和人才培养学科目录》规定：艺术学成为独立学科门类，下设有艺术学理论、音乐与舞蹈学、戏剧与影视学、美术学及设计学5个一级学科，其中书法归属于美术学学科③。如今美术院校、师范院校、综合院校都纷纷开设书法专业，高等书法教育开设书法专业的院校已逾百所，书法专

① 黄惇：《高等院校书法教育的历史担负》，《南京艺术学院学报》2012年第4期。

② 傅京生：《新文化运动时期书法与民国书法之关系》，《书法之友》1999年第10期。

③ 《关于印发〈学位授予和人才培养学科目录（2011年）〉的通知》，中华人民共和国教育部政府门户网站，http：//www.moe.gov.cn/srcsite/A22/moe_833/201103/t20110308_116439.html。

业师生的队伍逐步壮大，书法美育逐渐开始引起国人的关注与重视，这是令人欣喜的。

2009年以来，中小学书法教育问题屡屡在两会上被提及。近年来，教育部相继颁布了《关于中小学开展书法教育的意见》（教基二〔2011〕4号）、《中小学书法教育指导纲要》、《完善中华优秀传统文化教育指导纲要》等文件，加强中小学书法教育。《中小学书法教育指导纲要》指出："中小学书法教育以语文课程中识字和写字教学为基本内容，以提高汉字书写能力为基本目标，以书写实践为基本途径，适度融入书法审美和书法文化教育。"① 2020年10月中共中央办公厅、国务院办公厅印发《关于全面加强和改善新时代学校美育工作的意见》指出："把中小学生学习音乐、美术、书法等艺术类课程以及参与学校组织的艺术实践活动情况纳入学业要求，探索将艺术类科目纳入初、高中学业水平考试范围……鼓励有条件的高校与地方共建共享剧院、音乐厅、美术馆、书法馆、博物馆等艺术场馆"②，"书法馆"一词首次在政府文件中被提及使用，成为一个如博物馆一样的场馆概念，由此我们不难看出国家对书法美育的重视程度和发展决心。

一系列文件的出台说明国家对美育的重视，对书法审美教育的肯定，书法审美教育不仅要依靠高校中的书法系师生，更需要在中小学校中加强，将书法纳入中小学的通识教育，是因为书法审美能力需要从小培养，从小就营造书法学习氛围，激发孩子们对书法的兴趣，让书法进入他们的日常生活学习之中，在良好的书法生态下让每一位学生都有机会学习和了解书法，回望汉字的起源，触摸汉字跳动的温度，进而培养出书法审美能力，让书法成为每个人心中的"诗和远方"。

我们呼唤美育，呼唤个性化教育，学生不是标准化的产品，老师应由"教"转向"育"，老师不仅仅传授知识，更重要的是学生人生的启蒙教练，培养生命审美意识。美育是审美教育、情操教育、心灵教育，中小学书法通识教育是对书法审美教育的尝试与触碰，高等书法教育是对书法美学品格的深入挖掘、时代梳理和价值重现。随着全球化社会发展，各国人士都意识到文字和文化的多元化变得越来越重要，因此在学校教育中加强文字书写方式和民族美学品格的研究，加强书法审美教育，对书法教育有着深远的意义。

二　推进书法审美教育的两点看法

近年来，越来越多的高等院校开设书法专业，中小学书法课堂渐成规范，中国的书法教育蓬勃发展，所取得的成绩有目共睹。但是书法教育也存在一些不容忽视的问

① 《教育部关于印发〈中小学书法教育指导纲要〉的通知》，中华人民共和国教育部政府门户网站，http：//www.moe.gov.cn/srcsite/A26/s8001/201301/t20130125_147389.html。

② 《中共中央办公厅、国务院办公厅印发〈关于全面加强和改进新时代学校美育工作的意见〉》，中国政府网站，http：//www.gov.cn/zhengce/2020-10/15/content_5551609.htm。

题，重技法、轻美育便是其中之一。我们呼唤书法审美教育，还必须加强书法与交叉学科的学习和研究。

（一）书法教育应是技法与美育并重

现阶段书法教育侧重专业知识和技能的培养，忽视了审美能力的培养，应该说，这偏离了书法教育的方向，不利于书法艺术人才的培养。技法教育和审美教育是书法教育的两个方面，是相辅相成，互相成就的。强调技法教育会提高学生的技法水平，但忽视了书写中的情感体验和审美培养，不利于学生审美意识的形成和提高，反过来又会限制技法的提升。当然，一味强调审美教育而忽视技法教育，书法教育就失去了根基，这也是行不通的。

书法教育在技法层面的强调由来已久，在实际教学中，老师及学生的关注点大多是在书写上，不关心或很少关心书法背后承载的文化。现行的教学评价机制是以学生的实际书写效果为考核中心，对于教师的教学效果进行考量，这是制约审美教育发展的重要原因。审美教育是浸透在书法课堂中的，难以去量化考核。由于这样的缘故，在教学目标的设定中，教师觉得技法是最重要的。在实际教学中，老师自然注重于技法训练而忽视了审美教育，书法几乎与写字相当，仅仅是一种工具。这直接导致审美观念的树立、审美能力的提高等常常被边缘化。

写好汉字是书法教育的基础和基本要求，但书法教育不能等同于写字教育。古人也从未把文字的书写单纯地看成一种工具，在当今这个键盘时代，如何弘扬传统文化，培养书法审美能力，是值得我们深思的问题。

书法审美教育并不是一个抽象的、难以实践的教育理念，在具体操作层面，书法教育中的审美教育，除了以理服人还要以情动人，达到“随风潜入夜，润物细无声”的境界，这是渐进式的。虽然知识技术可以改变世界，但改变人的内心世界需要依靠情感、精神的力量。一个人的全面发展不仅是知识技术的掌握和提高，还包含了审美能力和情感的化育。审美教育不仅是书法教育的需要，也可认为是审美主体终身发展的需要。物质生活条件与人幸福感不一定成正比，但精神生活的满足与幸福感息息相关。审美能力就是打开精神世界的一把钥匙，每个人都有审美的潜能，只是要看这个能力是否得到了较为充分的挖掘和发挥。

教师在培养学生的书法审美能力时更容易打动学生的感情，调动起学生的兴趣，让学生能愉快地受到书法教育。学生书法审美能力的提高，激发了他们对美的爱好与追求，促使个人的全面发展。

（二）书法审美教育与交叉学科密不可分

中国书法根植于中华文化，是有很深的中华文化内涵的一门艺术，与许多基础学科相辅相成，如果没有其他学科作基础，书法就是苍白的写字游戏。学习研究相关的学科，避免成为“写字匠”，这时笔下所产生的作品自然就有了书卷气。书法审美教育不仅是艺术技巧、艺术创作能力的培养，更需要对书法相关的学科进行学习，通过对这些学科的深入研究，提高书法审美能力。

书法与文学、历史学、文字学、美学、哲学等学科密不可分，应通过对这些学科的学习，提高书法审美能力，进而使书法创作水平得到升华。苏轼云："作字之法，识浅、见狭、学不足三者，终不能尽妙。"① 可见，书写技巧以外的丰富学识对于书法艺术达到较高层次的作用和影响。

书法审美教育应借助文学、历史学的学习。书法不仅是表现汉字书写技巧，书法也承载了中华民族优秀的传统文化，因此在教学过程中，要关注到书法传递给学生的文化意识，不仅要写好字，也要学习书法承载的文化和思想，教师应促进学生对文学历史的学习，注重培养学生对书法文化的认同，让学生揣摩书写中的情感体验，只有这样，才有利于塑造学生个人的书法风格和审美情趣。这是现代美育中对学生性格塑造和人格养成中的重要一环，有助于学生形成自主的审美意识。

经典的书法作品不仅呈现了高超的形态技巧，更重要的是它印刻了艺术家的心灵世界，承载了一段文化历史。李泽厚先生认为："线的艺术正如抒情文学一样，是中国文艺最为发达和最富民族特征的，它们同是中国民族的文化—心理结构的表现。"② 当我们阅读一件书法精品时，应首先了解其创作背景，解读书法作品背后的文化历史，体会书法传达出的情感、意境、神采等。例如在对颜真卿《祭侄文稿》教学时，可以介绍安史之乱的历史背景，颜杲卿、颜季明"父陷子死，巢倾卵覆"的灭门惨剧，颜真卿是怀着多么悲痛激愤的心情为侄子颜季明书写祭文。《祭侄文稿》凝重峻涩，雄奇逸出，这是颜真卿忠贞正直的高尚人格的表现，是中华民族优秀品格的生动再现。字字泣血字字情，《祭侄文稿》烙印上颜真卿丰富的内心世界，是其人生痛苦无奈的哀鸣曲，它承载了艺术家生命中一段难忘的岁月，在书初无意于佳乃佳的自然书写中达到动人震撼的艺术效果。经典书法作品经历了岁月的考验，不仅具有审美价值，还蕴藏着丰富的文化内涵，让学生关注到书法作品背后的文化，可以帮助学生更好领悟书法作品，得到精神境界的提升，传承中华优秀传统文化。

加强对汉字的理解有助于书法审美能力的提高。书法是由汉字产生的一门艺术，这与汉字本身的美密不可分，汉字从甲骨文、金文到篆、隶、楷、行、草，几千年的演变中也带来了一些纠缠不清的问题。在关于字体演化研究中，启功先生的《古代字体论稿》梳理了汉字字体的发展历史，考察了汉字字体源流，对汉字字体发展中的种种问题一一作了阐释。一件书法作品从用笔到结构，到布局章法，都蕴含着哲理思考，从这些方面入手，并在诗、书、画、印的联系中引导学生感悟字体发展演变蕴含的感性和理性因素，体会书法艺术真谛，培养和提高学生书法艺术素养和审美能力。

哲学思想在书法创作过程中被普遍运用。浓淡、枯润、正欹、曲直、方圆、大小、粗细等是书法的审美思想，也是对立统一的辩证思想。书法审美教育在今后的发展中

① （清）孙岳颁：《佩文斋书画谱》卷七十七历代名人书跋八，清文渊阁四库全书本。

② 李泽厚：《美的历程》，生活·读书·新知三联书店 2014 年版，第 104 页。

仍需要借助于美学、哲学等学科，提高哲学思维能力，通过哲学思维提升主体判断力和审美力。

三　书法审美教育展望

书法审美教育虽然取得了一些成效，但是在实际教学中，由于升学压力的影响，中小学对书法课重视程度远不如文化课，书法师资投入力度小，书法老师相比美术老师少之又少，而且在不多的书法课堂上，老师更注重技法训练而忽视了审美教育，书法几乎与写字相当，仅仅是一种工具。但是古人从未把文字的书写单纯地看成一种工具，而是认为它代表着一种精神，承载着道。在当今这个键盘时代，如何弘扬传统文化，培养书法审美能力，是值得我们深思的问题。

笔者认为书法审美教育一方面要依赖于在社会上营造书法学习的热潮，让书法由小众圈子走向大众生活，由艺术家走向学龄儿童；另一方面，不能忽视书法审美能力的培养，随着国家对美育的重视、书法地位的提升，我们期待身边能建起一个又一个书法馆，让书法走进我们每一个人的生活，成为我们的生活日常，提升全民的审美境界。

书法源自中国，是古老的东方艺术，而西方却罕有所闻，究其根本是汉字的原因，汉字美造就了书法艺术，也折射出了属于中国人特有的审美思想。毕加索先生曾说："假如生活在中国，我一定是个书法家，而不是画家"①。可见没能习得书法这门古老的东方艺术是大师的遗憾所在，这也是大师对书法艺术的极高赞赏。在书斋雅室中，古人的书法生活就是诗意地栖居，将个人的喜怒哀乐倾注于笔端，在点画线条的起伏中营造出个性的审美空间。而如何培养欣赏这种具有高度主体性、抽象性的美的能力，是书法教育的一个永远的课题。

① 周斌：《毕加索说，假如生活在中国，我一定是个书法家》，《解放日报》2016年6月3日第010版。

古代文论

论艺术真实

陈　华[*]

（中山大学哲学系　广东广州　510080）

摘　要：由模仿论引出的对艺术真实的探讨是艺术真实性问题的理论依据，艺术活动包含着各种审美关系，艺术“真”美的显现需要对审美关系进行辨析，审美关系论是艺术真实性问题的方法论。艺术真实性问题首先体现在艺术形式上的观物取象，然后是以此影响下的艺术学习中的模仿，再就是艺术创作中表情达意的真切与否，以及由此引发的艺术批评中的真实性评价标准，艺术真实的本质是真情。

关键词：艺术真实；模仿；审美关系；真情

美感让美的存在变得真实，这种真实伴随着人对艺术作品的感觉和思维而产生，而人的感觉和思维是自然而真切地存在着的，这一点使艺术美不至于虚无，也对艺术美提出了绝假存真的要求。求真的审美诉求让人们意识到天赋的感觉和思维的可贵，于是艺术归本于人的感觉和思维，感官感觉与具有初步思维特征的形象思维不约而同地将艺术的本质导向“情”，艺术的审美旨趣在于“真”，由此推及的艺术真实的本质是“真情”，“真”“情”统摄艺术真实赖以存在的各种审美关系。

一　艺术真实性问题之缘起

艺术真实性问题源于模仿论。艺术的使命是揭示、塑造美，而了解并模仿自然是获得美的重要途径，因此模仿自然有利于艺术美的表达，模仿的真实程度成为艺术作品的审美标准。

关于审美与艺术发生理论的模仿说流传于公元前5世纪的古希腊，赫拉克利特、德谟克里特、苏格拉底、柏拉图、亚里士多德等人都有过审美与艺术是模仿自然的提法，如德谟克里特说：“在许多重要的事情上，我们是摹仿禽兽，作禽兽的小学生的。从蜘蛛我们学会了织布和缝补；从燕子学会了造房子；从天鹅和黄莺等歌唱的鸟学会了唱歌”[①]。

---

* 作者简介：陈华（1988—），湖北省应城市人，中山大学哲学系博士生，主要从事中国美学研究。

① 北京大学哲学系外国哲学教研室：《古希腊罗马哲学》，商务印书馆1961年版，第112页。

德谟克里特认为人类生产、生活、审美活动中的诸多内容与技能来源于对自然界中动物的模仿，但这些说法较为零碎。比较系统地提出模仿说的是亚里士多德，他的《诗学》认为诗和艺术起源于人的模仿，他说："作为一个整体，诗艺的产生似乎有两个原因，都是与人的天性有关"，一是"从孩提时候起人就有摹仿的本能。人和动物的一个区别，就在于人最善摹仿，并通过摹仿获得了最初的知识……每个人都能从摹仿的成果中得到快感"。二是人生来就有一种"音调感""节奏感"，这也是人的一种天性①。人通过模仿获得认知与快感，这是人类的审美活动，天性与求知欲在模仿中显现。

黑格尔反对机械模仿自然，他认为"靠单纯的模仿，艺术总不能和自然竞争，它和自然竞争，那就像一只小虫爬着去追大象"②。模仿总是难以穷尽自然之妙，有时甚至会弄巧成拙。而且由模仿引起的乐趣是有限的，就书法而言，创作的乐趣比临帖的乐趣更能激发深沉的审美趣味。即便模仿非常熟练，这一审美活动产生的效果——审美趣味依然有限，因为缺乏创造性。黑格尔视创造力为人的乐趣之源，创造力是审美趣味的动力与源泉。黑格尔对人的创造力的高扬使其更看重艺术美，因为艺术美生发于心灵，集中表现了人的创造力。

车尔尼雪夫斯基则更看重现实美，认为艺术美只是现实美的粗糙、苍白的反映。基于从人类现实生活去探讨美的本质，车尔尼雪夫斯基提出了"美是生活"的观点，强调美与现实的关系，他说："任何事物，凡是我们在那里面看得见依照我们的理解'应当如此的生活'，那就是美的"，"任何东西，凡是显示出生活或使我们想起生活的，那就是美的"③。

狄德罗的"美在关系"将有关美的问题的讨论与社会关系联系起来，看到了人的私利、情欲、想象等在美的问题上的影响，车尔尼雪夫斯基的"美是生活"则将关系论视域下的美引入现实生活与美的关系，尽管这里的"生活"存在概念界定上的困难，但生活与美的关联是毋庸置疑的。

艺术真实弥补了机械模仿自然时创造力的不足，也弥补了现实生活中审美超越的不足，将真实性问题导向深入，升华了对真实的审美趣味。这里要讨论的艺术真实性问题包括艺术创作与审美超越两个方面，那么如何处理艺术创作、审美超越分别与真实的关系就被摆到突出的位置。真实是相对而言的，需要在一定的关系结构中显现，本文对艺术真实性的判断基于审美关系分析。

二 艺术创作与真实

模仿在引出真实这一话题的同时对艺术创作提出了真实反映的要求。艺术创作如

---

① ［古希腊］亚里士多德：《诗学》，陈中梅译注，商务印书馆1996年版，第47页。

② ［德］黑格尔：《美学》（第一卷），朱光潜译，商务印书馆1991年版，第8页。

③ 北京大学哲学系美学教研室：《西方美学家论美和美感》，商务印书馆1980年版，第242页。

何反映真实，反映出的真实是什么？这是分析艺术创作与真实两者关系时需要重点考察的。写生是探寻艺术真实的创作实践，按反映真实的方式可分为忠实写生与创意写生，类似于书法临摹中的对临和意临。

（一）忠实写生

出于对真美的追寻，模仿论影响深远，但仅在思想上重视对自然的模仿是不够的，还需要切实贯彻到艺术学习与创作中，于是关于写生的实践与理论应运而生。丰子恺《忠实之写生》中有关于写生的详细论述，作者在文中首先比较了写生与临摹的优劣，然后以自己的写生经验强调写生的重要性，并从画形、画调子、色彩这三个方面具体说明，从而得出结论："写生者，当知世间只有形、调子、色彩，不当知有山水、草木、禽兽、人物、花卉、果品、器具、什物也。吾人观模型，只知其为如何形，如何调子，如何色彩，不可念其如何物。即有不知之物，亦正不必求知其为何物。故画家之眼光，与众不同。普观万物，可谓一视同仁，其视人与犬与草木一如也。仿佛比灿烂之世界，专以供此画家一人之观赏描摹，除彼一人外若无人者。非慢也，苟不作如是观，不能为忠实之写生耳。"

丰子恺所谓的忠实之写生，盖掌握画形、画调子、色彩，于所观赏描摹之对象一视同仁，全神贯注。《庄子·知北游》有云："天地有大美而不言，四时有明法而不议，万物有成理而不说。圣人者，原天地之美而达万物主理，是故至人无为，大圣不作，观于天地之谓也。"① 自然的美丰富多样，给书画学习与创作提供了大量素材，书画的学习不应只是临摹他人作品，还应深入自然，忠实写生，表现出自然美的意蕴。忠实写生并非机械复制，要应物象形，随类赋彩，艺术地再现自然的真实性。即使再逼真的模仿也不可能复原原有的真实，我们感到的真实其实已经是加工过了的真实或者说是想当然的真实。尽管不能做到还原真实，但逼真模仿的忠实写生是有必要的，忠实写生有利于提升观察力、判断力，是实现心手双畅的必要准备。丰子恺在《秋景与野外写生》一文中指出风景写生时容易出现的三个问题：顾小失大，杜撰画法，好新，这些都偏离了忠实写生的初衷。

（二）创意写生

创意写生不以真实为目的，但其终点归于真实，前一个真实指的是逼真还原，后一个真实指的是真性情。苏轼《文与可画筼筜谷偃竹记》写了文同关于画竹的理论："竹之始生，一寸之萌耳，而节叶具焉。自蜩腹蛇蚹以至于剑拔十寻者，生而有之也。今画者乃节节而为之，叶叶而累之，岂复有竹乎？故画竹必先得成竹于胸中，执笔熟视，乃见其所欲画者，急起从之，振笔直遂，以追其所见，如兔起鹘落，少纵则逝矣。"② 文同认为画竹要先把握好竹的整体，抓住用心捕捉到的竹的整体意象然后再下

① 庄周著，（晋）郭象注，（唐）陆德明音义，崔存明校订：《庄子》，首都经济贸易大学出版社 2007 年版，第 173 页。

② 于民主编：《中国美学史资料选编》，复旦大学出版社 2008 年版，第 285—286 页。

笔作画。

郑板桥认为作画欲望的产生在于自然感兴，眼中之竹、胸中之竹、手中之竹既相互联系又相互区别的，这些区别是艺术的创造，其《题画》云："江馆清秋，晨起看竹，烟光、日影、露气，皆浮动于疏枝密叶之间。胸中勃勃，遂有画意。其实胸中之竹，并不是眼中之竹也。因而磨墨展纸，落笔倏作变相，手中之竹又不是胸中之竹也。总之，意在笔先者，定则也；趣在法外者，化机也。独画云乎哉！"① 正是艺术创造的写生方式才成就了不合常理却又在情理之中的中国式山水花鸟画，文人画和写意画也得以变动不居，以形写神。

笔墨的线条形式不是书法美的关键，神采才会最终影响书法美的判断。形式相对容易模仿，神采难以模仿，神采赋予书法作品以独特性。书法作品的独特性体现在个性的表达，从有生命力的书法作品里可以洞见作者的精神气度，从而更全面地还原书写事件，这里的全面指的是形式、精神两个方面。形式空间上的还原可以通过日益发达的技术手段实现，但是精神气韵的还原则非工具理性所能实现，需要充分调动感性经验，深入领会，作细致的美感分析。

诗、书、画、印都讲究功夫在外不在内并不是否定他们本真的美，而是拓宽美的空间。诗、书、画、印各自美的空间的拓展并不是在形式空间上做文章，而是着力于开掘精神气韵，这是基于想象的美，同样反映着一种真实，感性经验的真实。

三 审美超越与真实

审美超越侧重于精神对现实的超越，艺术源于现实而又高于现实即是审美超越的一种表现。同样是反映真实，诗与历史的侧重点不同，诗重精神，历史关注现实，诗与历史的真实性论争有利于进一步把握审美超越与真实的关系。

诗在中西方都有悠久的历史文化传统，诗的抒情性特征明显，诗是体悟真情进而理解艺术真实的重要途径。伴随着真实性论争，诗与历史的比较进入人们关注的视野。

情感的倾向性虽飘忽不定，却时常能左右审美判断，这也意味着情感基础上的审美判断是相对的，没有统一的标准，虽是相对的美，但能反映真实的情感状态，毕竟情感的难以捉摸也是人的本真状态。没有什么东西是坚固的，一切都将烟消云散，此之谓无常，虽无恒常，但无常确实是常态，或许本来就没有什么常态，常态只是作为普遍存在的无常的相对状态。所以，相对的美是必然的，真实的美反而是相对的。相对存在是存在的必然状态，绝对存在则是存在的相对状态，表面上稳固的"真"是相对的，表面上变动的"情"是绝对的。"真"是本来如是或理所当然应如是，这里的"本来"和"理"需要人的判断与认知，审美是一种判断力，逻辑是一种认知，"真"

① 于民主编：《中国美学史资料选编》，复旦大学出版社 2008 年版，第 508 页。

的存在离不开美学与逻辑学，美学主“情”，逻辑学主“理”，合情合理为真。“诗缘情”，历史基于事实逻辑，然而“情真”是必然的，“理真”是相对的，所以说“诗比历史更真实”。

历史的主要内容是记录事件，诗则重在抒发心志，表达对事件的感想。事件有终结，心境成久远。试以四首咏梅诗词为例：王安石《梅花》、王冕《白梅》、陆游《卜算子·咏梅》、毛泽东《卜算子·咏梅》。首先来看王安石的《梅花》诗：“墙角数枝梅，凌寒独自开。遥知不是雪，为有暗香来。”墙角有几枝梅花，正冒着严寒独自开放。远远的就知道这是洁白的梅花而不是雪，因为有梅花的幽香传来。这四句写景近乎白描，着意于视觉和嗅觉，前两句写墙角之梅不畏严寒傲然独放，后两句写梅香之清幽难掩其寂寥之身。这首诗虽然没有直抒胸臆，但无一句不在抒情。联系王安石的人生际遇与变法事件，从墙角白梅的诗境里，我们仿佛看到一个不畏艰难、孤傲高洁、才华横溢的改革家穿越千年的历史迷雾缓缓走来。立于僻静寥落之墙角，傲冰雪而独自开，远远地向世人送来清香，这是绝世而独立之梅，也是遗世而独立之人。

同样是写白梅，王冕的《白梅》诗透着脱俗与入世的矛盾心理：“冰雪林中著此身，不同桃李混芳尘。忽然一夜清香发，散作乾坤万里春。”白梅生长在冰天雪地之间，不与桃李混迹争艳。忽然在某个时刻傲然开放，清香散开，天地间仿佛洋溢着春天的芬芳。冰雪之白与梅之白相映，“清香发”与“混芳尘”对比，透过诗句可以感受到身处元末动乱时局中的作者不愿同流合污的态度，但又不甘沉沦，期望有所作为，造福大众。这首诗的白梅象征着身处乱世的有识之士，既想清新脱俗，又想建立事功。

如何在脱俗与入世的矛盾关系中求得平衡？陆游的词《卜算子·咏梅》给了一些启发：“驿外断桥边，寂寞开无主。已是黄昏独自愁，更着风和雨。无意苦争春，一任群芳妒。零落成泥碾作尘，只有香如故。”荒僻驿站外有一座残破的桥，桥边生长着孤单冷清的梅，在风雨交加的黄昏时刻顾影自怜。梅不想费尽心思去争芳斗艳，听凭百花嫉妒，即便凋谢陨落归于泥土，被压碎以至化为尘埃，清香依然。这首词中的梅花形象是孤芳大气的，纵然凄风苦雨，百花排挤，依然洁身自好，默默奉献。身处风雨飘摇的南宋王朝，陆游文武双全，力主抗金，收复失地，却遭到主和派的排挤，备受打击，但他依然心系家国，矢志不渝。陆游对俗世洞若观火，不愿结党营私，对嫉贤妒能之辈亦不予理会，只是初心不改，依然故我。俗世并不可怕，可怕的是失去真我，入世也无可厚非，贵在保持真我。脱俗与入世在保全真我的宗旨之下是殊途同归的，不必决然对立。

读罢陆游咏梅词，毛泽东反其意而用之：“风雨送春归，飞雪迎春到。已是悬崖百丈冰，犹有花枝俏。俏也不争春，只把春来报。待到山花烂漫时，她在丛中笑。”春归是梅花在风雨中所送，春到是梅花在飞雪中所迎。在悬崖结下巨大冰柱的严寒时刻，依然有花枝俏丽竞放。梅花虽俏丽但不掠春光之美，只是报告春的消息，等到漫山遍野开满鲜花的时候再在花丛中欢笑。这是不屈不挠、默默奉献的梅，鼓舞着坚贞崇高的奋斗者。陆游之梅难掩抗争者的孤苦、悲凉，毛泽东之梅唤醒着志同道合的大众，充满着乐观。

梅是自然植物，其真实的美不言而喻，这四首诗词并没有具体描绘梅的形貌，却激发着我们对梅花之美的探寻。梅的自然形态按一定的法理规律创造出来，要具体分析其真实的美，可循此理条分缕析，这一过程的原则是理真，尽量还原大自然的造物理性，这种基于事实的真代表着严谨的历史叙事。很显然，这四首诗词并未就此理路抒写，而是不约而同地以己度物，使梅花带有鲜明的个人判断与情感色彩，王安石之梅、王冕之梅、陆游之梅、毛泽东之梅，个性迥异，无不生动感人。这种感染力从何而来？来源于创作者找到了自然梅与意象梅之真的连接点，并用恰当的语言使之成为触发人们想象力、好奇心与共同美感的源泉。想象力、好奇心、共同美感被唤起，人们便结合各种关系去梳理其中的理路与情感脉络，美于是越来越清晰，美感也越来越丰富，审美关系成了人们打开不同美感之门的钥匙。有关以自然梅为代表的真实之美的历史叙事难以抵挡时间的冲刷，已发生的事件作为经历停留在了过去，而有关以意象梅为代表的相对之美的诗性智慧却不断激发着人们的想象与批判，不断激发人们去求真。

“真”是相对的，没有绝对的“真”，“真”的美妙就在于不断接近它的过程，历史是这一过程的一个个节点，而诗提炼共同美感，穿越古今面向未来，激励着人们走近“真”，历史事件凝结成“真”的碎片以尘封，诗跳动着热情的节拍走向“真”，“真”的进程取决于判断，判断就意味着有持续改进的空间，从这个意义上说，诗比历史更真实。

四　抽象的真实与具体的真实

表面看来，诗比历史更加缥缈，难以捉摸，实际上并非总是这样，很多抽象事物反而比具体事物更加直面本真。就拿书法来说，我想结合汉字的演变说明这一问题。

目前学界公认的汉字雏形是甲骨文，随着社会生产、生活的发展，承担记录使命的汉字字形发生了一系列变化，总体而言由具体象形到抽象表意，具体说来字体的发展历经甲骨文、大篆、小篆、简帛书、隶、草、行、楷等。就字形的表意功能而言，甲骨文更加生动形象，但并不意味着甲骨文表意的准确性高于抽象化的字符，符号化的字体以草书最为典型。草书的出现大大提高了书写效率，但造成释读上的困难，其表意的准确性遭到很大质疑。

甲骨文虽然生动形象，但依然存在表意准确与否的问题，例如，这个甲骨文看起来像一种动物，可能是马、猪、虎等，但具体表示什么动物需要论证，文字学界普遍释为“马”字。摹写对象的不规则形态导致了甲骨文图形的不规则，而不规则图形一来难以准确绘制，不同的书写者对不规则形态的把握难以等量精准，二来即便面对的是同一摹写对象，不同的书写者的侧重点也可能不一样。这造成了两种现象：其一，不规则图形的难以准确绘制降低了书写效率，其形象摹写相似度也会大打折扣。基于此，汉字的整体字形由不规则图形演变为相对规则的矩形、方形，如小篆、隶书、楷书，这一变化在降低造型难度的同时虽弱化了象形性，但相对规则的图形无疑为不同书写者摹写时的等量精准提供了更多可能。其二，假设不同的书写者摹写同一匹马，由于各自侧重点的不同会导致“马”的呈现样态各异，事实上，“马”字的不同甲骨文写法刚好也能说明这一点。不单是“马”字，很多汉字的甲骨文写法都有多种。由此看来，甲骨文的局限有四：一是书写效率不高，二是由摹写对象的不规则导致的字形不规则使得书写者难以准确造型，三是摹写的侧重点不同导致同一字义对应的甲骨文写法有多种，四是图形的表意功能有限，很多意思难以用图形表达，以致很多汉字字体没有对应的甲骨文写法。尤其是后三个局限使得表面上看起来形象生动的甲骨文没那么准确，很多字义需要我们透过没那么准确的图形去猜，图形的真实意义在猜测中存在混淆、讹误的风险。

草书则不然，表面上看起来抽象缥缈，实则每个草字都有特定的草法，由特定草法形成的草书字符组成，而且这些字符的表意很明确，多一笔或者少一笔都不成其为这个字，更不用说字义了。如草书“马”字，王羲之《十七帖》写作，同此草法，赵构《草书洛神赋》写作，王铎《草书关山》写作，王宠《草书古诗十九首》写作，尽管这四个“马”字各自线条的空间排布不同，但其所指很明确，且一致表示“马”，不会讹误为“虎”“猪”等表示其他动物的字，也不存在字符写法上的截然不同。所以，对于汉字真实意义的判断不能仅从感觉经验着手，而应该深入字法规律。掌握了字法规律，也就获得了打开汉字辨识大门的钥匙，不至于在书写的万千变化中迷失。于中国古典美学而言，书法讲究字外功夫，绘画讲究韵外深致，古琴讲究弦外之音，诗词讲究别材别趣，园林讲究曲径通幽，等等，“真”通常不是直白地呈现，往往需要抽丝剥茧，拨云见日，审美判断力也在这表现“真”与寻求“真”的过程中不断提升。

书画同源表现在形成时的模仿写生，绘画描摹自然，书法反映心象。汉字起源时的观物取象还留存描摹自然的痕迹，后来越来越走向心灵化，自然之物象与心灵之心象是相互依存的。

人们生产、生活内容的丰富对记录方式、书写效率不断提出新的要求，加之书写工具的改进，相应的汉字字形与功能也发生了变化，汉字逐渐由象形写实走向简化抽象，发展成为高度心灵化的艺术，书法赏评也开始由自然之喻转向对书作精神面貌以及书家人格涵养的品评。随着书法成为书写者审美趣味在人格上的体现，人性对真、善、美的追求也成为书法审美趣味之所在。

五 探讨艺术真实的方法

事物的性质各不相同，使我们感觉到的关系的数量、类型也不一样，由此引发的美与不美也有差异，尽管如此，关系依然构成我们发现美、感受美的原则与方法。狄德罗说："那些本身含有某种因素能够唤起'关系'这个概念的一切，叫做真实的美，而把凡能唤起与应作比较的东西之间的恰当关系的一切叫做相对的美。"① 对狄德罗以关系论视野划分的这两种类型的美，可以结合唐诗中的意象加以理解。唐代诗人王昌龄曾作七首《从军行》诗，现以其中第二首为例："琵琶起舞换新声，总是关山旧别情。撩乱边愁听不尽，高高秋月照长城。"此诗首句描绘了边塞军帐中乐舞新作跌出的热闹场景，先扬后抑，第二句笔锋一转，"总是"强调了欢腾热闹之下难掩的离别之情，场景越是欢腾，心情越是孤独。第三句直抒胸臆且极言孤独忧愁之感，感情至此跃然纸上，冲击力强但无蕴藉，正面抒情再无须更多言辞，"听不尽"已道出词穷之势。末句的写法因此跳跃，平铺直叙秋月朗照长城的景象，富有画面感，激发想象力。诗贵有意境，有意境则耐人寻味，于个人体验而言，景象越是宏大，孤独感越是强烈。本诗为表达孤独离愁，运用了听觉上的动与静对比，视觉上的宏阔加以烘托，情感表达更为强烈。"长城"本是真实壮美之意象，"秋月"高悬其上，一个"照"字关联起"秋月"和"长城"，构成一组审美关系，显示出真实的宏阔之美。个人相对于这一宏大场景显得更加渺小，真实的渺小反映到个体心理上便是孤独。"秋月"和"长城"构成的意象关系通过审美观照合二为一，与作为审美主体的个人形成一组新的关系，即人与意象的审美关系，这组由新的关系见出的美即相对的美。相对的美受审美主体的影响很大，其影响因素包括观察力、感受力、判断力、欲望、情感等。

关系的存在使真实有了辨析确证的可能，而关系存续时间的长短则检验着创作情感与作品意蕴的影响力，审美关系分析是探讨艺术真实的方法。创作真情的流露使艺术作品具有感染力，创作情绪与作品感染力在共同美感的作用下有了被广泛传播与接受的可能，真情延长了创作者及其作品的影响力、生命力。

六 艺术真实的本质

中国艺术大多"好古"，如在艺术题跋中常使用这样的词汇评价艺术作品：古雅、苍古、浑古、醇古、古莽、荒古、古淡、古秀。这里的"古"不是对复古思潮中某一时间段的标度，不在于以过去统摄现在，而是要以古今通变超越时间，思考审美理念

---

① ［法］狄德罗：《狄德罗美学论文选》，张冠尧、桂裕芳等译，人民文学出版社 2008 年版，第 26 页。

永存的可能。王国维在《古雅之在美学上之位置》一文中概括了作为美学范畴的古雅的日常与学理两层意义，古雅的日常义是古朴典雅，适用于文艺批评，古雅的学理义包含两个方面：其一，自然界中本来没有艺术品、工艺品，创作艺术品、工艺品的人并没有天赋，但仍引起我们对于造化之功的联想，将这样的艺人形容为古雅；其二，形式美是美的主要类型，形式美概括不了的美的类型中包括古雅。

王国维“古雅说”的美学价值是在艺术形式中区分先验与经验，将西方美学中的形神关系论引入中国美学。事实上，中国历来不乏形神关系问题的讨论，只是在观念倾向性与研究方法上与西方美学迥异。有关古雅的形神关系难题的提出不在于判断两者孰优孰劣，也不在于以怎样的方式自圆其说，而在于通过关系分析探讨艺术的真实性问题。王国维的“古雅说”激发了对艺术真实性的探索热情，中国现代美学不乏追随者，邓以蛰、宗白华主要以造型艺术为媒介进行探讨，朱光潜主要从诗学角度展开论证。书法作为中国造型艺术的典型，其真实性问题一直受到广泛关注，如临摹中的写实程度，空间形式能否表达真情实感，碑帖真伪考证，书法作品接受情况是否符合历史真实，等等。

艺术真实性探讨的前提是尽可能复原艺术事件，而艺术事件的明晰需要有明确的时间标度，这就涉及艺术史分期的问题。由于中国艺术史的分期可以参考书法审美风格的流变，那么简单以朝代作为书法史分期的依据就不大妥当，陈志平在论及书法的唐宋之变时“倾向于采取一种相对模糊的手法。就书法史而言，将中晚唐五代宋初作为一个相对完整的单元，比单纯的‘唐—五代—宋’的历史划分或许更能揭示文化发展的内在真实”①。陈志平通过对中晚唐、五代、宋初书法史的梳理，对这一时期的唐宋书法之变有了基本的判断：“特别是中唐以后，由于禅宗思想的渗透，传统儒学开始转型，整个文化思潮由雄阔开放而变为精致内敛，书法也随之出现了体格和性分的巨大嬗变，主要表现为书法‘人格化’和‘文学化’的加深。中国书法一改唐代以前向外驰求的倾向，成为归本于人、先文后墨的高度心灵化的艺术。”② 在书法由自然化到人文化的转变过程中交织着工具理性与情性，书法美学、人文艺术视域下的书法必将张扬情性，书法抒情传统由来已久。艺术美学的情性论体现在关系处理与对真美追求的态度上，不仅是个人情性，还包括共同美感影响下的审美趣味。

艺术的意义不在形式本身，而在于形式空间运动表现出来的生命精神，真情的存在促进了审美价值的升华。丰子恺说：“所谓美的态度，即在对象中发见生命的态度，即‘纯观照’的态度。这就是沉潜于对象中的‘主客合一’的境地，即前述的‘无我’，‘物我一体’的境地，亦即‘感情移入’的境地。”③“纯观照”的态度即是在时间

---

① 陈志平：《静水流深——中晚唐五代宋初书法史之绵延与嬗变》，《文艺研究》2016 年第 4 期。

② 陈志平：《静水流深——中晚唐五代宋初书法史之绵延与嬗变》，《文艺研究》2016 年第 4 期。

③ 丰子恺：《中国美术的优胜（附录）》，见丰子恺著，丰陈宝、丰一吟、丰元草编《丰子恺文集 2》（艺术卷二），浙江文艺出版社、浙江教育出版社 1990 年版，第 530 页。

的变动性中通过一定的关系结构秩序把握生命律动的节奏，审美心理与这种节奏契合就会表现出相对静止的状态，这种状态就是凝神静照的“纯观照”态度，这时由于相对静止而意识不到运动，意识不到运动就意识不到时间的存在，万籁此时寂静，真相显现，生命的默化得以自由进行。朱光潜曾说：“一个人须先是一个艺术家，才能创造真正的艺术。子恺从顶至踵是一个艺术家，他的胸襟，他的言动笑貌，全都是艺术的。他的作品有一点与时下一般画家不同的，就在他有至性深情的流露。”① “至性深情的流露”即是真相的显现，生命精神的表达，时间审美表现为在一定的关系结构秩序中找寻真实，在时间变动的运动轨迹中把握生命律动的节奏。“至性”见真如，“深情”显精神，艺术无真则没有根基，无情则没有趣味。

从教育的实际效果来看，美育的情趣引导比直白训诫要好。批评意见虽然有利于揭露真相，但不是呈现真相的唯一方式，还可以通过审美教育的方式。同样是表达“树”的含义，理性的方式是作科普介绍，艺术的方式可以做舞蹈动作，也可以绘画写生。自然“有情化”，艺术化地引导属于美育，有情感温度的真相比没有情感温度的真相更容易让人接受，真情更能打动人，客观之真与人情之真交融才是真美，是审美化了的真。

长期的石膏模型写生练习使习画者的眼光变得敏锐，长时间的碑帖临摹使习书者的审美得以深入，经过这样的习练，一笔一画已不仅仅表示形状、空间，而有了某种意味，笔墨形态逐渐最终凝结成情感的载体，审美趣味也在这一过程中悄然发生变化。从我自己对颜真卿楷书的习书经历来说，一开始我是不喜欢颜楷的，觉得有些呆板，后来了解到颜真卿的生平事迹，随着自己人生阅历的增加以及书写体验的深入，愈觉颜楷之博大劲健。对魏碑的接受更是经历了由反感到饶有兴致的转变，相比于颜楷，很多魏碑名品的作者都不知道是谁，而且碑文残缺，点画拙陋，但清代以来，魏碑对书法创作的影响是惊人的，从崇尚晋人萧散韵致到热衷魏碑，取法表象的背后是深层的思想变革。

审美趣味不是一成不变的，它会随着审美体验和自身学养的增加以及境界的提升而发生变化。大量练习，深入领会是探索艺术真实的必要条件，也有利于艺术抒情性的表达，随着练习的推进，技法越来越熟练，对结构关系的把握越来越准，情感的流露也越来越自然，创作状态与心境的沉静照见真我，美好的形式空间在物我之真融合的理想状态下逐渐展开，像时间流动那样有序中蕴含着感染人心的力量。

艺术真实性问题源于模仿论，但模仿并不能还原真实，模仿所能传达的艺术真实只是艺术创作时真性情的流露，艺术真实的本质实际上是真情。

“真”总是蕴藏在各种关系之中，“一般说来，关系是一种悟性的活动，悟性在考虑一个物体或者一种质量时往往假定存在着另一物体或另一品质”②。关系体现着人的

① 朱光潜：《丰子恺的人品和画品》，见罗尉宣编注《朱光潜集》，花城出版社2009年版，第448页。

② ［法］狄德罗：《狄德罗美学论文选》，张冠尧、桂裕芳等译，人民文学出版社2008年版，第27页。

思维活动，情感既是思维活动的一种来源，也是思维活动的一种表现。“真”蕴于作为人的思维活动的体现的关系中，而“情”与思维活动相互影响，因此，关系论视域下的“真”和“情”是相关联的。

艺术产生、发展的历史显示了人们对生产、生活、思维的记录需求以及记录方式的持续改善，随着记录效率和思想文化水平的提高，人们有更多的时间、精力去追问艺术的意义。意义是一种定性的判断，判断又包括价值判断、审美判断等方面，对艺术意义的追问是美学的重要课题，美学重点关注的“情”也就成了艺术真实的题中之义。“情”作为艺术真实的审美范畴不是以问题的方式提出的，而是固有的，只是需要引起足够的重视。

倪瓒的美学思想

尹 豪*

（内蒙古艺术学院 内蒙古自治区呼和浩特市 010000）

摘 要： 倪瓒是元代著名的艺术家，他的美学思想历来受人重视。为了全面地了解倪瓒的美学思想，本文从不同方面提出了一些对于倪瓒美学思想的看法。通过对倪瓒的人生历程进行梳理，加深对倪瓒美学思想的理解，看到倪瓒在诗画方面体现出的不同境界，却表达了同样的感情，得出倪瓒的美学思想中追求“古淡天真”的精神追求。

关键词： 美学；倪瓒；文人画

倪瓒作为中国古代著名的艺术家，他的人生经历和美学思想历来是研究的热点，笔者通过梳理倪瓒的人生经历，得出一些对于倪瓒美学思想的认识，供大家探讨。

一 倪瓒的生平介绍

倪瓒，中国古代艺术家，以画作闻名于世。是中国古代画作“逸品”的代表性人物①，关于倪瓒的生年一直以来存在1301年和1306年两种说法，而卒年大概是在1374年。倪瓒生于一个“资雄于乡”的富足家庭，家族长期聚居在远离政治中心的太湖流域，过着“厚德长者，隐而弗耀”的低调生活②。通过几代人的经营与积累，倪瓒家族的财富十分可观，财产数量甚至可以和明初巨富沈万三并称③。

当时是元代统治末期，自然灾害频发，统治阶级内部权力斗争激烈，政治混乱，剥削严重。作为蒙古族入主中原的政权，在政策上以武力统治为主，史籍就有“禁止汉人持有铁器”的政令，历史上对元代统治有“马背上得天下，马背上安天下”的评

---

* 作者简介：尹豪（1997—），河北张家口人、内蒙古艺术学院本科生。

① 《春觉斋论画》，（清）林纾，燕京大学藏手稿本。见安澜编《画论丛刊》，人民美术出版社1960年版，第643页。载：“诗之逸者陶潜，画之逸者倪迂，古唯二人能当之。”

② 《清閟阁全集》卷11，《元处士云林先生墓志铭》，钦定四库全书本。

③ 《弇州山人四部稿》卷166，《宛委余编》，（明）王世贞，钦定四库全书本。载：“能自力致富者，及胜国倪瓒，顾瑛，沈万三，皆著在史传甚详。”

价。这样的统治政策，导致元代统治者对于人才的引用和思想的控制不足，元朝前期的政治制度还可以基本延续中国传统的政治路线，而到了倪瓒所处的元代中后期，统治阶级内部的混乱，让这种单薄的政治传统逐渐失效。

就与文人密切相关的用人政策来说，内容是十分混乱的。《元史科举志》说“仕进有多歧，铨衡无定制”，“吏道杂而多端”，科举制度虽然也在实行，但是随着各种途径的介入，科举已经不是进仕的主要手段。也正因如此元代的进仕道路并不被某一阶级所垄断封闭。元代统治者对于人才的门户之见相对很低，各种人都可以被任用[①]，以往的人们往往诟病元代将“南人”“汉人”“色目人”“蒙古人”区别对待而导致不公，其实在笔者看来这种不公的差距是很小的。不公平的现象固然存在，但是这种不公背后更多体现的是元统治者的治国理念上与以往统治者的不同。笔者并非认同这种不公平的政策，而是想要说明这种不公平存在的原因，以及元代统治者与中原知识分子的矛盾根源。元统治者崇尚实际的理念与传统知识分子教条的理论并不兼容，所以元代的统治者对于传统文人的轻视也就顺理成章。

也正是这种不重视使得元代的文化展现出少有的自由，在思想上元代统治者也极为宽松。这意味着元代的知识分子们拥有极大的思想自由，政府没有过分的强调儒家思想，相应的儒学也就失去了原来的优越感与为统治者服务的义务。儒学中强调社会责任的“入世”精神也就失去了光彩。面对儒学低落的社会环境，其他思想开始与儒学并流，儒学也展现出一种不同于以往的平和状态。相较于宋代强调，“修身齐家治国平天下”（《大学》）的儒家理想，此时的儒学更显现出一种，“在陋巷，人不堪其忧，回也不改其乐（《论语》）”的安贫乐道的“穷儒”精神。

相对稳定的社会环境与宽松的思想环境让元代文人们更加自由活泼。这时候的文人们并不都是一副前朝遗民模样。当时的文人们有卖卦问卜寄身道教全真派的黄公望，渔父放舟水禅空门的吴镇，随隐随现常怀入世之心的王蒙，还有本文的主角“自由散漫”的倪瓒，展现了元代文人不同的人生态度[②]。

倪瓒，字元镇，又字玄瑛，号云林，又署云林子，云林生等。别号更多，据统计有十七个之多。幼年丧父，由同父异母的兄长教养，其兄于1319年，延请当时名儒王文友为倪瓒师，随后倪瓒与王文友结下了深厚的情义，“事其师巩昌王仁辅养以终其身，殁为制服执丧而葬焉”[③]。可见二人的关系之深。倪瓒少年时，过着“闭户读书史，出门求友生”的安逸生活。[④] 有着年少的天真与烂漫和少年的闲愁雅绪。1320年，少年的倪瓒写下了，“燕子低飞不动尘，黄莺娇小未胜春，东风绿尽门前草，细雨含烟愁煞人”[⑤]。的诗句，

① 吕思勉：《宋辽金元四朝的政治和社会》，《白话本国史》（下卷），上海古籍出版社2005年版，第467、468页。

② 朱良志：《云林幽绝处》，《南画十六观》，北京大学出版社2013年版，第95、127页。

③ 《清閟阁全集》卷11，《元处士云林先生墓志铭》，钦定四库全书本。

④ 《清閟阁全集》卷1，《述怀》，钦定四库全书本。

⑤ 黄苗子、郝家林编著：《倪瓒年谱》，人民美术出版社2009年版，第12页。

全然一副少年心情的单纯写照。1327年，二十多岁的他迎娶了蒋寂照，婚后二人的生活十分和美，在蒋寂照去世后，倪瓒写道“梅花月夜耿冰魂，江竹秋风撒泪痕。天外飞鸾惟见影，忍教埋玉在荒村”①。的怀念诗篇。1327年，“居久之，文光殁而子瑛騃(假借为“佁”。愚，无知)”操持家庭日常的兄长倪文奎的逝世，加上二兄子瑛的缺陷，倪瓒只能“应门出户”，开始了他操持家务的岁月。这时的生活是“磬折拜胥吏，戴星候公庭”。虽然依旧是富足的生活境遇，但是已然俗务缠身，不像从前闲适。此时的倪瓒加入新道教，在玄文馆接受道家思想，修建了清閟阁，物质生活达到了高峰。倪瓒的个性也得到了充分的彰显，首先就是他洁癖的特点，“清閟阁借以青毡，设苎履百两，客至易之始入”②，再有就是他乐善好施“见义则为……喜周人之急……”的品质，和清新脱俗的思想倾向“张士诚欲招之，不肯出，其弟士行怒……物色渔舟中，果得之，抶几死，终无一言”③。

元末动荡的时局，以及元政府日益残酷的统治和农民起义的影响，使得倪瓒的生活开始走下坡路，政府的盘剥让他不能应付。加上道家思想的影响，他渐渐萌生隐遁的想法“督输官租，羁挚忧愤，思弃田庐敛裳宵遁焉”④，他散尽家财，放舟五湖三泖间，这时候他还只是短期在湖山间漂泊，时而可以回家。后来随着战争的激烈，他的家园也在战乱中被焚，充满他个人理想的清閟阁也随之化为泡影。他虽然在此时也会感慨人民的疾苦与自己命运的动荡不安，但好像倪瓒对于这些并不太在意，很少提及。他把感情全部倾注于山水之间，显现一种自在洒脱的状态。“飞云楼上看飞雨，铁骑驱空千里来，此日使君一杯酒，为解羁人万古哀。故园荒芜尚松竹，旅舍萧条惟草莱。相知赖有陈博士，诗卷酒瓢时往回。”⑤ 虽然已是漂泊无依的他，却还依旧对山水自然有着“尚松竹”“惟草莱”“时往回”的兴趣。家园的失去使他不得不举家寄身于船舱过着四处寄居借住的漂泊日子，这样不是长久之计，他在笠泽建起蜗牛庐以自安，生活质量虽然不如从前，但是也还能自支，这是他绘画风格成熟的阶段。在公元1363年其妻蒋寂照离世后，他的家庭受到破坏，开始了孑然一身的生活。随着年纪越来越大，朋友们的离世使得他开始更多的借住于寺庙，他的社交圈子中僧人的身影也开始增多，佛教思想开始影响他的生活。他的绘画风格在此时受到影响，有所“修正”在古淡天真的风格中带有一些清冷孤寂的倾向，但主体美学思想没变。他开始预感自己的死亡，开始怀念家乡，对于孤独等诸多恐惧加剧，“风雨萧条歌慷慨，忽思往事已微茫。山人劝酒花间月，秦女筝弹陌上桑。灯影半窗千里梦，泥途一日九回肠。此生传舍无非寓，谩认他乡是故乡”。佛教思想帮助倪瓒摆脱了这种恐惧。他的心得到了抚慰。倪瓒一直

① 《清閟阁全集》卷7，《提寂照蒋君遗像》，钦定四库全书本。
② 《清閟阁全集》卷11，《元处士云林先生墓志铭》，钦定四库全书本。
③ 《新元史》卷238，《列传一百三十五》。
④ 《清閟阁集》卷1，《至正乙未素衣诗》，钦定四库全书本。
⑤ 《珊瑚网》卷34，《双树筠石图》，(明) 汪砢玉，钦定四库全书本。

是以一种旷达清逸的思想示人，即使是在他晚年的生活里也是充满轻松淡泊的状态。晚年的倪瓒的身体状态不是很好，但精神状态不错，各种思想的影响使得他对于生死看得很淡。1374 年秋倪瓒患脾疾，数月之后，卒于夏颧家。

二 倪瓒的美学思想

关于倪瓒的美学思想，最为著名的就是他的“逸气”说，和“逸笔草草，不求形似”的说法。

以中每爱余画竹。余之竹，聊以写胸中逸气耳，岂复较其似与非，叶之繁与疏，枝之斜与直哉，或涂抹久之，他人视以为麻，为芦，仆亦不能强辩为竹，真没奈览者！但不知以中视为何物耳[①]？

……仆之所谓画者，不过逸笔草草，不求形似，聊以自娱者也……[②]。

历来的学者们对于这两段话的解读很多，从各方面都有不同程度的剖析，无论从画论还是艺术思想上都有很多建树，但却往往忽视这段话与倪瓒的关系。笔者想结合倪瓒的另外一段文字，来描述倪瓒的整体的美学思想。

或谓诗无补于学，是殆不然。风雅之音，虽已久亡，而感发怨慕之情，比兴美刺之义，则无时而不在也。子朱子谓，陶，柳冲淡之音，得吟咏性情之正，足为学之助矣。庐山陈君惟允，好为歌诗。凡得若干首，读之悠然深远，有舒平和畅之气，虽触世感怀，不为迫切愤激之语，如风行波生，焕然成文。蓬然起于大空，寂然而遂止，自成天籁之音，为可尚矣。若夫祖述摹拟。无病呻吟，视陈君不既远乎。苟穷源于风雅，取则于六义，情感于中义见乎。辞诵之者，可以兴起，则陶，韦，杜，韩岂他人哉！是犹有望于陈君也。甲辰岁七月序。[③]

这段引文写于 1364 年，是为好友陈惟允诗集所作的《秋水轩诗序》，从时间上来看，“逸气说”提出在 1368 年，“逸笔草草，不求形似”提出的时间未考，但大概也是其晚年提出的说法。时间上差距不大，思想上应该是统一的。

倪瓒的绘画艺术风格大概就是在其三十岁到五十岁这二十年间形成的，他对艺术的探索经历了以《水竹居图》为代表的“我初学晕染，见物皆画似。郊行及城游，物

① 黄苗子、郝家林编著：《倪瓒年谱》，人民美术出版社 2009 年版，第 112 页。

② 温肇桐编：《与张仲藻书》《倪瓒研究资料》，人民美术出版社 1991 年版，第 4 页。

③ 《清閟阁全集》卷 10，《秋水轩诗序》，钦定四库全书本。

物归画笥”的学习阶段，到追求天真自然，将个人主观倾向加入作品的开拓探索阶段，以《六君子图》《松林亭子图》为代表，这时的画面中已初见倪瓒的风格，但是这种风格并不成熟，构图上不够自如（《六君子图》），画法上的个性还不够（《松林亭子图》）。传为倪瓒四十五岁所作的《倪瓒画谱》中写道：

> 所谓疏者不厌其为疏，密者不厌其为密，浓者不厌其为浓，淡者不厌其为淡，始见天真。用笔遒劲，乃是得法。二树俱一面，一正一反，布置时自当夹杂，亦要随景斟酌，清雅自胜，春则墨叶浓而稠，夏则密而郁，秋则疏，冬则落。
>
> 松最易工致，最难士气，必须率略而成，少分老嫩正反，虽极省笔，而天真自得，逸趣自多。
>
> 若要茅屋，任意于空隙处写一椽，不可多写，多则不见清逸耳[①]。

虽然这件作品是否为倪瓒本人所作存在争议。但是从中还是可以看到作者对于倪瓒这一时期绘画艺术的认识是不错的，这一时期的倪瓒画风中，有对于现实学习的结果“工”“天真”，也有自己对于艺术的追求“逸趣”“清雅”，还有他最后形成的逸品风格的显现——“逸趣”。在这样的探索中，倪瓒逐渐形成了自己“凋树陂塘，一河两岸”的风格，以及“逸笔草草，不求形似”的艺术思想。以《渔庄秋霁图》《虞山林壑图》《秋林嘉树图》为代表。

相较于倪瓒绘画风格的变化倪瓒的诗风反而相对平稳。从少年的“细雨含烟愁杀人”[②] 的秀丽，到在“玄文馆读书”接受道家思想时一变，成“焚香破幽寐，饮水聊舒徐。……回首抚八荒，纷扰蚍蜉如”[③] 的自由阔大气象，后来虽然在四五十岁的时候偶尔有一些感慨生活艰难，政府压榨严重的诗句如“输租膏血尽，役官忧病婴”[④]，但整体还是保持一种闲适自如风格“清晨槛见看新晴，依旧山光青满几”[⑤]，其六十岁也就是妻子亡故前后，诗作略显出一种老态“烧灯过了客思家，独立衡门数暝鸦，燕子未归梅落尽，小窗明月属梅花”[⑥]，但基本风格依旧是自如悠然的倾向没有太大变化。这也许是有元一代“诗”这一文学题材的没落导致的，也许是倪瓒对于“诗”的理解导致的，总的来说倪瓒的诗变化不如画明显。

通过诗和画的解读，我们就不难看出，倪瓒的“逸气说”之下所包含的一些内涵。首先就是倪瓒对感情的重视，他极其强调艺术中感情因素的作用，他的画“聊以自娱”是以内心的情感表达为前提的，而并非“为画而生情”。同样对于诗作，他也抱有同样

① 温肇桐编：《倪瓒研究资料》，人民美术出版社 1991 年版，第 1—3 页。

② 黄苗子、郝家林编著：《倪瓒年谱》，人民美术出版社 2009 年版，第 12 页。

③ 《元诗选初集》卷 58，《玄文馆读书》，钦定四库全书本。

④ 《清閟阁集》卷 1，《述怀（第二首）》，钦定四库全书本。

⑤ 《清閟阁集》卷 12，《听雨楼题咏》，钦定四库全书本。

⑥ 黄苗子、郝家林编著：《倪瓒年谱》，人民美术出版社 2009 年版，第 105 页。

的观点“若夫祖述摹拟。无病呻吟，视陈君不既远乎”。

倪瓒对于感情的艺术表达，要采取一种平和中正的表达“不过逸笔草草，不求形似”，“苟穷源于风雅，取则于六义，情感于中义见乎”，《诗经》“六艺”的艺术手法——赋比兴中说“赋者，敷也，敷陈其事而直言之者也”①，体现的偏重描写叙述的表达方式。与“楚辞”为代表的议论抒情的表达方式有明显的不同。倪瓒对于艺术的表达倾向于《诗经》温和委婉的以描写叙述为主的表达方式。那么倪瓒所传达的感情又是什么样的呢。

倪瓒的感情体现一种“古淡天真（董其昌）”② 的色彩，它的产生是和他少年的富足生活分不开的。年少无忧无虑的生活，让他的心理能保持一种自然平和的状态。从他年少的诗作就可以充分看出这种思想倾向。他的另一诗中：“逢著吾乡闲老子，地炉连榻话连宵。”也同样表现这种闲适悠然，无拘无束的安逸状态，其中虽然没有寄情天地，但表达一种旷达洒脱的面貌。这种闲适轻松的积极状态是与天真相通的。中年时由于道家思想的作用，这种对于生活的闲适悠然的情感由生活扩大为对于自然的态度，而且随着这种闲适悠然的态度审美对象也就由生活扩大到自然而变得更加开放自由，成为一种天真清逸的包容状态。这种状态虽然在老年时有一些“修正”但是基本面貌是不变的。

朱良志说：“云林艺术追求孤云出岫之美。他说：‘慎勿与时竞，心境似虚舟。’如坐上一叶小舟，孤行天下。‘处世若过客，踽踽行道孤’，他时常将自己想象为一缕孤云，在天际飘渺。”③

倪瓒“孤云出岫”之美，正是他清逸性情的写照，不拘泥于一时的一种旷达境界。倪瓒崇尚“天真”的美学思想，是一种热爱自然生活，寄情山水，不执着事物，只求心灵的解脱与安然的心理。倪瓒不喜欢家庭事务的羁绊，很早就表现出一种对于世俗的不屑。他的内心一直保持这一种单纯磊落的状态，他喜欢简单的表达自己的情感“读之悠然深远，有舒平和畅之气”，他的情感也并非是沉重难言的，相较于杜甫“安得广厦千万间”的沉重和李白“仰天大笑出门去”的狂喜。倪瓒的人生理想本就不大，他的人生理想就是“自安”，“庄周我所师也。宁为喜昼悲夜，贪荣无哀哉”④。包括生活和精神两方面的安定。至于在“自安”的状态下保留接受那些思想，倪瓒表现得很达观。种种思想的影响都是在保全这种“自安”的心境。

倪瓒对于清淡的崇尚尤为强烈，他的诗和画中很少出现直接强烈的感情色彩和人物的描绘，总是以景带情，由于对于清淡的强调过于强烈，甚至他的作品给人以一种由于过分清淡而导致的孤寂寡淡的感觉，阮元评说：“予常谓他人画山水，使真有其

① 《诗集传》。

② 《画禅室随笔》。

③ 朱良志：《论倪瓒绘画的“绝对空间”》，《北京大学学报》（哲学社会科学版）2017 年第 3 期。

④ 《清閟阁集》卷 2，《蘧庐诗并序》，钦定四库全书本。

地，皆可游尚。倪画则枯树一二枝，矮屋一二楹，残山剩水，写入纸幅，固极萧疏淡远之致，设身入其境，则索然意尽矣”①。也正是这种强烈的感情表达，使得倪瓒的画作看似是“无我之境”实质是一种带有强烈个人感情的“有我之境”。

> 你看，他总是几棵小树，一个茅亭，远抹平坡，半枝风竹，这里没有人物，没有动态，而在这些极其简单普遍常见的简单景色中，通过精炼的笔墨，却传达出闲适无奈，淡淡哀愁和一种地老天荒式的寂寞和沉默。在这种“有意无意，若淡若疏”极为简练的笔墨趣味中构成一种思想情感的美……“至平，至淡，至无意，而实在有所不能不尽者。”（恽向《宝迂斋书画录》）……如上所述，自然景物不过是通过笔墨借以表达这种“不能不尽”的主观“灵气”罢了。这当然是标准的“有我之境”。②

倪瓒的有我之境中表达的是他对于清淡的崇尚，有人认为倪瓒的画中有一种“孤寂萧瑟”的无人感觉，是一种无人之境的传达。其实不然，这是一种以突出萧瑟清淡为题的“有我之境”的表达，王国维在《人间词话》说：“有我之境，以我观物，故物皆着我之色彩；无我之境，以物观物，故不知何为我，何者为物。”从中我们可以看到，有我之境是以我观物，在文学上来说就是抒情较为直接的表达，而在美术上就是不太写实的带有主观倾向的表达，倪瓒的画作确实为了突出孤寂萧瑟的画风而对于画面有对树和山石变形的处理而不够写实，他画的树和山并非完全按照现实，而是有意掺加自己的精神感受，这种带有感情倾向的“以我观物”的表现还不是“有我之境”的体现吗？人们往往认为这种萧散的画风中传达的是一种“沉默孤寂”之意，李泽厚先生也在倪瓒的绘画里读出“闲适无奈，淡淡哀愁”显然很多人都认为倪瓒的绘画是“寂寞和沉默”，甚至由此衍生出倪瓒是宋朝遗民的说法还有不满元朝统治抑郁不得志等多种说法，虽然有证据佐证，但是将这些说法拿到倪瓒整个人生历程来看，都是站不住脚的。笔者以为，将倪瓒的诗和画统一起来看就可以看出，倪瓒的画虽然有萧瑟清淡的气息但是倪瓒的诗中却不见这种孤寂中哀愁的表达，他的诗作相反是一种“自适与活泼”的飘逸自在的意趣。所以可以得出，倪瓒画中描绘的这种萧瑟清淡正是倪瓒所钟爱的，是更深、更刻意的对于这种“有意无意，若淡若疏”的自适与对生活热爱的表达，是倪瓒天真清逸“至平，至淡，至无意”的艺术化展现，画作这种偏寒冷的美学观念也有他的心理因素影响。这才是他创作的本意。至于欣赏者的解读会受欣赏者的主观影响，而不一定就是倪瓒本身的创作意图。正因为倪瓒有这样的美学思想所以他的审美和创作也会紧紧围绕这个思想而展开。

---

① 《文选楼丛书石渠随笔》卷 4，（清）阮亨辑，扬州阮氏刊本。

② 李泽厚：《宋元山水意境》，《美的历程》，生活·读书·新知三联书店 2009 年版，第 187 页。

三 倪瓒的绘画风格

由倪瓒的美学思想我们可以窥探困扰历代画家们久矣的描摹的倪瓒风格。

倪瓒的风格体现在“以有达空”的境界，他表现空，不是以无，以不着笔墨为法，而是以景物烘托明确表达空的意境，这种手法比不着笔墨的隐晦表达要准确高妙，但对于画家的要求又非常高。难怪历代画家感叹倪瓒的画学不来，沈周每次临摹倪瓒，他的老师赵同鲁看见都会评价说“又过矣，又过矣”[①]。

我们看倪瓒画的树，枝干挺拔，没有过多的曲折盘桓，勾树的线条往往会有曲折粗细的变化，显示树的风姿与生长的动态美，树枝自由简单地向上舒展，没有过多的向四周伸张拉扯，简单几枝匀称协调，配以细碎的细小枝杈彰显这树木的生机，表达着他对于世俗社会的厌恶，表现自己高致的性格，树的整体显得优雅又自然。倪瓒的山石同样也是这样的干净清雅，简单的勾勒，略加皴擦显出石头的质感，四周阴影处的晕染让石头更加立体，遵守着中国古代山水画“石分三面”的要求，并且把石头的质感与对于感情的要求恰到好处的表现出来，倪瓒画坡常常就是一根线条勾勒轮廓，接着加几根线条表现质感，没有过多的晕染，他画的远山是运用披麻皴继而运用带有自己特色的折带皴完成的，倪瓒的早期也如黄公望一般，会用解索皴画山，但是解索皴是在从上往下的排布线条以表现山的体态，使得画面有一种厚重的压迫感，相反披麻皴是从下向上的排列线，从山的底部表现山体的形态使得画面会轻盈很多，这也符合倪瓒的审美要求。

这些都是倪瓒为了让作品整体体现出清静淡雅而做的准备，下面我们就他的一幅作品《容膝斋图》来探寻倪瓒如何实现以我达无的画面构建的，《容膝斋图》是倪瓒为朋友于1372年绘制的一幅山水画，朋友在1374年准备将它送给一位医生又请倪瓒再次题跋的晚年代表作品，而且几经递藏，著录，传承有序。基本可以断定是倪瓒晚年的真迹。

我们来看《容膝斋图》，依旧是前中后三段式的结构，前景的一簇山石淡墨勾染，几块较大的石头是他老年绘画风格的体现，大石虽然有悖于倪瓒成熟时期的风格，但是画也很轻盈秀润没有笨重的感觉，大石周围伴以碎石，大小错落，消减大石的厚重压抑之感增加画面灵动的气氛。这种碎石的安排有黄公望的影子，当然倪瓒学习黄公望是不争的事实，诗作中有倪瓒直接称黄公望为老师的例证[②]。这种轻盈的状态是倪瓒的一大特色。石上有树木三组，中间一组是由两棵大树，高下相依排列，挺拔的树干配以细枝，秀美而又简洁展现一种平和的姿态，向下舒展的蟹爪枝，和向上舒展的鹿

① 《读书斋丛书乙集明画录》卷3，（清）徐沁撰，续修四库全书本。

② 《六君子图》上有倪瓒自题：“卢山甫每见辄求作画，至正五年四月八日，泊舟弓河之上，而山甫篝灯出此纸，苦征余画，时已惫甚，只得勉以应之。大痴（黄公望）老师见之必大笑也。倪瓒。”此图现收藏于上海博物馆。

角枝，又使得两树并列的同时充满变化，一正一倚的安排和互相顾盼的枝叶给看似宁静的画面添加很多动感，两棵看似高冷的树却又给人活生生的感受，他与人们平常描绘的死一般的寒气所不同，这种宁静是活的带有生气的安逸气氛，这种感染力是倪瓒画面的高妙之处。在两棵树的左侧是一棵根部向左侧倾斜的枝条开张的大树，这样开张的枝叶在倪瓒的画面里算是很张扬的面貌了。也许是为了中和下面硕大的山石与几棵挺拔劲瘦的大树而导致的不协调而有意安排的。开张的枝叶显得树干有些弱不禁风，倪瓒又在树下安排了一枝灌木，来加强树底部的体积感，既使树变得稳固，又不失树所要传达的秀劲挺拔之意。右侧还有一棵整体向右倾斜的树，树干的弯曲扩大了画面的维度，使得前景画面的“气”得到疏散，向上的鹿角枝和中间的树木有一些勾连正好有意的抑制向右倾斜带来的不稳定因素，使得这棵树既倾斜又有稳定的态势，不伤整体要传达的宁静清雅的气氛。前景过后是紧靠山石的一处土坡，坡以淡墨勾勒轮廓，边沿处以少量细皴的线条表现体积，坡上有空亭一座，空亭的描绘应该是倪瓒内心归属感的表达，有人会说倪瓒不画人物，是愤世嫉俗的表现，有别人问他为何不画人时倪瓒说道：“今世那得有人”的传言。其实画不画人并不是山水画的硬性要求，画家们对于人物的描摹表现得很随意，黄公望的画作同样也不画人物，而同时代的吴镇却常常会以渔父的形象表达隐居的精神，而常怀进仕之心的王蒙在画作里时常会画人物，所以倪瓒不画人物也就没有必要附会过多。笔者以为，倪瓒画亭，就已经是对人的表达了，直接画人物在画面上对于传达画意有伤，人物带来的热闹气氛会冲淡画意中安静的成分，所以描绘一座亭子来表现人的存在。坡后左右各有两处坡石，突出湖面与土坡的界线，增加画面的层次感，免得单调乏味，也增强了坡的立体感。湖中依旧还是一处坡石，也同样是为了增加湖面的层次，表现一种曲折回环的幽静气氛。这种不再磊落的湖面是倪瓒内心由于年老而不再宁静的表现。这种曲折所表现出来的幽静，对于倪瓒宁静清淡的画意有所侵扰。但是这种侵占并没有对于画意有大的影响，宁静依旧是他主要表现的主题。但会影响欣赏者的理解，这也就是朱良志先生认为倪瓒“幽”的缘故[①]。而笔者却觉得这种幽静并非倪瓒的主要表达内容。后景基本保持倪瓒没有“修正”时候的风格，虽然略大但是略扁的状态还是保留了下来。他成熟的折带皴先铺垫了三到四重的平缓土丘，这种皴法所体现的干净简单却又立体的特点被表现得淋漓尽致。随后是两重高山依旧是披麻皴，依旧干净轻盈通透非常，平缓干净的状态体现一种滑滋润泽的感觉，这又是倪瓒的风格之一。山脚下的晕染的横铺的墨线是阴影的表现，也体现湖面的平静。

所以，说了这么多，倪瓒“以有达无”中是以描绘，轻盈，生气，滋润，进而传达出来的一种安静气氛，这种和表达沉重，冷寂，峻峭的后学渐江就有了根本不同。同样这和古朴，浑厚，苍劲的沈周也是临摹不出倪瓒的精髓。

---

① 朱良志：《三观云林幽绝处》《南画十六观》，北京大学出版社 2013 年版，第 95、127 页。

四 倪瓒美学思想的启发

倪瓒作品传达出安静平和的气氛，给欣赏者一种宁静清高，甚至是冷寂的韵味。

多元的社会，倪瓒家族远离政治的传统，厚德长者以随和的形象示人的家风，加之亦农亦商的生产方式使得倪瓒所受到的思想禁锢就很少。兄长为代表的道家，和他所受的儒家教育，使得倪瓒的思想接受的内容很宽泛，他的选择也很多元。富足的生活环境使他的思想可以保全这种自由，倪瓒并非我们想象的有多么深沉的思想，相反他的那种天真简单是人们难以达到的。正是这种简单的心灵，才有了倪瓒的美学思想，心理的脆弱使得他对于任何事物的感受要比别人更加敏锐，他少年富足的养尊处优生活让他没有变得麻木，一直追求他的人生理想——古淡天真，闲适自由。他的心就像他画的湖面一样，宁静简单，不着一物，无波无尘，不接受任何浸染。他的美学有一种清淡、飘逸的色彩，他不为儒家的礼义捆绑，不被道家无为束缚而显得寡淡，不被佛禅的空寂所封闭，相反取各家的长处从而保全了内心的这种清淡飘逸，他所说的逸气也就是这种清淡飘逸之气的外溢。让欣赏者同样可以感同身受甚至有过之而无不及。他的审美倾向也与之相应。

倪瓒备受明代文人们的推崇："倪迂翁在胜国时可称逸品，昔人以逸品在神品之上。……元之能者虽多，然秉承宋法稍加萧散耳。吴仲圭大有神气，黄子久特妙风格，王叔明奄有前规，而三家皆有纵横习气。独云林古淡天然，米痴后一人而已"[①]。这种推崇固然和倪瓒强烈的古淡天真逸品风格分不开，也同样与明代文人对于这种风格的深刻理解和推崇有关。

① 《画禅室随笔》。

方宗诚与晚清文体学

张　月*

（山东大学文学院　山东济南　250100）

摘　要：方宗诚是晚清桐城派的代表人物，其《论文章本原》是体现他文体观的重要著作，而且他的文体思想和晚清文体学有着密不可分的关系。本文首先从方宗诚文章学和桐城主流文章学入手，分析《古文辞类纂》文体观对方宗诚的影响；其次为方宗诚文章学与清代理学及经世之学，主要考察贺长龄、魏源等人的经世思想对方宗诚文体观的影响；最后为方宗诚文章学与曾国藩古文理论，从二人的通信及论文材料中分析曾国藩的文体观对方宗诚的影响。本文通过文献考察和文学批评相结合的方式，力图对方宗诚和晚清文体学有较为深入的探讨。

关键词：方宗诚；文体学；晚清

方宗诚是清代桐城派的著名人物，在文学方面有极高的造诣。但是关于方宗诚的研究大部分聚焦在经学、交游、理学等范围之内，并没有对方宗诚的文学成就有深度解析的论文，更没有关于方宗诚和晚清文体学的研究成果。为了深入探究方宗诚和晚清文体学的关系，加深对清代文体学的认识，本文将从“方宗诚文章学与桐城主流文学”、“方宗诚文章学与清代理学及经世之学”和“方宗诚文章学与曾国藩古文理论”三方面进行论述。

一　方宗诚文章学与桐城主流文学

方宗诚的文章学与桐城派有着密切的关系，他本身就是桐城派的一员，另外桐城派的一些代表人物对他产生了深远影响。桐城文派是由戴名世作先驱，方苞进行奠基，又受刘大櫆大力推进，最后被姚鼐确立的清代的古文流派。它发展了200余年，与清朝的国运密切相关。它有坚持的文统和道统，丰富的文论思想，创作追求文章的纯正雅洁，独特的气质和特点。其中戴名世、方苞、刘大櫆、姚鼐被尊为桐城派“四祖”。

* 作者简介：张月（1993—），女，陕西渭南人，山东大学文学与新闻传播学院博士生，研究方向：中国古代文学。

另外，和桐城派交好、受其影响的作家，遍及全国19个省市，约1200余人，传世作品2000余种。桐城派的服膺者甚多，而且其主掌清代文坛的时间较长，在清代学术发展中影响尤其深远，郭绍虞先生曾经提到："桐城文之成派，即因桐城派文人之文论有其一贯的主张之故。清代文论以古文家为中坚，而古文家之文论又以'桐城派'为中坚。有清一代的古文，前前后后殆无不与桐城派发生关系。在桐城派未立以前的古文家，大家都可视为'桐城派'的前驱；在桐城派方立或既立的时候，一般不入宗派或别立宗派的古文家，又都是桐城派羽翼与支流。由清代的文学史言，由清代的文学批评言，都不能不以桐城为中心。"[①]

戴名世是桐城派的先驱。马其昶在他的《桐城耆旧传》中记载明代和清初，值得一书的人物不下百人。[②] 但是所记录的这些人都没能与方苞、刘大櫆和姚鼐有密切接触，所以严格意义上来说不算是桐城派的先驱。戴名世和方苞等人的关系极为密切，而且他在文学理论和散文创作方面都很有造诣，对后来成立的桐城派产生了深远的影响。方苞曾评价其为："所见当世之士，学成而并于古人者，无有也。其才之可扳以进于古者，仅得数人，而莫先于褐夫。"[③] 康熙年间，戴名世因《南山集》案遭到杀害，后来文坛多避不谈及。即使是桐城派创始人姚鼐在梳理文统时，也并没有将戴名世列入其中。直到方宗诚在编选《桐城文录》之时，他选录了戴名世的六篇文章，并评价其文有司马迁、欧阳修的气韵，也指出其文的缺点在于克制不足、激愤情绪外泄，所以其地位相较桐城"三祖"稍微逊色。从这里可以看出方宗诚对戴名世的关注。

另外，戴名世在经学和史学方面非常用功，在文学上的成就也很不俗。戴名世对唐宋八大家的文章十分推崇，反对明代前后七子的模拟之风，认为从《史记》到唐宋八大家再到明代唐宋派代表归有光才是真正的文统。与之相似的是，方宗诚也是文史皆通，他不仅在《论文章本原》中展示了他的文章观，还在《读宋鉴论》中分析北宋兴亡的缘由，来映射当时的社会现实。方宗诚在分析文章本原时，经常引用司马迁、韩愈、欧阳修的文字来论证自己的观点，也体现出和戴名世较为接近的喜好。

此外，戴名世提出作文的三个要素就是道、法、辞。所谓道，就是宋儒的道；所谓法，就是指行文之法和御题之法。行文之法是没有一定约束的，并不是有意而为之；而御题之法是有一定限制的，十分讲究安排布局。所以在戴名世看来，文章既要遵循一定的规则，但是又不可以太过死板，应该在一定的规矩中寻找变通的可能。因此他提出一个观点就是"道与法合"。戴名世还要求文章的精、气、神相统一。精就是指文章的风格十分简洁流畅，气就是指文章字里行间的气势，神即是整篇文章所体现的思想内涵，要能表现出作者的个人气质。方宗诚的一些观念也和戴名世的十分相像，例如他十分注重行文的物与序，"孔子系《易》曰：'言有物'，又

---

① 郭绍虞：《中国文学批评史》，上海古籍出版社1982年版，第634页。

② 王镇远：《桐城派》，上海古籍出版社1990年版，第1页。

③ 方苞：《南山集序》，戴名世著，王树民编校《戴名世集》，中华书局1986年版，第451页。

曰：'言有序'。二语千古立言之法。言中之物，即所谓要也，玄也。言而无物，则是空文、闲文、浮伪之文，圣贤所恶也。然有物而不能有序，则又不能发挥其理，曲畅其义，鼓舞其神，令千百世后读者感动而兴起，故又在于有序。序非徒平铺直叙之谓，或繁或简，或顺或逆，或开或阖，或纵或擒，或断或续，或顿或挫，自有天然不可移易之序，要在熟读古书古文而精思其义，自能得之"①。方宗诚所提出的物与序，与戴名世的"道与法合"十分相似，前者所指的序，也就是后者所提倡的法，二者都在强调文法的重要性。

另一位对方宗诚产生重要影响的是姚鼐，姚鼐是在方苞、刘大櫆之后十分具有代表性的桐城派成员之一，他被认为是桐城派的集大成者。其著作主要有《惜抱轩诗文集》、《老子章义》、《春秋四传补注》和《九经说》等，此外姚鼐还编选了《古文辞类纂》、《唐人绝句诗钞》和《五七言今体诗钞》等文集和诗集。在散文理论上，姚鼐认为义理、考据和辞章三者都要兼顾。其中义理就是指文章的主旨思想，文章的主旨应该以儒家思想为核心。考据就是指材料必须翔实，有理有据，可以增强文章的说服力，但他反对在文章中堆砌大量的无关材料，导致文意不明、思想芜杂等弊病。文章即是在古文创作中的安排布置、字词使用的章法。方宗诚非常佩服姚鼐在文章上的杰出才华。他在介绍姚鼐的伯父姚薑隝先生时，提及自己看到对方的《援鹑堂笔记》十分欣喜，并猜测姚鼐之所以能卓然成家，大概是因为得到了伯父姚薑隝的真传。方宗诚还在《书录姚惜抱先生论诗文语跋》中表达了对姚鼐论文之精妙的看法，"盖先生自幼习闻其世父薑隝先生讲授文法，又尝亲见刘海峰先生，得其论文之旨，以上溯史汉八家及明归氏桐城方氏之传，而高识邃学，深造自得，世之欲学文者，不由是而进之，譬犹行榛棘而弃康庄，欲至国都不可得也"②，可以看出方宗诚对姚鼐的文才佩服不已。

所以在文章学方面，他对姚鼐的学习较多。比如对文法的重视，在分析经典时注重行文脉络、章法变化、设喻巧拙等，这在《论文章本原》中均有体现。此外，姚鼐还标举"道与艺合，天与人一"的主张，这一主张其实是要求文章的艺术特色与创作者的内在修养相符合，可以认为姚鼐十分重视文人的道德涵养，而且他认为先天禀赋再加之后天的勤学苦练，只需待以时日，便可水到渠成。方宗诚或受此影响，也对文与道二者的关系发表过自己的看法，例如"君子博学于文，即所以求明夫斯道也。古无有离道而谓之文者，亦岂有外求道而别有所谓博文者乎"③。他也十分强调"道"的本原作用，认为"文"是道的附属，只可以沿"道"求"文"，而不可以因"文"求"道"。他认为"道"不仅包括行文的主旨和技法，也同样包括人的性情品德，这一点和姚鼐的观点十分接近。有学者指出"文学本原论是姚鼐古文艺术论的第一块基石。

---

① 方宗诚：《论文章本原》，收入王水照主编《历代文话》第六册，复旦大学出版社 2011 年版，第 5618 页。

② 方宗诚：《柏堂集后编》，《清代诗文集汇编》第六七二册，上海古籍出版社 2010 年版，第 442 页。

③ 方宗诚：《柏堂集后编》，《清代诗文集汇编》第六七二册，上海古籍出版社 2010 年版，第 136 页。

文学本原论强调诗文创作时一种通乎神明、法乎自然、独立自在的精神创造活动，而文学艺术所能表达的至境是天与人一、道与艺合。它不必依附于义理之学、考据之学而存在，也不应被卑视为玩物丧志、末技附庸”。[①] 这种评价其实也适用于方宗诚，由此可见方宗诚对姚鼐的取法之精。

此外，通过对比姚鼐的《古文辞类纂》和方宗诚的《论文章本原》，会发现二者有很多相似性。从成书时间来看，前者较后者早了约七十多年，可以说前者的文章学理论对后者产生了非常重要的影响。主要表现在四个方面：首先在文体分类方面，姚鼐的《古文辞类纂》以选本的形式将古文分为十三类，这在《〈古文辞类纂〉序目》中已有说明，“其类十三，曰：论辩类，序跋类，奏议类，书说类，赠序类，诏令类，传状类，碑志类，杂记类，箴铭类，颂赞类，辞赋类，哀祭类”[②]，他在该书序文中对每一种文体的渊源、演变及特点等进行了梳理。学者高黛英指出：“至姚鼐《古文辞类纂》出，文体划分方由繁入简，划分标准也归于‘为用’一端。”[③]“文以‘为用’分类标准的确立，在文体学上具有重大的理论意义。只有从文体功能上把握文类，才能发现传统文章中实际存在着的实用文章与文学创作两大类之间的差异：前者以实用为要；后者以审美为主。”[④] 与此相较，方宗诚的《论文章本原》并未具体针对文体分类进行详细说明，但是他认为《尚书》、《论语》和《孟子》是文章的本原，也是诸多文体产生的源头，与此同时，他还在《论文章本原》中提及诸多文体。例如对《尚书》的评价，他提到的文体有：本纪、列传、纪事之文、书、志、诏令、檄文、军令、诗歌、告示、奏疏、告谕、纪言之文、诰命、书说、罪己诏等；对于《论语》进行分析时，他提到的文体有：年谱、哀祭、序跋；在对《孟子》进行赏析时，他指出其中具备的文体有：辩论、书说、奏议、游记、奏疏、策论、记事体、传赞、论体、书论、赠序、传论、传记、合传、经说等。

通过对比不难发现，方宗诚《论文章本原》和姚鼐《古文辞类纂》中提及的文体有诸多重叠，像序跋、奏议、书说、赠序、诏令、哀祭等。从二人所提及的相同文体来看，姚鼐认为序跋类文体是“昔前圣作《易》，孔子为作《系辞》、《说卦》、《文言》、《序卦》、《杂卦》之传，以推论本原，广大其义”。[⑤] 也就是说，他把序跋类文体溯源到《易》的形成时期，而且孔子后来的《系辞》《说卦》等解释性文章将该文体推而广之。方宗诚在《论文章本原》中，将序跋的渊源也指向孔子，他说：“《论语》说经，皆提要。如《〈诗〉三百章》，《假年学〈易〉章》，《小子何莫学夫〈诗〉章》，《女为〈周南〉〈召南〉章》，皆是后人序跋古书之所本。”[⑥] 他在这里认为，孔子在《论语》中对

① 关爱和：《姚鼐的古文艺术理论及其对桐城派形成的贡献》，《文艺研究》1999 年第 11 期。

② 姚鼐：《古文辞类纂》，浙江古籍出版社 1998 年版，第 5 页。

③ 高黛英：《〈古文辞类纂〉的文体学贡献》，《文学评论》2005 年第 5 期。

④ 高黛英：《〈古文辞类纂〉的文体学贡献》，《文学评论》2005 年第 5 期。

⑤ 姚鼐：《古文辞类纂》，浙江古籍出版社 1998 年版，第 5 页。

⑥ 方宗诚：《论文章本原》，收入王水照主编《历代文话》第六册，复旦大学出版社 2011 年版，第 5657 页。

《诗经》和《易》的某些篇章的理解与阐释，实际成为后人古书序跋所祖法的范本。对于奏议文体，姚鼐指出，“盖唐、虞、三代圣贤陈说其君之辞，《尚书》具之矣。周衰，列国臣子为国谋者，谊忠而辞美，皆本谟诰之遗，学者多涌之。其载《春秋》内外传者不录，录自战国以下。汉以来有表、奏、疏、议、上书、封事之异名，其实一类”。[①]他认为《尚书》是奏议的源头，汉代以后虽有表、奏、疏等不同称呼，但本质依然属于奏议类文体。按照姚鼐的说法，方宗诚在《论文章本原》中涵盖的奏议和奏疏两种称呼，其实都应该归于奏议一类。方宗诚认为《尚书》中属于奏议类文体的有 10 篇文章，《孟子》中属于奏议类的有 7 篇文章。从二书的成书时间来看，《尚书》要早于《孟子》，而且方宗诚认为其中属于奏议类的文章较多，暂且可以认为方宗诚认为奏议文体出自《尚书》。

还有书说文体，姚鼐《古文辞类纂》认为：“书说类者，昔周公之告召公，有《君奭》之篇。春秋之世，列国士大夫或面相告语，或为书相遗，其义一也。”[②] 无独有偶，方宗诚也认为《尚书》中的《君奭》是“此书说体也”[③]。同时他还认为《孟子》中的例如《沼上章》《尽心章》《愿安承教章》等 28 节内容都属于书说体。可以说方宗诚在姚鼐的基础上对书说文体进行了一定程度的挖掘。还有诏令文体，姚鼐认为“原于《尚书》之《誓诰》”。[④] 其实《尚书》中并没有叫作《誓诰》的章节，姚鼐所认为的《誓诰》，其实是《尚书》中标题带有“誓”或“诰”的篇章，他认为这些文章都属于诏令类文体。方宗诚在这一点上和姚鼐不谋而合，不过他进行了仔细的甄别和筛选，其中他认为《尚书》中属于诏令类的篇章有：《甘誓》《汤誓》《汤诰》《盘庚三篇》《秦誓》《牧誓》《大诰》《微子之命》《康诰》《酒诰》《梓材》《蔡仲之命》《周官》《君陈》《吕刑》，可以看出方宗诚并没有按照标题是否含“誓”或“诰”来认定文体，另外《尚书》中的《仲虺之诰》《召诰》《洛诰》《费誓》等篇目并未被其认定为诏令类文体。

此外在辞赋、哀祭、赠序等文体方面，姚鼐、方宗诚的见解稍有出入：姚鼐认为辞赋类文体不仅出于楚辞，而且他指出古人辞赋可分为有韵和无韵两类。方宗诚提及辞赋文体，认为《尚书》中《五子之歌》“即可通于辞赋”[⑤]，并没有太多的阐释。姚鼐认为哀祭文体本原于《诗经》，“哀祭类者，诗有颂，风有《黄鸟》、《二子乘舟》，皆其原也”[⑥]。而方宗诚则将矛头指向《论语》，“《伯牛有疾章》，‘颜渊死。子曰：噫’以下二章，皆后人哀祭之所本也。节短音长，言尽而意不穷”[⑦]。还有赠序类文体，姚鼐溯源至老子，认为《论语》中颜渊和子路之间的以言相赠也属于赠序。可是方宗诚却从

① 姚鼐：《古文辞类纂》，浙江古籍出版社 1998 年版，第 5 页。
② 姚鼐：《古文辞类纂》，浙江古籍出版社 1998 年版，第 5 页。
③ 方宗诚：《论文章本原》，收入王水照主编《历代文话》第六册，复旦大学出版社 2011 年版，第 5643 页。
④ 姚鼐：《古文辞类纂》，浙江古籍出版社 1998 年版，第 5 页。
⑤ 方宗诚：《论文章本原》，收入王水照主编《历代文话》第六册，复旦大学出版社 2011 年版，第 5619 页。
⑥ 姚鼐：《古文辞类纂》，浙江古籍出版社 1998 年版，第 5 页。
⑦ 方宗诚：《论文章本原》，收入王水照主编《历代文话》第六册，复旦大学出版社 2011 年版，第 5657 页。

《孟子》入手，认为《孟子》一书中的《滕文章》《墨者夷之章》《宋牼章》《鲁欲使慎子章》《鲁欲使乐正子章》等五处章节属于赠序。综上所述，方宗诚和姚鼐在文体的分类上，二人的看法有很多相似之处，从中也可看出姚鼐对方宗诚的影响。

除了在文体分类方面二人有相似之处，通观姚鼐的《古文辞类纂》和方宗诚的《论文章本原》，可以发现他们二人在文章溯源、对比考证、风格点评、章法分析等方面都有一定的共通性，从中也可看出姚鼐对方宗诚的影响之大。

首先在文章溯源方面，姚鼐在选本中穿插自己对文章的点评，其中有多处涉及对所选文章的追本溯源。例如对于韩愈的《争臣论》，他点评说“鼐按：此文风格，盖出于《左》《国》”[①]，他认为该文章的风格应该出自《左传》和《国语》。还有对韩愈《伯夷颂》的评价：“用意反侧荡漾，颇似太史公论赞。”[②] 此外，他评点苏轼《鲁隐公》一文：“此文论周东迁，皆杂引古事错综成论，而此篇尤为奇肆飘忽，其神气盖近《孟子》，是不可以貌论也。管仲辞子华篇，其文体毅然，但蹊径少平直耳。”[③] 可以看出姚鼐非常注重对选文的渊源进行追寻，他有意的将选文和前代散文进行对比，并试图寻找前者取法后者的痕迹。

与姚鼐的做法相似的是，方宗诚在《论文章本原》中也有很多溯源的评语。例如他评价《尚书》的《禹贡》：“此纪事之文，乃《史记》八书、《汉书》诸志之体所自出也。”[④] 点评《论语》中的《丈人章》云：“李华《吊古战场文》、欧公《秋声赋》、苏公《方山子传》，点题处皆学此章。”[⑤] 还有对《孟子》中《至于禹章》的评点：“东坡《隐公论》、《平王论》，因一人而杂论古事，皆本此。”[⑥]

可以总结得出，方宗诚的文章溯源思想和姚鼐是如出一辙的，只是他的做法恰好和姚鼐相反，他是将《尚书》、《论语》和《孟子》三部经典中的篇章进行赏析，并认为这三部经典其实是后代诸多散文的源头。虽然方式不同，但是他们对于先秦两汉文章的本原作用的认识是一致的。

其次在对比考证方面，姚鼐非常著名的一个观点就是义理、考据和辞章三者统一，其中对于考据的重视已经在《古文辞类纂》中体现无遗。例如他对贾谊《过秦论》中的“尝以十倍之地，百万之众，叩关而攻秦”进行考证，曰：“《汉书》作仰关，《史记》作叩。鼐按：对下开关，字作叩。师古乃讥作叩字是流俗本，非也。”[⑦] 他在罗列了《汉书》和《史记》中的相关资料后，提出了自己的看法，反驳了颜师古的观点。还有对《过秦论》中“及至秦王”的考证，他说“篇中秦王字，《史

① 姚鼐：《古文辞类纂》，浙江古籍出版社1998年版，第5页。
② 方宗诚：《论文章本原》，收入王水照主编《历代文话》第六册，复旦大学出版社2011年版，第5657页。
③ 姚鼐：《古文辞类纂》，浙江古籍出版社1998年版，第64页。
④ 姚鼐：《古文辞类纂》，浙江古籍出版社1998年版，第71页。
⑤ 方宗诚：《论文章本原》，收入王水照主编《历代文话》第六册，复旦大学出版社2011年版，第5653页。
⑥ 方宗诚：《论文章本原》，收入王水照主编《历代文话》第六册，复旦大学出版社2011年版，第5694页。
⑦ 姚鼐：《古文辞类纂》，浙江古籍出版社1998年版，第15页。

记》本如此，《汉书》俱作始皇。鼐按：《陈政事疏》亦称始皇为秦王，似谊恶暴秦，不称其谥"①。他通过考证对比，体会出贾谊文中不称始皇而称秦王，实际上暗藏着愤怒的情绪。此外他还有对柳宗元《封建论》中的"时则有叛人而无叛吏，人怨于下句的考证，云：'叛人'、'人怨'皆是'民'字，避讳，后未改耳"②。对于诸如避讳这些细节也有提及。

与姚鼐很相似的是，方宗诚的《论文章本原》中也有一些考证的内容。例如对《梓材》的阐释，提到"注谓'引掖斯民'，则与上'厥乱谓民'复矣"③。他认为"注"中的解释和原文是有重复的，不当作如此解。还有对《康王之诰》的考证："朱子尝曰：'古者寓兵于农'，故六军皆寓于农。'张皇六师'，只是整理民众之意。金氏履祥曰：'张是不弛其劳，皇是不轻其事。'"④ 方宗诚引用朱熹的话对"张皇六师"进行了合理的解释，同时他也罗列出金履祥的见解以供参考。还有对《吕刑》的考证："祥刑"，当作"详刑"。《后汉书》刘恺曰："非先王详刑之意也"。李贤注："《尚书》曰：'告尔详刑'，郑玄注云：'详，审查之也。'《集传》皆误。"⑤ 他用刘恺、李贤等人的注解文字来证明《吕刑》中应是"详刑"而非"祥刑"，同时也指出《集传》的错误之处。可以看出姚鼐的尚考证思想在方宗诚学术中的影响。

再次还需要指出的是在风格点评方面，方宗诚和姚鼐也有相似之处。作为前辈的姚鼐在《古文辞类纂》中经常抒发对选文风格的评价。例如对贾谊《过秦论》的点评，说"固是合后二篇，义乃完，然首篇为特雄骏闳肆"⑥。点评首篇文章的风格是"雄骏闳肆"，可以说十分有概括力。另外姚鼐还采用他人的点评来表达对文章风格的看法，例如在李习之的《复性书三首录其末》篇末云："海峰先生云：出入起伏，纵横如志，甚雄而畅。"⑦ 他引用刘海峰先生的话，可见他是赞同对方对选文的风格点评。

与姚鼐很接近的是，方宗诚在《论文章本原》中多处表达自己对文章风格的看法，有对气象作以点评的，"须玩其严肃而温厚之气象"⑧。(《牧誓》) 有对情感进行评价的，"须玩傅说之词，何等鼓舞匡直！读此可悟君相之道，而文之斐然恻然不待言矣"⑨。(《说命三篇》) 有对语气进行揣测的，"《伊训》及《太甲上篇》，何等恺恻深至！《太甲中篇》，何等鼓舞诱掖！《太甲下篇》及《咸有一德》，何等丁宁反復！"⑩。(《咸有一德》) 等等，诸如此类，不一而足。由此可见，方宗诚对风格点评的重视其实可以溯

---

① 姚鼐：《古文辞类纂》，浙江古籍出版社 1998 年版，第 15 页。
② 姚鼐：《古文辞类纂》，浙江古籍出版社 1998 年版，第 75 页。
③ 方宗诚：《论文章本原》，收入王水照主编《历代文话》第六册，复旦大学出版社 2011 年版，第 5640 页。
④ 方宗诚：《论文章本原》，收入王水照主编《历代文话》第六册，复旦大学出版社 2011 年版，第 5647 页。
⑤ 方宗诚：《论文章本原》，收入王水照主编《历代文话》第六册，复旦大学出版社 2011 年版，第 5648 页。
⑥ 姚鼐：《古文辞类纂》，浙江古籍出版社 1998 年版，第 18 页。
⑦ 姚鼐：《古文辞类纂》，浙江古籍出版社 1998 年版，第 110 页。
⑧ 方宗诚：《论文章本原》，收入王水照主编《历代文话》第六册，复旦大学出版社 2011 年版，第 5635 页。
⑨ 方宗诚：《论文章本原》，收入王水照主编《历代文话》第六册，复旦大学出版社 2011 年版，第 5632 页。
⑩ 方宗诚：《论文章本原》，收入王水照主编《历代文话》第六册，复旦大学出版社 2011 年版，第 5632 页。

源至姚鼐身上，同时可以发现，方宗诚对风格的体察更为细腻，而且更多抒发自己的阅读体验。

最后，在章法分析方面，姚鼐也同样为方宗诚做了良好的示范。例如他分析韩愈的《原道》："论仁义道德，是求其端。自'古之为民'以下五段，皆讯其末之事。"[①]所谓章法，就是文章的结构脉络。姚鼐这里将文章划分为开端和末尾，对文章的结构进行了合理的划分，这样既符合他揭示文法的目的，也便于读者观览和学习。此外姚鼐还有对韩愈《师说》的分析，"授句读及巫、医、乐师、百工，未尝非授业，但非传道、解惑耳。此两段明是以授业之师，陪传道解惑之师，而用笔变化，使之不觉"[②]。对段落大意进行简要总结，分析用笔变化，姚鼐对文法的剖析可谓是入木三分。

后来的方宗诚深受影响，他有对整部作品的章法进行宏观分析的，"《孟子》之文，一段有一段之章法，一章有一章之章法。又有连数章是一章，又有连一篇是一章。章法者，所谓大营包小营也，分观合观无所不妙。其开合纵横，虚实先后，起伏照应，线索串插，极齐整亦极变化，无非是义理精熟、一以贯之之妙"[③]。整体分析《孟子》的章法特点，可以在读者进入阅读前起到很好的提示作用。此外还有对具体章节的章法分析，"首章历叙道统，次章以孔子之言直接道统，末章知命、知礼、知言，乃示万世学者以接道统之全功也。数百言中，而天下万世之学术、治术，包罗无不尽，真神化之文也"[④]。(《尧曰》)在对首章、次章和末章分别进行大意分析之后，再整体总结该文的整体特点，方宗诚对章法的分析和姚鼐如出一辙。

通过上文的梳理可以看出，桐城派的主流大家姚鼐的古文思想对方宗诚产生了不容忽视的影响，换句话说，方宗诚在桐城派主流文人的散文理论中取法颇多。

二 方宗诚文章学与清代理学及经世之学

理学从南宋开始形成，至清代已经有了不同的内涵。清代理学又被称为宋学，主要包括程朱理学和陆王心学。有学者总结清代的理学主要有以下特点。第一是无主峰可指，无大脉络可寻。第二是学理无创新，重在道德规范。第三是宋学与汉学既相互贬抑又兼采并蓄。[⑤]这种总结看到了清代理学宏观层面的特点，具体而言，清代理学的发展按照时代可以大致分为清代初期理学、清代中期理学和清代晚期理学。

乾嘉以前属于清代初期理学，该时期理学在考据之风的盛行下并未获得太多关注，虽然也带有传统理学中程朱思想的影子，但是已经酝酿了一些实用趋时的因素。乾嘉

① 姚鼐：《古文辞类纂》，浙江古籍出版社1998年版，第33页。

② 姚鼐：《古文辞类纂》，浙江古籍出版社1998年版，第58页。

③ 方宗诚：《论文章本原》，王水照主编《历代文话》第六册，复旦大学出版社2011年版，第5661页。

④ 方宗诚：《论文章本原》，王水照主编《历代文话》第六册，复旦大学出版社2011年版，第5656页。

⑤ 龚书铎：《清代学术史论》，紫禁城出版社2014年版，第17页。

以后，国家的内忧外患愈演愈烈，政治、经济、文化均受重创，在诸多危机的冲击之下，理学逐渐出现了复兴。这时期的理学，更加注重对伦理纲常名教的提倡，其主要目的在于借助封建纲常来钳制人们的思想，归顺朝廷的统治。同时，针对当时汉学主导的局面，许多人重新挖掘清初理学家的闪光点，从而使理学的学术地位取得了极大的突破。至道咸同时期为晚清理学，该时期理学的地位达到最盛。理学与政治的联系愈加紧密，程朱理学的著作受到重视并不断辑录刊印，书院林立，弟子众多。学者车冬梅指出，“晚清理学学术思想中继承性最大的特色就在于对程朱学说的绝对信奉”①，“部分理学家将理学与经世致用思潮结合，并创造出最佳的契合点，使理学具有了致用性，克服了考据学的学术空疏……晚清理学家在不断向经世方向发展，寻求治世的思路，既表现在日常事务上，又反映在理学家对社会政治、经济的关心方面”②，“晚清理学的融合性主要表现在不争门户、不讲门户之见”③。

生活在清中后期的方宗诚不可避免的会受到时代的影响。他的文章学观念受到清中后期理学的影响较多，主要体现在三方面，首先是对程朱理学的遵从，方宗诚指出康熙年间皇帝尊崇程朱理学，在学校中以程朱理学为宗，形成了敦厚朴实的学术风气。故“多修身有本，治家有法，经济权变，有猷有为，而不致误国以毒民，学术正而风气之厚世运之隆因之，理固然也”④。这种提倡正如清中后期理学家对程朱理学的推崇一样。方宗诚在《谢曾节相保荐书》中也提及自己的志向，“欲为穷理之学，究心经史文章，冀缵先绪，以慰两亲幽冥蜀望之心，如是而已”⑤，可见他对理学有着非常坚定的信念。

其次，赋予理学实用色彩。方宗诚在《读宋鉴论》中宣扬程朱理学，更是将程朱理学与经世紧密结合，阐明理学的经世之用⑥。他的《俟命录》一书，主要通过研究天灾人祸及其他治乱缘由，来说明士大夫应该遵从正学、本于纲常，从而解决社会难题，于世有用。这种观念和清中后期理学家经世致用、明体达用之观点非常接近，由此也可看出清中后期理学对于方宗诚的影响。

最后，对宋学和汉学的兼收。例如方宗诚在《柏堂读书笔记叙》中所言：“古人读书所得，往往随笔记之，以备遗忘，有专发明义理者，如真氏读书记，薛氏读书录之类是也，有专考证训诂名物史事者，如何氏读书记，王氏读书杂识之类是也，宗诚学识孤陋，浅见寡闻，不足以于前人述作之列。”⑦ 可以看出他对于崇尚训诂的汉学和发扬义理的宋学均有涉猎，并没有明显的排抑某一方。这与清中后期理学家汉宋兼取的特点十分吻合。

---

① 车冬梅：《晚清理学学术研究》，博士学位论文，西北大学，2005 年，第 33 页。

② 车冬梅：《晚清理学学术研究》，博士学位论文，西北大学，2005 年，第 34 页。

③ 车冬梅：《晚清理学学术研究》，博士学位论文，西北大学，2005 年，第 34 页。

④ 方宗诚：《柏堂集续编》，《清代诗文集汇编》第六七二册，上海古籍出版社 2010 年版，第 256 页。

⑤ 方宗诚：《柏堂集续编》，《清代诗文集汇编》第六七二册，上海古籍出版社 2010 年版，第 288 页。

⑥ 周毅：《方宗诚〈读宋鉴论〉的经世旨趣》，《漳州师范学院学报》（哲学社会科学版）2012 年第 4 期。

⑦ 方宗诚：《柏堂集后编》，《清代诗文集汇编》第六七二册，上海古籍出版社 2010 年版，第 431 页。

具体而论，方宗诚的理学思想受到倭仁、贺长龄和曾国藩的影响。倭仁是清末一位非常著名的理学家，他的理学思想也十分独特，有学者评价说："倭仁治理学，既没有像唐鉴、吴廷栋那样热衷于程朱陆王之辨的争论，也不像曾国藩等理学经世派那样切实考求经世之学，而是潜心于程朱道德论的探究，着重重申、阐发理学道德论的'诚'、'敬'、'慎独'、'居敬穷理'等思辨性的理论概念，从而在清末咸同时期的程朱理学'中兴'的活动中擎起了'正学'正宗的旗帜，称为继唐鉴之后恪守程朱理学的'一代儒宗'。"[①] 倭仁最突出的贡献就在于，他对于程朱理学道德论的坚持探索，维护清代理学的地位，并在当时的学术界和政治界产生了相当大的影响。方宗诚在《书小学论后》中认为，康熙年间推崇朱子之学，是十分必要的事情，他还强调："又取性理小学命题，使发为讲论，以观士子所学之真伪浅深，而定去取，其所以扶持正学，培养人心者至矣。"[②] 认为只有士子敦行仁义，坚守准绳，淳朴温厚，就可以培养国家之元气，从而可以使得世运昌隆，学术大兴。从这些观念可以看出，方宗诚受到倭仁的程朱道德论的一些影响。

此外，贺长龄是嘉道年间经世派的主要代表，他十分强调躬身笃行，为理学赋予了一定的实践意义。他提到："我辈读书非关身心性命，即系天下国家，余可概置弗阅。"[③] 可见他对经世致用的推崇。贺长龄与魏源合编的《国朝经世文选》可以说是其经世思想的集中表现，"目前学术界一直认为该书是中国近代经世学的划时代文献，标志着嘉道年间经世思潮的形成"。[④] 他的经世之学主要体现在对程朱理学的遵从，同时汉宋兼采，又能将经世之学反映在政治实务当中，像当时的铨选、盐务、赋税、运河等诸多问题，他都有所思考。这种经世的思想在方宗诚的文章学中也有所体现。他的师长方东树曾说过："藏书满家好而读之，著书满家刊而传之，诚为学十之雅素，然陈编万卷，浩如烟海，苟学不知要，敝精耗神，与之毕世，验之身心性命，试之国计民生，无些生益处，此只谓之嗜好，不可谓之学。"[⑤] 也就是说和国计民生无关的知识就不能称之为真正的学术，强调经世致用，崇尚务实的学风。方宗诚深以为然，他在剖析自己学术渊源的时候说"宗诚之知穷经考史，遍观儒先之书，而以朱子为宗，又慕效史汉八家文体，而不喜为空言，必以义理为归，实用为主，皆先生所启发也"[⑥]，他认为自己的学术特点之一就是以实用为主。另外，方宗诚在文章中多次向曾国藩建言献策，发挥了文章的政治功用，他还评价《尚书》为"尤足以为有国有家者之鉴哉"，可以看出他对文章政治功用的赞赏。

还有在理学方面对方宗诚产生影响的是曾国藩，曾国藩作为晚清理学的主要代表

---

① 史革新：《倭仁与晚清理学》，《中州学刊》1997年第4期。
② 方宗诚：《柏堂集续编》，《清代诗文集汇编》第六七二册，上海古籍出版社2010年版，第256页。
③ 贺长龄：《耐庵奏议存稿》，收入沈云龙主编《近代中国史料丛刊》，文海出版社1971年版，第1980页。
④ 刘鹤：《贺长龄经世思想研究》，硕士学位论文，湖南师范大学，2005年，第46页。
⑤ 方东树：《书林扬觯》，《书目类编》第九十二册，台北成文出版社1978年版，第41516页。
⑥ 方宗诚：《柏堂集后编》，《清代诗文集汇编》第六七二册，上海古籍出版社2010年版，第446页。

之一，也受到该时期恪守程朱、汉宋兼采、崇尚经世致用的风气影响。但是曾国藩又具有自己独创之处，其一是他通过采纳宏伟的汉赋、严谨的史传文，来丰富桐城散文的疲弱之弊。方宗诚深受影响，在《论文章本原》中他提及的文章体裁不仅有文学类的奏议、诏令、书说等，还包括史传类的纪传、本纪、年谱等，可以说这种文史兼备的宏阔视野其实是受曾国藩影响。其二，曾国藩在理学上十分强调"礼"的作用，他尝试以"礼"来解释理学中的诸多问题。例如人事方面，用"礼"解释封建礼教，政治方面，用"礼"来构建封建礼治，在学术方面，用"礼"来统领义理、考据、辞章、经济四科。"他以礼为国家大政礼俗教化之大本，实施礼治，推行礼教，事功建树乃他人所莫及"。[①] 这种对"礼"的重视，其实在一定程度上是对规则法度的重视。方宗诚也受之影响，他没有像曾国藩那样重视"礼"的作用，但是他十分强调规则，强调文章对性情的影响，强调为文必须有文法。可以说曾国藩的观点是统治阶层维护封建统治的一套工具，而方宗诚却是个体立场上对为学为文及为人方面的自我约束，两者虽然侧重点不一样，但是殊途同归。

三　方宗诚文章学与曾国藩古文理论？

要谈论方宗诚文章学和曾国藩古文理论的关系，首先需要对二人的交游情况有所了解。汪长林、方盛良在《方宗诚与曾国藩交游述考》中指出："其中年以后的治学、交游、为官诸行谊，在一定程度上却与曾国藩有着重要的联系。他与曾国藩的关系名分上是幕僚与府主，情感上却亦师亦友，俨如弟子之于恩师。"[②] 确如这二位学者所言，方宗诚和曾国藩的交游涉及治学、为官、军事等诸多方面，为避免行文冗杂，本文不对二人的行止进行精确的考证，而是删繁就简，从二人关于文学方面的切磋进行分析。

根据《方柏堂先生事实考略》的记载，方宗诚和曾国藩初次就文学方面的往来是在咸丰十年（1858），这一年方宗诚 43 岁，曾国藩在书信中提到："曩时得竹如方伯书，盛称道足下，并寄示所为文数篇，义正气厉，持论侃侃不挠，心向往久之。昨辱惠书，及大著《俟命录》。于古今治乱得失，人才消长之故，及比年战守成败之所以然，反复推论，一归其本于忠孝廉耻，而秉正嫉邪之气，凛然不可干。益信学有根柢，方伯所称为不谬。而桐城文献节义之邦，处乱离而留心当事之务者，远盛他邑，益想诸老流风弥久不沬也。人心习于苟且非一日矣，士大夫以不恤国事，同俗自媚于众人，为善草茅谈道艺者，一惟功利是趋。足下于扬波导沸之中，能独挺流俗，力追古人，遭世多艰，黯然自守，笔诸书以见志，所谓俭德辟难，硕果不食者，庶几近之。"[③]

---

① 张昭军：《曾国藩理学思想探析》，《北京师范大学学报》（社会科学版）2004 年第 3 期。

② 汪长林、方盛良：《方宗诚与曾国藩交游述考》，《安庆师范学院学报》（社会科学版）2005 年第 2 期。

③ 陈澹然：《方柏堂先生事实考略》，《北京图书馆藏珍本年谱丛刊》第 163 册，书目文献出版社 1998 年版，第 101 页。

在这段文字中曾国藩主要表达了三层意思：其一，表达对方宗诚的文章及《俟命录》的欣赏，认为其文义正派、词气犀利，认为他学有根柢，即对儒家仁义忠孝的坚守；其二，盛赞桐城的文学传统，认为桐城文人身居乱离但不忘国事，乃是前辈流风所熏陶；其三，对方宗诚的独绝流俗、节俭坚韧的品格表达由衷的赞赏，也隐隐透露出对世道衰微、人心不古、唯利是图等社会现实的深沉殷忧。方宗诚在此前也是通过阅读曾国藩的相关奏议，对其佩服有加。"往年于邸钞中得读执事奏议，皆关国家根本之计，私与朋辈窃叹，以为斯言果能施用，将何坐见德化之成也"①。可以看出他对文学关乎政治这一实用功能的赞赏。此外，方宗诚也表达过对曾国藩的文学才能的钦佩："承执事召归从戎，已略陈微志于左右，嗣以我公勋德学问卓然可师，故应命南旋踵门，上谒蒙执事列诸养士之末，而月廪饩之，每进见瞻仰德辉，窃听绪论，不特忠诚雅量，深识远谋，可宗可法，即公事余暇，论学论文，亦皆足以起懦气而开益神智。"②他对曾国藩伟大的人格十分钦佩，还为其深厚的文学素养所折服。

值得一提的是，方宗诚还对曾国藩的读书属文、谈论学术、文章宗法等内容有详细记载，"读书属文作擘窝大书，仍日不间，舟车行陈之间亦然，在安庆时，见其日诵毛诗，常曰，余于诗讽咏而已，其不可解者，不强解也，又曰，余于孟子子路人告之有过一章，日必三复之焉，在济宁舟中，见其日读礼记，虽盛暑不废，尝言圣王所以平物我之情，而息天下之争，内之莫大于仁，外之莫急于礼，又言先王之道，所谓修己治人，经纬万端者，何归乎？亦曰，礼而已矣，故平生于文献通考，五礼通考，尤所伏膺，其论学术，于程朱陆王，以及近代汉学考证家言，皆务持平博综，兼收而不失之杂，特立一宗而不失之偏，尝谓，君子之言也，平则致和，激则召争，辞气之轻重积久，则移易世风党仇讼争而不知所止，其于文章，则以姚惜抱氏义理考证辞章三者兼至为程，而要以心术正大洁白为本"③。

在读书属文方面，曾国藩除了勤奋读书之外，还对方宗诚有三点启发：其一，不能理解的部分不可强为之解；其二，书读百遍，其义自现，对于一些经典需要反复阅读；其三，将文学经典联系现实进行思考，并做出行动上的实践。在谈论学术方面，曾国藩对于程朱理学、陆王心学，到近代尚考证的汉学等，都采取客观平等态度对待，兼收并取，特立一宗，同时他还提倡通过和缓的言辞来抚平争端，持之以恒即可转变社会风气。

在文章宗法方面，曾国藩以姚鼐的义理考据辞章三者兼备为法度，同时又坚持以心术正大洁白为根本。方宗诚对曾国藩的读书属文、谈论学术、文章宗法记载的十分详细，而且辅以亲切生动的例证，可见曾国藩在学问上对他的确有不小的影响。

还有，曾国藩曾用论语中的典故评价方宗诚，被方宗诚记载在文章中："余初见公

---

① 方宗诚：《柏堂集续编》，《清代诗文集汇编》第六七二册，上海古籍出版社 2010 年版，第 279 页。

② 方宗诚：《柏堂集续编》，《清代诗文集汇编》第六七二册，上海古籍出版社 2010 年版，第 288 页。

③ 方宗诚：《柏堂集续编》，《清代诗文集汇编》第六七二册，上海古籍出版社 2010 年版，第 452 页。

安庆，将反鄂，公撰楹联以敛器宏学识为训，右埭贡生杨德亨公与为布衣交，问公方某何如。公曰，论语益者三友三乐，存之有其五，所少者乐节礼乐耳，又曰卫武公切磋琢磨，瑟僩赫喧，存之赫喧而未能瑟僩，是其所宜致力者，余闻而深警之，何其训言之明切而深至也。”① 他认为方宗诚具备《论语》中孔子所说的益者三友、益者三乐中的五种，而在让自己的行为有节度并且合于规范这一乐上面有缺失，还认为方宗诚地位显赫上没有问题，但是没有做到仪容庄重、神态威严。这种评价无疑是逆耳忠言，于是方宗诚听闻之后深刻自省，并佩服曾国藩评语深切到位。曾国藩还评价方宗诚的文章每失于率易，要求他下字炼句须讲训诂，方宗诚自己也深刻反省：“且宗诚自反，率易二字，不特文辞之病，性情学术大都犯此，所谓苟者，动静语默，往往类然，岂止下字造句之间耶，则所当刮磨者，似尤有本原在而不徒文字，当懔尊训也。”② 他不仅反省自己在文辞上的弊病，还深入反省自己在性情及学术上的不足。

另外，方宗诚也有评价曾国藩的一生的语句：“嗟乎，公之德，如诸葛韩范，而学问文章则过之，文不亚欧曾王，而勋业则欧曾王所不逮，博学如杜马，而洞澈大原，又杜马之所不能也，然公自视若无有德行勋业文学，时歉然以为一无所成，孜孜然造次颠沛必于是，至老死而不休，是尤人所不可及者。”③ 他对曾国藩的德行、功勋、文学等方面都进行了比较与评价，可以看出他对曾国藩发自内心的钦佩。同时方宗诚也把曾国藩的教诲时刻谨记在心，“惟有穷经好古，以求明体达用，自守淡泊，而轸念天地民务之心，不敢一日忘，文章经济，必求本源，身心性命之学，必求能致之于用，考证经史，精神不能遍及，而必求通其大旨要义，日就月将，不敢稍懈，聊以报教育之德耳”④。可以看出，方宗诚认为，通过文章经济与实用相结合，对考证文史要尽可能通其大意，坚持不懈才可以报答曾国藩的教育之恩。通过这些论述，可以得知方宗诚和曾国藩在文学上有十分频繁的往来。

方宗诚和曾国藩二人在文学方面的频繁交往，让他们在文章观念上达成了某些方面的一致。首先在文学本体上，曾国藩对文道关系持辩证看法，例如他曾经提到：“其或体道而文不昌，或能文而道不疑凝，则各视乎性之所近。”⑤ 曾国藩认为对文或道有所偏重，是由于性情不同，同时他也看到了文和道之间的区别。方宗诚认为，道与文相比，其重要性不言而喻。他在《论文章本原》中谈道：“韩昌黎、柳子厚皆穷六经，所以其文高于千古。然惜其皆穷六经之文，而于六经明体达用之实理，犹未能尽反之于身心，而施之于事物也，故其文仍不及三代远甚。昌黎曰：‘上规姚姒，浑浑无涯。《周诰》、《殷盘》，佶屈聱牙。《春秋》谨严，《左氏》浮夸。《易》奇而法，《诗》正而

---

① 方宗诚：《柏堂集后编》，《清代诗文集汇编》第六七二册，上海古籍出版社 2010 年版，第 453 页。
② 方宗诚：《柏堂集后编》，《清代诗文集汇编》第六七二册，上海古籍出版社 2010 年版，第 742 页。
③ 方宗诚：《柏堂集后编》，《清代诗文集汇编》第六七二册，上海古籍出版社 2010 年版，第 452 页。
④ 方宗诚：《柏堂集后编》，《清代诗文集汇编》第六七二册，上海古籍出版社 2010 年版，第 756 页。
⑤ 曾国藩：《曾国藩全集》书信（三十一），岳麓书社 2011 年版，第 134 页。

葩。’其所取于六经者，只是取其文，此所以差也。柳子厚曰：‘本之《书》以求其质，本之《诗》以求其恒，本之《礼》以求其宜，本之《春秋》以求其断，本之《易》以求其动。’其所取于六经者，亦只是用之于文，所以差也。”[①] 他认为韩愈和柳宗元在对六经的学习上，只是偏重于文，而没有深入至道的层面，这就是他们二人不完美的原因。

另外，方宗诚还认为文章一事，无外乎文与道两个层面，而后世的学人，大多注意到学文章的文的层面，而忽略了对道的领悟。由此他撰写《论文章本原》，目的是“以其文之妙指示一二，以博其趣，且使明夫道盛则言文，无别求文于道之外也”[②]。也就是说，他认为道才是文章的根本，而文实际上是依附于道而生的，人们本不该由文入手探寻文章本质，而是应该由道进入，方可探寻文章之内核。可以发现，曾国藩对文道关系的认识，实际上是模棱两可的。他在道光、同治和咸丰时期的文道观念经常发生变化，这种游移徘徊的状态，显然体现其并没有对文道关系有清晰完整的确定认识。与之相比，方宗诚对于文道关系的认知就明了许多，道是文章的根本，文乃依附道而生。同时必须关注的是，方宗诚所提倡的“道”，并不是儒家的人伦纲常之道，而是切中文章要害的明体达用之旨，也就是文章学上的道。这一范围的划定，也斩断了诸多概念上的纷扰，从而较曾国藩的文道观念更明确。

其次，在文章功用方面，曾国藩标举经世说，强调古文创作要对现实有用处。他在姚鼐的义理、考据、辞章之外附加经济一门，并对之做出了心得阐释：“为学之术有四：曰义理，曰考据，曰辞章，曰经济。义理者，在孔门为德行之科，今世目为宋学者也。考据者，在孔门为文学之科，今世目为汉学者也。辞章者，在孔门为言语之科，从古艺文及今世制义诗赋皆是也。经济者，孔门为政事之科，前代典礼、政书及当世掌故是也。”[③] 他把经世致用的思想融入古文创作之中，和辞章相融合，体现出一个古文家的现实关怀。曾国藩为后人称道的也是这一点，他将桐城派从古文的狭小圈子中解放出来，开始观照现实社会，极大地拓展了文学的创作空间。

与之相似的是，方宗诚也曾表达自己对经世之学的服膺，“宗诚自少不乐仕进，而于学术治道、国计民生，则无一刻忘于心。二十年来专心讲明义理、经济、文章之学，以为义理所以立本，经济所以济世，而文章可以发挥道蕴，推明事理，纪载忠孝、明儒、循吏之实迹，以感人心而振士气，是亦义理之用也”[④]。可以看出，方宗诚所认为义理、文章和经济都是有益于世用的，这与曾国藩对文章经世功能的提倡不谋而合。

还有在文章体裁上，二人也有关联之处。桐城派姚鼐在选本《古文辞类纂》中把古文分为十三类：论辩、序跋、奏议、书说、赠序、诏令、传状、碑志、杂记、箴铭、

① 方宗诚：《论文章本原》，王水照主编《历代文话》第六册，复旦大学出版社2011年版，第5618页。

② 方宗诚：《柏堂集后编》，《清代诗文集汇编》第六七二册，上海古籍出版社2010年版，第444页。

③ 曾国藩：《曾国藩全集》诗文（十四），岳麓书社2011年版，第487页。

④ 方宗诚：《柏堂集外编》，《清代诗文集汇编》第六七二册，上海古籍出版社2010年版，第691页。

颂赞、辞赋、哀祭。曾国藩在《经史百家杂钞》中把古文分为十一类：分别为论著、序跋、奏议、书牍、典志、哀祭、传志、叙记、词赋、诏令、杂记等。此外曾国藩还将这十三类文体划为论著门、记载门和告语门三种。方宗诚的《论文章本原》并不是古文选本，其中也并没有对古文体裁分类有明确的划归，但是他在书中提及的文体有本纪、列传、诏令、檄文、军令、诗歌、告示、奏疏、年谱、论辩、书说、奏议、游记、策论、赠序、论赞等，其中很多文体都和曾国藩所论及的文体有重合。这种重合体现出二人对于文章体裁的某些一致性认识——实用性的目的、传递信息的功能、适应不同场合及身份的需求等。

最后在文章气势方面，二人也不谋而合。曾国藩提出了一套体系完整的“气”论。他认为“气”主要包括作家气质、文气和气势三个方面。在创作中，作者要将胸中之气贯通在行文之中，从而展现出一定的气势。无独有偶，方宗诚在《论文章本原》中评价《皋陶谟》时说：“古人文法高简，语似不属，而神脉起伏贯串，往往如此。”[①] 这种“神脉”也就是行文的气势，没有这种气势，文章便没有连贯的脉络。另外，方宗诚还在《读论语》中提到：“夫人之为言，必智足以知圣人，而后善言圣人之德行，必理明义精，性情纯粹无偏倚，而后能志圣人之言，一如圣人之口出，神理必见，而不滞于语言文字之间。”[②] 也就是说，必须要有足够的智慧去理解圣人，有纯洁无瑕的性情去志圣人之言，才能让语言像从圣人口中说出一样自然，这一点和曾国藩强调的作家气质十分相似。总而言之，方宗诚的文章观念和曾国藩的有诸多相似之处，二人长时期的交往以及在文学上的切磋，对方宗诚产生了很大的影响。

① 方宗诚：《论文章本原》，王水照主编《历代文话》第六册，复旦大学出版社 2011 年版，第 5624 页。

② 方宗诚：《论文章本原》，王水照主编《历代文话》第六册，复旦大学出版社 2011 年版，第 5624 页。

西方文论

文学经典及其经典化

彭建华*

（福建师范大学　福建福州　350007）

摘　要： 文学经典在英语中指Classics（古典、经典），或者指Canons（经典作家、封圣），它首先是一个文化的观念，也是一个从属于认知型和意识形态的观念。在19世纪欧洲文学学科的形成过程中，人们逐渐确立了“文学经典”的观念，它是文学的一种自觉意识，也是一种文学行为。文学上一直存在着严格的等级制，文学经典在现代文化中占据着崇高的地位。特定的文学经典作为文本产生于反复阅读和接受实践中，受到明显或强调的文化象征式的关注。每一种文化都必然树立自己的经典，这些经典在传统中往往发挥着正统的教育功能或者审美的、激发想象的、价值的，甚至实用的功能。所有的经典阅读和接受（无论是顺从的、抗拒的，或想象的）都是个体或群体的当下吁求，他/他们往往在经典上投射完全自主的主体性，也使得这些经典作品具有当前文化的活力与价值。文学经典及其经典化首先是一个话语权的问题，各时代的话语权力，尤其是话语霸权，总是乐于维护某些文学经典，甚至树立有利于话语操纵者集体利益的、新的经典。布尔迪厄认为，文学作品是一种特殊的文化生产的产品（或者文化资本），它处在自身运行的、变化的、充满竞争的权力场中。

关键词： 文学经典；经典化；文化生产；认知；等级制；意识形态

文学经典在英语中指Classics（古典、经典），或者指Canons（经典作家、封圣），它首先是一个文化的观念，也是一个从属于认知型和意识形态的观念。在西洋文学中，经典（classics）往往指（1）全部希腊和拉丁文学；（2）或者这些语言（例如英语、法语）中最伟大的作家；（3）人们从文学政治来区分“古典”和“浪漫”的对立，“经典”指某一种语言中的“标准作家”，表示这个/这些作家在他/他们自己领域中的伟大或永恒性和重要性。“从古典、浪漫相争的角度来看，把一件艺术品称作‘古典的’，要么是最高的褒扬，要么是最大的贬损，这都随评论者属哪一派而定。”这个词暗示了

* 作者简介：彭建华（1970—），文学博士，副教授，主要从事欧洲文学研究、翻译研究，现在福建师范大学（Fujian Normal University）文学院任教。在研课题：国家社科基金一般项目“莎士比亚戏剧的早期版本研究”（项目编号：18BWW082）。

某些特定的优点或者缺点："不是形式的完美，就是绝对的呆板。"[①] 布鲁姆《西方正典》(Harold Bloom. *The Western Canon*: *The Books and School of the Ages*, 1994) 则表达了对社会正义、思想标准和审美标准的担忧，"经典是具有宗教起源的词汇，如今已成了为生存而互相争斗的文本之间的选择，不管你认为这个选择是由谁做出：主流社会、教育体制、批评传统，或如我主张的是由那些自认为被某些古代名家所选中的后起作者。一些学术激进派人士近来甚至主张，跻身经典的作品是由成功的广告和宣传捧出来的"。[②] 张隆溪《人文学科的价值、辩护、危机与前景》为此提出了有益的反思。[③] 虽然 E. D. 科尔巴斯区分了经典化 (canonization) 和经典性 (canonicity)，但并没有在文学本体论（例如：本质主义）与认识论之间找到可能的调和或妥协。[④]

经典作为文化的系统符号，它可能是口头的，但主要是用文字记载的。作为希腊经典的"荷马史诗"，作为印度经典的《摩诃婆罗多》和《罗摩衍那》，作为北欧（冰岛）经典的"萨迦"和（芬兰）经典的《卡勒瓦拉》，作为印第安文化的经典《波波尔·乌》和《奥扬泰》，等等，最初都是口头的文本。应该承认，一切用文字记载的经典才有可能继续被人们阅读和接受，例如亚里士多德《诗学》对埃斯库罗斯、索福克勒斯和欧里庇得斯等希腊诗人的论述就是希腊经典化的一个显著事例。作为经典的莎士比亚似乎是无可争议的，但其中包含了较多原本不该忽略的实践知识。

Canon/Cannon（经典作家、封圣）是一个十分欧化的词语。该词源出希腊语 (κανων，标尺、量尺、标准)，在中世纪该词指教会的规则、律典与法令，后来指教会的"封圣"（确立典范），在天主教中，宣称某个去世的信徒是圣徒，并把他载入圣徒名单，甚至举行特殊的宗教仪式。最早的封圣出现在中世纪，804 年罗马教皇利奥三世把斯威伯忒 (Swidbert, or Swibert) 册封为圣徒，993 年教皇约翰十五把奥尔里奇 (Ulrich of Augsburg, Uodalric or Odalrici) 册封为圣徒。威克利夫 (John Wycliffe) 英译《圣经新约·启示录》(*Apocalypse*) 的引言 (Prologue) 中首次使用 Canon 表示天主教圣书、天主教教会认定的宗教作品、权威的宗教书籍 (authoritative scripture) 等，(In the bigynnyng of canon, that is, of the bok of Genesis, 1382)。虽然修辞学家迪尼苏斯奥 (Dionysius of Halicarnassus)《致庞培乌斯的书简三》(*Letter to Gnaeus Pompeius*, 3) 宣称希罗多德《历史》是最高的典范 (the highest kanōn of the Ionic dialect, Thucydides of the Attic)，[⑤] 但 Canon 指文学作品（文本）的用法是极少的。

---

① ［英］T. S. 艾略特：《艾略特诗学文集》，王恩衷编译，国际文化出版公司 1989 年版，第 188—189 页。

② ［美］布鲁姆：《西方正典：伟大作家和不朽作品》，江康宁译，译林出版社 2005 年版，第 14 页。

③ Zhang, Longxi, "Valeurs, défense, crise et avenir des sciences humaines",《Diogène》, 2010 (1-2), n° 229-230, pp. 91-108.

④ E. Dean Kolbas, *Critical Theory And The Literary Canon*, Boulder: Westview Press, 2001, pp. 106-111.

⑤ George A. Kennedy, "The Origin of the Concept of a Canon and Its Application to the Greek and Roman Classics", in *Canon vs Culture*: *Reflections on the Current Debate*, Jan Gorak (ed.), New York: Garland Publishing, 2001, pp. 105-116.

1885 年《不列颠百科全书》（*The Encyclopœdia Britannica*）首次出现 Canon 意指非宗教的书籍（XIX. 211/1 The dialogues forming part of the "Platonic canon".），然后该词被运用到西方文化的文学、音乐、美术、美学、哲学、影视等领域。1953 年 C. J. 塞松（Charles Jasper Sisson）编辑《莎士比亚全集》（*William Shakespeare: the Complete Works*）使用 Canon 指莎士比亚作品［p. XVIII（heading）The canon and the text.］。1990 年塞尔（John Searle）认为，Canon（经典、经典作家）指西方（文化）的知识传统自古代以来的作者（及其作品），也就是说，在哲学领域，从苏格拉底到维特根斯坦；在文学领域，从荷马到乔伊斯（James Joyce）。[①] 布鲁姆（Harold Bloom）《西方正典》（*The Western Canon: The Books and School of the Ages*, 1994）使得 Canon（经典作家）一词广泛地运用于文学领域。

18 世纪欧洲，文学表示社会上有价值的创作作品。19 世纪欧洲的教会大学（首先在德国）产生了人文主义学科（the Humanities），古典文学被纳入科学学科的研究范围，而且还对文艺复兴以来的现代作家"经典化"（Canonisation）。显然，圣伯夫、T. S. 艾略特、布鲁姆等都归属于这一人文主义传统。文学学科的自觉意识使得人们从本质论与存在论（Substantialism, Ontology）或者认识论与现象学（Epistemology, Phenomenologism）出发来界定文学经典，前者从文化传统定义了文学经典是什么，后者从社会动态体系呈现了文学的经典化，即一个作家或者某个作品如何成为经典。本文将考察文学（作品）的生产与流通、消费，以揭示文学在特定社会文化中的竞争关系、选择机制以及经典的成立。朱国华《文学"经典化"的可能性》把所有的经典化理论划分为本质主义（Substantialism）经典化理论和建构主义（Constructivism）经典化理论。本质主义经典化理论即是一种将经典的构成条件限定在文学作品内部的观点，这种基于精英主义立场的理论确立了一个不言而喻的公设：经典的美学特质作为一种潜能客观地存在于经典的内部，期待着读者的美学性情与之相遇从而使之激活。建构主义经典化理论却认为，经典是由于外部的因素所发明出来或至少是生产出来的，而不是由于其自身先天的美学条件。经典的观念不过是意识形态的一种表现，例如，反映了"已死的欧洲白种男人"的价值观。文学经典是通过各种不同的经典化机制在不同的历史语境下获得其特权位置的。[②] 值得指出的是，建构主义是心理学日内瓦学派的皮亚杰（Jean Piaget）和维列鲁学派的维果斯基（Lev Vygotsky）等提出的认知理论。

符号学把文本看作任何可读的对象，一种传达普遍意义（信息）或者象征意义的符号。罗兰·巴特（Roland Barthes）写道："我们将文本定义为一种语言跨越的手段，它重新分配了语言次序，从而把直接交流信息的言语和其他已有或现有的表述联系起来。"巴特认为，任何一个文本都是交互文本，交互文本是一个无名格式的总

---

① John R. Searle, "The Storm Over the University", *The New York Review of Books*, Vol. 37, No. 19, December 6, 1990.

② 朱国华：《文学"经典化"的可能性》，《文艺理论研究》2006 年第 2 期。

场，其他文本程度不等地以多少可以辨认的形式——先前的和环绕（文本）的文化的文本形式——存在于这一文本之中。克里斯蒂娃（Julia Kristeva）认为，文字词语的概念，不是一个固定的点，不具有一成不变的意义，而是文本空间的交汇，是若干文字的对话，即作家的、受述者的或人物的，现在或先前的文化语境中诸多文本的对话。人们至少可以从中读出另一个语词（文本）来，每一个文本把它自己建构为一种引用语的马赛克（镶嵌品）；每一个文本都是对另一个文本的吸收和改编。克里斯蒂娃将文本区别为现象文本（phénotexte）和生成文本（génotexte）。克里斯蒂娃《小说文本》（*Le texte du roman*，1970）认为，任何一个文本中都隐藏着一个文化中的文化传统积累，是“书中之书”。热奈特（Gérard Genette）认为，从根本上讲，文字是跨文本的（transtextual），或者说是一种产生于其他文本片断的“二度”结构。因此热奈特提出了跨文本性（transtextuality）的五个主要类型：（1）文本间性，指一个文本与可以论证存在于此文本中的其他文本之间的关系，包括引语、典故、原型、模仿、抄袭等；（2）准文本（paratext），指一部作品的序、跋、插图、及护封上的文字；（3）原文本性（metatextuality），指与评论（commentary）的关系，这种评论把一个文本与此文本所谈论的另一个文本联系起来；（4）超文本性（hypertextuality），指把超文本（hypertext）同一个前文本（hypotext）联系起来的任何关系，超文本在前文本的基础上进行了“嫁接”（grafted），其“嫁接”的方式与评论的方式迥然不同；（5）原文本（architext），指组成文学领域的种种类型的等级体系（the hierarchy of genres）。因此，把文学经典简化为文本（Text）显然是一种误解，例如，保尔·劳特（Paul Lauter）《经典与互文性》（Canons and Contexts，Oxford University Press，1991）就表达了如此观点。在一个自主的文学/文化传统中，在某个时期共存着成百上千的文学作品（文本），仅有一二个作品经历了严峻的竞争后（应该强调其中的选择机制与汰除过程），被尊崇为经典的作品或者伟大的作品（文本），占据了严格的文学等级体系中的高位，然后它们被持续的接受与阅读，总是成为挑剔的、多少有些自以为是的评论的关注热点。纵然它们引来较多的争议，甚至招致否定性的批评，只要它们还有一些忠心耿耿的拥护者和赞美者，这些经典作品的文学地位依然是不可动摇的。在现代商业化社会，舆论与主流意识形态总是容易被经典作品（文本）所吸引，无所保留地对它们献上并非多余的崇敬。

一　文学学科的确立与文学上的等级制

在19世纪欧洲文学学科形成的过程中，人们逐渐确立了“文学经典”的观念，它是文学的一种自觉意识，也是一种文学行为。与汉语文言“文”（文学）的观念不同，Literature（文学）是一个欧式的概念，原初与教育并不直接相关联。雷蒙·威廉斯《关键词：文化与社会的词汇》写道：“Literature从14世纪起出现在英文里，其意为

'通过阅读所得到的高雅知识'。最接近的词源为法文 littérature、拉丁文 litteratura，词义大致相同。可追溯的最早词源为拉丁文 littera——意指 lettet（字母）。"① 该词最初出现在苏格兰的历史文献中，1375 年《苏格兰圣徒传》（*Scottish Legends of the Saints*）之"欧吉利娅"（Eugenia）中使用了 lateratour（宗教书籍），（xxxi. 53 Scho had leyryte…of te sewine sciens…& part had of al lateratour.），1425 年温顿（Andrew Wyntoun）《苏格兰编年史》（*The Orygynale Cronykil of Scotland*）中使用了 litterature（书籍，学识），（ix. xxiii. 2227 Cunnand in to litterature，A seymly persone in stature [etc.]）。《国际教育百科全书》（第五卷）之"文学教育课程"（Literature: Educational Programs）写道：人类通过文学——歌曲、故事、戏剧，他们的知识代代相传。不同的文学形式已经成为宗教、哲学、科学、历史、伦理学以及（世俗）娱乐的工具。在许多社会中，诗人或讲故事者的地位像教士一样高。而在一些社会中，像闪米特人和美洲印第安人的社会中，讲故事者事实上就是教士。② 在古代希腊，即使没有文学与文学教育的现代观念，柏拉图《苏格拉底对话录》却已暗示荷马史诗、修辞学、语法学、诗学和诗歌等知识已经成为城邦教育的重要方面。

基于贵族社会严格的等级制度，Literature 的意涵还指"优雅的、有教养的"，它的否定词 illiterate（无知的）指缺乏阅读/书写能力或者教育程度较差的人。15 世纪后期，现代印刷技术（typography，printing technology）在欧洲迅速发展起来，阅读与书写逐渐获得了备受钦敬的崇高地位。另一方面，14 世纪后期，即使欧洲大学逐渐接纳了人文主义学科，即文学（art）和自然知识（nature）两大知识体系的教育，但并未出现崇尚想象力和创造性的文学。科班《中世纪大学：发展与组织》写道："在中世纪大学，有一些被普遍认同的核心课程，这些课程都是从一系列历史悠久的教科书中获得的。学习是通过以评论、辩论和提问的方式对某些规定的论著进行评判和讨论的形式进行的。"③ 其中，核心课程主要是基督教经院哲学（神学）、亚里士多德的伦理学、逻辑学、辩证法和自然哲学等。《国际教育百科全书》（第五卷）写道：从文艺复兴以来，人们就一直期望学生阅读一定数量的经典或民族的著作以便进入有教养的人的行列。在欧洲，直到 19 世纪，希腊语、拉丁语和希伯来语的作家是最重要的。当教学越来越多地使用本国语时，本国作家的作品被允许作为范文：如在意大利是但丁和彼特拉克；在法国是蒙田和拉辛；在英国是莎士比亚和弥尔顿。这些经典即是现今的古典文学（classic works of literature）。1838 年阿诺德（Thomas Arnold）《罗马史》（*History of Rome*）中较早使用了文学经典（literature），（I. 21 Many common words，which no nation ever derives from the literature of another，are the same in Greek and Latin.）

① ［英］雷蒙·威廉斯：《关键词：文化与社会的词汇》，刘建基译，商务印书馆 2005 年版，第 268 页。

② ［瑞典］T. 胡森（Torsten Husen）、［德］T. N. 波斯尔斯韦特（T. Neville Postlethwaite）主编：《教育大百科全书》第七卷，张斌贤等译，西南师范大学出版社 2006 年版，第 257—258 页。

③ ［英］艾伦 B. 科班：《中世纪大学：发展与组织》，周常明、王晓宇译，山东教育出版社 2013 年版，第 185 页。

现代文学学科的自觉意思是与经院哲学的式微密切相关，同时，现代修辞学和民族文学的发展促进了文学学科的确立。1759年莱辛（Gotthold Ephraim Lessing）《关于当代文学的通讯》（*Briefe, die neueste Literatur betreffend*）一书中出现了现代文学观念的萌芽，1767年后，他在汉堡倡导民族戏剧运动，著有《汉堡剧评》。显然，苏格兰的现代修辞学引导了文学从古典传统（还包括伦理学、哲学、历史、修辞学、语法学等）中独立、分离出来，霍姆（Henry Home, Lord Kames）《批评概论》（*Elements of Criticism*, 1762）在"美文"（belles-lettres）思潮中提倡理性批评的学科，和确立基于理性分析的个人趣味。而后，布莱尔（Hugh Blair）《修辞学与美文讲演录》（*Lectures on Rhetoric and Belles Lettres*, 1783）也强调基于成功的美文（口头或书写的话语文本）的个人趣味。18世纪70年代首先在德国发展出民族文学的自觉意思，赫尔德尔（Johann Gottfried Herder）曾反复谈到了文学，例如，《当代日耳曼文学散论》（*Fragments on Recent German Literature*, 1768）、《批评之林：论美的艺术与学科》（*Critical Forests, or Reflections on the Science and Art of the Beautiful*, 1769）、《论中世纪英语诗与德语诗的相似性》（*On the Resemblance of Medieval English and German Poetry*, 1777）等。而后，歌德、施莱格尔、黑格尔等继续使用了文学的观念。1800年斯太尔夫人（Anne Louise Germaine de Staël-Holstein）《从文学与社会制度的关系论文学》首次确立"文学"的现代意义，她的《论德国》（*De l'Allemagne*, 1810/1813）则热情赞美了日耳曼浪漫主义文学。19世纪早期，由于威廉·洪堡、苏维恩等厉行教育改革，欧洲的教会大学率先在德国产生了人文主义学科（the Humanities），古典文学被纳入科学学科的研究范围。周丽华《德国大学与国家的关系》肯定了洪堡关于哲学与人文学科/科学的教育理想，"哲学、文学等人文学科（Humanitaet）在柏林大学受得了尊重。经过改造后的人文学院，不但摆脱大学预科的地位，成为'将各分支知识统一为一体'的哲学院，而且也为未来文科中学教师提供了学术教育。"①1856年艾默生（Ralph Waldo Emerson）《英国特征》（*English Traits*）之"才能"（Ability）一文中首次提到了文学学科（There is no department of literature, of science, or of useful art, in which they have not produced a first rate book.）；1874年格林（John Richard Green）《英国人简史》（*A Short History of the English People*）中也提到了文学学科（vii. § 7.413 The full glory of the new literature broke on England with Edmund Spenser）。《国际教育百科全书》（第五卷）写到文学学科的自觉意识：到19世纪末，文学开始成为研究的对象。作为对那种研究的支持，文学史和语文学起着学科的作用。②

文学经典在现代文化中占据着崇高的地位，文学上一直存在着严格的等级制。人

---

① 周丽华：《德国大学与国家的关系》，北京师范大学出版社2008年版，第70页。

② ［瑞典］T. 胡森（Torsten Husen）、［德］T. N. 波斯尔斯韦特（T. Neville Postlethwaite）主编：《教育大百科全书》第七卷，张斌贤等译，西南师范大学出版社2006年版，第257—258页。

们容易假设，一些古代的经典作品往往因为成熟/完美的形式、较完善/深入的经验知识、作者的权威性，或者别的实用价值而被赋予极高的地位，优越于其他作品。T. S. 艾略特《什么是经典》（Thomas Stearns Eliot，*What Is a Classic?* 1945）指出，“假如我们能找到这样一个词，它能最充分地表现我所说的‘经典’的含义，那就是成熟。我将对下面两种经典作品加以区别：其一是普遍的经典作品，例如维吉尔的作品，其二是那种相对于本国语言中其他文学而言的经典作品，或者是按照某一特定时期的人生观而言的经典作品。经典作品只可能出现在文明成熟的时候；语言及文学成熟的时候；它一定是成熟心智的产物。赋予经典作品以普遍性的正是那个文明、那种语言的重要性，以及那个诗人自身的广博的心智”[①]。

1910—1911年《不列颠百科全书》（*the Encyclopædia Britannica Eleventh Edition*）把文学（literature）定义为“美文”（belles-lettres），即文学是新异独特的、卓尔不凡的（创作）作品，把最卓越的思想用最好的方式表达出来的（创作）作品。20世纪俄罗斯形式主义者认为，文学话语表现出一种具体化的语言学方法的模式，文学突出/前景化了诗学效果。“文学性”（literariness）或者“诗性”（poeticity）是文学区别于日常语言和别的写作（类别）的主要特征。穆卡罗夫斯基（Jan Mukarovsky）认为，语言的“美学的”用法把“表达行为”本身推向最显要的地方。雅各布森（Roman Jakobson）认为，文学性的实现在于对日常语言进行变形、强化，甚至歪曲，即对普通语言实施有系统的破坏。[②]

由于赞同阶级、种族和性别的理论，伊格尔顿敏锐地指出，文学的观念是变化的意识形态（例如偏见和信仰）的产物，“在十八世纪的英国，文学的概念并非像今天这样常常局限于‘创造性的’或‘想象性的’写作，而是表示社会上有价值的写作的总和：哲学、历史、杂文、书信以及诗歌等等。一篇文字是否可以称为‘文学’，并不在于它是不是虚构的——十八世纪对于新出现的小说这一形式是否可以算是文学，是非常怀疑的——而是在于它是否符合某种‘纯文学’标准。换句话说，是否能够称之为文学，其标准非常明确，完全是思想意识方面的：体现某一特定社会阶级的价值准则和‘口味’的写作方可称为文学，而街头小调、通俗传奇乃至戏剧，则没有资格称为文学”。“然而，在十八世纪，文学又不仅仅是‘体现’某种社会价值准则；它同时又是进一步巩固和传播这些价值准则的重要工具。鉴于有必要使日益壮大但又是相当粗俗的中产阶级与统治地位的贵族阶级和谐一致，传播文雅的社会风气、‘正确的’鉴赏习惯和统一的文化标准，文学获得了新的重要意义。文学包括一整套意识形态方面的事物：杂志、咖啡馆、社会和美学方面的论述、宗教说教、经典著作的翻译、指导礼仪和道德的手册等等”。[③] 换言之，伊格尔顿认为18世纪英国“文学”的观念即是近似

---

① ［英］T. S. 艾略特：《艾略特诗学文集》，王恩衷编译，国际文化出版公司1989年版，第190页。

② ［英］特伦斯·霍克斯：《结构主义和符号学》，瞿铁鹏译，上海译文出版社1997年版，第80页。

③ ［英］特里·伊格尔顿：《文学原理引论》，刘峰译，文化艺术出版社1987年版，第21—23页。

的文学经典”。

文学上的等级制度是各种文化传统的直接后果。经典始终占有无可置疑、高高在上的文学地位。经典作为文学场域中被争夺的符号财产，一个作家或者某个作品拥有更多的声誉，即占有文学场域的支配性位置，他/它便可以被尊崇为经典。因此，经典是充满竞争的文学“场域”中的卓越胜出者。

二　文学的经典化

每一个国家，每一个民族，都不仅有自己的创作习惯，而且还有自己的文学批评的习性。特定的文学经典作为文本产生于反复阅读和接受实践中，受到明显或强调的文化象征式的关注。每一种文化都必然树立自己的经典，这些经典在传统中往往发挥着正统的教育功能或者审美的、激发想象的、价值的，甚至实用的功能。所有的经典阅读和接受（无论是顺从的、抗拒的，或想象的）都是个体或群体的当下需求，他/他们往往在经典上投射完全自主的主体性，也使得这些经典作品具有当前文化的活力与价值。文学经典及其经典化首先是一个话语权的问题，各时代的话语权力，尤其是话语霸权，总是乐于维护某些文学经典，甚至树立有利于话语操纵者集体利益的、新的经典。

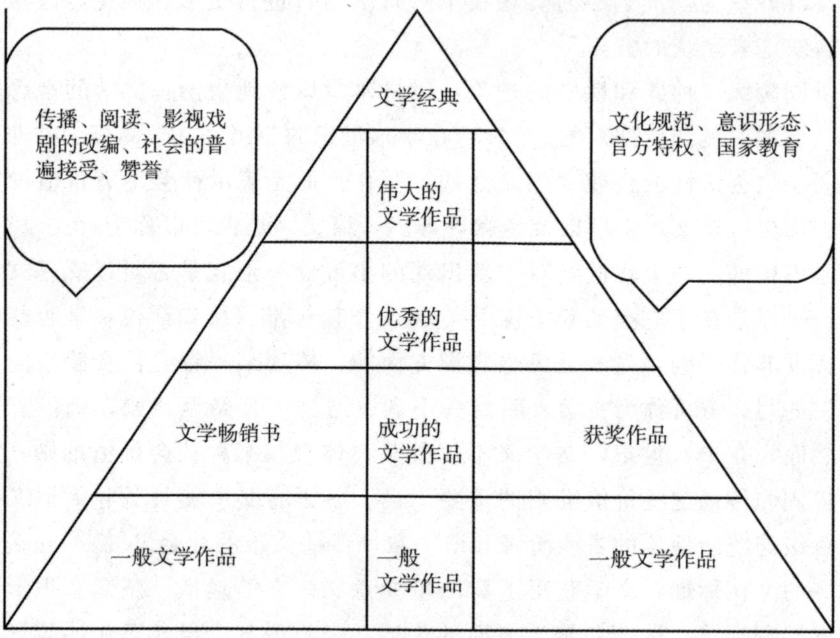

文学经典等级示意图

从文字书写时代的经典作家看，埃斯卡皮《文学社会学》指出，“作家群要经受的这种历史性考验，既有数量上的，又有质量上的”。“随后要经过另一些筛选。还有蔚为奇观的‘回收’现象，即一位长久被遗忘或被忽视多年的作家‘东山再起’了。但最常见的情况是没有完全被忘却，对此，与其说是重新发现，倒不如说是重新评价”。关于历史性的考验在质量上的影响。“历史性的考验所作的筛选针对壮年人的作品，尤其是老年人的作品，这些作品被淘汰，让位给年轻人的作品。平均临界年龄在40岁左右。这一结果也能通过其他不同的方法得到证实。总之，我们可以记住，一位作家的形象，他以后在文学人口中出现的面目，几乎近似于他40岁左右给人留下的那个样子”。① 经典作家和经典作品构成了他们归属的文化的集体记忆，是经典永恒存在的主要表征。文明的集体记忆并不是一直持续的活跃在每一个时代中，它可能暂时隐蔽在文化的褶子中，然而正是这些经典建构了多重的文学传统，文学传统会因为新的作品加入而改变，这个传统会重新调整整体的关系、秩序、比例和价值。

基于对第二帝国时代及其后法国文学的社会学分析，布尔迪厄认为，文学作品是一种特殊的文化生产的产品（或者文化资本），它处在自身运行的、变化的、充满竞争的权力场中。文学场首先假定一个作品是被他者纠缠和调控的有意图的符号（系统），是他者的征兆。在《艺术的法则——文学场的生成与结构》中，布尔迪厄至少7次使用了“经典化”(canonisation)，甚至把“经典化”简化为“声誉大振”(réhabilitation)。布尔迪厄指出，作品的经典化与文学上的等级制度是共生的。社会制度（例如管理、出版、赞助、收藏)、社会机构（例如博物馆、经典认可机构、学院、评判委员会）和别的因素（例如美学、体裁的特性、持久革命）共同分享了文学场的权力。布尔迪厄特别指出，教育系统通过打造有文学意识的消费者不断再生产经典作品的价值。“但是人们也可以通过建构经典化（canonisation）过程的模式来打破圈子，经典化使作家制度或机制得以建立。对文学圣殿在不同时期所授予的不同荣名榜上的不同形式进行分析——不同形式还体现于别的文献，如教科书、小册子、作品选等，也体现于纪念性建筑物、画像，雕像，半身像或‘伟大人物’纪念章上（略）——人们可以，综合不同的方法，努力追溯由不同形式和现象指示的神圣化（consécration）的过程（雕像或者纪念牌匾的建成典礼，街道名称的分布，纪念团体的创立，引入大学课程等等)，来观察不同作家评价指数的波动（通过他们的书的销售曲线或论文论及他们的曲线)，揭示他们为振兴声誉而竞争的逻辑，等等。这项工作丝毫不会使有意识或无意识的灌输过程变得清晰明了，这个过程却让我们把确立的等级制度看作不言而喻的事情”。②

布尔迪厄关于文学的经济学模式是狭隘的，也许暂时搁置这个争议是明智的。布尔迪厄对文学场的空间和时间的理性主义揭示，使人们更深远的认识到文学经典是特定文化生产的产品：一个声誉显著的经典仅仅是一种文化产品，它汇聚了众多剧烈竞争的权力，文学经典是社会中“快乐的知识”的身体（corps)。作品的经典化就是各种权力竞争（例如为合法性和利益等而竞争）的过程，而不是源于超验的或者神秘的文

① ［法］罗贝尔·埃斯卡皮：《文学社会学》，王美华、于沛译，安徽文艺出版社1987年版，第54—56页。

② Pierre Bourdieu, “Le champ littéraire”, *Actes de la recherche en sciences sociales*, Vol. 89, septembre 1991, pp. 3 - 46.

学本质与效能，人们应该与文学的圣徒传告别。与英国、法国的情形不同，中国文化有完全不同的文学经典和经典生成方式。如果过分夸大人文教育和文学史在文学经典化中的作用，则容易混淆文学史的选择（汰除）机制，尤其是经典在文学等级制中的崇高地位：普通作家→著名作家→伟大作家（great author）→经典作家。经典作家应该是指从“伟大作家”中优选出来的、声誉最高的不朽者们。当然，一个作家或者一个作品/文本的经典化与本国的文化传统及传统题材、时代的主潮，以及历史趋势的路向有关：“时代潮流的顺应者总比抗逆者容易获得文学上的声誉，文化传统的变革者总比保守者容易获得文学上的声誉。”

1917 年俄罗斯苏维埃政权成立以后，马克思主义成为（世界）文学史的一种主导思想，文学被认为是一种社会意识形态，因此确立了新的、人民的、革命的俄罗斯文学与世界文学经典（体系）。莫斯《俄国史》写道：“在第一个五年计划期间，俄国无产阶级作家协会（拉普）取得了对于文学相应的控制权，并倡导歌颂工业化和集体化的作品。费奥多尔·格拉德科夫出版于 1925 年的《水泥》如今已经成为描写社会主义工业建设题材长篇小说的一个模范。1932 年，这种新的‘生产小说’的优秀范本之一出版了，这就是瓦列金·卡塔耶夫的《时间啊，前进》，小说描写了马格尼托哥尔斯克工厂的建设工作。同年，苏联领导取消了先前合法的文学团体（其中包括拉普），并组建了苏联作家协会以贯彻党的要求。”[①] 以群《文学的基本原理》写道：“人类社会的一切精神活动的产物，包括政治、法的观点以及宗教、道德、哲学和文学艺术等等，统称之为社会意识形态。文学属于社会意识形态，而社会意识形态又是上层建筑的一个部分；上层建筑最终为经济基础所决定，而又反转来为基础服务，对基础发生反作用。”[②] 由此，大学教育中的文学课程与文学史便成为文学经典化的一种重要方式。应该指出的是，大学教育中的文学经典问题并不是人文教育问题本身，反之亦然。

当代女性主义批评从性别平等的立场构建了另一种文学经典，即女性经典作家及其经典作品，例如：萨福、蔡文姬、紫式部、李清照、简·奥斯汀、玛丽·雪莱《弗兰肯斯坦》、夏洛蒂·勃朗特《简·爱》、艾米丽·勃朗特《呼啸山庄》等。罗伊丝·泰森《当代批评理论实用指南》写道：“由于女性主义问题涉及的领域广泛，牵扯到文化、社会、政治和心理等诸多范畴，女性主义文学批评也涉猎颇广。无论进行何种分析，女性主义批评的最终目标是深化我们对女性体验的理解——不论这些体验是过去的还是现在的——促进我们认同女性在世界上的价值。女性主义批评家针对文学文本提出的一些问题……（7）考察作者的文风对目前构建女性特有的写作形式（如女性书写等）有何帮助？（8）这部作品在女性文学史和女性文学传统中扮演了什么样的角色？”[③]

① ［美］沃尔特·G. 莫斯：《俄国史 1855—1996》，张冰译，海南出版社 2008 年版，第 343 页。

② 以群主编：《文学的基本原理》，上海文艺出版社 1984 年版，第 23 页。

③ ［美］罗伊丝·泰森：《当代批评理论实用指南》（第 2 版），赵国新等译，外语教学与研究出版社 2014 年版，第 131 页。

20世纪60年代以来，由于各种批评理论、西方马克思主义、后殖民主义、后现代主义、多元文化论和全球化理论的兴起，文学经典的性质和地位及其经典化引发了持续的争论，人们从不同视角揭示了文学经典往往表现出西方文化观念的不公正和偏见，传统西方文学服务于保守的英美霸权的意识形态。另外，英语文学学科所面临的危机进而引发了文学经典的讨论，佛克马认为，长期以来，经典在宗教、伦理、审美和社会生活的众多方面发挥了重要的作用，它们是提供指导的思想宝库，而文学经典是批评和教学的工具，“近些年在西方，在中小学和大学里教授一个固定的文学作品选本或经典作品这种思想已变得越来越不时兴了。人们从不同的角度、以不同程度的责任感批评了经典”[①]。陈晓明《经典焦虑与建构审美霸权》指出，美国学界曾热闹地讨论了canon（经典），“美国80年代关于经典的讨论的显著标志是由莱斯利·费德勒和候斯通·贝克编辑的《英语文学：敞开典律》（English literature：opening up the canon，ed. Leslie A. Fiedler；Houston A. Baker，Jr. 1981），有影响的文献主要有：保尔·劳特：《历史与典律》（Paul Lauter，History and Canon，Social Text 12，Fall 1985，94－101），艾里克·霍布斯巴文与特仁斯·让格合编的《传统的发明》（The Invention of Tradition，edited by Eric Hobsbawm and Terence Ranger，1983），维廉姆·凯因《批评的危机：理论，文学与英语研究的改革》（William E. Cain，The Crisis in Criticism，Johns Hopkins University Press，1984）”[②]。

三　文学经典的传播与翻译

应该重申文学作品/文本的生成不是经典的生成。布尔迪厄的“文学场域”理论表明，我们可以把文学经典化简化为一个作者文学声誉的持续累积，而且这一文学声誉获得了他所属的本土文化或者外国文化的普遍认同。换言之，文学经典的问题也是一个阅读、接受行为的问题。文学经典是在持续不断地传播和接受的过程生成的，即所谓经典化的过程。刘象愚《经典的解构与重建》认为：“经典的形成是一个漫长而复杂的过程，它要经过反复不断地被阅读、被解释、被评价，然后才被确认为经典。”[③] 于此，人们谈论的只是在某个文化语境中的话语行为：人们对过去和现代作家/作品的选择和汰除，甚至是处于强势地位的某个社会集团有意利用话语霸权（教育机构、大学师资、文学批评、学术圈、期刊杂志、出版物、文艺家协会、文学奖等）来建构一份对自己有利的经典名单。

张德明《文学经典的生成谱系与传播机制》写道：“经典的生成则是一个同时在时间和空间中展开的、持续不断地传播和被接受的过程。”[④] 经典的价值和魅力是在持续

---

① 佛克马、蚁布思：《文学研究与文化参与》，北京大学出版社1996年版，第37页。

② 陈晓明：《经典焦虑与建构审美霸权》，《山花》（杂志）2002年第9期。

③ 刘象愚：《经典的解构与重建》，《中国比较文学》2006年第2期。

④ 张德明：《文学经典的生成谱系与传播机制》，《浙江大学学报》（人文社会科学版）2012年第6期。

不断的传播过程中释放出来的。文学经典（一个作家或者一个作品/文本）必然在特定的时间和空间中展开，并呈现出他/它所经历的多重轨迹，我们称之为传播。因此，经典永远在传播中，这自然包括在本土的传播，在外国的传播与翻译，但是文学的传播与翻译并不是文学经典的必然的、内在的属性。在根本上，普世的文学经典是西方殖民主义的产物，因为它们是西方帝国主义国家通过暴力传播到世界各地的。如果某个文学经典（一个作家或者一个作品/文本）中止了在社会上的传播，它将失去话语上的特权，它也将失去过去占有的等级体系中的崇高地位，从而在经典名单中消失，坠入无名的状况。相反，一个普通作家或者作品/文本可能在较长被冷落的时间之后忽然被人发现，进而广为传播，不断被人阅读，评论，模仿或改编，从而得以置身于经典之列。

因此，我们应该区分经典作家或者作品/文本与普通作家或者作品/文本在传播上的差异，（现代媒体对经典作家或者作品/文本与普通作家或者作品/文本表现出几乎无差别的兴趣），而不是“理论旅行”（萨义德）所强调的理论变异或者“褶子理论”（德勒兹）所强调的真实呈现与遮蔽。从阅读、传播本身来说，需要强调文学经典（例如，莎士比亚、歌德、《红楼梦》）在本土的传播，在外国的传播的差异吗？一个作家或者一个作品/文本的传播或者被接受显然是迥然相异的。

大多数作家或者作品/文本只在本国享有大小不同的声誉，少数作家才能幸运地赢得国际的声誉。国际声誉往往能加速或者增益一个作家或者一个作品/文本的经典化，白居易、寒山、爱伦·坡、王尔德、D. H. 劳伦斯、吉卜林等都曾享有很高的国际声誉，然而他们并没有赢得经典作家的崇高地位。同样，并非所有的文学经典（一个作家或者一个作品/文本）都一定会在国外传播或者被翻译成外语，甚至被外国读者广泛地接受。人们可能提问，一个作家或者一个作品/文本在外国的传播与翻译，对于该作家或者作品/文本成为经典发挥了怎样的作用？一般的，作者或者作品的声誉较大影响了他/它在国外的传播与接受，文学经典（一个作家或者一个作品/文本）对比普通作家或者作品/文本更容易被选取翻译成外语，或者在国外传播；但也有相反的情形，哈葛德比莎士比亚更早更多地赢得了晚清民初时期中国读者的喜爱，凡尔纳比巴尔扎克更受现代中国的欢迎。布吕奈尔、比叔瓦、卢梭《什么是比较文学？》写道：“随着印刷文明的发展，外国语言的作品，翻译的、改编的、文选，各式各样的作品，杂志、报纸，所有这些工具取消了距离，成为有效的媒介。”[①] 国际旅行者常常是世界主义文学的传播者，16—19世纪欧洲冒险家、商人、传教士、学者们对美洲和远东的发现，西方的殖民活动无疑更新了西方文学，也激化了西方内部对殖民地的争夺。这些旅游者从外国带来奇风异俗的美妙故事。在17世纪下半叶欧洲开始认识伊斯兰，对在下一个世纪以巨大力量产生作用的中国和印度也有一点认识。在戏剧演出史上，欧洲的巡回剧团常常出现国际间的旅行，尤其是意大利、西班牙巡回剧团往往有跨国界的演出。

① ［法］布吕奈尔等：《什么是比较文学？》，葛雷、张连奎译，北京大学出版社1987年版，第56页。

19—20世纪，来自殖民地的剧团有时会在宗主国（巡回）演出，别的东方国家的剧团偶尔也出现在欧洲舞台上。

最末，谈谈文学经典（一个作家或者一个作品/文本）在国外的传播的身份与认同。文学经典在国外的传播是较为常见的现象，那么文学经典在国外的传播依然能维持其作为经典的崇高地位，总是一个可疑的问题。布吕奈尔、比叔瓦、卢梭《什么是比较文学?》写道："在国内和国际的机运，是证明一部作品的生命力的全面表现。它一方面包含着成就，另一方面包含着影响。"① 例如，莎士比亚作为一个野蛮的天才，几乎一直是法国主导性的评论。换言之，莎士比亚及其作品在法国的身份仅仅是一个并不可靠的经典。同样，阿拉伯《一千零一夜》、笛福《鲁宾逊·克鲁索》翻译成法语后被认为是儿童的文学作品，而不是严肃的文学经典。印度吠陀、屈原《离骚》、拉伯雷《卡冈都亚与庞大固埃》等在英国几乎未能被认作为文学经典。

晚清民初以来，中国直接移植了欧洲的文学学科和文学经典观念。文学史无疑是以教育的体制力量来加强经典作家和经典作品的观念，因为这些学院总是一成不变地宣讲文学上的经典，甚至以近似荒诞的方式肯定以经典作家为精英阶层的文学等级制。显然在欧洲文学史（外国的）中，荷马、但丁、拉伯雷、塞万提斯、莎士比亚、歌德、托尔斯泰等一直就是以西方经典作家传入现代中国，并受到了中国知识界的尊崇，因此这些西方经典作家在中国的经典化并不是一个显著的现象。

四 结语

文学经典是一个根深蒂固的文学学科的现代观念。从文学场域（布尔迪厄）来看，当（文化）经典统治着整个传统教育的时期，经典与王权、神权一起分享了部分的国家权力，王权显然更乐于借助经典来加强自身的权力，于是经典获得了王权的支持和赞助。应该承认，文学经典（一个作家或者一个作品/文本）在文化发展上表现出不可忽视的价值和作用。在不同时代和不同文化中，人们对文学经典的意义显然有着不同的理解，社会的发展行为和行为目标决定了阅读和接受行为本身，人们必然选择有利的教育方式，人们也将在自己的教育中发现来自经典的启发和创造力量。

① ［法］布吕奈尔等：《什么是比较文学?》，葛雷、张连奎译，北京大学出版社1987年版，第54页。

诗人与道德:爱默生的诗人观与美国诗人

余静远*

（中国社会科学院外国文学研究所　北京　100732）

摘　要：诗人是有特殊才能的个体。在爱默生的文本中，诗人具有特殊的意义。爱默生所指的诗人，不是通常意义上的作诗吟诗者，而是那些能与天地沟通，连接起自然和精神的思想者。从宇宙序列来看，诗人站在宇宙的中心，是完整的人；从诗人的作用来看，诗人是先知和预言家，诗人能够宣布人们未曾预见到的事，诗人还能通过自己的描绘，改变这个世界，成为世界的解放之神。诗人获取宇宙道德的声音，内心感受道德法则，并将之传达给普通大众，因此，诗人也是社会的道德典范。

关键词：爱默生；诗人；道德；解放之神；美国诗人

一

在《论自然》中，爱默生提出了一个内在心灵与外在自然完美对应的假设，这个对应假设的核心在于象征。语言，作为自然和心灵沟通的媒介，主要通过其象征意义来完成这一过程。然而，由于语言象征含义的隐喻性和任意性，即使我们知晓语言在象征层面的意义，也无法确定某一语言在自然中的具体对应物。这时，一个能解读自然的象征含义，并且能准确地找到相应的对应语言的人的重要性就凸显出来了。诗人就是这样一种人。海德格尔说他的哲学是对上帝的期盼，那么爱默生的哲学则是对诗人[①]的渴求。那么，对爱默生来说，诗人到底是什么？爱默生的诗人观与其他思想家的诗人观有何区别？

---

* 作者简介：余静远（1989—），江西南昌人，北京大学文学博士，中国社会科学院外国文学研究所《世界文学》编辑部编辑，主要从事文学与思想史、英美文学与西方文论等研究。

① 首先需要指出的一点是，爱默生意义上的诗人不仅仅是指诗歌的创作者，甚至也不仅仅是指文学作品的创作者，而是包括一切能独立进行智力思考的思想者。诗人是爱默生理想人格类型的代表，是完美人格的标准。诗人在爱默生笔下不只是一种身份，而更多指的是一种思想状态。以爱默生自己为例，他曾先后成为牧师、自然主义者、演讲家、学者、作家、诗人，在他的文本中，也经常出现学者、诗人、天才、代表人物等称呼，所有的这些身份，都只是同一件事物的不同名字而已，它们都可以划归为爱默生意义上的诗人范畴。诗人是宗教意义上的牧师、预言家；文化意义上的学者、天才；科学意义上的自然主义者、博物学家；政治意义上的演讲者、代表人物、改革者。

批评家尤达（R. A. Yoder）在《爱默生与美国的俄尔普斯式诗人》（*Emerson and the Orphic Poet in America*）中将爱默生的诗人观置于俄尔甫斯传统中，这种传统发源于古希腊，经过文艺复兴，一直传到了浪漫主义时期。所以，尤达对爱默生诗人观以及对爱默生作为一个诗人的理解的出发点依然是浪漫主义传统。[①] 约翰·安德森在著作《解放之神：爱默生论诗人与诗歌》中细致地分析了爱默生的随笔《诗人》，指出诗人的本质是先知，是自然的解释者。[②]

诚然，在对诗人本质的理解上，爱默生的诗人观沿袭了浪漫主义的传统，认为诗人是先知，是具有远见之人，诗人与自然密不可分。但是，在对诗人的功能和社会作用的理解上，爱默生突破了浪漫主义诗人观的局限，在他看来，诗人虽然是独立的个体，但是却承担着一定的社会责任，那就是成为社会的道德典范，让大众以自己的道德人格为榜样。因此，与通常意义上的诗人的角色不同，[③] 爱默生的诗人与时代紧密相连，诗人是时代的道德担当。作为道德人格的典范，爱默生理想的诗人是一个立于宇宙中心的中心人（A Central Man），一个人格健全的完整的人（A Complete Man）[④]；他站在自然世界与精神世界中间，通过解读语言的象征向普罗大众传达自然世界的精神含义，将大众从纷繁的自然中解放出来，因此诗人是大众的解放之神。

爱默生认为，诗人站在精神和事物之间，他同属于两边。真正的思想家能看出来其中一者代表了另外一者。世界是灵魂的镜子，而他的任务就是指出这种联系。诗人是自然与心灵之间的桥梁，通过象征性语言的帮助，他精确地诠释着这两者间的完美对应。在认识事物上，诗人比普通人更具远见和广见，在这个过程中，诗人充当着先知或预言家的角色。将诗人等同于先知和预言家，爱默生是在自觉地接续一个古老的传统。柏拉图认为诗人和哲学家在感官经验之外，可以获得永恒的真理。亚里士多德肯定了诗人心灵中的先知和预言家的特质。贺拉斯在《诗艺》中说："诗人是人类的启蒙老师。"[⑤] 在《诗辩》（*An Apology for Poetry*）中，西德尼将诗人放在先知和预言家同等崇高的位置。[⑥] 雪莱也指出，从古希腊起，诗人就被称作"立法者或先知"，因

---

① R. A. Yoder, *Emerson and the Orphic Poet in America*, California: University of California Press, 1978.

② John Q. Anderson, *The Liberating Gods: Emerson on Poets and Poetry*, Florida: University of Miami, 1971.

③ 在西方思想传统中，诗人是一名创造者，他的材料是语言，他的能力是想象，他或者对外界进行摹仿，或者依靠想象无中生有，或者抒发内心的情感。参见 *Princeton Encyclopedia of Poetry and Poetics*, *fourth edition*, pp. 1048 – 1051。而在中国的传统中，诗人与政治密不可分。君子的政治失意产生出诗人的诉歌，这是儒家道德哲学赋予中国诗人的基本特色；士与诗人身份的奇妙结合，是中国诗人的基本形象。参见刘小枫《拯救与逍遥》，上海三联出版社 2001 年版，第 106 页。

④ 爱默生"完整的人"的概念主要来自新柏拉图主义。在新柏拉图主义中，心灵包含所有的知识的观念。个体完整的程度取决于他对心灵全能的认知以及他运用这种知识的能力。爱默生的完整的人就是那种心理和精神力量发展协调且能全面运用心灵的潜能的人。

⑤ Hazard Adams & Leroy Searle, *Critical Theory since Plato*, Third Edition，影印本。北京大学出版社 2006 年版，第 83 页。

⑥ Hazard Adams & Leroy Searle, *Critical Theory since Plato*, p. 187.

为他们能够通过当下预知未来。[①] 卡莱尔同样将诗人放在先知和预言家的位置:"真正的诗人从来都是先知,他们的眼睛具有天赋的能力,能够看到宇宙的神秘,破译神书;我们称他为 Vates 或先知,因为他能看穿一切秘密,'这个开放的秘密',隐藏的事物变得清晰,未来不过是现在的另一个阶段。"[②]

但是,爱默生虽有对传统的接续,亦有对传统的颠覆。古典时期的诗人接受神灵的启示,获得灵感,继而把这种启示传播给大众;浪漫主义时期的诗人同样拥有预言的能力,预言揭示了个体内在的深刻秘密。爱默生的诗人,处在一个有序的宇宙中,获得了宇宙的道德声音,内心也感受到道德法则的作用,诗人本身即为道德的楷模,其传播的预言也是道德劝诫。

诗人既具有个体的天才又具有宇宙的能量,站在宇宙的中心,是个体的代表,也是自然的代表。诗人以其穿透力的眼光可以透视自然,透视这个世界。他能够把众人在经验中感悟到却无法表达的一切,以诗的形式表达出来,因此他提供给我们的不只是他的财富,而是全民的财富:"诗人们在极度孤独中回忆并记录他那些自发的念头。可我们发现他的诗句对喧闹都市里的人群也同样是真实的。他越是深入涉及个人的隐秘念头,就越会惊奇地看到,它非常容易引起共鸣,具有普遍的真实意义。"[③] 爱默生的诗人,通过使用鲜活语言、意象和象征,重新构建起一个心灵与自然完美对应的世界,打破了传统缚于我们的枷锁,让我们与自然和上帝重新连接起来:"心灵与事物的关系并非是某个诗人的幻想,它是由上帝的意志决定的,因而人人都可以理解它。它时而向人们显现自己,时而又隐藏不露。但是它就在那里。任何能看见它的都是诗人。"[④] 在这个意义上,诗人是解放之神,他把人从混乱和无序中解放出来,并恢复他的完整。

因此,爱默生的诗人超出了诗人的范围,成为一个中心人,一个完整人,一个解放众人的半神,一个道德的至高示范。

二

《诗人》[⑤] 一文的开头,爱默生即点出了他和那个时代面临的问题:我们的哲学里

---

① *The Complete Works of Percy Bysshe Shelley*, eds. Roger Ingpen and Walter E. Peck, Ⅶ. New York: Gordian Press, 1965, p. 112.

② Thomas Carlyle, *Critical and Miscellaneous Essays*, 5 vols (Vol. 2), Boston: Philips, Sampson, and Company, 1855, p. 237.

③ *The Collected Works of Ralph Waldo Emerson*, 12 vols (Vol. 1), Ed. Afred R. Ferguson et all. Cambridge: Harvard University Press, Belknap Press, 1971, p. 63.

④ *The Early Lectures of Ralph Waldo Emerson*, Stephen E. Whicher, Robert E. Spiller and Wallace E. Williams, editors. 3 vols (Vol. 1), Cambridge, MA: The Belknap Press of Harvard University, 1959 - 72, p. 226.

⑤ 《诗人》是1844年出版的《随笔:第二辑》中的第一篇。其中的大部分素材来自爱默生1841—1842年冬天的波士顿演讲《诗人》,爱默生1876年出版的《书信与社会目标》中的《诗歌与想象》也大量借鉴了此篇演讲。

没有形体学。我们离自然越来越远，我们与上帝分离，因为我们无法透过事情的表象看到事物的本质，看到事物背后的真理。[①] 因此，我们需要一个解释者。诗人，就是能提供这种服务的人。这就是诗人的角色：诗人是启蒙者，他帮助我们认识到一个隐藏的真理，那就是“这条时间之川及其造物从中流出的那些源泉本质上是完美的”[②]。正是由于这个真理的存在，我们才有必要甚至可能去考虑诗人的本性和功能，诗人运用的手段和材料，以及，更重要的一点，美国艺术的概况。这三点是爱默生此篇文章的重点。

首先，诗人的最重要的身份是“诗人具有代表性，他在局部的人中间代表着完整的人，他提供给我们的不是他的财富，而是全民的财富”[③]。诗人倾听自然，接受灵魂的启示，他能敏锐地捕捉感官的印象，合适地表达自然的真理，他“就是这些力量在他身上都得到平衡的一个人，就是一个没有障碍的人，能看见、能处理别人梦想到的一切，跨越经验的整个范围，由于是接受和给予的最强大的力量，所以他是人的代表”[④]。通过观察和思想，让别人看到他看到的东西，诗人这样做不仅是为了自己，更是为了整个人类的利益：“伟大的思想家为所有人思考，他的智慧足够惠泽所有人。”[⑤]

天地间有三个孩子，可以分别称之为“知者”“行者”“言者”，他们分别代表对真、善、美的爱。如果说学者或哲学家是知者，目的是求真，是真理的代表者，那么诗人则是言者，是命名者，目的是求美，是美的代表者。[⑥] 这篇文章反复出现的一个主题就是通过诗人的努力重新回归到美与真（这两个词在爱默生的美学观中是对等的）中去，因为“他（诗人）是一位君王，身居中心”，因为“世界并没有被刻意粉饰，而是从一开始就是美的；上帝也没有刻意制造美丽的事物，而美本身就是宇宙的创造者”[⑦]。因此诗人也并不是一个傀儡君主，而是一位独立自主的皇帝。诗人的标志和证明就是他能宣布人们未曾预见到的事。他能看到思想，并说出偶然和必然。正因为万

① 爱默生的态度追随了浪漫主义的传统，科学给了人类思维的工具，但是这些工具却将人异化于自然。因此尽管科学推动了社会的进步，但是这种进步也隐藏着深刻的社会危机。物质主义摧毁了人类精神。人类就这样与自然渐行渐远，失去了与自然的和谐统一。必须通过一种新的自我理解重新达到一种新的更高程度的统一。心灵对于自然并不陌生，实际上，自然就是心灵展开和成长自身的过程；心灵就是自然，自然是心灵的物化。每个个体都代表了不同的潜能，统一心灵不同的方面，展示了通往完整的不同道路，但是所有的道路都通向同一个终点，那就是与自然创造性精神的创造性同一。

② *The Collected Works of Ralph Waldo Emerson*（Vol. 3），p. 4.

③ *The Collected Works of Ralph Waldo Emerson*（Vol. 3），p. 4.

④ *The Collected Works of Ralph Waldo Emerson*（Vol. 3），p. 5.

⑤ *The Early Lectures of Ralph Waldo Emerson*（Vol. 1），p. 229.

⑥ 威廉·怀科普（William M. Wynkoop）在《宇宙的三个孩子：爱默生论莎士比亚、培根和弥尔顿》（*Three Children of the Universe*：*Emerson s View of Shakespeare*，*Bacon*，*and Milton*）这本书中，考察了爱默生对莎士比亚、培根和弥尔顿的看法。怀科普指出，莎士比亚、培根和弥尔顿这三位诗人在爱默生的诗人观中形成了神圣的三位一体：莎士比亚是知者，代表着纯洁；培根是行者，代表着堕落；弥尔顿是言者，代表着自立。参见 William M. Wynkoop，*Three Children of the Universe*：*Emerson's View of Shakespeare*，*Bacon*，*and Milton*，The Hague，Mouton，1966。

⑦ *The Collected Works of Ralph Waldo Emerson*（Vol. 3），p. 5.

物与上帝的生命离轨跑辙使得事物变得丑恶，诗人借助于一种更深刻的洞见，把事物重新归并于自然和整体，甚至把人工和违背自然的东西都重新归并于自然。

为了使人类重新回归自然和直觉，爱默生提供了一种诗性呼吁。他努力证明了那种浪漫主义者们以为在启蒙运动中丢失了的精神与智性理想。[①] 自然与精神这一融合至关重要的来源是理想的自然："大自然把她的一切造物都作为一种图画语言奉献给诗人。由于被用作一种象征，物体中就出现了一种神奇的第二价值，远远胜过它原有的价值事物允许被作为象征来使用，因为不管从总体上说，还是从局部看，大自然本身就是一个象征。"[②]

诗人是这一诗性呼吁的关键人物，诗人不但必须要同纯粹的思想交谈，而且他还必须把纯粹的思想尽量合情合理地用合适的语言表达出来。他的语言必须像画一样，他的诗行必须成方成圆，不仅能看得见，闻得出，还能摸得着。诗人的话题必须是个好故事，而且故事的意义必须抓住纯粹的真理。

因此，诗歌的语言是暂时的，但是语言中诗人的象征却是永恒形式的表现，象征就是思想的同义词。"世界被置于下意识中寻找动词和名词，诗人就是能够把它明确表达出来的那种人……我们就是象征，并且占据着象征；工人、工作、工具、词与物、生与死，统统都是标志；然而我们仍然赞同象征，由于我们昏头昏脑地迷恋事物的经济用途，却不知道它们就是思想"。[③] 相信感觉的人让自己的思想从属于事物，而诗人却让事物服从于自己的思想，诗人运用事物来作为激情的象征。诗人首先设想的是象征，然后才是符合象征的字词，语言是流动的，字词之后的思想却是稳定的：

> 诗人通过一种秘而不宣的智力直觉，赋予事物一种力量，使它们原来的用途被人遗忘，使喑哑的无生物变得眼明嘴快。他发现思想独立于象征，看到了思想的稳固性，象征的偶然性与短暂性……通过那种更好的知觉，他就向事物靠近了一步，看见了流动或变形；发现思想使多种多样的；每一种造物的形态里都有一种力量，迫使这种造物升入更高一级的形态；生命追随着诗人的目光，利用表现那种生命的形态，因此他的言谈也随着自然的流动而流动。肉体结构、性、营养、孕育、出生、成长，这一切事实都是世界通向人的灵魂的象征，为的是在那里产生一种变化，并且再现一种新的更高级的事实。诗人运用形式，依据的是生命，而不是形式本身。这才是真正的科学。[④]

---

① Kenneth S. Sacks, *Understanding Emerson*: *"The American Scholar" and His Struggle for Self-Reliance*, Princeton: Princeton University Press, 2003, p. 17.

② *The Collected Works of Ralph Waldo Emerson* (Vol. 3), p. 8.

③ *The Collected Works of Ralph Waldo Emerson* (Vol. 3), p. 12.

④ *The Collected Works of Ralph Waldo Emerson* (Vol. 8), p. 38.

在《诗人》一文中，爱默生指出真理和思想不应该以直白的形式向人们显现，而应该通过诗歌变形的形式展现，直觉和想象力是通往真理的渠道。爱默生希望用语言和音乐驯服万事万物，以把文明开化带入人间的俄尔甫斯诗人代替上帝，以诗歌代替耶稣基督教的真理，来重建人与自然的和谐。在《诗歌与想象》中，爱默生写道："我听说有一种希望超越，而且必须超越有形或无形世界的所有科学。……我认为斯威登堡和华兹华斯的天才促进了哲学的改革，他们把诗歌还给了自然——还给了自然和思想的融合，消除了它们曾有的分离。"①

爱默生认为，所有的语言曾经都是一件事物或一种行为，将字词从它的起源分离出来，实质上也就是将语言从真理中分离出来："词源学家发现，即便是久已废弃的词汇，曾经也是一幅灿烂的图画。语言就是变成化石的诗歌。"② 诗人们为事物命名，有时依照事物的表象，有时则根据它们的本质，这种能力使诗人成为"命名者"或"语言创造者"。就这样，诗人恢复了真理的本质，找到了语言的源头。

这样，爱默生将诗人比作神："这样诗人就是解救万物的诸神。人们真的获得了一种新的意识，在他们的世界上发现了另外一个世界，或者一系列世界；因为一旦发现了变形，我们就推测它永远不会停止。"③ 诗人是"解放之神"，这个爱默生从柏拉图主义者那里借用而来的词，④ 蕴含了诗人的人道主义精神。诗人带来的第一重解放是语言，诗人通过深刻的洞察力，将语言从僵化固定的状态中解放出来。字词就是思想，诗歌也都早已写好。诗人的第二重解放是普罗大众，诗人将大众从庸常的思想之牢中解放出来。人，处在生命和真理之流的边缘，但却始终无法获得它们。他们习惯于束缚在旧思想中，不愿意主动去获取或接受新思想。"数以千计的人们生活中唯一的诗性事件就是他们的死亡。难怪他们对别人死亡的细节那么津津乐道了"⑤。正因为此，诗人才非常有必要打开人们的锁链，将人们从沉闷和陈腐中解救出来，进入新天地，到达伟大真理。一方面，他强调诗人必须有坚实的现实基础，但同时也必须成为"解放之神"，用充满灵感的话语打碎束缚人们思想的传统，成为先知，用充满预见性的视野带领人们走上想象的高峰。这样，诗人就是师法神的第二创造者."真正的诗人事实上是一位第二造物主，一位在天帝之下的普罗米修斯。就像天帝那位至上的艺术家或造形的普遍的自然一样，他造成一个整体，本身融贯一致而且比例合度，其中各组成部分都处在适当的从属地位。"⑥

诗人与自然的关系，并不像英国浪漫主义那样，诗人是自然被动的观察者。在爱默生的长诗《林中笔记》(*Woodnotes*) 中，诗中所描述的作为自然的主动观察者的诗

① *The Collected Works of Ralph Waldo Emerson* (Vol. 8), p. 37.
② *The Collected Works of Ralph Waldo Emerson* (Vol. 3), p. 13.
③ *The Collected Works of Ralph Waldo Emerson* (Vol. 3), p. 18.
④ John S. Harrison, *The Teachers of Emerson*, New York: Sturgis & Walton Company, 1910, p. 205.
⑤ *The Journals of Ralph Waldo Emerson*, Ralph L. Rusk, editor. 6 vols (Vol. 6), New York: 1939, p. 230.
⑥ 朱光潜:《西方美学史》上卷，人民文学出版社 1974 年版，第 216 页。

人："这个人对着影子、色彩、云朵、草地上嫩芽、毛毛虫的尸体沉思。"① 诗中的主人公既是科学家也是自然主义者。但是自然的目的仍然是诗人本身。诗人走进自然的目的就是寻找自己。

正如自然永远处于变易之中，诗人也永远都处在流动当中，因为个体心灵对自然的阐释每次都不同。正如爱默生在未发表的演说《诗人》中所言："自然的功能是无穷无尽的。你认为你已经知道了自然修辞的意义，今天你有了一个新想法。然后，看啊，自然将其自身转化成了那种想法的象征，然后你看着它像蟋蟀唱歌一样不停地唱着……这是河流、岩石和海洋的道德。河流、岩石和海洋说'再猜'。"②

自然对宇宙灵魂的阐释是灵活动态的，诗人对自然的阐释同样也时时处在流动当中。"事情的本质是流动的，一种变形。自由精神不仅与真实的形式合成，也会与可能的形式合成。"③ 诗人的任务就在于合成：自由与准确，事实与形式。这样，诗人能够将我们提高到一个超越感官到达道德和精神真理的平台。

诗人还有另外一个名字，那就是天才（Genius）。在希腊古典时期，天才是具有非凡的洞察力的人，是被神或魔鬼附身的人。此后的几个世纪里，这个概念和宗教联系了起来，于是出现了像先知、使徒、巫师、圣人等用来称呼那些拥有超能力的人。文艺复兴时期，天才更多地与艺术创造力联系起来，如莱昂纳多·达芬奇和米开朗基罗这类人。但是，直到 18 世纪，现代意义上的天才才真正诞生。在那批浪漫主义者的眼里，天才犹如上帝和精神，能看清一切真相，是最能运用想象和自由的人。例如，柯勒律治认为，天才是一种可以看清自然真实存在的官能，然后以原创力创造出新的组合或变形；天才是具有儿童般的视野的成人。天才遵从神圣之源，是道德的；才能（Talent），只是智力健康的表现，才能只能理解天才完全洞察到的真理。

天才是一种能透过现象看到本质的能力，在这一点上，爱默生的立场与浪漫主义者们完全一致。然而，由于爱默生的上帝不再是耶稣基督教的上帝，爱默生的自然也不再是耶稣基督教的自然。上帝变成了"超灵"，自然也成为了"超灵"这个宇宙普遍心灵的外化，与之相应，"天才就是能够进入到普遍心灵的人，崇敬它，欣喜地接受它的流溢，服从它"④。不仅如此，他还必须把他从普遍心灵这边汲取到的力量和知识传递给普通大众，因为，天才在这个宇宙间的位置是："天才必须居于上帝（或纯粹思想）与大众的中间地带。他必须一方面从无限的理性中汲取，另一方面要穿透乌合之众的头脑和心灵。从一端他汲取力量，另一端却是他的目标。一端系着真实，另一端连着透明；一极是理性，另一极是常识。"⑤ 在普遍心灵面前，天才们是服从者；而在

① *The Collected Works of Ralph Waldo Emerson* (Vol. 9), p. 92.

② *The Early Lectures of Ralph Waldo Emerson* (Vol. 1), p. 159.

③ *The Early Lectures of Ralph Waldo Emerson* (Vol. 1), p. 159.

④ *The Selected Lectures of Ralph Waldo Emerson*, edited by Ronald A. Bosco & Joel Myerson, Georgia: University of Georgia Press, 2005, p. 99.

⑤ *The Selected Lectures of Ralph Waldo Emerson*, pp. 61 - 62.

乌合之众面前，天才们却是犹如神一般的领导者。普遍心灵的全善特质和乌合之众的无知要求天才们必须具备深刻的道德洞察力。1827年爱默生在日记中记录道："美德与天才之间存在着自然永恒的密切关系。"① 这种密切关系是永恒的正面联系。一方面，道德给天才们在这个多变的世界里提供了一个根据地，因此，道德是"天才们建造的地基"②；另一方面，天才都是道德的。天才，不仅"总是站在道德的一边"，而且，"纯粹天才的每一部作品……都充满着美，也充满着善和真"。③ 爱默生说，"在天才的声音之中，我总能听到道德的音调"，④ 这是因为，最伟大诗篇最终的指向是道德，一流诗人也总是道德的立法者。

三

爱默生自己一直是以成为这样的"诗人"自期自许的。⑤ 在爱默生希望成为牧师之前，他就曾有要成为一个诗人的抱负。这是爱默生个人理想中最长久、而且在某种意义上说也是最重要的梦想。爱默生从8岁多时开始作诗，⑥ 大学期间，他是班级诗人，并且随着年岁的增长，对诗和诗歌理论的兴趣与日俱增。他终生爱诗、读诗、写诗，出版过三本自己创作的诗集，编过两本自己喜爱的诗歌选集。1846年圣诞节时，爱默生的第一本《诗集》(*Poem*)出版，此集是他30多年诗歌创作的结晶。在爱默生64岁那年，他的第二本诗集姗姗问世，起名叫作《五朔节及其他》(*May Day and Other Pieces*)。1876年，已经步入晚年的爱默生在其女儿艾伦的帮助下，出版了最后一本诗集《爱默生诗选》(*Selected Poems*)。此外，他还编选过一本诗集《帕纳斯》(*Parnassus*)。

在1835年2月12日给其订婚不久的未婚妻莉迪亚·杰克逊(Lydia Jackson)的信中，他这样谈到了自己："我生来就是一位诗人，无疑，是一位低级的诗人，但仍然是诗人。这是我的本性，也是我的天职。我的歌唱相信很嘶哑，很大部分还是用散文写就的。然而，我不仅能洞察而且热爱心灵和事物间和谐，尤其是心灵和事物间的对应，

---

① *The Journals and Miscellaneous Notebooks of Ralph Waldo Emerson*, William H. Gilman et al., editors. 16 vols (Vol. 3), Cambridge, MA: Harvard University Press, 1960－82, p. 71.

② *The Journals and Miscellaneous Notebooks of Ralph Waldo Emerson* (Vol. 12), p. 400.

③ *The Early Lectures of Ralph Waldo Emerson* (3), p. 81.

④ *The Complete Works of Ralph Waldo Emerson*, *Centenary Edition*, Edward Waldo Emerson, editor. 12 vols (Vol. 10), Boston: Houghton Mifflin, 1903－04, p. 185.

⑤ 乔尔·班脱(Joel Bento)的著作《爱默生作为诗人》(*Emerson As a Poet*)首次将爱默生作为一位诗人进行研究。参见 Joel Bento, *Emerson As a Poet*, New York: M. Holbrook, 1883。其他将爱默生作为诗人进行研究的著作或文章包括 Elizabeth Luther Cary, *Emerson*, *Poet and Thinker*, New York: G. P. Putnam's Sons, 1904; Hyatt H. Waggoner, *Emerson as Poet*, New Jersey: Princeton University Press, 1972; Sven Birkerts, "Emerson's 'The Poet'—A Circling", *Poetry*, Vol. 200, No. 1 (April 2012), pp. 69－79。

⑥ 这一节中所指的诗歌并非上述广义上泛指文学的诗歌，而是指狭义上的诗歌，与他的其他文体如随笔、日记相对。

从这个意义上来说，我仍然是一个诗人。”① 他向莉迪亚解释了在何种意义上他自己可以称得上是诗人：“在作为灵魂世界和物质世界中的和谐的觉察者和可爱的爱好者、作为灵魂世界的和谐与物质世界的和谐相互对立关系的觉察者和爱好者这个意义上，我是一个诗人。”②

张爱玲这样评价爱默生的诗歌：“他的诗名为文名所掩，但是他的诗也独创一格，造诣极高。”③ 毫无疑问，爱默生确实是一位诗人，从“诗人”的通常意义上是如此，从他自己赋予“诗人”的那种特殊意义上也是如此。从通常意义上的“诗人”来说，爱默生从少年时期就开始写诗，一直写到晚年。从爱默生意义上的“诗人”来看，他用诗性的目光观察着自然与社会，感受它们生命的律动，倾听它们的天籁，并用诗的语言表达自己的思想，然后用“未经人语”的文字与音调把它们的秘密宣示于人。他的许多随笔、演说都是一种广义的“诗”，其中名言警句俯拾皆是。面对美国19世纪的时代问题，爱默生承担起了诗人与道德领导者的角色，他看到了自然中蕴含的真理与道德箴言，并努力的向大众传播这些真理。

在《论诗人》一文中，爱默生还谈到，

> 诗人还有一个更加高贵的特点。我指的是他的乐天性格，没有它，谁也当不了诗人—因为美是他的目标。他热爱美德，不是为了它的义务，而是为了它的恩惠。他喜欢世界，喜欢男人，喜欢女人，因为从他们身上闪耀出明媚的光辉。他把美欢乐的精神洒遍宇宙。……真正的诗人都以他们坚定欢乐的气质而闻名于世。④

在爱默生身上，这种乐天的性格体现的特别明显。乔治·桑塔亚纳将爱默生称为“明朗的冠军”。⑤ 这个称呼对爱默生来说非常合适。大英百科全书中在“爱默生”词条下面对爱默生的解释也是，一个持明朗哲学的哲学家，即乐天的性格。这不仅仅是爱默生作为个体的特质，也是他作为一个诗人的特质。

诚然，爱默生在道德上是一个合格的诗人，他也希望自己成为那个歌唱美国新经验的“美国诗人”，然而，这样的诗人只是一个遥远的理想，现实中爱默生并没能达到这种理想。在完成《诗人》这篇随笔之后，爱默生在给克里斯托弗·克兰奇（Christopher P. Cranch）的信里写道：“我是一个严酷的批评家，要求在我们急速多变的美国出

---

① *The Letters of Ralph Waldo Emerson*, Ralph Rusk and Eleanor Tilton, editors. 10 vols (Vol. 1), New York: Columbia University Press, 1939–94, p. 435.

② *The Journals and Miscellaneous Notebooks of Ralph Waldo Emerson* (Vol. 4), p. 341. 这与他在《诗人》篇中对诗人的概述是一致的。

③ 《爱默森文选》，张爱玲译，范道伦编选，生活·读书·新知三联书店1986年版，第6页。

④ *The Collected Works of Ralph Waldo Emerson* (Vol. 3), p. 24.

⑤ George Santayana, “The Optimism of Ralph Waldo Emerson”, *George Santayana's America*, ed. James Ballowe, Urbana: University of Illinois Press, 1967, p. 72.

现诗人那几乎不可能的期望。”[1] 在《诗歌与想象》中，爱默生也说：“当我们称一个人为诗人，且赞誉他的艺术胜利的时候，我们说的是潜在的或理想的人，这种特质目前还没在任何人身上发现。”[2]

在美国出现惠特曼以前，德国已产生了伟大诗人歌德，英国有莎士比亚、弥尔顿和华兹华斯。当代的美国诗人中，除了惠特曼，在爱默生看来，在思想和形式上都偏于传统，无法跻身永恒的诗人行列。“钱宁博士是一个极其正直的人，他有极强的表达他的正义感的能力，所以他堪称国家的道义良知，他对国家的价值怎么估计也不为过”。[3] 但作为诗人，钱宁却并没能达到爱默生的诗人标准。

爱默生希望的诗人是那种将美国从欧洲的历史重压之下解放出来的诗人。美国有全新的环境，能激发全新的想象与创造。美国独特的树桩演说政治，美国的渔业，美国的黑人和印第安人，北方的贸易，南方的种植，西部的开垦，俄勒冈和德克萨斯，这一切的一切，仍然未受到歌唱。“在我们的心目中，美国就是一首诗；它广阔的幅员使想象眼花缭乱，等不了多久，美国就会被诉之于音律”。原始而美丽的美国等待着诗人的原始力量来将之歌唱。然而，让爱默生失望的是，他却总是担心“美国天才的匮乏”。在美国，这样的一个诗人还未出现：

> 我徒然地寻找我所描写的诗人。我们评述生活既做不到浅显明白，也做不到博大精深，我们也不敢歌颂我们自己的时代和社会环境。如果我们给时代充满了勇气，我们就应当理直气壮地赞美它。时间和自然给了我们许多礼物，却没有给万物企足而待的顺应时势的人，新的宗教和调解人。……在美国，我们还没有目光如炬的天才：能知道我们无以伦比的素材的价值。[4]

爱默生也曾试图为这种失败寻找合理化的借口，借用黑格尔的术语，爱默生将这种失败归结为广阔历史潮流的自然结果：“革命之后的美国历史乏善可陈，因为从那时开始，它拥有比世界上任何国家都更好的管理政府，更好的宗教、道德、政治、商业繁荣的环境。随着世界变得更好，历史也将会变得越来越无趣。”[5]

诗人充满了最重要的信仰，指向最坚定的目标，是这个地球上新的亚当，然而，他仍未在美国真正的诞生。

---

① Leonora C. Scott, *The Life and Letters of Christopher P. Cranch*, pp. 65 – 66.

② *The Collected Works of Ralph Waldo Emerson* (Vol. 8), p. 26.

③ *The Collected Works of Ralph Waldo Emerson* (Vol. 10), p. 346.

④ *The Collected Works of Ralph Waldo Emerson* (Vol. 3), p. 21.

⑤ *The Later Lectures of Ralph Waldo Emerson* (1843 – 1871), Ronald A. Bosco and Joel Myerson, editors. 2 vols (Vol. 2), Athens and London: The University of Georgia Press, 2001, p. 42. 一方面，爱默生不满意现实，要去为改造现实而进行斗争；另一方面，他没有能力去改造现实，而不得不回过头来，与现实相妥协，并在某些方面去为现实进行辩护。

马克思主义文学批评视角下的《摹仿论》

张恰恰*

（中国社会科学院大学　北京　102488）

摘　要：《摹仿论》是奥尔巴赫在罗曼语文学传统下的创新之作，他不仅继承了德国古典语文学注重文本细节、语言修辞的传统，通过具体的文学文本来探究语言形式中古典主义审美原则“文体分用”的产生和发展，并且以此梳理西方文学中“现实”的“再现”，从而反思人类对待一般世界的态度及其表现方法。结合马克思主义文学批评的理论内核来审视《摹仿论》的西方语文学阐释传统，奥尔巴赫从内外两个方向分析具体文本的语言实践和意识形态表现，以求获得对人类生存行动和状态的考察。这使《摹仿论》具备成为马克思主义文学批评实践中较为成功案例的可能。

关键词：奥尔巴赫；摹仿论；马克思主义；意识形态

《摹仿论——西方文学中所描绘的现实》① 是德国著名罗曼语文学家和语言教育家、文学批评家、中世纪文学研究者埃里希·奥尔巴赫（Erich Auerbach，1892—1957）的代表作。在书中，奥尔巴赫首先强调了“西方文学中现实的再现”，重点在于西方文学历史中对“现实”的“描述、再现和展示方式”，整部书所讨论的核心问题也正是“现实”如何突破古典主义“文体分用”的审美原则，真正进入文学的“再现”之中。在古希腊至20世纪早期这几千年的历史长河里，奥尔巴赫精心挑选了一些具有代表性的作家作品，以一位罗曼语文学家的渊博学识传统和经验对具体作品乃至具体段落的语言形式如句法修辞、风格特色进行了全面地剖析，选择以文学语言层面的“文体分用”原则为突破口，去挖掘作家们看待现实的态度以及再现现实的技巧，同时又极富创见

---

* 作者简介：张恰恰（1994—），河南信阳人，中国社会科学院大学文艺学博士研究生，主要研究方向为马克思主义文艺理论与法国技术理论。

① 原著于1946年在瑞士用德文出版，自问世以来被译为各种语言，在欧美学界产生了广泛而深远的影响。该书以独特的语文学（Philology）视角对上至荷马，下至弗吉尼亚·伍尔夫的欧洲文学中现实的描述和表现方式进行了梳理和分析，其中主要囊括了但丁、薄伽丘、拉伯雷、蒙田、莎士比亚、塞万提斯、莫里哀、拉辛、伏尔泰、席勒、歌德、司汤达、卢梭、巴尔扎克、福楼拜、左拉、普鲁斯特等数十位西方著名作家，以及与之相关的多部经典作品。

地超越了传统语文学家对古典文献的解读分析方法，深入探寻、挖掘和反思各个时期不同的经济基础、社会现实和历史变化。

一方面，奥尔巴赫将承袭自古典语文学悠久传统的几大特色：具体文本的挑选细读、语言修辞的结构分析、古典文献的阐释解读、跨学科的综合论述，以其富有个人主观色彩的分析角度和论述方式成功地融合在一起，形成了“奥尔巴赫式”的独特的文学批评方法。另一方面，他由文本出发而探索至文学文本外部的社会历史空间则指向了马克思主义文学批评的方向。威廉姆·科林（Wiliam Calin）深入浅出的总结了“奥式”在《摹仿论》中展现出的文学批评方式：“《摹仿论》的主要方法是从较长的文本中选出一些重点片段进行文本细读——文体分析包含了语法、句法和语音等方面——由此进入历史维度之下更广阔的文化社会问题，包括奥尔巴赫最关心的——文学的公众反映。某种程度上和施皮策一样，奥尔巴赫来回地前进，从一部艺术作品中的一篇个人的文章到整个时代的典型文体，从一页文章中的个别一小段文本到普遍的原则。”[①] 奥尔巴赫最主要的特征概括起来有两点：一是文学内外部研究的结合，一是具体文本与现实的分析。

纵览《摹仿论》全书，落实到具体文本细节、强调对语言形式和外部条件双重联系的文本阐释方法以及奥尔巴赫创作时艰苦动荡的流亡环境，他不得不仔细梳理西方文学的发展历程并从众多作家、作品中进行精细小心的挑选。“我必须展示的不是过渡，而是完全的变革”[②]。在总共二十章节的作家、作品分析中，奥尔巴赫分析了远超出二十种或相似或迥然的文本“现实”及其再现，它们之间有相承之处，但更多的却是差异与变革。其中有四次“现实”尤为特殊：古希腊早期的荷马史诗、文艺复兴时期但丁的《神曲》、19 世纪法国现实主义作家作品和 20 世纪初意识流小说，这四个时段中的典型作品在西方文学史上都具有重要的地位和价值，它们在或早期发源或激烈动荡的时代中孕育而生，以其各具特色的语言形式和反映现实的不同方式来探索我们所感兴趣的最本质的一个命题，“真正的存在（基础）是如何决定着符号的，符号又是怎样反映和折射着形成中的存在的。”[③] 复杂变幻的社会历史环境使这些时期的文学作品不可避免地更加鲜明独特，在承上启下中表现的是一种文学体式的剧烈转变、一种现实环境带来的文学表现方式的变革。

从古希腊悲剧史诗和希伯来早期文学《旧约》两者间第一次“文体分用”“文体混用”的文本比较开始，西方文学作品中的“现实”及其再现以其最初的形态——“静止直白的世界”与“形象表现的时空”，在奥尔巴赫历史主义的语境中作为一种复杂又

① Wiliam Calin, *The Twentieth Century Humanist Critics*: *From Spizer to Frye* (Toronto: University of Toronto Press, 2007), p. 44.

② 埃里希·奥尔巴赫：《摹仿论——西方文学中现实的再现》，吴麟绶、周新建译，商务印书馆 2014 年版，第 675 页。

③ 巴赫金：《周边集》，李辉凡、张捷等译，河北教育出版社 1998 年版，第 359 页。

统一的语言的有机结构被逐步地塑造形成。随后，在中世纪的史学记录、宫廷骑士文学与宗教戏剧里不断演变发展，以基督创生为世界构型的“世界历史”和“喻象表现”将实际日常的世俗生活“现实”纳入神崇高和永恒的投射之中。第二次转变高潮体现在但丁的《神曲》中，它首次对人类状态的现实进行了全景式的整体表现，俗语和世俗生活对“文体分用”原则和古典崇高的冲击也在此时达到了历史的分界点。随着理性时代到来，薄伽丘、莎士比亚等诸多作家开始将市民生活以一种严肃的姿态纳入文学作品中，直到司汤达、巴尔扎克和福楼拜的作品中现代现实主义才第一次得到了确定的形式，第三次变革由此确立。对于“人类状态”和“现实表现”的第四次探寻来自 20 世纪初期，以伍尔夫、普鲁斯特为代表的新的、内在的“心理现实”，一种对人类生活中岁月整体流逝的艺术呈现，比外部现实更为现实的描绘方式。

从始至终，奥尔巴赫关注的都不是现实主义，无论是狭义的还是广义的，他无意于撰写一部西方文学风格流变史或者其他的什么文学史著作，他曾言明：“我永远也写不出欧洲写实主义史之类的东西；那样的话，我将会淹没在素材之中，我得没完没了地陷入到各种事情之中，得界定各个时代，得将各位作家归类，尤其是要给现实主义概念定义，”① 也拒绝给“现实主义”下一个清晰明确的定义。韦勒克曾以此批评奥尔巴赫著述中不可避免的“个人的想象眼光”②、由历史主义导致的折衷主义与“极端的相对主义和批评的瘫痪”③，但同时也在一定程度上肯定了奥尔巴赫独特的语文学研究方法。“他引导我们回顾了西方历史的全部历程，而且帮助我们领悟了许多深刻的真知灼见，它们洞达人的本性以及人与现实、自我、时间和历史所作的斗争。语文学、文体学、思想史与社会史，严谨无误的学识与艺术趣味，历史想象力与对我们所处时代的意识，《摹仿论》这部著作将二者成功结合起来而令我们刮目相看”④。奥尔巴赫对文体风格分析从未脱离过社会、历史、文化甚至政治、经济的分析，修辞性分析与社会历史的分析被天衣无缝地融合在一起。《摹仿论》虽然从文体分析出发，但最终超越了静止的、共时性的文体分析，从而使读者能够深刻地“认识到历史的进程与社会的变化”⑤。

一　最初的“现实”：奥德修斯的伤疤与以撒献祭

在对西方文学早期时代的作品研究中，奥尔巴赫分析了传说故事和历史报道两种

① 雷纳·韦勒克：《近代文学批评史》（第七卷），杨自伍译，上海译文出版社 2009 年版，第 548 页。

② 雷纳·韦勒克：《近代文学批评史》（第七卷），杨自伍译，上海译文出版社 2009 年版，第 203 页。

③ 埃里希·奥尔巴赫：《摹仿论——西方文学中所描绘的现实》，吴麟绶、周新建译，商务印书馆 2014 年版，第 223 页。

④ 雷纳·韦勒克：《近代文学批评史》（第七卷），杨自伍译，上海译文出版社 2009 年版，第 206 页。

⑤ Calin, William, “Erich Auerbach's Mimesis'-This Fifty Years Since: A Reassessment”, *Style*, 33 (1999), pp. 463 - 74, 464.

文体风格的形成，并对各自描述现实的方法和态度进行了比较，从古希腊和希伯来两大发源传统中寻找最初的“现实”形态和构成原因，“试图获得欧洲文化以文学形态对现实进行再现的出发点”[①]。

奥尔巴赫挑选了“荷马史诗”《奥德赛》中奥德修斯返家后被侍女发现伤疤认出身份的场面和《圣经·旧约·创世记》中上帝考验亚伯拉罕使献祭爱子以撒的片段，具体分析两者文体风格、修辞特点和现实态度的文本模型。这一章节里，奥尔巴赫研究重心主要在于对西方文学早期两种文体形式，文体分用问题作为后来才形成的古典写实主义原则并不能用来和最初源流的文体形态作为参照，也没有“打破规则”一说。由此也可以看出，文本现实与实际现实的相互关联、人对实际现实的再现及其影响从一开始就与人的言语和行动纠缠不清了。

（一）“前景式”与“背景型”的世界建构

在“奥德修斯的伤疤”这一场景中，奥尔巴赫就荷马诗篇中的特殊描写手法“延缓法”进行了深入考察。荷马在奥德修斯身份即将被识破的情节高潮处插叙了识破标志——奥德修斯的伤疤的由来经过，这不是简单的回忆式的时空转换，而是从构句方式、时态使用甚至修饰语的运用上都始终处在地点、时间的现时性当中的叙述方式，所有描述的事件都是清清楚楚、条分缕析、毫无保留的呈现。“各个事件的环节之间联系得十分清楚；使用大量连词、副词、小品词和其他句法修辞手段意义明确、层次分明地将人、物和事件区分开来，同时又将它们置于一种不间断而通畅的联系之中；如同各个事件本身一样，任何地方都不会有疏漏和裂缝，不会有可能以继续深究的地方”。[②] 荷马作品构建出一个“前景式”的“世界现实”，只会运用着墨均匀的客观现在时，没有令人窒息的紧张局面，同时也阻止这样的紧张局面形成，似乎作品中构成的“世界”已经展现了当时人们生存状态的全部，它们足够“真实”，也无须多加思考，“感官生活的愉悦就是一切，其最高追求就是让我们体验这种愉悦”[③]。

但是，以撒献祭的故事则呈现出一种截然不同的文体形式和世界构建。在亚伯拉罕受到上帝召唤、听从指示、前往献祭地点到献祭的整个行为过程中，几乎没有任何修饰和时空描述，上帝是无形的，召唤凭空而来，闻者也凭空聆听指引，前进的旅途在不确定和暂时中静默，地点徒有其名，甚至连这主要的行动——献祭也突如其来毫无逻辑，其中的对话从不表达内心的所思所想，所有的一切都是朦胧模糊、难以捉摸，但是所有的细节、描述都指向了一个道德上的意义和目的：为了表达亚伯拉罕对于上帝全然的顺从和臣服。这样一种只突出与行为目的有用的现象而余下一切都交给读者

① 埃里希·奥尔巴赫：《摹仿论——西方文学中所描绘的现实》，吴麟绶、周新建译，商务印书馆 2014 年版，第 28 页。

② 埃里希·奥尔巴赫：《摹仿论——西方文学中所描绘的现实》，吴麟绶、周新建译，商务印书馆 2014 年版，第 5—6 页。

③ 埃里希·奥尔巴赫：《摹仿论——西方文学中所描绘的现实》，吴麟绶、周新建译，商务印书馆 2014 年版，第 14 页。

想象解释的文体世界是“背景型”的，这种描述现实的方式使得《旧约》里被描述的“世界”不同于荷马笔下毫无保留的全然的“世界”，它在时间、命运和意识上都更有深度，虽然描述中的人物只局限于某几项有目的的行动，但是他们并没有拘泥于这些事件，他们的命运、思想、情感并不像荷马笔下的英雄人物那样用性格定型固化的，他们身上有正在发生的事情、有性格，还有以前作为的影响。

圣经故事中的这种动态、立体的“现实”联系所建构的是一个道德的、宗教的“世界现实”，“圣经对真的要求不仅远比荷马作品迫切，而且这种要求也很专横；它将所有其他要求一概排除在外。圣经故事的世界不满足于历史真实的要求——它还认为自己是唯一真实的、负有专制使命的世界。所有其他的场所、过程和秩序都无权脱离圣经而存在，它并且预言，要把一切，甚至所有人的历史，都统统纳入自己的范围，受自己管辖”①。古希伯来人认识的“世界现实”在不停地运动、扩张，因为这样一种宗教式的专制要求不断地征服新鲜事物，将它们或改头换面或生吞活剥地纳入自己的体系当中。在最初传教的几百年间，犹太—基督教的“世界”就在不断诠释现实的行动中被建立起来。而身处这一世界中的人们，也在被选中和被塑造的过程中发展出自己的个性和生活。“《旧约》中的人物始终处在上帝的强烈干预之下，上帝不仅创造、挑选了他们，而且自始至终培育他们，在不摧毁本性的情况下将他们千锤百炼，把他们造就为青年时期难以预见的人物”②。

奥尔巴赫在这两个具体的文本片段中比较了史诗故事和圣经故事在不同文体形式下所反映出的不同“现实世界”，它们在形态结构和功能影响上对西方文学现实的描述都产生了深远而重要的作用，“一个是详尽的描述，着墨均匀，各部分连接紧密，表述自如，发生的一切均在幕前，一目了然，在历史发展及人类问题方面有局限；另一个是突出几个部分，淡化其他部分，支离破碎，未完全表达的东西具有强烈的作用，后景化，含义模糊，需要诠释，世界历史的要求，历史发展观念的形成及问题的深化”③。似乎圣经故事“背景型”的文体形式表达和世界构型在中世纪基督教文学中被一再使用和发展，而荷马史诗的“前景式”在某种程度上表达了古希腊人对于人类认识世界的自信和“理性”，这种文体与后来古典写实主义并不相同，它的影响一直持续到古典后期。

（二）积极的认识论与宗教的真实观

在“前景式”和“背景型”两种文体风格及其现实世界的阐释过程中，有一个必然会论及的中间环节——作者，或者说作品的生产者，奥尔巴赫对于荷马和圣经故事

① 埃里希·奥尔巴赫：《摹仿论——西方文学中所描绘的现实》，吴麟绶、周新建译，商务印书馆2014年版，第16—17页。

② 埃里希·奥尔巴赫：《摹仿论——西方文学中所描绘的现实》，吴麟绶、周新建译，商务印书馆2014年版，第21页。

③ 埃里希·奥尔巴赫：《摹仿论——西方文学中所描绘的现实》，吴麟绶、周新建译，商务印书馆2014年版，第280页。

的作者（总有一个或多个实在的人记载、书写了圣经的那些故事）在认识和创造历史现实的态度和方法上也进行了探索。在迈锡尼文明阶段荷马完成的两部史诗以及它们在希腊时期的流传和增补，圣经故事的历史纪实和书写形式展现的方法和观点，由此我们得以对当时人们的思想形态和认知方式有一定的了解，同时对该时代的人类的创造和形成过程有了更清晰的研究方向。

在“前景式”的“世界现实”里，一切时间、地点、人物、事件间的关联和因果关系都一目了然，毫无遗漏和模糊之处。所有的真实都是可以被认识和再现的，逻辑上追求清晰、顺畅、全面，这样的史诗风格不同于古希腊时期的戏剧，在荷马史诗中出现了如洗脚等并非崇高严肃的日常生活的情节，语言和古希腊戏剧相比更显得粗狂野性、形象化。亚里士多德赋予了伟大崇高的古希腊悲剧“净化”的教化警示作用，这些戏剧作品被视为能够为人们提供关于生活的某种认识、某种可以习得的知识而存在，但是英雄史诗却呈现出了一种“展现世界真实现实”的作用，它不同于悲剧的“超出既定历史的无限可能性”，在奥尔巴赫的眼中，荷马史诗以其独特的语言形式和结构形态向世人展示了当时人的世界观和生存状态，那些人神共存、英雄辈出的时代在当时人看来就是真实存在的、是关于过去历史的真实记录。作者俨然生存在当下“现在时”环境中的一员，没有讲述人的视角，静止固定的全能视角描述已经展示了这个“文本世界”与“现实世界”的一切可能。

与此同时，“背景型”的“世界现实”是在宗教—世界历史的视角下展现出来的，讲述者本身必然被纳入整个神学体系当中，人的一切行为都被强制性地划归到神的行为举止当中，人的诞生、成长、遭难、生育、死亡、复生这一切现实的活动都成为了神的诞生、成长、遭难、生育、死亡、复生的部分映射，活着的人必须对这种神圣秩序的真实性坚定不移，才能够得到进入这一世界的入场券，“圣经故事的作者与其故事真实性之间也是一种更为强烈的、更为明确的关系”①。他讲述故事的目的不在于追求现实，也不在于真，这些只是手段不是目的，重要的是最终统一的宗教世界观，在以撒献祭这一具体文本片段的言说方式和语言结构中就已经体现出来，这也正是当时人解释世界、感受世界并由此来进行改造活动的凭据和准则。学说和预言被具象化在世界历史的建构之中，讲述者选择讲述，读者加以阐释，才能够从中得到某种“真实”。这是一种宗教的认知方式和思维形式，它的重点在于相信，其次才是“现实”。

二　全景式的喻象表达：但丁《神曲》中的世界历史

在这一章中，奥尔巴赫几乎将所有的溢美之词都加诸在但丁的这一部伟大作品之上。整体上看，但丁的杰出成就可以从两方面来具体分析：文体问题上俗语运用的突

① 埃里希·奥尔巴赫：《摹仿论——西方文学中所描绘的现实》，吴麟绶、周新建译，商务印书馆 2014 年版，第 16 页。

破创新和基督教“喻象（figura）世界历史”的构建。

（一）崇高风格的俗语运用

《论俗语》一书是但丁在理论上确立民族语言重要地位的著述，但就其与使用意大利语创作《神曲》的实践相较，理论显示出了更加偏于古典主义文体分用论的倾向。这也是他强调自己的作品是“喜剧”“低等文体”的原因。不过但丁的《神曲》创作却在形式、修辞、用法、结构和内容上都为俗语进入崇高风格迈出了最关键的一步。

奥尔巴赫选取了《神曲》中但丁经过燃烧的敞棺夹道时相遇法利那太和加发尔甘底的片段，在这一段落的描述和对话中，情景来回切换，前后描述对象也突然迅速转换，突出地表现了但丁的文体风格。他使用的场景转换或者说是并列手法，与前面分析荷马史诗中的场景插入不同，与《摹仿论》第五章中《罗兰之歌》的并列结构也不同。但丁熟练而精妙地使用意大利语，具有前所未有的清晰概括力和吸引力，他运用语言技巧将几个并列的时间切分开来但却互相依存，相互支撑而产生意义。但丁大胆地将圣经词语放入崇高文体中使用，使得奥尔巴赫极为赞赏：“他的表达具有无可比拟的丰富性和现时性，具有无可比拟的力量和适从性，他所知道和使用的表达形式多得无与伦比，他以无比准确有力的手法表现出无比丰富的现象和内容，因而人们坚信，此人凭借自己的语言重新发现了一切。”① 与此同时，意大利语作为一种世俗语言以新鲜多样的修辞、复杂和谐的结构与伟大的内容上升到古典崇高文体和严肃内容之中，或者说开始获得了相等的地位。但丁在《神曲》中描述的内容越宏大，就越具有悲剧性、越关乎人类命运，使用的技巧越繁复和谐、越同古典拉丁语相类，作为承载体的俗语语言形式就越完善越成熟。正如奥尔巴赫评价的那样：“两种传统的对立，即古典主义的文体分用传统和基督教时代的文体混用传统，在这强有力的气质中比任何地方都显而易见，它既着力于古典方向，却又无法放弃另一方向；文体混用在这里比任何地方都更加接近文体破坏。”②

（二）彼世秩序的喻象表达

论及以撒献祭时奥尔巴赫阐述了犹太—基督教早期文本中“喻象表达”的文体表达方式：神学系统将整个世界都纳入自身的体系当中，所有与之相关的个人、行动和缘由都来自上帝，也终于上帝，在创世和拯救的体系被不断地演绎着基督的诞生、受难和得救。

《神曲》同样是一部关于基督教神学体裁的文学作品，但丁在诗中描绘了一个与尘世相对的彼岸世界，把“死后魂灵的境况”完整又全面地纳入基督教的“世界历史”中。在这个彼世里，物理宇宙、政治历史、道德心理秩序都作为一个形象出现，人们

① 埃里希·奥尔巴赫：《摹仿论——西方文学中所描绘的现实》，吴麟绶、周新建译，商务印书馆2014年版，第214页。

② 埃里希·奥尔巴赫：《摹仿论——西方文学中所描绘的现实》，吴麟绶、周新建译，商务印书馆2014年版，第217页。

在死后被定型、被永恒，等待上帝的审判和惩罚，而恰恰是上帝的审判使人们从前尘世的性格在这最后的归宿地里完全现实化。但丁将尘世的历史性移入到彼岸世界，这些但丁幻游旅途中遇到的已逝者们虽然脱离了现时的变化，却以一个更加鲜明、更加典型的形象永恒地固定下来，法利那太与加发尔甘底两者相同罪过却大相径庭的个性和态度都在死后一瞬间被永恒保存，而在但丁于燃烧的敞棺夹道和他们相遇的时刻，这一鲜活的瞬间被定格成最鲜明的形象展现到读者眼前，他们的过去塑造了现在张口询问的两人如今的模样，他们的“现在”正是他们作为个人本质特性的最完整的体现：“一个拔得很高的、在极大的范围内已永远定型的从前本性的形象显现出来，好像在以往的尘世中从未见过它如此纯洁鲜明。”[①] 这正是但丁彼世秩序的统一体作为崇高文体的整体发挥作用的。“尘世间的每个现象通过大量的垂直联系直接关系到上天的拯救计划”[②]。

当然，但丁运用“喻象表达”产生的垂直联系从一开始就是“形象的”而非“精神—寓意流派”的，这种“形象性”是对具体的历史真实性的把握，“一个以形象来表示的事件依旧保留着它词语和历史方面的意义，它并未成为纯粹的图像，他依然还是事件”[③]。抽象的概念的投射和象征最终会导致历史事件真实性的削弱以及超出历史范围之外的图像和意义。奥尔巴赫举出《神曲》中几个尘世间现象的例子，比如尘世罗马君主国、维吉尔、尤提卡的加图、贝亚特里奇等，这些“凡人”形象在彼世的显现就是他们在尘世的完成。他在《但丁，世俗世界的诗人》一书中写道：“在当代欧洲文化史中，确实有一种形而上的宗教观和哲学形式贯穿始终，这一点在但丁这里也能看到。不管是名义上的还是理念上的，个人的命运都不是无意义的，它必须如悲剧般严肃和重要，在世界大文本中被一一呈现出来。在但丁这里，历史性的个人通过肉身和灵魂的统一呈现得到了重生……”[④] 现实的形象在彼世的“完成”是形式完美无缺的形象，但丁整个彼岸世界就像是“众多上演的剧目汇合成一个巨型演出，演的是他自己和整个人类。它们全都仅仅是永恒幸福的得与失的例证”[⑤]。他创作出的崇高诗作是形象化文体混用的典范，而文体混用的依据又是以“喻象表达”进行的宏大世界的投射，这是一部传统意义上的“喜剧”却也同时是基督教作品，但丁在古典传统消亡的时代成为第一个感受并实现了崇高文体古典庄重的人，因为他将一切都保持在了高格调中，包括承载这种高格调的俗语形式。

更令人惊讶的是，但丁在对他的彼岸世界进行形象建构和“完成”时，也在为尘

---

① 埃里希·奥尔巴赫：《摹仿论——西方文学中所描绘的现实》，吴麟绶、周新建译，商务印书馆 2014 年版，第 225 页。

② 埃里希·奥尔巴赫：《摹仿论——西方文学中所描绘的现实》，吴麟绶、周新建译，商务印书馆 2014 年版，第 230 页。

③ 埃里希·奥尔巴赫：《摹仿论——西方文学中所描绘的现实》，吴麟绶、周新建译，商务印书馆 2014 年版，第 228 页。

④ Evans Arthur, J. R., "Erich Auerbach as European Critic", *Romance Philology*, 25.2 (1970): p. 200.

⑤ 埃里希·奥尔巴赫：《摹仿论——西方文学中所描绘的现实》，吴麟绶、周新建译，商务印书馆 2014 年版，第 232 页。

世本性的独立倾向开辟道路。彼世中充满了被定格的尘世形象和激情，法利那太对家族存亡兴衰的关注和面对严酷惩罚的坚韧顽强、加发尔甘底对现世鲜活生命的渴求和对亲情的牵挂……这些形象和激情靠自身的作用超越了界限独立出来，走得比基督教中的“完成”更远，也更加真实。这正是但丁的作品更加伟大之处，“彼世变成了人及其激情的舞台”[①]。当人们面对这些完成了的如此丰富鲜活的尘世形象时，内心所受的感动一定是为了人的，不会直接是为了他们在其中完成了自我的上帝所安排的秩序，人的形象比上帝的形象更加重要，人们可以借其看到并辨认出自己，这就是但丁所呈现出的“现实”，比古典作品中更有力、更具体也更具有特色，人们的自我实现既真实又发展，“它包含着整个过去的生活，它是一个个体历史的发展过程，是一个独特的生成史……我们在无时的存在中经历着内在历史的形成，而这经历要比古典作品所能描绘的要详尽得多”[②]。

三 现代现实主义的确立：司汤达、巴尔扎克与福楼拜

《摹仿论》第十八章中，奥尔巴赫综合论述了 19 世纪现代现实主义中几位代表人物：司汤达、巴尔扎克和福楼拜，他们作为西方文学历史上“现实”再现全新阶段的开始、第三次“现实”再现形态的典型，其重要性不言自明。在这个时期，“现代严肃的现实主义只能把人物置于具体的、不断发展变化着的政治、社会和经济的总体现实之中，就像现在任何一部小说或电影所做的那样”[③]。“严肃地处理日常生活的现实，一方面让生活在社会底层的广大民众凸显为表现生存问题的对象，另一方面将任意一个普通的人和事置于时代总进程这一历史发展的大背景下，这就是我们认为的当代现实主义基础”。[④] 文本、人和社会三者间的联系在 19 世纪一直处于激烈动荡的社会环境中从未有过的紧密起来，司汤达、巴尔扎克和福楼拜三人用风格各异的语言风格和“文本现实”为我们提供了对实际现实的新的认识和再现方式，这一“世界现实”用一种相对统一的现实主义观影响着当时和后来人们的生活形态和认知方式。

（一）司汤达：“伟大现实主义”

《摹仿论》选取《红与黑》中于连向比拉神甫抱怨晚餐无聊的片段，在这文本选段中，作者在创作时已经预设了一个对相应的历史时刻即法国七月革命前夕的政治形势、

---

① 埃里希·奥尔巴赫：《摹仿论——西方文学中所描绘的现实》，吴麟绶、周新建译，商务印书馆 2014 年版，第 236 页。

② 埃里希·奥尔巴赫：《摹仿论——西方文学中所描绘的现实》，吴麟绶、周新建译，商务印书馆 2014 年版，第 238 页。

③ 埃里希·奥尔巴赫：《摹仿论——西方文学中所描绘的现实》，吴麟绶、周新建译，商务印书馆 2014 年版，第 548 页。

④ 埃里希·奥尔巴赫：《摹仿论——西方文学中所描绘的现实》，吴麟绶、周新建译，商务印书馆 2014 年版，第 283 页。

社会阶层和经济关系有一定程度了解的读者原型，这样阅读过程中读者才能准确地理解这本小说以及小说中这一场景中人物的性格、行为举止和彼此间关系。

在这段不长的对话里，政治历史和社会环境的变化与人物的性格、行为和命运都有着千丝万缕的复杂联系：于连热情奔放、富于幻想的性格在少年时使他对卢梭、革命、拿破仑时代产生了极大的兴趣和向往，同时也对拿破仑倒台后的统治阶层充满反感和蔑视，而复辟时期严苛的思想控制和言论禁止使有志之士在沙龙上缄默不语，随着市民阶层用金钱砸开贵族血统的高贵圈子后带来的厚颜无耻、利欲熏心，于连感到生活变得“无聊”就成了理所当然的、可以被读者理解和接受的态度。“当时的政治和社会环境被详尽且真实的编织进故事情节中，这在以往的小说，甚至在任何一种文学作品中，都不曾出现过”。[①] 这就是由司汤达确立起来的现代现实主义。

司汤达的“伟大现实主义”与他大起大落的一生经历有关，也正是由于他的生活体验，使得司汤达成为现代严肃的现实主义文学创始人之一[②]。面对19世纪的法国，动荡和变革便是当时人们的全部生活。法国大革命带来的巨大震荡和飞速变化使人们为了解决巨大的适应危机而不得不产生了对自己的实际生活及在人类社会中的位置进行深入了解的迫切愿望。当下人们生存的社会基础没有一刻是稳固的，由于各种各样的动荡而发生着变化，司汤达也是其中的一员。他拥有变化无常的性格，思维跳跃，张扬大胆但又缺乏内在的自信和联系，然而正是“他生活的环境塑造了他，使他不得不以一种前所未有的方式分析现实”[③]。

司汤达写作现实主义作品已是饱经沧桑、穷困潦倒之时，他回顾一生经历时才意识到身边的社会环境问题：正是他在后拿破仑时代的不得志，使他清醒地意识到了自己与这个时代、这个社会的格格不入。他追求现实生活的感官享受，他渴望物质的成功和享受，然而当这些追逐都逝去的时候，他才意识到当时的社会问题，也才开始把社会环境问题作为表述的对象。19世纪时代现实和社会历史环境在司汤达的行动中塑造了他的生存状态和认知方式，又从他具体的语言文本的创作实践中将这样的“世界现实”再现给当时和后世的读者们，这样恰好形成了一个创造和影响的阐释循环。作为个人的追求和志趣注定了司汤达游离于时代、社会边缘，他对精神和自由的理解仍完全停留在18世纪革命前的大贵族、大资产阶级的状态，他意识到时代的变化动荡，却无法深入认知这巨大动荡变革的动力和缘由，他并没有19世纪正当行的浪漫派历史主义的解读，也没有浪漫派对下层民众的那种感情色彩，他的现实主义小说就这样更接近于悲剧传统的高大、威猛的风格，于连·索莱尔更像个身负伟大而一往无前的思

① 埃里希·奥尔巴赫：《摹仿论——西方文学中所描绘的现实》，吴麟绶、周新建译，商务印书馆2014年版，第541页。

② 司汤达出身富裕，青年时曾随拿破仑征战欧洲大陆，在32岁时走上人生巅峰，然而也正是这一年拿破仑的垮台使他从此跌落低谷，沉沦下僚，最后郁郁而终。

③ 埃里希·奥尔巴赫：《摹仿论——西方文学中所描绘的现实》，吴麟绶、周新建译，商务印书馆2014年版，第543页。

想和情感的“英雄”，司汤达的“伟大现实主义”由此而来。

（二）巴尔扎克：“有妖气的”现实主义

巴尔扎克与司汤达同属于现代现实主义的代表人物，却有着与司汤达截然不同的语言风格和再现手法、态度，也构建了一个独特的“巴式世界现实”。

奥尔巴赫选择了巴尔扎克《高老头》中描述公寓老板娘伏盖太太的片段，在这一段落中，巴尔扎克致力于将人物的身体外貌、性格品行、生活经历与所处的环境“和谐统一”起来，无论是伏盖太太的丑陋的外貌、邋遢的着装还是其卑劣的品格，都和周围的物品、环境以及她的“空洞又怨天尤人的”经历联系起来，巴尔扎克对随着这种联系而来的强烈的画面感十分着迷，甚至强行制造非客观的联系，那种联想不是读者自发的、理性的，而是纯粹诱逼性的，没有论据和直接逻辑的“风格一致”。这种强制性的关联性最终造成了巴尔扎克笔下的“世界现实”始终沾染着平凡日常生活没有的“一股子妖气”。

不过，巴尔扎克确实在他自己的作品中感受到了生物与魔力相结合的、千姿百态的环境，他与司汤达一样是以严肃的态度讲述人物命运，把人物当成是现实中的活生生的人放置于具体确定的历史和社会框架之中，让人物与环境发生直接的“现实”的关系。

现实环境对作者的作用和影响是一种意识形态环境的生产和再生产，巴尔扎克的现实主义同样也来自当时的社会、时代现实。环境历史主义与环境写实主义的不断发展，使具体的日常生活琐事进入到严肃崇高文学之中，而巴尔扎克受到若弗鲁瓦·圣伊莱尔在生物有机体问题上“统一原则”的影响，将自然环境赋予了社会学的含义，而这也正是他立志创作“社会风俗史”的根本原因。巴尔扎克一方面认同历史主义的发展观，承认人在环境中的变化和发展；一方面又坚持“人”的核心本质的统一性（原型“人”）和外在环境的塑造作用（类型“人”）。这也就使他更关注于不同环境不同风俗下人的形成和发展，“历史主义的个人环境精神正是他全部作品的灵魂”[①]。

巴尔扎克对自己的创作计划有很多解释，奥尔巴赫从中归纳出了三个主题：其一是巴尔扎克想要写一部包罗万象的生活百科全书式的作品的意图；其二是生活百科全书的任意性和真实性；其三则是表现“历史”上，“这个‘人类史’或‘社会史根本不是通常意义上的‘历史’，不是对所发生的事件过程进行学术研究，而是进行相对自由的虚构，不是 history 而是 fiction”[②]。这正是上面提到的“有妖气”的现实主义的理论凭依。因为巴尔扎克实际上把他的虚构艺术创作看成是对历史的阐释，是一种历史哲学；这种历史是关乎当下的，现时的一切变化和发展都是历史的“正在发生”。由此再现的“现实世界”不可避免地带有巴尔扎克夸大其词的“妖魔”气质，他喜欢将平淡

① 埃里希·奥尔巴赫：《摹仿论——西方文学中所描绘的现实》，吴麟绶、周新建译，商务印书馆2014年版，第567页。

② 埃里希·奥尔巴赫：《摹仿论——西方文学中所描绘的现实》，吴麟绶、周新建译，商务印书馆2014年版，第570页。

无奇的情节渲染成巨大的不幸，把各色的欲望都描摹成感人的激情，将简单平凡甚至低俗的小人物冠以圣人、天使的称号。

（三）福楼拜：用事实说话

福楼拜的现实主义很独特，他不同于司汤达和巴尔扎克将自己的观点和情感代入到作品人物中去，而是以一种不偏不倚、毫无个性的冷静笔调再现“现实”。奥尔巴赫拿出了《包法利夫人》艾玛厌烦托斯泰特生活的高潮：夫妻二人晚餐的场景。在这段叙述中，福楼拜把视点放置在艾玛身上，读者通过艾玛被文本限制的视角看问题，体会艾玛的情感和内心活动，但是所有的这些叙述又都是由讲述人的整理、挑选、精简而成，福楼拜把复杂零碎的现实捕捉起来挑选出最典型的片段，在对“现实”的再现时，他身为作者所有的“无形的手”仿佛无处不在，但又执着地拒绝直接去引导、建构、表现这个他创造的“世界现实”，似乎这样就可以得到对现实世界最为客观的、理性的“真实”认识。

这种独特的表现方式来自法国古老且典型的文学传统：充分信任负责、可靠、细腻地运用语言的真实，即语言表达本身能够表达事件的真实性。福楼拜的现实主义正是在这样的理论基础之上发展起来的，他同样严肃对待来自社会底层、外省小市民阶层的现实生活，这些日常生活也被深刻地纳入当时特定的历史时期。而福楼拜创作现实主义的开始，也是作者自身感受到外在世界的疏离和对抗，从而意识到周围存在的问题和潜在的危机。

“环境本身包含着对环境的阐释。”[①] 福楼拜相信语言的真实性，同时又将社会现实作为表述对象，这就产生了他“用事实说话”的现实主义，他希望借助这样“冷静自持”的手术刀来剖析当时的社会历史环境和人的生存状态。然而他所展示的世界现实仍旧不可能是“真实”的完全再现，在福楼拜的文本世界中，每个人都作为一个冷眼旁观者孤独地生活在一个愚蠢、虚假的世界里，“他作品中的人世全是脱离现实的愚蠢行为，因此真正的现实也不可能被找到；但真正的现实是存在的，存在于作家的语言中”[②]。福楼拜的世界现实本质上不再是司汤达笔下跌宕的情节和伟大的激情，也不是巴尔扎克的妖魔化的人或事，而是成为实际现实的“延展”状态，看似毫无主观情感和理性介入的“零度”叙述，实则暗流汹涌，人为的干预和创造无处不在。

四　新“现实”的产生：伍尔夫与普鲁斯特的内在表达

在探讨西方文学作品中“现实”再现的最初阶段，奥尔巴赫对“现实”的定义是日常生活和底层民众，而在20世纪初期，他又界定了一种新的关于内在心理的“现

① 埃里希·奥尔巴赫：《摹仿论——西方文学中所描绘的现实》，吴麟绶、周新建译，商务印书馆2014年版，第580页。

② 埃里希·奥尔巴赫：《摹仿论——西方文学中所描绘的现实》，吴麟绶、周新建译，商务印书馆2014年版，第581页。

实"及其再现方法。

在 19 世纪甚至在 20 世纪初还占据主流的是可以明确表达、得到公认的共同情感和思想，这为司汤达、巴尔扎克、福楼拜等现代现实主义作家们提供了创作的依据和素材；然而面对一战及战后动荡不安的社会和思想环境，现实的残酷和毫无出路使人们开始关注于内在世界和精神力量，曾经重要的外在转折和厄运对事物的决定性作用似乎在减弱，而平凡的、随意的生活片段中却被认为每时每刻都包含着悠久而深刻的结构运动。人们已经开始意识到一边突出本质一边面面俱到是件不可能完成的事情，伍尔夫和普鲁斯特正是这个时期这一新的"内在现实"的再现者和建构者。

（一）伍尔夫：对"心理现实"再现

《到灯塔去》是弗吉尼亚·伍尔夫的经典作品，奥尔巴赫选取了第 1 章第 5 节中一天早晨兰姆西太太在赫布里底群岛的别墅里给小儿子詹姆斯量袜子的场景。如果将小说的叙述分成内外两部分来看，那么外部行为极其简单，就是兰姆西太太在去灯塔前为灯塔管理人男孩做袜子而借小儿子量尺寸的片段。但是在这简单的外部行动中，大量的心理活动接连穿插进来：第一个插入是兰姆西太太量袜子时的心理活动，她抬眼看到开着的窗户而发散开来的意识流动；第二个插入是作者对兰姆西太太的观察、人们的揣测、与班克斯先生的通话和班克斯先生的思考。这些再现了书中人物思考的句子运用了很多句法技巧，"自由间接引语"（Erlebte Rede）、"内心独白"（innerer Monolog）等，作者把自身的作用和影响降到最低，所讲述的一切几乎是小说人物意识的映象。

伍尔夫在讲述这一场景时，"好像根本不存在从小说外部观察小说内部人物和事件的视角，也不存在一个不同于书中人物内心所想的客观真实。这种客观真实的残余最多只存在于对小的外部框架事件的简短介绍中"[①]。她竭力淡化和模糊客观存在、作家准确把握的真实印象，企图再现人的印象变化所引起的意识漫游和游戏，而这一举动取代了之前叙事作品中作家因其对事实真相的了解而始终保持统辖和主导的地位。客体的真相、对"真实"的认识，是需要人们自己去探究、去挖掘的，而这"真实"势必要在人的主观认知中被一直探寻下去，永远是一个不解之谜。就像片段中各种视角下的兰姆西太太，读者只有通过人的认知途径和表现途径这一既定的认知和理解方式，从多个侧面、各种主观印象去了解、揣测和建构一个接近真实客观现实的形象（但这个形象永远不会有一个确定的可能），这样就可以用"多个人的意识描述"来避免像以前作者在作品中的"一个人的主观主义"。

同时，这些"多个人的意识描述"是由随意的、偶然的外部行动所引起的，它们的再现不受任何意图的限制，也不受任何特定思维的指挥，在强调外部诱因的任意性和偶然性时，被引发的内心活动的真实性就得到最大的再现。伍尔夫选择平凡生活中

---

① 埃里希·奥尔巴赫：《摹仿论——西方文学中所描绘的现实》，吴麟绶、周新建译，商务印书馆 2014 年版，第 630—631 页。

"量袜子"的外部行为来引发镜像中不受现时性约束的意识联想。

事实上，"心理现实"本身就是最贴近现实的语言"内容"。"人的主观心理不像自然界的一个物体或过程，不是自然科学分析的客体；主观心理是意识形态理解的客体，是社会意识形态理解的阐释的客体。只有社会因素决定着社会环境条件中的个体的具体生活，只有用这些因素才能理解和阐释心理现象"①。与此相对地，理解和阐释这样的心理现象，也就包括了对社会意识形态的某种反映和折射。内部心理的现实就是语言符号的现实，没有哪个意识能够不借助语言符号而凭空存在。作为机体的人与世界在这里以符号的形式相遇，"心理感受是机体与外部环境接触的符号表现"②，而意识形态与心理感受之间实际上没有原则上的界限，只是程度上的不同罢了。伍尔夫直接用语言来描述人物的"心理现实"，以更加直接明白的表达方式来再现对社会"现实"的理解和认识过程，这一文本更为鲜明地体现了当时人们的认识方式、理解过程和生存状态。

（二）普鲁斯特：作为现实的记忆"流动"

普鲁斯特的心理活动描写和意识流动的再现方式与伍尔夫不尽相同，在《在斯万家那边》中，他的创作方式局限于回忆过去的事实从而使过去的现实得到"复盘"，"他相信自己意识的引导，但不是现时意识，而是回顾记忆意识的引导。当那些被回顾记忆意识早已遗忘，而又根植其中的情况，作为现实被记忆起来时，逝去的现实就会浮现在回顾记忆意识里，以一种与单个个体及主体完全不同的方式，查看和梳理它的内容"③。

回顾，或者说通过"时间透视"，普鲁斯特再现了记忆意识中记录下来的事件象征性的时间，意识镜像及时间的多层次表达让普鲁斯特的"世界现实"得到了更多视角、更为生动地再现。一个或少数几个人的命运和相互联系不再是关注的重心，很多人物和事件的片段被松散地拼凑在一起，读者无法从中抓住特定的线索，以前小说竭力建构的环境完全被支离破碎的事件组成，各个事件、人物的关联不再仅仅是不变的、客观的、物质的，而是被纳入一种几乎无限制的、偶然的联系中，外部命运变化的描写被作为展现主题的引子，作为用透视法深入一种环境、一种内心活动或事件背景的引子。

认识和解释由此形成的"世界"是那些被描写的人物自己所做的事情，他们的生活在他们自己的思想、意识、言行中，"因为我们每个人都处在不断表达和解释的过程中，即我们自己就是这个过程的对象"④。读者在进入这样的文本时所面对的就是诸多随意的瞬间、零散的思绪，作者无意中捕获的任意一个瞬间所有的真实和生活的深刻。这种"现实"的再现方式：随意性的片段截取分析涉及了人类基本的和共性的东西，而这种片段抓取得越多，我们生活中的基本共性的东西就展现得越明显；更何况这种

① 巴赫金：《周边集》，李辉凡、张捷等译，河北教育出版社1998年版，第367页。

② 巴赫金：《周边集》，李辉凡、张捷等译，河北教育出版社1998年版，第367页。

③ 埃里希·奥尔巴赫：《摹仿论——西方文学中所描绘的现实》，吴麟绶、周新建译，商务印书馆2014年版，第639页。

④ 埃里希·奥尔巴赫：《摹仿论——西方文学中所描绘的现实》，吴麟绶、周新建译，商务印书馆2014年版，第647页。

"心理现实"实质上是众多的人的历史性的主观感受，在随意地交错和对比中，发展、变化和差异就更加的鲜明突出，人们审视文本中"现实"变化也就更明显、更细致，也就更容易发现意识形态环境的变化和不同，这样文本的艺术形式和内容也更真实、更有趣。

五 马克思主义文学批评维度中的《摹仿论》

纵观《摹仿论》中这几个文本片段以及对相应社会现实的讨论，奥尔巴赫展示出他在文学批评上的核心特征，即文学内外部研究的结合与具体文本与现实的针对性分析。它们是互为表里、相辅相成的，既来源于语文学的古老传统，又与马克思主义文学批评的思想内核相通。

在马克思主义文学批评中，文学作品被视为语言符号的一种特殊的物质实践和意识形态的生产，"不只是作为现实的一部分存在着的，而且还反映和折射着另一个现实"[①]。而最终目的是研究文学领域中人类认识、再现"现实"的态度和方式以及对这一"文本世界"中的自我折射和意识形态的反映进行考察，"我们所感兴趣的这一问题的实质在于，真正的存在（基础）是如何决定着符号的，符号又是怎样反映和折射着形成中的存在的"[②]，用历史的具体的角度审察人类的发展和行动，探寻不同阶段的意识形态的形成过程和人的生存状态，并在以人的全面发展为最高追求的基础上试图寻求"真理"的可能。

（一）内外结合的文学研究

首先，对于文学研究的内部与外部的区分，并不是形式与内容、文本与世界这样的简单划分，文学"从一开始，就谈不上内部与外部的本质差异。况且，组织和形成的中心不在内部（也就是不在内部符号的材料之中），而是外部。不是感受组织了表现，相反，而是表现组织了感受，首先赋予它以运动的形式和确定性"[③]。语言是作为满足社会交际需要的工具随意识产生而出现，它的形式结构从一开始就受到外部物质条件的支配和作用，在意识的表现过程中反映和折射着现实世界，并以此施加影响。

奥尔巴赫在《摹仿论》中的语文学批评方法正是由语言形式中的文体分用问题出发，以语言结构、风格的变革和相应历史背景结合，发现文学史中不断变化发展的对"现实"的再现：古希腊静观、直白的历史现实与圣经故事里的喻象世界；但丁对尘世生存状态的形象和完成；司汤达、巴尔扎克和福楼拜对社会环境的反映；伍尔夫、普鲁斯特探寻的内在意识的"现实"……这些都是文学作为语言艺术，反映着正在形成的意识形态，反映着意识形态视野形成的生动过程。

---

① 巴赫金：《周边集》，李辉凡、张捷等译，河北教育出版社 1998 年版，第 359 页。
② 巴赫金：《周边集》，李辉凡、张捷等译，河北教育出版社 1998 年版，第 350 页。
③ 巴赫金：《周边集》，李辉凡、张捷等译，河北教育出版社 1998 年版，第 435 页。

文学被视为人类意识参与到物质生活中的一种特殊的实践活动，它以语言为物质载体用自身独特的表现方式传达着正在形成和变化的各种意识形态，又以这种方式影响和改造着周围的一切。但同样的，文学并不是独立于意识形态的一个新的领域，而是被包含于诸多意识形态之中，是作者在与其自身所处的“意识形态环境”相互交流、互相影响后的产物。[①] 这意味着文学的创作和阅读活动一方面体现了作者观察到的部分“环境”，另一方面体现了读者的“交流行为”过程中所体现的部分“环境”，如果放置于历史的发展过程中，就还需要不同时代的“环境”加以补充。

文学作为特殊的意识形态实践不同于雅各布森“文学性”，更像是阿尔都塞所言的“在意识形态产品内部拉开的‘一点距离’或者一段‘虚空’”[②]。巴赫金在《马克思与语言哲学》一书中对马克思主义的语言观做了十分精确细致的分析和阐述，而这正与《摹仿论》中重视分析语言形式和结构的批评方法相通。巴赫金系统地对马克思主义文学批评中最为重要的出发点和立足点——语言研究进行了振聋发聩的警告和辨析。“马克思主义关于意识形态创作科学的最根本的基础是：科学研究、文艺学、宗教学、伦理学等基础，它们都最密切地与语言哲学问题交织在一起”。[③]

人们在很长一段时间内都将语言看作是“形式”和“内容”两部分，代表着艺术中“什么”（内容）与“怎么”（形式）的划分，但是自俄国形式主义开始，这一划分形式就遭到了文学理论研究者们的质疑和批判，将语言意义（所指）和表现形式（能指）完全分割只是一种人为的抽象，它们二者间从“约定俗成”的非自然形成开始就纠缠在一起无法割裂开来。形式可以看作是一定内容的表达程序，但空洞无物的形式是难以想象的。作为一种关注并表现自身的语言艺术，一种语篇长度的多种样式的语言集合体，文学中语言的结构更是如此[④]。这种“内容”和“形式”的划分与韦勒克的“内外部研究”出现了同样的问题。俄国形式主义根据这一特征，肯定了语言中概念与音响形象的统一性，从而对艺术作品中的“形式”与“内容”的划分做了重新界定，他们划分出“材料”和“程序”来代替“形式”与“内容”的指向性。[⑤] 虽然俄国形式主义成功认识到了形式本身与内容的不可分割，但是他们却将语言的“程式”视为文学的根本性质和特征，忽视了外部意识形态无孔不入地渗透和影响，只聚焦于文学作品中的表现技巧和修辞方法。

与此同时，当我们把文学文本与具体的意识形态现实相联系时还有一点必须予以重视：在文学批评中不能够把个别的意识形态现象直接套用到生产的社会经济环境条件上，如果“认为某些从意识形态世界截取出来的作品在其孤立情况下直接决定于经

① 巴赫金：《周边集》，李辉凡、张捷等译，河北教育出版社 1998 年版，第 123 页。
② 路易·阿尔都塞：《阿尔都塞论艺术五篇》（上），陈越、王立秋译，载于《文艺理论与批评》2011 年第 6 期。
③ 巴赫金：《周边集》，李辉凡、张捷等译，河北教育出版社 1998 年版，第 348 页。
④ 董学文：《西方文学理论史》，北京大学出版社 2005 年版，第 265 页。
⑤ 董学文：《西方文学理论史》，北京大学出版社 2005 年版，第 256 页。

济因素，就像认为在一首诗的范围内韵脚与韵脚的配置、诗节与诗节的配置是由于经济的因果关系直接起作用一样幼稚”[①]。我们必须要认识到一个事实：文学作为一种语言实现具有不同于其他意识形态的独特之处，它要求我们必须进入到语言内部的层面去分析和解读文本的“世界”，从内到外地认识文学文本对于社会历史环境的“再现”和这再现本身的“表达”。

巴赫金对于语言形式中的体裁和风格进行了深入地考察和分析，他一定程度上肯定了奥尔巴赫在《摹仿论》中使用“文体分用”的古典主义语体、语用原则的正确性，“早为古典和新古典诗学确定风格的一般定义，大体上将风格分为‘高级的’和‘低级的’，这种区分也就正确地提出了艺术形式的这个积极的评价本质。形式的结构，的确是有等级的”[②]。艺术形式中的“意识形态”折射正是在这种不断地“选择”和“使用”中得以表现，只不过在古典时代更加鲜明突出而不加掩饰，但现代以来语言学（Linguistics）的抽象客观主义将语言与现实割裂而掩盖起来视而不见。文学作品的风格体裁无处不渗透着作者思考、意识活动创作产生的或明显或无意识的评价态度，这些展示着他个人同时也是社会的基本倾向，“表述和被表现感受本身的结构，是社会的结构。表述的风格形成，是社会的形式，并且语言现实所真正归入的表述言语流本身是一种社会的语流。其中间的每一滴都是社会的，它形成的整个进程也是社会的”[③]。由此《摹仿论》的语文学方法就与“旧的”传统的语文学研究区分开来，在一定程度上与马克思主义文学批评相结合。

（二）文本的具体分析实践

在分析奥尔巴赫的文学批评实践中，我们一再强调了他对于具体文本细节的选择和重视，这同样也是马克思主义文学批评的主要特征之一，只有忠实于具体文学文本细节的语言分析和意识形态考察才能够对文学作品反映和折射的独特的意识形态环境进行相对真实、正确的考察，当然我们的最终目的不是在文学文本中找到那些“非文学”的意识形态及其二次折射，而是要借由文学这“一段距离”对当下时代的意识形态环境的交流和循环进行了解和反思，从而把握社会和个人的生存状态。“马克思主义的文学史家和文学理论家的主要人物终究不在于把这种非艺术的意识形态要素区分出来，而在于对艺术意识形态要素本身，亦即对文艺作品本身作出社会学的规定”。[④]

我们作为“读者”借由作者之手来考察他的“文本”和所处“世界”，既包括了“读者”和“作者”两个不同时期的个人与社会双重的意识形态环境的碰撞和融合，又包括了文本自身形成的特殊的意识形态场域对两者的反映、影响和作用。文学作品的创作是社会生产的一部分，但同时它也是个人书写产生。“如果一部作品真正是深刻的

---

① 巴赫金：《周边集》，李辉凡、张捷等译，河北教育出版社1998年版，第125页。
② 巴赫金：《周边集》，李辉凡、张捷等译，河北教育出版社1998年版，第96页。
③ 巴赫金：《周边集》，李辉凡、张捷等译，河北教育出版社1998年版，第446页。
④ 巴赫金：《周边集》，李辉凡、张捷等译，河北教育出版社1998年版，第136页。

和具有现实意义的，那么批评家与读者都可以认出自己、自己的问题、自己个人的意识形态的形成（‘探索’），认出自己个人的永远是生动的、总是很复杂的意识形态视野的矛盾和冲突”。[①] 作者和读者（批评家）对于文本的作用和影响因为人的主观能动性而不得不具有一定的个人色彩，这是一个需要辩证思考的角度。由此，文学批评方法的具体性就成了研究活动的必然要求。

文本的具体性实质上是为了解决马克思主义文学批评中对“在上层建筑及其对基础的关系的一般理论同对每一特殊意识形态现象的具体研究之间”“存在着的某种脱节现象、某种模糊的和不稳定的领域”[②] 的分析和理解，尤其在文学方面，缺少一种能够将“理论诗学”“社会学诗学”或者是“语言哲学”这诸多一般理论具体实践的操作手段和批评方法。

在实证主义的文学史研究中，似乎这种对某一领域的具体性的批评研究都是通过对其他一切领域的绝对隔离来实现的，然而实际上就马克思的历史唯物主义来看，这种“牺牲”是从不纳入考虑范围的。“事实上，任何意识形态领域和任何个别的意识形态现象正是在同其他意识形态现象的生动的相互影响中获得自己的真正的独特性和特点的”。[③] 这种情况就和语言内部“聚合关系”与“组合关系”一样，词语的“所指”产生在众多“所指”之间，意识形态的特征和价值也同样只有在相互的比较中才能得以实现。

（三）《摹仿论》中文学批评方法的局限

不可否认地，从马克思主义文学批评的视角重新审视《摹仿论》中的文学批评方法，仍能发现一定的不足和问题。

现代学科知识体系的普遍分化把人、知识从社会和实践中割裂出来，把文学的研究变成某种“文本性”（textuality）的虚无迷宫和语言游戏。作为英美新批评主将的雷纳·韦勒克就曾以模糊学科界限、术语概念混杂、个人主观偏颇来质疑奥尔巴赫的语文学研究，而奥尔巴赫则在后记中含蓄地回护自己的研究：“《摹仿论》是一本完全具有自觉意识的书，是由一个特定的人，在一个特定的情形中，在20世纪40年初写成的。”[④] 奥尔巴赫实践活动中的精益求精和他在理论建构上的避之不及形成了鲜明地对比，他拒绝界定概念、运用理论术语，他所有分析和阐述使用的都与文本具体段落有关，实践的成为唯一的，这成为奥尔巴赫在文学作品研究中的突出特征。

而这就使奥尔巴赫在《摹仿论》中表现出来两个鲜明的“悖论式”问题：术语概念混杂与阐述表达清晰的矛盾；客观理性的考察与个人主观色彩的分界。第一个问题

① 巴赫金：《周边集》，李辉凡、张捷等译，河北教育出版社1998年版，第131页。

② 巴赫金：《周边集》，李辉凡、张捷等译，河北教育出版社1998年版，第109页。

③ 巴赫金：《周边集》，李辉凡、张捷等译，河北教育出版社1998年版，第144页。

④ 埃里希·奥尔巴赫：《摹仿论——西方文学中所描绘的现实》，吴麟绶、周新建译，商务印书馆2014年版，第692页。

在上文中就已有论述，而第二个问题则无法得到确定的答案：因为客观性本身就是一个只能无限接近而永远无法到达的目的地，人的主观意识是无法从所谓的“物质”中剥离分裂出来的，我们只能在具体的实践过程中努力把握住两者的界限，“如果我们哪怕只是成功地展示了对诗歌形式内在的艺术结构采取社会学态度的可能性，我们就算完成了我们的人物”①。正如奥尔巴赫在《文学语言及其公众》中所说的和在《摹仿论》所努力揭示的那样，他意图使西方文明的“活的现实”“及其统一”保持“某种明细一致的形象”。

① 巴赫金：《周边集》，李辉凡、张捷等译，河北教育出版社 1998 年版，第 107 页。

创作者的生存表达框架：文学程式的研究方法探讨

韩智浅*

（复旦大学　上海　200433）

摘　要：文学程式研究在文学传统中探寻文学文本意义的生成机制，以超越文本研究的解释学路径。帕里和洛德的程式概念在生成路径和具体意涵上优于卡勒的程式概念。文学程式是人类在生存活动中积累的表达框架。应该以创作者的文学生活和创作行为作为程式研究的思维判据。考察包括确定状态的文学文本在内的，所有与创作者及其某一具体创作行为相关的事实材料。结合创作行为在发生情境上的差异，构建一套合理的分析程序。最后一部分以弗吉尼亚·伍尔夫叙事文本中的场景建构为例，用分析实践演示了一个适用于现代作家群体的分析程序。

关键词：乔纳森·卡勒；米尔曼·帕里；洛德；生存表达；文学程式；文学传统

引　言

在文学理论领域，乔纳森·卡勒（Jonathan D. Culler，1944—）的《结构主义诗学》（*Structuralist Poetics*，1975）是研究者谈论文学程式概念时所依据的经典文本。但是从“文学程式”这一概念的发生来看，早于卡勒几十年，米尔曼·帕里（Milman Parry，1902—1935）就已提出过这一概念。后为他的学生阿尔伯特·贝茨·洛德（Albert Bates Lord，1912—1991）所发展，他们的口头程式概念已经在古典学、比较文学、人类学等领域产生了重要影响。就“程式”一词来说，卡勒使用的是“convention”，研究者一般将其译为“程式”“成规”“惯例”，帕里和洛德则使用“formula”，一般被译为“程式”“公式”，在汉语语境里，我们依据它们的问题指向，将其统一称为“文学程式”。为方便起见，我们将以“卡勒概念”和“帕里—洛德概念”来称呼这两种概念。前者旨在找出文本意义产生的条件，后者为了理解史诗歌者在创编过程中使用的表达框架。于文学学科的知识对象而言，这两种旨向存在相通之处，即都想探

* 作者简介：韩智浅（1991—），河南信阳人。复旦大学中国语言文学系博士研究生。主要从事文学理论、美学与世界文学研究。

究文学活动是如何产生意义的，而且都把文学传统纳入了视野。

文本意义的生成关系到文本技法（textual technique/device）问题，文学研究一般将其等同于运用语言的特殊技巧、修辞手法，或者是塑造人物、讲述故事的策略。它们要么没有把文学活动看作独立自足的符号系统，要么就只是描述文本的构成要素。这些做法无法真正破解意义生成的机制。文学程式以文学传统作为思考背景，把意义生成问题推向一定文化传统中的文学行为主体身上所积淀的文学能力，这其实是想揭示那些使得文学技法得以发挥作用的框架，触及到了意义生成问题的核心。“卡勒概念”和“帕里—洛德概念”的生成路径和具体意涵表明，它们其实分别归属于两类研究范式，因而在破解文学程式问题的有效性上是有差别的。文章的第一部分将具体比较这两种概念以明确文学程式的意涵，然后以“帕里—洛德概念”内含着的合理性为基础，来确证文学程式研究的思维判据和事实材料；最后以具体的思维判据为例，展示本文为程式研究确证的路径在实际操作中的运用。

一　文学程式：“卡勒概念”与“帕里—洛德概念”

“卡勒概念”归属于结构主义诗学这一理论架构，卡勒认为，文学研究的任务不是发现或阐明意义，而是确立意义产生的条件，这就确立了文学文本的间性，把文学接受活动纳入了视野。卡勒认为，文学文本能够生成意义，乃是因为创作者和接受者共同享有文学能力（literary competence）。不过当这一知识逻辑进行到这里的时候，卡勒就中断了它，并且把注意力完全导向接受者和阅读活动。于是文学能力的内涵就被收缩为：一定文化传统中的读者，通过阅读文学作品所积累的理解文学的程式。接受者依靠文学程式对作品的意义进行归化（naturalization），如果能够确定这些程式并且弄清它们发挥作用的过程和规则，那么就能为最终的意义阐释提供路径。结构主义诗学旨在探究文本阐释的法则和文学交流的可能性，而文学程式研究就是把话语之所以产生文学效果的那个潜在的系统揭示出来。卡勒没有在《结构主义诗学》中集中阐述自己的文学观念，也没有专门陈述支撑其概念意涵的逻辑前提，只能从一些细节处推断他的想法。这里选取一段相对集中的论述，来分析支撑其程式研究的假设：

“诗歌的惯例，象征的逻辑，产生诗歌效果的种种操作，不只是读者的特质问题，而是文学形式的基础。然而，由于种种原因，把它们看作由读者实施的操作，要比将其看作作者们想当然的实践机制，要更容易进行研究。作家们有关创作过程的种种说法之问题重重是人所共知的，几乎没有什么办法能够确定他们将哪些机制视为当然。然而，读者赋予文学作品的意义及其体验到的效果，观察起来则方便得多”[①]。

首先看引文的第一句话：“诗歌的惯例，象征的逻辑，产生诗歌效果的种种操作，

① Jonathan Culler, *Structuralist Poetics: Structuralism, Linguistics and the Study of Literature*, London and New York: Taylor & Francis e-Library, 2004, p. 136.

不只是读者的特质问题，而是文学形式的基础"，它内含着的看待文学活动的眼光，是互相矛盾的。"诗歌效果"这一说法，让人联想到俄国形式主义的"文学性"概念，即什克洛夫斯基所说的，使作品尽可能地被感受为艺术的特殊手法[①]。这就把文学限定在纯粹审美或者感受力的视域内。而结构主义诗学又认可文本意义的做法说明，它承认文学活动的认识属性和交流属性。这两种看待文学活动的倾向无法被统合起来，再向前延伸一步的话，就会回到"文学是形象思维""内容与形式的统一"这类路数上，并落入二元论中。

其次看引文的倒数第二句话："作家们有关创作过程的种种说法之问题重重是人所共知的，几乎没有什么办法能够确定他们将哪些机制视为当然，"仔细考证创作者的日记、手稿、通信或其他与创作行为有关的事实材料，就会意识到，这一判断失之轻率。文学创作活动有无意识因素的参与，可缺乏自觉意识与理性意识的创作者，无法制作出整一的文学文本。最后看引文的最后一句话："读者赋予文学作品的意义及其体验到的效果，观察起来则方便得多，"把阅读活动作为程式研究的思维判据，会遭遇许多棘手的问题。例如，结构主义批评家所关注的阅读活动，是谁的阅读活动；如何分类和择取各类读者群体及其阅读经验；结构主义批评家自身是什么意义上的读者；读者和文学消费者是什么关系；等等。

由此可以看出，支撑"卡勒概念"的文学观念及逻辑前提，还存在误判和模糊的地方，卡勒用以推进程式研究的思维判据也难以确证。在 2015 年出版的《抒情诗理论》（*Theory of the Lyric*）中，他延续了《结构主义诗学》对诗学和解释学的区分，但是把注意力转向文学传统，通过分析既存文学文本中的普遍特质，来探究生成意义的特殊技巧。他用九篇典范式的抒情诗，来考察抒情诗中对于一种抒情诗理论来说是十分重要的方面[②]。虽然他没有在此明确提及文学程式概念，但是"假定的抒情诗传统""普遍特质""特殊技巧"这类说法，内含着文学程式的意涵。和《结构主义诗学》相比，这一路径已经优化了许多，但仍旧会面临不少棘手的问题。

通过研究口头传承的创编过程，米尔曼·帕里提出了程式概念，并将其界定为："在相同的格律条件下，为表达一种即定的基本思想而惯常运用的一组词"[③]。洛德继承了他的研究成果，还有他为人文科学开创的科学方法，并据此扩展了程式概念。通过观察南斯拉夫民间口头诗歌的创编过程，分析记录下来的口头诗歌文本，他们发现，在正式从事演出之前，歌手们会以自学或拜师的方式学习史诗歌创作。优秀歌手的学习目标不是学会表演已有的作品，而是创作出新作品，不过这些歌手在表演技巧、主

① ［俄］维克托·什克洛夫斯基等：《作为手法的艺术》，《俄国形式主义文论选》，方珊等译，生活·读书·新知三联书店 1989 年版，第 3 页。

② Jonathan Culler, *Theory of the Lyric*, New York: University Press, 2015, pp. 5 – 6.

③ Milman Parry, "Studies in the Epic Technique of Oral Verse-makingI: Homer and Homeric Style", *Harvard Studies in Classics Philology*, 1930 (41), p. 80.

题、韵律模式上有许多相似之处，表现出明显的继承关系。通过关联史诗歌表演的文化背景（权力结构、伦理、信仰系统等），他们发现，对于表演行为的参与者来说，史诗不仅是文本分类上所说的体裁，还是一种生活方式，歌手们使用的那些表演技巧、叙述方式或韵律模式等史诗技法，不只是为了增加表演的戏剧性或美学效果以吸引听众，而是其表达思想的框架，这就是“帕里—洛德概念”的具体意涵。

卡勒以阅读经验为依据提出文学程式概念，触及了文学活动中的关键问题域，但是带有明显的假定色彩。“帕里—洛德概念”从科学的材料取证和观察、分析过程中生成，要比“卡勒概念”更经得起检验。此外，他们的程式概念有统一的史诗观念作为支撑，即上一段提到的：史诗“是一种生活方式”，“发挥生存表达的功能”。虽然只是针对史诗这一种文本类型，但要比卡勒的文学观念明晰很多。卡勒的“意义生成”这一说法中蕴含着的认知属性和交流属性，和“生存表达”有一定的相通性，但是其总体文学观念中蕴含着的二元论倾向，加之以阅读活动作为思维判据，无法析出意义生成这一看法中蕴藏的合理内容。

对于程式问题，洛德提出了一个很有价值的区分，即从文本分析的外部视角来研究程式与内部，即故事歌手的角度来看待程式。前者把程式看成创作者或接受者可以随时取用的形式上的框架、模式，是一种结构主义或是形态学的思维；后者则蕴含着一种发生学的思维，它认为歌手最初并不是为达成某些美学效果发明程式的，而是为了实施生存表达活动，所以当他们在创编行为中使用某个程式时，是把沉淀于其中的遥远或临近的存在一起置放于听众眼前。就像洛德说的，歌手“所学习的格律，曾经与特定的词语组合联系在一起，那些组合表达着传统故事中最常见以及经常重复的思想”[①]。对比“卡勒概念”可以看出，卡勒就是外部视角来研究程式的，即使是《抒情诗理论》中调整过的路径，也还是如此。外部视角在事实材料的占有上具备一定的优势，因为它需要搜集和观察大量的文学文本；它用到的观察、统计和分类方法，也使其研究路径具备一定的科学性。但是在不了解创作者的行为动因、行为过程和行为方式的情况下，外部视角的文本细读和症候解析，还是难以跳出卡勒想要超越的解释学思路。外部视角确实有助于确定文本中的哪些要素是程式，哪些不是，其观察结果不少时候都与内部视角一致，可是以阅读活动作为思维判据，无法可靠地确证要素的功能。

卡勒研究程式的目的是修正结构主义批评的弊病，结构主义者从最大的单元开始，把文学文本分解为无数的构成成分，直至呈现出最小的功能性特征层次。他们认为，这些构成成分是独立的实体性存在，而且相互之间受二项对立原则（binary oppositions）的统摄，关系项的功能由它们在言语系统中的位置决定，而不是由它们在历史上的意涵演化决定。卡勒意欲纠正这种拒斥历史同一性或演变同一性的做法，于是把

① Albert B. Lord, *The Singer of Tales*, New York: Harvard University Press, 1971, p. 32.

诺姆·乔姆斯基对能力（competence）和表现（performance）的区分运用到文学研究中来，通过引入文化传统来揭示隐含在文学活动中的系统程序。不过从程式概念的具体意涵可以看出，其实际举措与最终目标之间还存有落差。“帕里—洛德概念”诞生于帕里和洛德的荷马史诗研究。为了破解《伊利亚特》和《奥德赛》的生成问题，帕里首先提出了一种假设：这两部史诗是比书面文学更为古老的口头传统的产物。可比它们更早的口头传统早就湮没无闻了，所以他就以口头诗歌的活态传统的创编过程作为参照，来破解荷马史诗的创作机制。在分析南斯拉夫民间史诗歌时，帕里和洛德发现，歌手们在表演中使用的技巧，如名词化的动词，重复的声音、呼语，反复出现的主题，是对既有诗歌演唱方法的继承，是本民族的歌手在演唱实践中累积的一套表达框架。他们摒弃了古典学学者直接阐释文本的做法，以史诗的演化系统作为理解特定文本的背景，还以创作者为观照对象，把行为的动因、过程和方式问题纳入了视野。相比之下，帕里和洛德的做法更有助于达成卡勒的目标。

二　文学程式研究的思维判据与事实材料

在实际研究中，“帕里—洛德概念”具备更强的操作性，它有助于研究者锁定文学活动中的行为主体，进而确证思维判据和事实材料。程式研究应首先把目光聚焦在创作者这一行为主体身上，即那类以语言或文字为物质材料来建构符号系统的行为者。不过，卡勒认为经由创作者来研究文学程式是一个难以实现的目标，因为“作家们有关创作过程的种种说法之问题重重是人所共知的，几乎没有什么办法能够确定他们将哪些机制视为当然”，这一路径确实困难重重，可要想达成目标，首先就要排除这一“现成思维”——寻找作家们有关创作过程的说法，因为创作者一般不会详尽地谈论自己的创作，有时还会以神秘的口吻描述它们。创作行为有无意识因素的参与，可要想使文学文本生成为整一的符号系统，并且让分处于不同时空体的无数接受者都能从中整合出一个独特的，或是与创作意图相吻合的世界图景，创作者就必须作为一个自觉的主体来制作文本，没有足够精密的构造，就经不起不同的情感活动和认知倾向的重构。所以，创作者不是因为无知而不去谈论创作过程。他们也不总是自觉地运用文学技法，在熟练而自如的写作状态中，可以一下笔就写成自己想要的风格，但这不是文学研究常说的神灵凭附或灵感突发。这类观念几乎不具备什么认知价值，除非回到它们诞生于其中的文化场域中，借以思考文学活动的整体状况。因而，研究者不应该知难而退，而是要尽可能地穿透创作者的无意识因素和神秘说法所制造出的迷障，真正深入到文学创作行为中去，努力挖掘其中的关键机制或普遍规律。

在文学程式研究的思维判据问题上，洛德研究口头程式的路径能够提供有益的借鉴：

“在关于口头史诗的诸多思考中，我们发现，有必要在我们的想象中重构表演的一个特定时刻，而不是一般情形。我们必须以演唱中的诗人作为向导；……我们将跟随年轻歌手的职业发展生涯，甚至于从他刚刚开始通过听取大量诗歌来吸收传统开始，然后继续跟进他在史诗歌演唱中所取得的每一个进步。"[①]

歌手是在表演中创作，"重现表演的特定时刻"意味着尽力还原史诗的创作过程及其重要节点；"跟进歌手在史诗歌演唱中所取得的每一个进步"，把文学习得活动纳入了研究视野。这提醒我们关注感觉、知觉以及思考着的行为主体及其生存境遇，探究其生命经验与生存表达之间的相关性，以尝试重构具体作品的创作过程。此外，还应着力区分创作者的传记生活和文学生活，并在两者之间寻求有效的互释，而不是像传记批评（Biographical Study）那样，一味地注重传记生活叙述、想象性移情和心理案例分析[②]。

调转文学程式研究的思维判据，意味着重新确定它所依据的事实材料，除了确定状态的文学文本以外，还应考察与某一具体创作行为及创作者相关的文献。卡勒的外部视角只容纳了文学文本，实际上，他自己就是被他用作思维判据的阅读活动的行为主体，这排除了程式研究的历史维度，无须应对事实材料的搜集、整理，及分析程序问题。内部视角内含着历史维度，因为一旦以创作者作为观照对象，就要承认创作活动的特定发生情境。文学活动在特定文化场域中的功能，创作者的身份属性，文本的载体，时间间隔，等等，都制约着研究者对事实材料的获取。有些因素影响其所获事实材料的体量，例如就欧洲古典叙事诗（公元前 8—9 世纪）来说，受文本的载体及时间间隔的制约，一般只能获得誊抄下来的口头文本（有的还残缺不全）、文字文本，或者与其所属时代的意识形态背景相关的材料。有些因素则影响事实材料的获取路径，比如活态文学，研究南斯拉夫民间口头诗歌时，帕里和洛德做了大量的田野工作，他们跟踪采访歌手的学习过程，创造最佳的表演条件以采集诗歌文本。同时，作为进入他者文化场域中的研究者和文化持有人，还要面对无数其他的障碍。如今，文学文本的载体，创作者的写作方式及文学编辑的工作方式的急遽变化，对事实材料的获取和处理提出了新的挑战。

文学程式把传统问题纳入研究视野，默认了一个假定的文学演化系统的存在，这意味着，程式不是一套一成不变的思维框架，而是会随着生存境遇的变迁而不断演化。这会让人去期待一种完全状态，即要想确证什么是程式，其功能为何，就要兼顾它在某一文学演化系统中的生成和转化。这本身是一种合理且科学的想法，只是研究者能够获取的事实材料在各个时期分布不均，在程式研究及所有相关于文学发生的问题域中，都无法随心所欲地择取思维判据。例如法国发生学批评（Genetic Criticism）把文

① Albert B. Lord, *The Singer of Tales*, New York: Harvard University Press, 1971, p. 31.

② 有关传记批评的特质，可参考塞缪尔·约翰逊的《诗人的生活》，这本书被认为是传记批评诞生的标志。参见 Samuel Johnson, *The Lives of the Most Eminent English Poets*, with Critical Observations on Their Works (volum Ⅰ-Ⅳ), Oxford: Oxford University Press, 2006。

学文本的生产——“从所有能够获得的证据出发，努力重构一个写作过程中的系列事件”[①] ——作为研究目标，而发生学批评家在实际研究中，基本上都以 18 世纪及其以后的创作活动作为对象，因为大约从浪漫主义时代开始，各个国家才逐渐围绕独立作家开展文学手稿的大型编纂活动。所以难以避免地，程式研究会涉及许多参照式解释，比如帕里和洛德就参照活态口头诗歌来破解古典学领域中的荷马问题，因为荷马史诗诞生于其中的生存背景及创作条件早就消逝了，保存这些信息的文献也十分有限。

无法完整地追溯程式的生成、转化，并不意味着无法破解其表达功能，因为除了政权层面上的强力干涉以外，一般来说，在一个漫长的时间跨度内，每一族群或是语言中的文学创作活动，都呈现为相对稳定的继承与发展状态，所以，研究特定时期的创作行为，也能确证文学程式及其功能，只是在实际操作中，要依据情形来最大程度地保证研究结果的合理性。程式研究面临的这些状况，需要研究者针对特定思维判据，具体发展出一套行之有效的操作方法或分析程序。也可以说，普适的方法——预先以某一学科理念或是假设的、意向式的“××说”“××论”作为研究方法——会因为过于宽泛而缺乏可操作性，因为研究对象的属性、功能，所关涉的行为主体等，存在着众多差异，与之相关的维度，各个维度上的尺度变化都需要特殊的应对方法。

三 文学程式研究的分析实践

这一部分将尝试以具体的思维判据为例，展示本文为程式研究确证的路径在实际操作中的运用。这里分别选取阿诺德·贝内特（Arnold Bennett，1867—1931）的《希尔达·莱斯威斯》（*Hilda Lessways*，1911）（以下简称《希尔达》）的开头，弗吉尼亚·伍尔夫（Virginia Woolf，1882—1941）《到灯塔去》（*To the Lighthouse*，1927）（以下简称《灯塔》）的第一部第一章到第四章。下面的解析主要聚焦于场景建构，《希尔达》的开头第一段就是一个完整的场景，而《灯塔》到第一部第四章末了才呈现出一个完整的场景，为节省篇幅，这里只展示其中的一个角落，并省去与我们的分析无关的大段意识流叙事，省略号全都指代被省略的文本。

《希尔达·莱斯威斯》

> 透过位于房子前门的卧室窗户，希尔达看见了位于西边的查特莱森林向上延伸的斜坡，儿时她经常和其他孩子一起去采摘那些生长在烟雾里的稀少的蓝铃花。她后面是屯希尔辖区；在整个烟雾笼罩的五城地区，屯希尔坐落在南边，是五城区的北部边哨。在查特莱森林脚下，那条运河曲曲折折地流向未被污染的柴郡平原和大海。正对着希尔达的卧室窗户的运河两边，有个磨坊，有时候像炉子和烟

---

① Jed Deppman，Daniel Ferrer & Michael Groden (eds.)，*Genetic Criticism*：*Texts and Avant-Textes*，Philadelphia：University of Pennsylvania Press，2004，p. 2.

囱那样喷出烟雾，足以遮住两边的视线。磨坊前面有一条砖砌小道，刚巧把一排崭新的房舍和附设的花园给隔开了，直通向莱斯威大街，莱斯威太太的住宅前面。斯凯伦先生住在小道的尽头处，应该已经到了[①]。

《到灯塔去》

"行啊，当然，如果明天天气好的话，"拉姆齐夫人说，"但是你得早起。"她又叮嘱道。

……詹姆斯·拉姆齐，正坐在地板上剪着从陆海军军需品商店买来的插图目录上的图片，他满心欢喜地剪下一个冰箱的图片，当他母亲说话的时候。

……"可是，"他父亲说，在客厅的窗户前停住脚步，"明天天气不会好。"

……"但也许就是个晴天呢——我希望它是晴天，"拉姆齐夫人说，轻轻地拧了几下她正在编织的棕红色长袜，带着不耐烦。

……"正是西风，"无神论者坦斯利说着，叉开枯瘦的手指好让风从指尖穿过，他正和拉姆齐先生做晚间散步，在阳台上一上一下[②]。

一般情况下，细读文本并运用症候分析或比较法，就能确定一部分技法。例如这两段文本都使用了第三人称叙事者，但在场景建构上，《希尔达》使用了铺陈法，由叙事者直接讲述人物活动的场景；《灯塔》使用了"移步换景"的方法，用人物行动勾勒空间的边界。在接受效果上，《希尔达》调动了接受者的听觉系统，让人去期待接下来会发生什么；《灯塔》则调动了内视觉系统，营造出在场的体验。在场景建构方法的实施上，贝内特统一用不定冠词来限定首次出场的对象，不断增添新事物以扩大空间的边界。他使用方位词来排列对象，以组建空间的结构。相比之下，弗吉尼亚的技巧要精密得多，她交替使用定冠词与不定冠词来限定首次出场的对象，通过调控接受者的观看视角来建构景深；然后利用"倒装＋伴随状语"句式所制造的视觉顺序，铺展画面的高度和宽度。最为关键的是，她摒弃铺陈法，用人物行动来组建空间结构以实现总体布局；这样一来，场景建构就随着叙述行为一同展开，并且在叙述结束时生成一幅画。

以文学文本和阅读经验为依据，可以描述文本的制作技法，从接受效果上解释创作者对它们的选择和组合，这属于洛德所说的程式研究的外部视角。要理解创作者为什么使用这些技法，其表达功能如何，得回到创作活动及其所在的文学传统中去。篇幅关系，下面的分析将围绕弗吉尼亚展开，只在相关的地方旁涉贝内特。弗吉尼亚归属于现代作家群体，相关的事实材料留存得相对多一些，且大部分都已经被文献学家

① Arnold Bennett, "Hilda Lessways", www.Gutenberg.net. 2004-1-9.

② Virginia Woolf, *To the Lighthouse*, London: Hogarth Press, 1927, pp. 5-9.

和专人研究者整理出来了。这些材料的存在样态有：手稿（有时直接是打印稿）、日记、通信、校样（长条校样、拼版校样、撕样）、访谈、自传（或回忆录）。

弗吉尼亚曾这样描述自己作品中的场景建构：

“这些场景并不完全是一种文学技巧（literary device）——一种把不计其数的细丝拧起来再打成一个结的方法。当然，假如我永不停歇地打结，还能搜集许多细丝。但不论是什么原因，我发现场景建构（scene making）就是我捕捉过去的最自然的方式”①。

她提供那些处于强烈情感的中心的构图，使叙事由围绕着特定形状建构而出的场景构成。于弗吉尼亚而言，场景建构不单单是一种文学技巧，它关联着现实（reality）问题。写作《灯塔》时，她就在实践这一叙事方式。1925 年 3 月 14 日，弗吉尼亚在笔记本的“写作笔记”部分列出了一些构思，其中有一条写道：“我猛然想起它可以以一幅画结束。”② 下一页还记录了这些内容：“两块地方被一个通道连接，”这句话下面有一个简单的图形，被一个长条连接的两个方框③。从最终生成的思维图景可以看出，这幅画就是拉姆齐家的海滨别墅所在的赫布里底群岛，海湾连接着别墅和灯塔。

讲故事（storytelling）是叙事文本捕捉过去的惯常模式，它受因果律和目的论的支配，时间意识是意义生成过程中最为关键的要素，情节需要依靠它来执行排序能力，事件、行动、人物都在时间序列中获得意义。在这种叙事模式中，空间不具备意义建构的功能，创作者习惯于描述地点以增强虚构世界的逼真性，或是用空间的特色来渲染人物的性格和境遇，空间变换常常只是情节推进过程中的附属物。用 E. M. 福斯特的话来说，这类创作者没有掌握“空间意识（sense of space）”，只拥有“对地点的感觉”（feeling for place）④。《希尔达》就属于这类叙事模式，铺陈是它建构场景的惯用手法。场景叙事开掘了空间意识的意义建构功能，创作者依靠记录、回忆、同情或想象等方法，捕捉那些关联着特定生命经验的物体、事件，也就是普鲁斯特说的“拘禁着生命的物质对象”⑤。在制作文本时，创作者通过技法的结构性组合对其进行诗意再现，一般来说，他们会利用叙事者和叙述视角来设置观看的角度，然后安排各个对象的位置及其相互之间的关系，好让它们随着叙述行为有序地生成画面；同时，还利用色彩的搭配、光影的变幻来奠定画面的基调等等。这一观念可以追溯到意象派的诗歌理论⑥，埃拉兹·庞德认为，意象源于瞬间呈现的知性和感性情结，它能够

---

① Virginia Woolf，“A Sketch of The Past”，Moments of Being，Ed. Jeanne Schulkind，Orlando：Harcourt Brace Jovanovich，Publishers，1985，p. 142.

② Hermione Lee，“Introduction”，*To the Lighthouse*（*annotated edition*），*Ed. Stella McNichol*，London：Penguin Books，1992，p. 13.

③ Hermione Lee，“Introduction”，*To the Lighthouse*（*annotated edition*），*Ed. Stella McNichol*，London：Penguin Books，1992，p. 13.

④ Edward M. Forster，*Aspects of the Novel*，London：Hodder & Stoughton，1927，p. 30.

⑤ ［法］马塞尔·普鲁斯特：《驳圣伯夫》，王道乾译，上海译文出版社 2007 年版，第 1 页。

⑥ Joseph Frank，“Spatial Form in Modern Literature：An Essay in Two Parts”，*The Sewanee Review*，1945，53（2）：225.

赋予人们超越时空限制的突然的解放意识，意象的生成依赖于诗性情感对分散经验的组织。

意象派诗人用这种模式为瞬间的印象、情感赋形，以捕捉那些被生活之流淹没的生命经验。在欧洲文学创作中，从 19 世纪下半叶开始，叙事文本越来越多地运用意象理论，并把它发展成为叙事模式。最具代表性的如福楼拜、詹姆斯·乔伊斯、普鲁斯特，还有此处谈论的弗吉尼亚。普鲁斯特在《驳圣伯夫》中详细描述了这一表达模式的机制，他说：生活中的偶然触动带给人似曾相识的感觉，这种不可理解的心绪把他置于无所适从的混乱中，仿佛被卡在现在与过去、记忆与遗忘的交汇处。在体味这些感觉的时候，普鲁斯特意识到，那些早已沉寂的生命经验并没有死去，而是隐藏在某些物质对象中，只要他能够努力回忆起它们，就有可能梦游一般地回到那些曾经触动过他的生活场景中去，逝去的时光便能以这种方式复活。只是创作者不能运用智力来捕捉过去，而必须诉诸感觉的诗意再现。

他区分了"在感受中的生活"和"有意观察的生活"，并且认为前者与时间的流逝同时淹没，后者则会存留在记忆中；在诗意再现中，由于主体在过去某些时刻的刻意观察，后者被降格为记忆的累积，只有前者隐藏着等待被发掘的生命之光。在普鲁斯特看来，对"在感受中的生活"的诗意再现，要比讲故事更能够把握真实：

"习惯和推理遇到真实立即凝结成冰，习惯和推理让我们看不到真实，我们所做的就是重新回到自由的海洋。为什么两种印象的叠合能够给予我们真实？这也许是因为它所忽略的东西一起复活了，如果我们进行推理思考，如果我们竭力加以回忆，那仅仅是我们对它有所增益或裁减"[①]。

推理是讲故事所依赖的逻辑原则，创作者配置人物的性格、境遇及关系结构，借助因果律来挖掘偶然性中的可能性，以创造出"合情合理的不可能"这种看似必然的意义整体，普鲁斯特认为故事无法很好地捕捉真实。不过这里不准备把这两类真实处理为程度上的差异，而是把它们看成类型上的区别，场景叙事调动空间意识的建构功能，构筑了另样的实在，它和讲故事一起丰富着人类的表达模式。

《灯塔》的生存命题是悼亡，弗吉尼亚曾在回忆录中说到，自己多年来不断地被逝去亲人的幽灵跟随着，某种程度上，《灯塔》是她对自己做的类似于心理分析学家对他们的病人做的事情，她说："写完它之后，我摆脱了母亲。我听不见她的声音了；也不再看到她了，""我表达出了一些一直缠绕着我的，深沉的情感。通过表达它们我解释了它们，并让它们安息"[②]。根据昆丁·贝尔在传记中提供的信息可以确定，《灯塔》关联着弗吉尼亚在父亲斯蒂芬·莱斯利爵士去世之前（1904 年以前）的生命经验。文本中的海滨别墅的原型，是他们一家在圣埃夫斯（St Ives）的托兰德屋（Talland

① ［法］马塞尔·普鲁斯特：《驳圣伯夫》，王道乾译，上海译文出版社 2007 年版，第 245 页。

② Virginia Woolf，"A Sketch of The Past"，Moments of Being，Ed，Jeanne Schulkind，Orlando：Harcourt Brace Jovanovich，Publishers，1985，p. 81.

House)，从1881年到1894年，他们每年都去那里度假[①]。弗吉尼亚写作《灯塔》的时候已经44岁了，在托兰德屋的那些生活发生在她13岁以前，但是早逝的双亲以及随之消逝的童年时光，一直盘桓在她的意识里，《灯塔》的素材就是这段维多利亚时期的家庭生活。

《灯塔》第一部的第一章到第四章，展示了这样一幅画面：画布左边是正对着我们的一幢维多利亚时期的海滨别墅，坐落在英国的赫布里底群岛。房子的墙壁是耀眼的白色，周围长着紫色的雪兰花和绿树丛，屋外平台上摆着种在石缸里的红色天竺葵，平台下面有通向渔村的马路。从画布的左边到右边，房子前面有一片深绿色的草地，然后是盛开着玫瑰和石竹的花园，接着是网球场、蒲苇地，白嘴乌鸦在经过时发出几声凄凉的鸣叫。然后是用火红的铁栅栏围住的，茂密的篱笆。篱笆的缺口处可以望见湛蓝的海湾，顺着海湾向远处瞭望，可以看见夜色中不时闪烁的灯塔。随着叙述的行进，《灯塔》逐渐扩大成一幅海滨风景画，画布的左边是拉姆齐一家的海滨别墅，右边是渺远的灯塔，它们被湛蓝的海湾连接着。弗吉尼亚用文字将逝去的生命经验定格成闪光的画面，不过它们并不是静止不动的，主题转换形成的旋律不间断地从中飞升出来，它们由被我们暂时省略的意识流叙事构建出来，这一点暂且不论。

阿诺德·贝内特是爱德华时代"现实主义"小说的代表作家之一，《希尔达》的场景服从于人物形象的塑造，它与其他要素一起引发"接下来会发生什么"的期待，归属于讲故事这一叙事模式。从弗吉尼亚的阅读经验可以看出，她十分熟悉这类小说的理解模式，不过对她来说，这一模式已不再能承担新的表达任务。讲故事于生存表达的功能及其与新的生存境遇之间的龃龉，是包括弗吉尼亚在内的乔治时代作家的创新驱动。《灯塔》使用的场景建构技巧，服务于诗意再现活动，这一表达模式继承了诗歌创作中的意象理论，调动了空间意识的意义建构功能。

结　语

明确知识活动所观照的行为主体，是研究人类的创造物所必须应对的前提式问题，否则，整体思维进路会随着事实的增加陷入更加混乱的境地。明确行为主体有助于确证知识活动的思维判据及相关的事实材料，这样一来，研究者就能以自身的研究目的为导向，建立一套合理的分析程序，这一步骤比较符合知识活动的科学标准。因此，就文学程式研究而言，"帕里—洛德概念"的有效性要胜过"卡勒概念"。

回到文学程式这一问题域本身。在解析文本意义时，文学研究的一个经典做法是挪用语文学、语言学和修辞学的知识，零散地谈论作品的技巧、人物性格、思想观念。

---

① Quentin Bell, *Virginia Woolf*, *A Biography*. New York: Harcourt Brace Jovanovich, Inc., 1972, pp. 1–86.

也就是被洛特曼称为“描述韵律学”和“描述诗学”的那类研究：

“艺术建构是一系列独立存在的‘技巧’的机械总和，艺术分析被认为是列举研究者在文本中发掘出的诗歌因素，以及评价文本的风格及其表达的思想。在学校里，这种分析方法已经变得根深蒂固。必修手册与课本中充满了这种表述：‘指出修饰语’，‘找出隐喻’，‘艺术家意欲在这个或那个片段中表现什么？’如此等等。”①

这种做法无助于系统地理解文学文本，也没有把文学活动当成独立自足的符号系统来对待。文本技巧是文学程式的具体实施，它不仅体现在词法、句法、格律上，还体现在讲故事、构筑时空体、塑造人物形象及其他许多面向上。只有关联起文学程式，才能理解文本技法于创作者而言的功能，从而真正破解意义生成的机制。除此以外，文本的类型、风格，都依赖于创作者运用及组合文学程式的方式。要想超越以往那种惯例式的，或是简单地以题材或个别文本特征为依据去确证体裁和文体的做法，就要首先破解文学程式问题。

文学程式是人类在生存活动中积累的表达框架。在具体的文本制作行为中，创作者以一定的文本技巧将其现实化，从而生成相应的接受效果。所以，程式研究应当首先观照创作者的文学生活及其创作行为，并关联其所在的文学传统。创作行为在发生情境上的差异，需要研究者针对不同的思维判据去探索获取事实材料的路径，再以这些材料为根据，发展一套有效的分析程序。文章第三部分以弗吉尼亚的文学创作行为为例，展示了程式研究的这一路径在现代作家群体中的应用。其中有几个节点需要特别注意，首先要细读、比较文学文本以找出症候，为后续分析提供有利的抓手；其次要明确具体创作行为所关联的生命经验，以确证文本的生存命题与题材；最后要尽可能地挖掘创作者自身的文学观念和风格追求，这样在回归文学传统的时候，才有可能找到进路。不过这还只是一个相对简单的实验，程式研究的方法还有待更多分析实践的校正和丰富。

① Jurij Lotman, *The Structure of the Artistic Text*, trans. Gail Lenhoff & Ronald Vroon, Ann Arbor: University of Michigan, 1977, pp. 94 - 95.

“正典”中的异类

——哈罗德·布鲁姆对托妮·莫里森的阐释

周琳玥*

（北京语言大学人文社会科学学部　北京　100083）

摘　要： 美国黑人女性小说家托妮·莫里森被耶鲁学派著名批评家哈罗德·布鲁姆列为“正典级”作家。但莫里森的族裔、性别身份，乃至政治立场等因素在其作品中打下鲜明烙印，在诸多方面似与布鲁姆本人所持的经典观相抵牾。布鲁姆一方面肯定莫里森作品的审美与原创性，称其为“正典级”作家；另一方面又对莫里森作品中凸显的“意识形态”因子毫不留情地加以批判。本文拟追溯莫里森作为一个经典作家的独异性所在，结合“影响的焦虑”与“审美自主性”理论梳理布鲁姆对莫里森的批评。

关键词： 哈罗德·布鲁姆；托妮·莫里森；影响的焦虑；审美自主性

托妮·莫里森（Toni Morrison）是当代美国黑人文学的杰出代表。自20世纪70年代处女作《最蓝的眼睛》（*The Bluest Eye*）发表，到2019年8月去世，莫里森一生共完成了11部长篇小说。1977年，第三部小说《所罗门之歌》（*Song of Solomon*）使她一举成名；1988年，第五部小说、亦即流布最广的代表作《宠儿》（*Beloved*）获普利策奖，后又助其获得1993年诺贝尔文学奖。授奖词“用富有远见的力量和诗意的形式，为美国现实中一个极为重要的层面赋予了生命”，肯定了莫里森在小说创作领域的突出成就。莫里森是获此殊荣的第一位美国黑人作家，也是继赛珍珠之后第二位获得诺贝尔文学奖的美国女性。

莫里森的创作始终聚焦于美国黑人民族的历史与命运，从文化角度探索种族的出路。身为女作家，她又格外关注黑人女性的生存处境；塑造黑人女性群像，展现黑人女性精神，往往是其构思的切入点。种族意识与性别意识，无疑在其作品中打下鲜明烙印。但如今从宏观上看，托妮·莫里森的作品已远远超越了种族、性别的狭隘范畴，

---

* 作者简介：周琳玥（1997—），云南曲靖人，北京语言大学比较文学专业硕士研究生，主要从事西方文学研究。

而具有普适的经典性。这也是为什么自其登上文坛伊始，“莫里森”热便持续升温；几十年来评论界对莫里森的关注始终与其创作步伐相得益彰，国内外各类研究专著层出不迭，研究角度花样翻新，堪称“现象级”范例。

值得提及的是，除常规的学院派批评和热烈的读者反映外，托妮·莫里森的巨大成功曾吸引了一众西方著名学者的注意。事实上早在莫里森 1993 年获诺奖之前，1988 年《宠儿》获普利策文学奖，就已标志着莫里森的文学成就得到了美国主流文学界的认可。此后在 1988—1993 年这短短五年间，“许多西方学者如哈罗德·布鲁姆（Harold Bloom）、内利·麦凯（Nellie Mckay）、威尔夫雷德·塞缪尔斯（Wilfred Samuels）、多丽莎·姆巴利亚（Doreatha Mbalia）、巴巴拉·里格尼（Barbara Rigney）、特鲁迪尔·哈里斯（Trudier Harris）等人开始著书立说，深入研究莫里森的小说创作”①。他们撰写和编辑的系列研究著作集各类异见于一体，为莫里森研究提供了完整而系统的原创文献。

在这众多著述中，耶鲁学派批评家哈罗德·布鲁姆所撰写的评论可谓独树一帜。1990 年，布鲁姆主编的论文集《托妮·莫里森》（*Toni Morrison*）由纽约切尔西出版社出版，布鲁姆在编者按中写下对莫里森四部代表作《秀拉》（*Sula*）、《最蓝的眼睛》（*The Bluest Eye*）、《所罗门之歌》（*Song of Solomon*）、《宠儿》（*Beloved*）的原创性评论。众所周知，在“西方正典”的旗帜下，布鲁姆构建起了一套完备的评价标准，以衡量作家是否能进入经典的序列。而莫里森对布鲁姆来说无疑是一个棘手的对象：一方面，布鲁姆肯定莫里森作品的审美与原创性，称其为“正典级”作家；另一方面，对莫里森作品中凸显的“意识形态”因子他又毫不留情地加以批判。布鲁姆的评论无疑带有强烈的个人色彩，是将莫里森作为一个特殊的对象纳入其批评体系的考察之下。在布鲁姆与莫里森的交遇中，由于多方因子的共同作用，形成了复杂的阐释空间。

一　独异的来源：托妮·莫里森的“双重性”书写

20 世纪美国黑人文学经历了三大高潮：20 世纪 20 年代“哈莱姆文艺复兴运动”，以兰斯顿·休斯（Langston Hughes）、佐拉·尼尔·赫斯顿（Zora Neale Hurston）、克劳德·麦凯（Claude Mckay）为代表，主旨是唤起对黑人民族文化的认同；20 世纪 40—50 年代，以理查德·赖特（Richard Wright）、拉尔夫·艾里森（Ralph Ellison）为代表，以黑人文化对白人文化的“反抗”为特征；20 世纪 60—70 年代，以艾丽斯·沃克（Alice Walker）、托妮·莫里森（Toni Morrison）为代表，以黑白两种文化的“融合”为主题，兼及黑人民族的“自我融合”、黑人与白人的“社会融合”。

20 世纪初，黑人学者杜波依斯（W. E. B. Du Bois）用“双重意识”的概念来解释

① 杜志卿：《托妮·莫里森研究在中国》，《当代外国文学》2007 年第 4 期。

黑人经验：它指的是非裔美国黑人的两种种族和两种文化身份，以及由此造成的心理、社会、文化上的分裂状态。他在《黑人的灵魂》中的一段论述经常被人援引：

> 一个人总是感觉到他的两重性——自己是美国人，而同时又是黑人；感觉到两个灵魂、两种思想、两种不可调和的努力；在一个黑色身躯里有两种相互较量的理想，它单凭其顽强的力量避免了被撕裂开来。
>
> 美国黑人的历史便是这种斗争的历史——渴望获得自觉的人格，渴望把自己的双重自我合并成一个更美好、更真实的自我。在这个合并过程中，他不希望原来的任何一个自我丧失掉。他不会使美国非洲化，因为美国拥有太多对世界和非洲有教益的东西。他也不会在崇尚美国的大潮中漂白自己的黑人灵魂，因为他明白，黑人的血液里含有传给世界的信息。他只是希望同时做一个黑人和一个美国人，而不至于受到同胞的诅咒和唾弃，不至于被机会拒之门外①。

黑的底色，白的附着，这种“双重意识”始终萦绕于非裔作家的创作中。从对黑色的认同，到对白色的反抗，再到黑白的融合，美国黑人的“双重自我”是否应该合并、到底能否合并、怎样才能合并，成为新时代黑人文学思考的中心。

作为第三次黑人文学高潮的挂帅者，莫里森引起的争论常在于：其艺术创作中到底表现出更多的“美国性”还是“非洲性”。站在黑白文化的交汇点上，莫里森无可避免地体现出“双重”与“杂糅”的特质，这与其自身经历息息相关：莫里森生于美国俄亥俄州洛雷恩镇，从小在黑人社群中长大；成年后就读于霍华德大学、康奈尔大学，接受了系统的白人文化教育；60—80年代任蓝登书屋高级编辑，期间主编了《黑人之书》（被誉为“美国黑人史的百科全书”）为少数族裔发声；80年代后期又陆续入普林斯顿大学、纽约州立大学、加州大学伯克利分校等高校任教。可以说，莫里森的自身的文化身份便是经历了由黑人文化教养，到西方文化认同的过程。

从学者、编辑再到作家，莫里森始终对黑人文化与白人文化间那种既对立排斥、又互补融合的错综复杂的关系感兴趣。其处女作《最蓝的眼睛》通过讲述一个丑陋的黑人小女孩想要一双白人那样的蓝眼睛，最终陷入精神崩溃的悲剧，揭示白人审美对黑人民族造成的扭曲和异化，显示了莫里森对种族问题的初步关注；《秀拉》塑造了无视黑人社群传统，深受西方个人主义影响的反叛女性秀拉，表达了莫里森对黑人民族追求自由之“度”的思考；《所罗门之歌》以“姓名”和“飞翔”为中心讲述了奶娃的寻根之旅，强调了从白人文化回归黑人文化的迫切性；《宠儿》讲述杀死女儿的女黑奴塞丝的故事，表现了黑白种族的冲突，及黑人民族所承受的历史重负……以黑人文化透视白人文化，或以白人文化反观黑人文化，一直是莫里森在创作中频繁切换的角度。

---

① 王守仁、吴新云：《性别·种族·文化——托妮·莫里森的小说创作》，北京大学出版社2004年版，第110页。

与此同时，正是非裔美国作家的这种非洲与美国身份的“双重性”孕育了黑人文学的“双重文化传统”：源自非洲的口头文学和源自欧美的书面文学。“这种‘双重意识’形成了美国黑人创作的一个特征，即黑人作家一方面渴求认同白人文化，另一方面又因为需要维护黑人文化而与白人文化分离，他们的作品表现出一种‘在同化和分离之间持续的张力’”①。这种张力鲜明地体现在莫里森的创作中：《宠儿》在某种程度上可归属为口述文本的范畴，其叙事结构都是在黑人奴隶口述回忆的过程中形成的；《所罗门之歌》则是非洲“飞翔的黑人”神话的复现；《秀拉》采用了西方文学传统的寓言形式，讲述了被迫生活于山顶，却被称为“底部”（白人主人对黑奴说那是“天堂之底”）的黑人的悲惨遭遇；《最蓝的眼睛》则引述西方儿童读本《迪克与简》的故事，句句拆解，将白人家庭的理想生活与黑人家庭的残酷现实形成鲜明对照。

总之，在莫里森这里，从作者身份到作品的思想内容与艺术形式，“双重属性”无处不在：她既是黑人又是美国人，既关注黑人世界又不忘反窥白人世界，既继承黑人文学传统又借鉴西方文学传统……这样的双重性为多元式批评的进驻提供了巨大的空间，也构成严肃的挑战。在布鲁姆对莫里森的阐释中，双方的拉锯尤为明显。

二　经典的序列：“影响”机制与竞争关系

“非洲性”与“美国性”的争论在莫里森的相关评论中屡见不鲜。但在布鲁姆看来，后者对前者无疑是压倒性的。布鲁姆清楚地知道自己与几乎所有的莫里森评论家存在分歧——在他看来，那些评论家们不过是跟在莫里森本人的宣言性著作《黑暗中的游戏：白人特性与文学想象》（*Playing in the Dark*：*Whiteness and the Literary Imagination*）后亦步亦趋。布鲁姆认为，莫里森机敏地回避着占据中心地位的西方文学传统，但事实上这个文学传统培养了她；他将莫里森纳入其所构设的“西方经典的序列”之中，是因为她的创作很大程度上处于西方传统的荫蔽之下，并延续了这个传统。布鲁姆本人更欣赏莫里森的前期作品亦与此相关——“她早期的作品具备许多合乎西方文学传统正典的条件，尽管她激烈地抗拒这个文学传统，认为与己无关”②。但莫里森本人所持的文学观似与之大相径庭，二者间存在着鲜明的张力。

（一）莫里森在西方经典中的定位

布鲁姆将《所罗门之歌》视为莫里森的最佳代表作，将之与威廉·福克纳的《我弥留之际》、纳撒尼尔·韦斯特的《寂寞芳心小姐》、托马斯·品钦的《拍卖第四十九批》、科马克·麦卡锡的《血色子午线》、拉尔夫·沃尔多·艾里森的《看不见的人》五部美国现代长篇小说并置讨论。这六部作品，被布鲁姆称为“梅尔维尔派”——因为在“展示美国民族及其命运的灾变式视域”上，《白鲸》是它们真正的起点。布鲁姆

① 王守仁、吴新云：《性别·种族·文化——托妮·莫里森的小说创作》，北京大学出版社2004年版，第2页。
② ［美］哈罗德·布鲁姆：《小说家与小说》，石平萍、刘戈译，译林出版社2018年版，第560页。

认为莫里森与福克纳、艾里森一道，都是梅尔维尔的孩子，尽管她的族裔身份使她“辩称《白鲸》中一个隐藏的部分，牵涉的不只是鲸鱼的白色，而且是把美国黑人排除在梅尔维尔的公开视域之外的那种精神失常的白色”[①]。这实际是有意忽略了莫里森作为族裔作家的特性，而将之纳入西方主流文化的荫蔽之下。

布鲁姆写到，“莫里森非常关注从霍桑和梅尔维尔传承至福克纳和艾里森的美国浪漫传奇传统，她在《所罗门之歌》中非常精彩地颠覆了这个传统。她的颠覆并非以意识形态为主，而是恰如其分地运用想象与修正。独来独往的经典人物——海斯特·白兰、亚哈船长、乔·克里斯默斯、看不见的人——行列里，多了另一种独行侠，奶娃·戴德”[②]。《所罗门之歌》讲述的是一个黑人青年的成长历程。在莫里森笔下，奶娃的出生即与充满传奇色彩的“飞翔黑人”的神话相联系；为解开飞翔的秘密，他注定走出家门，开启自我规劝的独行之旅。布鲁姆同时指出，“奶娃与他的前辈一样寻求真实自我的复原，但莫里森规划了笔下这位主人公的追寻，使之不由自主地表现出集体主义的特征”[③]。诚然，奶娃在莫里森笔下俨然一个肩负民族使命的使者。他由北到南的旅程是对往昔黑奴们由南到北迁徙路线的倒置；他的姓“戴德（Dead）”暗指黑人民族死去的历史，直至他寻回他祖先的名字——所罗门/沙理玛——才算完成最终的成人仪式。布鲁姆称奶娃为“托妮·莫里森最有说服力的求索者”，在这个意义上，“《所罗门之歌》是一部神话创作更具个性的作品，对社群的完善在审美方面更有说服力”[④]。独创性与审美力量作为经典的特质，越过了莫里森想要关注的社群责任的维度。

或许是略带偏见的，布鲁姆曾认为“美国黑人作家缺乏开创原创性文学艺术的条件”[⑤] 以至于面对莫里森这样一个强大的对象时，他亦坚持把莫里森与她的黑人文学前辈们分离开来，把她纳入她西方作家前辈的行列之中：“莫里森言辞激烈地声称，美国黑人文学是她的审美语境：她援用了奴隶叙事、民间故事、黑人灵歌和爵士歌曲。如此先进的一位文体学家和讲故事者，不太可能把佐拉·尼尔·赫斯顿奉为先驱，也不太可能想象自己与理查德·赖特，或詹姆斯·鲍德温之间有任何关系。”[⑥] 正确的定位应是　　“莫里森创作的《宠儿》必须最终与《我弥留之际》及《达洛卫夫人》对照评判，而不是对照哈丽特·雅各布斯的《女奴生平》（1861）。这才是《所罗门之歌》的正典级作者所值当的待遇”[⑦]。

而吊诡的是，莫里森本人对自己的定位恰与布鲁姆背道而驰。称赞一位种族作家与主流作家一样优秀，这在莫里森看来并非赞誉，她对此并不领情。在她看来，

① ［美］哈罗德·布鲁姆：《如何读，为什么读》，黄灿然译，译林出版社2011年版，第306页。
② ［美］哈罗德·布鲁姆：《小说家与小说》，石平萍、刘戈译，译林出版社2018年版，第563页。
③ ［美］哈罗德·布鲁姆：《小说家与小说》，石平萍、刘戈译，译林出版社2018年版，第563页。
④ ［美］哈罗德·布鲁姆：《小说家与小说》，石平萍、刘戈译，译林出版社2018年版，第563页。
⑤ ［美］哈罗德·布鲁姆：《如何读，为什么读》，黄灿然译，译林出版社2011年版，第295页。
⑥ ［美］哈罗德·布鲁姆：《小说家与小说》，石平萍、刘戈译，译林出版社2018年版，第562页。
⑦ ［美］哈罗德·布鲁姆：《小说家与小说》，石平萍、刘戈译，译林出版社2018年版，第567页。

美国文学中"非洲性"非但不依附于"美国性"，且一直是参与构建"美国性"的关键力量：

> 一段时间以来，我一直在思考文学史家及文学评论家广为认可并当作"知识"传播的某一套看法是否正确，我怀疑它根本就不堪一击。这种"知识"坚持认为传统的、主流的美国文学中没有或不受黑人文学的影响，而实际上他们是先以非洲黑人，后以美国籍黑人的身份已经在美国生存 400 多年了。……文学界的学者们差不多一致认为美国文学显然都是由男性白人的观点、才华和力量组成的，所以跟美国众多黑人的存在没有任何关系，或者说离得很远。他们竟然这样看待黑人民族！我认为这种观点大大妨碍了我们国家文学的发展。对于黑人存在问题的思考是理解我们国家文学的关键。这个问题应该成为中心，不允许在文学想象力边缘徘徊。(Morrison，1992：4)①

作为身处边缘的少数族裔作家，她深刻地剖析了美国主流文学是如何拒绝接受黑人文学的：

> 从 17 世纪到 20 世纪，拒绝把黑人文学纳入主流的争论总是以下列可预见的顺序进行的：1. 没有美国黑人（或第三世界）艺术；2. 黑人艺术是存在的，但是次等的；3. 黑人艺术存在，只有当它达到西方艺术的"普遍"标准时，它的质量层次才会上升；4. 与其说黑人艺术是"艺术"，还不如说它是一座矿，一座矿产丰富的矿，一座需要西方或以欧洲为中心的铁匠来打造，从而把它从原始状态变成一个给人美感的复杂艺术形式。(Morrison，1989：6)②

莫里森认为在这种"西方中心"的思维模式下，黑人永远是白人的参照。摆脱白人凝视，重构黑人传统，成为她孜孜以求的目标。她坚信挖掘美国文学的黑人性(blackness)，就可能发现文学的白人性（whiteness）的本质、甚至根源；而她写作的目的就是要使黑人民族重新正名，重新拥有自我。

综上，莫里森的特殊之处即在于，她既可与理查德 · 赖特、拉尔夫 · 艾里森等非裔美国作家并列，被看作美国黑人文学的里程碑式人物；又可与福克纳、伍尔夫等西方主流作家比肩，被看作西方文学传统的后继者。莫里森自觉继承黑人文化遗产，同时对西方文化采取既颠覆又借鉴的态度，这使她的小说创作既处于西方文学批评的范畴之内，又处于其范畴之外。如是，布鲁姆的批评固然为解读莫里森提供了一种"西方"的视角，而莫里森本人对边缘族裔身份的坚守亦无可厚非，二者之间的张力为多

---

① 章汝雯：《托妮 · 莫里森研究》，外语教学与研究出版社 2006 年版，第 11 页。

② 章汝雯：《托妮 · 莫里森研究》，外语教学与研究出版社 2006 年版，第 17 页。

元视角的进驻和交锋提供了可能。

（二）“影响的焦虑”与作家间的“竞争”

布鲁姆之所以一心要把莫里森归入西方主流作家的阵营加以讨论，与他早年提出的“影响的焦虑”理论息息相关。在布鲁姆看来，西方经典就是一部后辈诗人与前辈诗人的搏斗史，一切强有力的作品都是在所谓“影响的焦虑”下催生的——“要想在丰富的西方文学传统中一再取得重大的原创性，人们就必须承担影响的分量。传统不仅是传承或善意的传递过程，它还是过去的天才与今日的雄心之间的冲突，其有利的结局就是文学的延续或经典的扩容”①。

而在“憎恨派”那里，却似乎天然地剔除了这种影响的过程——“女性主义的领头鼓吹者宣称，女性作家好比被褥缝纫工一样亲密地合作；而非裔和西裔文学活动家则进一步强调他们未受到任何文化污染之害，他们每一个人都似清晨的亚当一样纯洁。他们似乎是亘古未变历来如此：自我创造、自我生息并自具伟力”②。布鲁姆认为，没有文学影响的过程，就不会有感染力强烈的经典作品出现。女性和族裔作家这种看似自我创造、自我生息、自具伟力的创作是无法产生强有力的作品的，他们也无法进入以承传为纽带的西方经典的序列中去。

兼具女性作家、族裔作家身份的莫里森破格地被布鲁姆纳入西方经典的序列，势必也要经历一番“影响”的解剖——找出与其有亲缘关系的作家，厘清其所承袭的文学传统，进而明确其在文学谱系中的定位。布鲁姆指出三位作家是莫里森“影响的焦虑”的来源：福克纳、伍尔夫、艾里森。其中他着重分析了福克纳对莫里森的影响。

布鲁姆写道：“就文学亲缘而言，《宠儿》的文体和叙事程序更接近威廉·福克纳及弗吉尼亚·伍尔夫，而非任何一位美国黑人作家。”③ 莫里森本人是一个学者型的作家。她先后在霍华德大学、康奈尔大学接受了系统的西方文学训练，硕士论文研究的是福克纳和伍尔夫作品中的自杀主题，据说在当时反响颇大。福克纳和伍尔夫的影子遂明显地投射于莫里森后来的创作中。尽管莫里森本人曾多次公开反对评论家把她同欧美文学大师相提并论，然而无论从创作思想、题材，还是从具体作品的表现形式，都可以看出她与二者的共性。例如，时空错置、碎片式叙事模式；多种叙事声音、多重叙述视角；内心独白与潜意识……这些从西方作家那继承而来的现代/后现代文学的惯用技法在莫里森的代表作《宠儿》中被游刃有余地运用和展示。

布鲁姆指出，“如果我们透视的角度足够长远，便会发现《宠儿》是福克纳代表作《我弥留之际》的子孙”④。《我弥留之际》全书分为59个部分，由15个人物的内心独白构成。在叙述中，视角不停变换，人物挨个登场，他们讲述着各自的内心世界，不

---

① ［美］哈罗德·布鲁姆：《西方正典》，江宁康译，译林出版社2011年版，第7页。

② ［美］哈罗德·布鲁姆：《西方正典》，江宁康译，译林出版社2011年版，第6页。

③ ［美］哈罗德·布鲁姆：《小说家与小说》，石平萍、刘戈译，译林出版社2018年版，第565页。

④ ［美］哈罗德·布鲁姆：《小说家与小说》，石平萍、刘戈译，译林出版社2018年版，第566页。

同叙述者对同一事物的看法截然不同甚至互相冲突，读者必须把这些破碎叙述拼贴起来，才能把握故事的来龙去脉。同样的手法见诸《宠儿》：全书被分为若干个小部分，每一章节既无标题也无序号，对占据故事中心的“杀子”事件，女主人公塞丝通过片段回忆，宠儿、丹芙、贝比·萨格斯、保罗·D、斯坦普·佩德又分别从他们各自的角度进行补充，才使这个故事趋于完整。在《宠儿》第二部临近结尾时，莫里森单独拿出三节来做塞丝、丹芙、宠儿的意识流书写。由于宠儿的特殊身份（2 岁时就被杀死的小女孩），她的段落没有标点和断句，时空交错，逻辑混乱，又与福克纳的《喧哗与骚动》中的白痴班吉形成某种对应。母女三人的意识流独白在最后汇成一种复调的咏唱：“宠儿/你是我的姐姐/你是我的女儿/你是我的脸；你是我/我又找到了你；你又回到了我的身边/你是我的宠儿/你是我的/你是我的/你是我的”[①] 福克纳的意识流展示的多是破落的美国南方白人贵族的精神失落，而在莫里森这里，宠儿的意识流涉及的不仅是个人的精神世界，还承担着整个黑人民族的种族记忆。此外，打破主观与客观、自我与他者的界限，使内心独白变成内心对白，乃至汇成心灵的交流，这或许算是莫里森对意识流的独特贡献。

莫里森与福克纳的恒久关系还见于人与自然的关系。布鲁姆敏锐地洞察到，莫里森在《所罗门之歌》中叙述的奶娃前往南方的寻根之旅实际上是“回归了福克纳，主要是回归了《熊》及其成长仪式”[②]。福克纳的《熊》被赞誉为美国“最伟大的狩猎故事”之一：白人奴隶主的儿子艾萨克·麦卡斯林 16 岁到森林中争取猎人的资格，猎熊本质上是种宗教成人仪式。在狩猎过程中，主人公接受到大自然法则的精神洗礼，从一个自然属性之人成长为有精神维度之人。在《所罗门之歌》中，生于城市的奶娃独自前往南方，在他祖先的家乡沙理玛受一群陌生人之邀踏上狩猎之旅。莫里森用狸猫置换了福克纳的熊——当奶娃把手伸进狸猫胸腔，掏出心脏之时，他算是完成了他成人仪式的第一步，被自己部族的人所接纳。莫里森的特殊性在于，此类“自然之子”的形象常与黑人本化本位相联系，如《所罗门之歌》中的派拉特、《宠儿》中的贝比·萨格斯，她们与原始的自然有着天成的联系，以此抵御白人的文明世界的侵蚀，是黑人民族最后的希望所在。

布鲁姆断言，“在莫里森的作品里，我到处可以看见福克纳的身影，大体都发生了变形，但最终从未被超越”[③]。福克纳无疑在莫里森的创作中投下深重的影子，或许是由于“取前人之所有为己用会引起由于受人恩惠而产生的负债之焦虑”[④]，莫里森总是谨慎且有意地规避着福克纳，从不曾承认过这位“父亲”的影响。即使在受访时被问及其尊敬的作家，她亦拒绝开列名单，只提到在时间和空间上都较远也较安全的南美

① ［美］托妮·莫里森：《宠儿》，潘岳、雷格译，南海出版公司 2019 年版，第 251 页。
② ［美］哈罗德·布鲁姆：《小说家与小说》，石平萍、刘戈译，译林出版社 2018 年版，第 564 页。
③ ［美］哈罗德·布鲁姆：《小说家与小说》，石平萍、刘戈译，译林出版社 2018 年版，第 564 页。
④ ［美］哈罗德·布鲁姆：《影响的焦虑》，徐文博译，中国人民大学出版社 2019 年版，第 3—4 页。

小说家。布鲁姆声明“我不喜欢与莫里森富有激情的文学批评声明唱反调，不过我也谈不上是‘只把价值置于福克纳施加影响的地方’”[①]。因为即使是最强大的作家，也无法选择他们的先驱；作为一个文化上的“迟来者”，莫里森身陷与福克纳的个人斗争之中，但“从审美的角度来看，这绝对不是一种局限”[②]，因为每一个天才都需要在战斗中展现自身，而“莫里森最好斗的时候便是她状态最好的时候”[③]。莫里森非常机敏地运用福克纳的元素，将之与黑人文化中的爵士乐美学融为一炉，这种合成法形成了莫里森独特的美学风格。莫里森最好的作品《所罗门之歌》，即洋溢着她因感受到与前辈角逐的胜利而滋生的创作热情。

在美国奴隶制前后黑人与白人所经历的社会变迁的书写上，福克纳与莫里森位于同一坐标系。他们文本互为补充：福克纳是用一位白人同情者的视角来塑造黑人形象，他笔下的黑人往往具有诚实、善良、忠心等优秀品质。囿于白人旁观者的身份，福克纳的视角必然存在诸多不足，不可能真正进入黑人的内心世界。而莫里森恰好具有先天的黑人身份优势。她的笔触能够深入黑人社群，同时又通过他们的视角反窥白人世界。所塑造的黑人群像更加丰富和立体，在诚实与善良之外，更具有个性和反叛激情。同一主题下不同的身份书写，使得二人都在一定程度上参与了对方种族的文化。

福克纳与莫里森分别于1949年、1993年获诺贝尔文学奖，跨越近半个世纪。以如今的视角来看，二者的交遇弥足珍贵——如布鲁姆所言，“莫里森与福克纳一样，对于美国白人身份和美国黑人身份，可以给我们传授非常多的真知。如果我们的透视角度足够长远，便会发现福克纳与莫里森也许都在教授同样麻烦的真相”[④]。

三　抵牾的两面:“审美价值”与“意识形态”

布鲁姆毕生所从事的是从文学内部着手、标举个体性的审美批评，这与从文学外部着手、标举群体性的意识形态批评相对立。在他看来，阅读在深层意义上是一种认知和审美的经验，而“审美只是个人的而非社会的关切”[⑤]。而莫里森的创作观恰与布鲁姆背道而驰。莫里森的写作有一个很明确的目的，那就是为黑人、为黑人民族——“从我的角度看，只有黑人。当我说‘人们’时，我的意思便是黑人”[⑥]。在她看来，写作的召唤不仅来自个人，它也来自社会；文学的社会效用和审美价值并不冲突，且文学可以成为造福社会的工具。

作为西方经典的捍卫者，“审美价值”与“意识形态”在布鲁姆那里几乎是不通融

① ［美］哈罗德·布鲁姆：《小说家与小说》，石平萍、刘戈译，译林出版社2018年版，第565页。
② ［美］哈罗德·布鲁姆：《小说家与小说》，石平萍、刘戈译，译林出版社2018年版，第566页。
③ ［美］哈罗德·布鲁姆：《小说家与小说》，石平萍、刘戈译，译林出版社2018年版，第559页。
④ ［美］哈罗德·布鲁姆：《小说家与小说》，石平萍、刘戈译，译林出版社2018年版，第565页。
⑤ ［美］哈罗德·布鲁姆：《西方正典》，江宁康译，译林出版社2011年版，第14页。
⑥ ［美］托马斯·勒克莱尔：《“语言不能流汗”：托妮·莫里森访谈录》，少况译，《外国文学》1994年第1期。

的。布鲁姆极力反对将美学立场归约为一种特定的意识形态的行为，凡是持此观点的人均被他扣上“憎恨学派”（school of resentment）的帽子，其中包括：女性主义者、马克思主义者、拉康派、新历史主义者、解构主义者、符号学派。吊诡的是，莫里森本人（及其主要评论者们）在布鲁姆所谓的“憎恨学派”的六席中就占据了四席：女性主义、马克思主义、新历史主义和解构主义——都是她的常见标签。对此布鲁姆不无讽刺地写道——“莫里森从一开始便是一位卓尔不凡、高度自觉的艺术家，也是一位坚定的社会活动家。她的美国黑人女性主义立场堪称典范，因而成了她几乎全部评论家的首要关注点，他们的摇旗呐喊显得有点千篇一律”。[①] 甚至布鲁姆本人所主编的论文集亦是如此——按他的话说，“本论文集收录的论文几乎都与意识形态有关，呼应莫里森的倡议，提供她想要的那种文学鉴赏”[②]。于是颇为有趣地，布鲁姆为此论文集作序，却将自己与之廓清距离——“这里我加上自己一篇简短的鉴赏文章，我非常清楚我必定是不正确的，因为我是一个废弃的唯美主义者，不是一个‘文化批评家’”。[③]

作为一个批评界的“唯美主义者”，布鲁姆一直以来都对 20 世纪 60 年代后文学研究的文化转向持贬抑态度。他曾忿忿写道：“文学批评如今已被‘文化批评’所取代：这是一种由伪马克思主义、伪女性主义以及各种法国/海德格尔式的时髦东西所组成的奇观。西方经典已被各种诸如此类的十字军运动所代替，如后殖民主义、多元文化主义、族裔研究，以及各种关于性倾向的奇谈怪论。”[④] 布鲁姆标举的审美批评似乎无力抵御这种文化批评的大潮，而莫里森多元的文化身份标签恰为批评界提供了一个可供大加研究的范本，似乎任何一种意识形态都能在对其作品的解读中找到进驻的空间。布鲁姆认为这不啻是一种乱象，而莫里森本人对此负有责任：“过去的三十年里，政治诠释在学术界和新闻界十分流行。名望地位如托妮·莫里森的当代小说家中，没有谁像她一样执著地渴求她的诠释者提供政治解读。”[⑤] 布鲁姆对文学政治性的拒斥在他的对手莫里森那里遭到了激烈的抵抗——莫里森认为，“作品要想有力量就必须具有政治性。在文学评论界这种说法现在是带有贬义的。如果艺术作品含有政治影响，就会被认为不纯，或被玷污了。我的看法正好相反：如果它没有，那就是被玷污了（Morrison，1981：344－345）”。[⑥] 莫里森小说的政治色彩无疑十分浓厚，从奴隶制、黑人北迁大潮，到民权运动均有涉及；政治与黑人民族充满血泪的历史交织在一起，从某种程度上甚至可以说是她作品中那种震撼性力量的来源。

在莫里森这里，布鲁姆显然遇到了难缠的对手。尽管对她的种种身份标签和意识形态倾向颇有微词，但基于其作品中蕴含的巨大审美与原创性，他依旧公允地将莫里

① ［美］哈罗德·布鲁姆：《小说家与小说》，石平萍、刘戈译，译林出版社 2018 年版，第 562 页。
② ［美］哈罗德·布鲁姆：《小说家与小说》，石平萍、刘戈译，译林出版社 2018 年版，第 560 页。
③ ［美］哈罗德·布鲁姆：《小说家与小说》，石平萍、刘戈译，译林出版社 2018 年版，第 560 页。
④ ［美］哈罗德·布鲁姆：《西方正典》，江宁康译，译林出版社 2011 年版，第 2 页。
⑤ ［美］哈罗德·布鲁姆：《小说家与小说》，石平萍、刘戈译，译林出版社 2018 年版，第 558 页。
⑥ 章汝雯：《托妮·莫里森研究》，外语教学与研究出版社 2006 年版，第 81 页。

森列为“正典级”作家。布鲁姆认为，“莫里森受到推崇，也许更多会是因为她的叙事艺术、创意和文体风格，而不是她那堪称典范的政治正确”[①]。他声称他的立场在于只把莫里森的作品“视为一种艺术成就，而不是一种武器，由一个著名的美国黑人女性主义者兼马克思主义者挥舞着对抗毋庸置疑的社会压迫”[②]。

于是，绕过意识形态，直抵审美的核心，成为布鲁姆进入莫里森的独特策略。布鲁姆欣赏莫里森的第一部长篇小说《最蓝的眼睛》，说它简洁明晰，完全不像是新手的处女作，并不讳言地指出，“这部作品与其后的《秀拉》、《所罗门之歌》一样，取得了普适意义上的成功，虽然我们既不同于莫里森的出身，也不同于她的意识形态”。[③] 布鲁姆认为《秀拉》中挑战社群规范的叛逆女性秀拉“始终是莫里森笔下最令人难忘的人物”，“对她悲情遭遇的意识形态解读和道德判断一样毫不相干；秀拉游离了所有的诠释企图，包括莫里森自己的意图”[④]。布鲁姆将莫里森的第三部小说《所罗门之歌》视为其迄今为止最杰出的代表作，而评论界广受赞誉的《宠儿》并未获得布鲁姆的青睐，原因即在于后者有着过于明显的“意识形态企图”。

乍看之下，布鲁姆似乎不过是拿着一根意识形态的标尺去一一衡量莫里森的作品，根据度量的长短来评判个中好恶。但布鲁姆的审美批评本就是建立于个体经验之上，他对莫里森的阐释必然与其自身的理论建构息息相关。布鲁姆所构设的西方经典被反对者称为的“已死的欧洲白人男性”占据，他本人亦对族裔作家、女性作家的划分颇不以为然。布鲁姆认为，族裔、女性的种种划分无异于是将文学与批评都变成“奉献式”的——“所奉献的对象已变成了妇女或黑人的进步，或是在美国最鲜为人知的神祇——阶级斗争”。[⑤] 布鲁姆所厌恶的这种“奉献”在莫里森那里显然是再突出不过的存在，为黑人、为女性、为阶级斗争，莫里森将这些“雷区”踩了个遍。但莫里森的特殊性在于，她作品的内在美学价值与外在的意识形态恰呈“比翼”之势，二者相辅相成，是无法分裂的。莫里森的文学成就正是在于将二者完美地熔铸。如此，一直以来竭力要把二者分离开的布鲁姆在面临这样一个对象时必然陷入某种困顿之中。

这种困顿集中体现于布鲁姆对莫里森后来问鼎诺奖之作的《宠儿》的评价，他称之为“最令他迷惑不解的一部作品”：一方面，布鲁姆承认《宠儿》是一部非常用心的艺术作品，“文体老练，具有巴洛克式精雕细琢的光华，令人惊叹，叙事的权威性也已牢固树立”[⑥]，完全具备可流传的经典性；另一方面，布鲁姆又不满于其“意识形态”的漫溢。他认为，《宠儿》作为一部敬献给美国奴隶制下数不胜数的受害者的小说，由

---

① ［美］哈罗德·布鲁姆：《小说家与小说》，石平萍、刘戈译，译林出版社 2018 年版，第 558 页。
② ［美］哈罗德·布鲁姆：《小说家与小说》，石平萍、刘戈译，译林出版社 2018 年版，第 558 页。
③ ［美］哈罗德·布鲁姆：《小说家与小说》，石平萍、刘戈译，译林出版社 2018 年版，第 560 页。
④ ［美］哈罗德·布鲁姆：《小说家与小说》，石平萍、刘戈译，译林出版社 2018 年版，第 559 页。
⑤ ［美］哈罗德·布鲁姆：《西方正典》，江宁康译，译林出版社 2011 年版，第 23 页。
⑥ ［美］哈罗德·布鲁姆：《小说家与小说》，石平萍、刘戈译，译林出版社 2018 年版，第 565 页。

一系列精心计划的震惊之事构成，它的倾向性过于明显——“讲故事者被一个令人敬畏的意识形态拥护者取代，这位拥护者或许过于清楚希望她的作品能够取得的效果”。[①]。

莫里森的确十分清楚她的作品能够取得的效果。《宠儿》正文前赫然在目的两行字“六千万甚至更多”，意指美洲近 300 年的贩奴运动中死于非命的黑奴总数；故事的发生地“一百二十四号”房子，则是另一个想要传达给读者的心照不宣的“暗号”——1987 年出版的《宠儿》距 1863 年的《解放黑人奴隶宣言》正好是 124 年。莫里森在序言中谈及她对塞丝的构想，是要“将她的历史与自由、责任以及妇女‘地位’等当前问题联系起来。女主人公将表现对耻辱和恐惧不加辩解的坦然接受；承担选择杀婴的后果；声明自己对自由的认识”[②]。支撑起塞丝的是创作者想要赋予其的观念。从这个角度来看，布鲁姆的批评似乎情有可原——他敏锐地觉察到这部作品的人物存疑，他们不像莫里森早期作品中那样真实，而更多让人联想到表意符号；塞丝的符号意指在于创伤，她几乎不会是一个可能存在之人，她的个人性完全被回忆和内疚压垮。布鲁姆写到，在塞丝身上“莫里森的创作意图得以实现，但是塞丝是一个人还是一个抽象的概念，时间将理清这个问题，文化政治不会回答这样的问题”[③]。在此他拒绝再做缠斗，退后一步，转而把评判权交给经典的最终评判者——时间。

同时，《宠儿》的意识形态企图一直是布鲁姆的“刺点”。他指出，“《宠儿》中，莫里森希望笔下英勇的幸存者们不仅在他们的历史中堂堂正正地站立，而且对抗自己的历史。或许他们这样做了，但他们所承受的痛苦也被详细讲述，且带有强烈的倾向性，这是因为莫里森对内疚的读者们，无论白人还是黑人，无论男人还是女人，都有一种意识形态的企图”。[④]《宠儿》的题材无论对历史来说，还是对企图再现它的创作者来说，都太过沉重。莫里森要表现的是历史境遇是奴隶制无比强大，黑人在其中无路可走。暂且不论是否是意识形态，莫里森对她的读者的确有着一种“操纵式”的设想：“我希望读者遭到绑架，被无情地扔进一个陌生的环境，这是与书中人物分享经历的第一步——一如他们，从一个地方被抢到另一个地方，从任何地方被抢到任何另一个地方，没有准备，猝不及防。”[⑤] 莫里森让读者跟随着塞丝，跟随者保罗·D，在阅读中亲历奴隶生活那种“一切尽在掌握而又频频失控的感觉”。作为批评家的布鲁姆显然免疫于来自作者的此类意图过于明显“操纵”。他坦言，“《最蓝的眼睛》的叙述者说服了我，但《宠儿》的叙述者没有做到这一点。我信任《最蓝的眼睛》的故事，也信任讲故事的人。但我不信任《宠儿》的故事”[⑥]。

这种不信任蔓延至布鲁姆对莫里森后期小说的评价——“当我重读了《所罗门之

① ［美］哈罗德·布鲁姆：《小说家与小说》，石平萍、刘戈译，译林出版社 2018 年版，第 565 页。
② ［美］托妮·莫里森：《宠儿》，潘岳、雷格译，南海出版公司 2019 年版，第Ⅲ页。
③ ［美］哈罗德·布鲁姆：《小说家与小说》，石平萍、刘戈译，译林出版社 2018 年版，第 567 页。
④ ［美］哈罗德·布鲁姆：《小说家与小说》，石平萍、刘戈译，译林出版社 2018 年版，第 561 页。
⑤ ［美］托妮·莫里森：《宠儿》，潘岳、雷格译，南海出版公司 2019 年版，第Ⅳ页。
⑥ ［美］哈罗德·布鲁姆：《小说家与小说》，石平萍、刘戈译，译林出版社 2018 年版，第 561 页。

歌》，再重读《宠儿》，然后阅读她最新的作品《爵士乐》和《天堂》，我发现了一种越来越强烈的意识形态热忱"。[①] 布鲁姆暂且允许莫里森进入经典的行列，但毫不讳言地指出"小说家的政治是她全套甲胄的一部分，她的武器和盔甲。时间会让我们的遮盖物变得陈旧；不论作者如何激情洋溢地表达某种忠诚，历久弥新的小说总会历久弥新，而捧场的人无论多么真诚，都不能确保文学作品的幸存"[②]。在布鲁姆看来，西方经典衡量标准既非政治又非道德，而是取决于、存在于审美领域的固定价值。这也是为什么布鲁姆本人更赞赏莫里森的早期作品——因为他感到，"莫里森早期的小说并未像《宠儿》那样被意识形态方面的考虑多元决定"[③]；而莫里森后期创作的缺陷在于，"她也许在政治的祭坛上牺牲了相当一部分艺术，这种做法本身或许值得钦佩，但未必是为高雅文学服务"[④]。

结 语

托妮·莫里森与哈罗德·布鲁姆均出生于19世纪30年代，并于2019年8月与10月相继去世。纵观他们的创作历程，作为极具个性的作家与批评家，二者都有着一套自己完备的思想体系。如有学者指出："从《最蓝的眼睛》到《爱》，莫里森的写作没有发生'革命性'的巨变，而是一个顺乎自然的逐渐成熟、明晰的过程。每一部小说都指向一个新的关注点，但又决不把前面的关注点置之度外；因此，前进的过程既是线性的又是循环的。"[⑤] 莫里森的创作一直是围绕黑人、女性、政治三个焦点，作发散式探索。布鲁姆亦然——"作为一个文学学者，布鲁姆的思想是有很清晰的轨迹可循的，不断反复，在反复中深入和变化。他既不是刺猬型学者，也不是狐狸型学者，他倒是像一只候鸟，飞来飞去总是沿着一条轨道"。[⑥] 从早期的浪漫主义诗歌批评、70年代的对抗式诗学影响理论、80年代的宗教研究到90年代以来的正典捍卫，他的一生几近都在论战中度过。"影响的焦虑"与"审美自主性"理论，一贯是他批评大厦的基石与核心。布鲁姆以此二者为准绳评析了无数西方重要作家，直到在莫里森这个"异质"的对手面前遇到了挑战。在二者的交遇中，看似强硬的布鲁姆实际上做出了微妙的妥协与退让。文学的审美性与意识形态是否能够兼容，"影响的焦虑"之下如何定义强者作家的原创性，都是需要重新思考的问题。

---

① [美] 哈罗德·布鲁姆：《小说家与小说》，石平萍、刘戈译，译林出版社2018年版，第562页。

② [美] 哈罗德·布鲁姆：《小说家与小说》，石平萍、刘戈译，译林出版社2018年版，第562页。

③ [美] 哈罗德·布鲁姆：《小说家与小说》，石平萍、刘戈译，译林出版社2018年版，第566页。

④ [美] 哈罗德·布鲁姆：《小说家与小说》，石平萍、刘戈译，译林出版社2018年版，第566页。

⑤ 王守仁、吴新云：《性别·种族·文化——托妮·莫里森的小说创作》，北京大学出版社2004年版，第223页。

⑥ 金雯：《译者序：影响的诅咒》，见 [美] 哈罗德·布鲁姆《影响的剖析》，金雯译，译林出版社2016年版，第7页。

布鲁姆从自己的理论建构出发，极力想把莫里森置于其批评的范畴之中，直取其符合西方经典规则之处，而抵御其异见因子。这样的批评固然不够客观，有其局限，但也不啻提供了一个新的视角。在众多莫里森研究陷入“意识形态”热忱的窠臼之中，止步于对作者的赞颂之时，布鲁姆标举的审美批评、以及辩证的批判思维，无异于吹进了一股新风。总之，布鲁姆以其独特的理论和方法对莫里森所做的批评，为莫里森研究做出了杰出贡献。但多元文化的大潮已然不可避免，面对诸如莫里森这样具有复杂性的作家，文学批评必须更加拓宽视野，容纳更多的领域。

从“目的”“功能”到“历史”

——论尼克·赞格威尔对“依存美”的理论重构

赵 玉*

（济南大学文学院 山东济南 250022）

摘 要：赞格威尔的温和形式主义以“形式美”与“非形式美”的界定和区分为前提，为了对后者作更深入的解释和说明，他主张在康德的基础上重铸“依存美”，即借助他本人的“功能”概念对康德和沃尔顿的理论进行整合，从而使前者的“目的”与后者的“历史”实现理论勾连。然而由此带来的直接后果是，一、为了与康德的“依存美”相连，他把“功能”仅仅限定在与“依存美”相关的“目的”层面上；二、为了与沃尔顿的“历史”相连，他又将“功能”仅仅视为“历史性”概念，继而将由艺术史知识和自然史知识决定的审美判断与审美特征，直接等同于由“功能”决定的“依存美”或“非形式的审美特征”。由此带来的最终后果则是，既造成了对沃尔顿和卡尔松理论的曲解与误解，亦暴露出自身理论的难以恰合之处。

关键词：温和形式主义；赞格威尔；依存美

英国美学家尼克·赞格威尔（Nick Zangwill）对形式主义美学的探讨集中于2000年左右，在此期间他发表了一系列有关形式主义的文章。学者大卫·E. W. 芬纳（David E. W. Fenner）在2010年曾经这样评价他：“最近在拯救形式主义美学方面，赞格威尔做的比任何人都多。”① 不过，赞格威尔的形式主义思想与传统形式主义相比已有很大不同，因此，学者们通常将其称为“新形式主义”（New Formalism），他本人则更喜欢自称为“温和形式主义”（Moderate Aesthetic Formalism）。

赞格威尔所谓的“温和”，是与极端的传统形式主义以及反形式主义相对而言，他所说的传统形式主义是指19世纪中期和20世纪初期分别由爱德华·汉斯利克（Eduard Hanslick）、克莱夫·贝尔（Clive Bell）、罗杰·弗莱（Roger Fry）等提出来的一种

---

* 作者简介：赵玉，文学博士，济南大学文学院教授，山东省有突出贡献的中青年专家。基金项目：本文系国家社会科学基金项目“20世纪‘恰当审美’理论的谱系及生态价值研究”（编号：14BZW022）的阶段性成果。

① David E. W. Fenner, “Why Has Aesthetic Formalism Fallen on Hard Times?”, *Reason Papers* 32 (Fall 2010): 93.

艺术和艺术批评理论；“反形式主义”（anti-formalism）则指流行于当代美学、特别是美国的一种美学理论，其中在艺术领域主要以阿瑟·丹托（Arthur Danto）和肯德尔·沃尔顿（Kendall Walton）为代表，在自然审美领域则以艾伦·卡尔松（Allen Carlson）、马尔卡姆·巴德（Malcolm Budd）、罗纳德·赫伯恩（Ronald Hepburn）等人为代表。他将极端形式主义的核心观点概括为：审美对象具有的所有审美特征都是形式的；反形式主义的核心观点则被他概括为：审美对象具有的所有或几乎所有的审美特征都是非形式的；他称自己的“温和形式主义”介于这二者之间，即审美对象的有些审美特征是形式的，有些审美特征是非形式的。赞格威尔曾经多处概括过自己的这种“温和形式主义”观点，[①] 如果综合他的这些多处观点、并做一个更全面的表述就是，有一些审美对象只有形式的审美特征，也有一些审美对象只有非形式的审美特征，还有一些审美对象既有形式的审美特征，亦有非形式的审美特征。如此一来，如何对“形式的审美特征”（formal aesthetic properties）与“非形式的审美特征”（non-formal aesthetic properties）进行界定和区分便成了首要任务，因为不论是极端形式主义，还是反形式主义，抑或是他本人的温和形式主义，实际上都建立在这种界定和区分的基础上。

在《切实可行的审美形式主义》（1999）一文中，赞格威尔首先对“形式的审美特征”和“非形式的审美特征”做了以下界定和区分：前者完全决定于狭义的非审美特征，即感知特征、非关系型的物理特征、以及任何可能被认为部分构成审美特征的引发反应的倾向；后者则部分决定于广义的非审美特征，亦即狭义非审美特征之外的所有其他特征，特别是艺术作品的创作历史或环境[②]。然而他本人也明白，仅仅称“非形式的审美特征（non-formal aesthetic properties）不是由狭义的非审美特征（narrow nonaesthetic properties）决定的，或者称其部分决定于艺术生产史”是不够的，它还需要更深入的解释或说明。为此，赞格威尔便引入了康德的“依存美”以及与依存美相关的“目的”概念作为理论支撑。

康德在《判断力批判》中这样界定“自由美”和“依存美”：“前者不以任何有关对象应当是什么的概念为前提；后者则以这样一个概念及按照这个概念的对象的完善性为前提。前一种美的类型称之为这物那物的（独立存在的）美；后一种则作为依附于一个概念的（有条件的美）而被赋予那从属于一个特殊目的的概念之下的客体。”“对自由美的鉴赏判断是按照出现在他的感官面前的东西；对依存美的鉴赏判断是按照他在思想中所拥有的东西”[③]。

赞格威尔认为，康德关于依存美的判断不仅涉及概念，而且涉及的是一个目的概

---

① Nick Zangwill, “Feasible Aesthetic Formalism”, *NOUS*, 33: 4 (1999): pp. 610 - 629; “In Defence of Moderate Aesthetic Formalism”, *The Philosophical Quarterly*, Vol. 50, No. 201 (October 2000), pp. 476 - 493; “*Formal Natural Beauty*”, Proceedings of the Aristotelian Society, Vol. 101 (2001), pp. 209 - 224.

② Nick Zangwill, “Feasible Aesthetic Formalism”, *NOUS*, 33: 4 (1999): pp. 610 - 629; also in *The Metaphysics of Beauty*, Cornell University Press, 2001, pp. 55 - 81, at p. 611.

③ [德] 康德：《判断力批判》，邓晓芒译，人民出版社2002年版，第65、67页。

念（a concept of an end or purpose），自由美的判断则不会如此。虽然康德的观点常被许多学者视为形式主义的理论源泉，赞格威尔却认为他在许多艺术类型上实际上是一个反形式主义者，因为这些艺术类型都有一个需要被理解的目的（purpose）在里面。在他看来，“借助依存美，我们可以最好地理解非形式的审美特征”，前者可被视为理解后者的一把钥匙[①]。因此，他决定在康德的基础上重铸“依存美”。不过与康德不同的是，他主要着眼于美的特征而不是美的判断，并在这一重铸过程中引入了他自己的“功能”（function）概念。他称：“如果一个事物作为具有某种特定功能的事物而言是美的，那么这种美就是依存美，依存美是对某种功能的恰如其分的审美体现或实现。”[②]重铸后的这种“依存美”也就等于他所谓的“非形式的审美特征”，二者可以互换。只是，赞格威尔此处为何要引入“功能”概念？

在康德的意义上，“依存美”是依附于“目的”概念的，赞格威尔既然要借助康德的“依存美”说明和解释“非形式的审美特征”，后者也注定要与“目的”概念关联在一起，而“功能”一词恰恰就包含有“目的”的意思。这可能恰恰是赞格威尔选择“功能”一词的根本原因所在。但二者似乎也并非完全等同，理由有两个：一是如果二者完全等同，赞格威尔就可以直接沿用康德的“目的”而无须另选新词；二是赞格威尔在提到康德的“目的”时使用的是“end”和“purpose”，提到他本人的“功能”时选择的则是“function”，虽然“function”一词的确含有“purpose”的意思，它却并非只有这一层意思，加拿大学者格林·帕森斯（Glenn Parsons）后来对赞格威尔的“function”一词进行了远离“purpose”的解释，原因就在于此。那么，赞格威尔为何在重铸“依存美”时抛弃了康德的“目的”而代之以“功能”呢？

笔者认为，这可能与美国学者肯德尔·沃尔顿（Kendall L. Walton）的影响有关。尽管沃尔顿从未像卡尔松那样明确声称自己是反对形式主义的，而且在他那被赞格威尔称为20世纪关于赞成或反对形式主义大讨论中因“细致与深刻而鹤立鸡群”[③]的《艺术范畴》一文中，也从未出现过“形式主义”一词，但赞格威尔却明确地将他视为与卡尔松一样的反形式主义者。需要指出的是，沃尔顿的《艺术范畴》一文确实对卡尔松产生了深刻影响，也正是卡尔松本人把沃尔顿的“正确范畴”概念从艺术领域带到了自然审美领域。也就是说，“正确范畴”这一概念在他们二人的理论中都占据着关键性的位置。

不过，赞格威尔对此显然缺乏足够的认识，这从他对沃尔顿的以下看法可以明显看出来：“沃尔顿集中思考的问题是，我们对艺术作品的审美判断是否应该依赖艺术生产史知识？他主张，为了对一件艺术作品做出审美判断，我们必须在艺术史范畴下鉴

① Nick Zangwill, “Feasible Aesthetic Formalism”, *NOUS*, 33: 4 (1999): pp. 610 - 629; also in *The Metaphysics of Beauty*, Cornell University Press, 2001, pp. 55 - 81, at p. 613.

② Nick Zangwill, “Feasible Aesthetic Formalism”, *NOUS*, 33: 4 (1999): pp. 610 - 629; also in *The Metaphysics of Beauty*, Cornell University Press, 2001, pp. 55 - 81, at p. 614.

③ Nick Zangwill, “In Defence of Moderate Aesthetic Formalism”, *The Philosophical Quarterly*, Vol. 50, No. 201 (October 2000), pp. 476 - 493, at p. 476.

赏它，如‘立体主义’或‘奏鸣曲’。接下来他又单独论述了‘究竟是什么决定了我们据以判断艺术作品的正确范畴’这一问题。但通常我个人的做法是直接论述‘艺术作品的审美特征是否取决于它的生产史’这一问题。二者实质上是一样的”①。

从这一段论述看，赞格威尔似乎认为，沃尔顿借道“正确范畴”来论证艺术史对审美判断的决定作用，其实是没有必要的，所以他才会强调自己的做法是，直接论证艺术史对艺术审美特征的决定作用。但在沃尔顿那里，“正确范畴”实际上决定着我们在感知艺术作品的非审美特征时，会把哪些特征视为标准的，可变的，还是反标准的，而这种不同又直接决定着我们的审美判断及艺术审美特征的不同。由此看出，“正确范畴”实为连接艺术史知识与审美判断及审美特征的一个必要的中间环节，它要解决的是“历史性知识具体怎样影响我们的审美感知和审美判断”这一问题。一旦这一环节缺失，审美判断及审美特征与艺术史之间的关系就会变得模糊不清。

当然，批评赞格威尔对这一点完全缺乏认识是有失公允的，他似乎也朦胧地意识到了这一点，因为在他的理论中，也的确存在一个与“正确范畴”类似的中间环节，那就是我们前面提到的“功能”。只是与沃尔顿不同的是，赞格威尔并没有对审美特征、功能、艺术生产史这三者的具体关系做一个完整的论证。不过当我们将他在不同文章中的相关论述综合起来时，就不难看出这样一条从审美特征到“功能”、再到艺术生产史的逻辑脉络，比如他在《切实可行的形式主义》（1999）一文中说：“依存美是对某种功能的恰如其分的审美体现或实现。如果一个自然物具有依存美，它的美就部分决定于某种具有进化功能（evolutionary function）的非审美特征，如果一件艺术品具有依存美，它的美则部分决定于由特定生产历史赋予的功能特征，艺术家的意图是这种功能的源泉。”② 他在《为温和形式主义辩护》（2000）一文中说：“如果一件艺术作品的生产史部分决定了它的审美特征，那么这些审美特征就是非形式的”③；在《自然的形式美》（2001）一文中他又说：“具有依存美的事物都有一种功能，它们的美表现或传达着这种功能，如果我们要准确地判断一个事物的依存美，就必须将其纳入到彰显其功能的概念之下”④；而在《为无机自然界的极端形式主义辩护》（2005）一文中他又提到：“拥有一种功能在一定程度上就意味着拥有一定的历史，一个事物的功能决定于它的历史，在这一点上人工制品的功能与生命体的功能是相通的。”⑤ ……

---

① Nick Zangwill, “In Defence of Moderate Aesthetic Formalism”, *The Philosophical Quarterly*, Vol. 50, No. 201 (October 2000), pp. 476 – 493, at. p. 479.

② Nick Zangwill, “Feasible Aesthetic Formalism”, *NOUS*, 33: 4 (1999): pp. 610 – 629; also in *The Metaphysics of Beauty*, Cornell University Press, 2001, pp. 55 – 81, at p. 614.

③ Nick Zangwill, “In Defence of Moderate Aesthetic Formalism”, *The Philosophical Quarterly*, Vol. 50, No. 201 (October 2000), pp. 476 – 493, at. p. 478.

④ Nick Zangwill, “*Formal Natural Beauty*”, *Proceedings of the Aristotelian Society*, Vol. 101 (2001), pp. 209 – 224, at p. 209.

⑤ Nick Zangwill, “In Defence of Extreme Formalism about Inorganic Nature: Reply to Parsons”, *British Journal of Aesthetics*, Vol. 45, No. 2 (April 2005), p. 188.

如果把这些分散于不同地方的观点串联起来，就可将其大体概括为：“非形式的审美特征”决定于审美对象拥有的某种“功能”，一个事物拥有的“功能”又决定于它的“历史”，因此，一个事物的“非形式的审美特征”根本上取决于它的“历史”。沃尔顿在《艺术范畴》中的核心观点是，艺术作品的审美特征取决于该作品的“正确范畴”，“正确范畴”的确定又决定于该作品所处的艺术史或者与该作品相关的艺术史知识，因此，艺术作品的审美特征根本上取决于作品所处的艺术史或者与该作品相关的艺术史知识。两相对照就不难看出，赞格威尔的“功能”与沃尔顿的“正确范畴”实际上处于同一个逻辑环节，二者的作用也是相同的。

由此说来，赞格威尔之所以不赞成沃尔顿的“正确范畴”概念，并非他认为这一中间环节没有存在的必要，而是他不赞成“正确范畴”这一概念本身。也唯有抛弃了这一概念，他才能够搬出自己的“功能”概念取而代之。那么，赞格威尔为什么一定要舍弃沃尔顿的“正确范畴”而代之以自己的“功能”概念呢？这很可能又与康德的影响有关。康德的“依存美”是以“目的”概念为基础的，而赞格威尔又要借助“依存美”解释和说明他本人的“非形式的审美特征”，因此也就必须使后者与“目的”概念相连，“正确范畴”显然无法满足这一要求，“功能”却由于本身包含着一层“目的”内涵而可以成功建立起这种关联。

这样，赞格威尔便借助他本人的“功能”概念，在康德的“目的”和沃尔顿的“历史”之间成功搭建起了一座可以沟通彼此的桥梁。于是，“功能”一端连接着康德的“依存美”，另一端则连接着沃尔顿的“历史”；或者更具体一点说，它一端连接着康德的“依存美的判断涉及目的概念”的观点，另一端则连接着沃尔顿的“艺术史知识决定审美判断和审美特征”的观点。借助“功能”的桥梁作用，赞格威尔便把康德和沃尔顿的理论进行了整合，也从而实现了对“依存美”的重构。只是，最终的结果却未必完全如他所愿。

这种从“目的”到“功能”、再到“历史”的理论勾连带来的直接后果有两个：其一，为了与康德的“依存美”相连，他把对“功能”的界定仅仅限定在与“依存美”相关的“目的”层面上；其二，为了与沃尔顿的“历史”相连，他又将“功能”仅仅视为“历史性”概念，并将沃尔顿强调的艺术史和卡尔松强调的自然史化约为他所谓的“功能”，继而将由艺术史和自然史决定的审美判断与审美特征，直接等同于由“功能”决定的“依存美”或“非形式的审美特征”。但是，当他以这样的“功能”概念解释“依存美”或“非形式的审美特征”，以及解析沃尔顿，批判卡尔松时，就难免会出现曲解，同时也不可避免地暴露出自身理论的难以恰合之处。

首先，当赞格威尔借助“功能”界定和解释“依存美”或“非形式的审美特征”时，后者就成了“对某种功能的恰如其分的审美体现或实现”[①]，因为，“具有依存美的

① Nick Zangwill, “Feasible Aesthetic Formalism”, *NOUS*, 33: 4 (1999): pp. 610 - 629; also in *The Metaphysics of Beauty*, Cornell University Press, 2001, pp. 55 - 81, at p. 614.

事物都有一种功能，它们的美表现或传达着这种功能，如果我们要准确地判断一个事物的依存美，就必须将其纳入到彰显其功能的概念之下"[①]，也就是说，只有具有某种"功能"的事物才会具有"依存美"或者"非形式的审美特征"，没有"功能"的事物则只具有形式美。由于他把"功能"概念仅仅限定在与康德"依存美"相关的"目的"层面上，这又等于在说，只有具有某种"目的"的事物才会具有"依存美"或"非形式的审美特征"，没有"目的"的事物则只有形式美。

正是出于这样的考虑，赞格威尔明确主张，艺术作品与自然生物既具有形式美，也具有依存于"功能"的非形式美，无机自然物则只有形式美。因为前两类事物都与"目的"有关，这种"目的"在艺术领域主要体现为艺术家的意图，在自然界的生物领域则主要体现为生物自身的"进化功能"（evolutionary function），自然生物虽然就自身而言不像艺术作品那样存在创造者的意图（除非以上帝为创造者），但赞格威尔称它们是一类具有"目的论本性"（teleological nature）的事物，因此本质上与艺术作品是相通的，也因此拥有依赖于这种"功能"和"目的"的"依存美"或非形式美。自然界的无机物则与此不同，它们既没有目的，自然也不具有任何功能，因此也不存在任何依赖于目的或功能的"依存美"或非形式美，而是仅仅具有形式美，所以赞格威尔说："由于无机自然物没有目的，我们只须考虑那些被我们直接感知到的东西，无须了解其起源。"[②]

这里所谓的"无须了解其起源"，也就意味着无须了解其历史。从"无须了解"（need not know about its origin）这一表述看，赞格威尔的意思显然不是说，无机自然物没有历史，而是说，它们即使有历史，也与审美无关。如果将这一表述换一种说法就是，由于无机自然物没有目的，所以其历史与审美无关。之所以会提出这样的观点，究其根本，就在于他在"目的"和"功能"之间直接画了等号，没有目的也就意味着没有功能，而"一个事物的功能又决定于它的历史"，"拥有一种功能在一定程度上就意味着拥有一定的历史"[③]，因此，如果一个事物没有功能，也就意味着即使它有历史，那也只是与功能无关的历史，在审美中当然也就无须考虑。赞格威尔在无机自然界坚持的极端形式主义立场，就是根据这样的推理做出来的。

然而问题是，当我们鉴赏无机自然物时，能否以"无目的"为由否认其历史相关性，即否认与其相关的历史性知识在审美中的作用？是否只有与"功能"相关的历史及其历史性知识才会在审美活动中发挥作用？无机自然界是否真的就只有形式美？

对赞格威尔在无机自然界坚持的这种极端形式主义立场构成严重威胁的一个典型

---

① Nick Zangwill, "*Formal Natural Beauty*", *Proceedings of the Aristotelian Society*, Vol. 101 (2001), pp. 209–224, at209.

② Nick Zangwill, "*Formal Natural Beauty*", *Proceedings of the Aristotelian Society*, Vol. 101 (2001), pp. 209–224, at p. 216.

③ Nick Zangwill, "In Defence of Extreme Formalism about Inorganic Nature: Reply to Parsons", *British Journal of Aesthetics*, Vol. 45, No. 2 (April 2005), p. 188.

例证，来自英国美学家罗纳德·赫伯恩（Ronald Hepburn，1927—2008）的一个关于海床的著名例子。赫伯恩在其发表于1965年的《当代美学及对自然美的忽略》一文中写道："假设我走在一片广阔的泥沙地上，这一景象或许会表现为野性的、愉悦的空旷。但假如我通过自己的知识意识到它实际上是一块潮汐盆地，只是现在潮水退下去了，这种意识并非与审美毫不相干，当我意识到自己现在正走在海床上时，那种野性的、愉悦的空旷就会转变成令人不安的怪异。"[①]

赫伯恩的这段论述经常被学者们拿来作为反形式主义观点的有力证明，从而给形式主义理论带来很大威胁。为了排除这种威胁，赞格威尔专门从形式主义角度对它进行了新的解释：他把平坦的广阔泥沙地称为A，它同时又可被视为更大整体的一部分，在这一更大整体中，A所代表的区域随后会因涨潮而被淹没在水下，这随后淹没的区域就被称为B。赞格威尔称，我们可以单独考虑A的审美特征，也可以单独考虑B的审美特征，还可以考虑A+B的审美特征。单独考虑A时，它就会具有"野性的、愉悦的空旷"这一审美特征，但当根据整体A+B来考虑时，A又会具有"令人不安的怪异"这一审美特征。他认为这里并不存在反形式主义的现象。只要对象依然保持着自己的这些审美特征，而且这些特征没有被更大的整体所废弃，就不会对形式主义造成威胁。平坦的广阔泥沙地就其本身来思考时，的确具有"野性的、愉悦的空旷"这样的审美特征，但当把它作为更大的时间整体的一部分时，它也同时会具有"令人不安的怪异"这样的审美特征。将其判断为"野性的、愉悦的空旷"并不是错误的或不恰当的，这种判断也不需要被"令人不安的怪异"所替代，二者可以并存，区别只在于前者是内在的审美特征（intrinsic aesthetic properties），后者是关系性的审美特征（relational aesthetic properties），这就像一小段欢快的乐章出现在葬礼中会显得奇怪、雅致柔美的装饰刻在凯旋门上会不合时宜一样，若单就其自身看，一种事物可以是欢快的或柔美的，但作为葬礼或凯旋门的一部分就是奇怪或不合时宜的[②]。

赞格威尔的这一解释乍看起来似乎颇有道理，但问题是，不论是葬礼中的欢乐乐章，还是凯旋门上的柔美花饰，都可以被我们直接感知到，而且他也明确声称，鉴赏无机自然物时，只须关注那些可被直接感知到的东西。然而当我们行走在泥沙空地上时，对于该空地后来会被水淹没的场景，却并非是我们能够直接感知到的。赞格威尔本人或许也意识到了这一点，所以他特别强调想象在此处发挥着关键作用，即看着这片泥沙空地时一定要想象它随后会被海水淹没的样子，这样一来，在实际中无法直接实现的感知便可借助想象在意念中得以实现。

只是，想象在此是否真的有存在的必要？格林·帕森斯就对此提出了明确的质疑，

---

① Hepburn, "Contemporary Aesthetic and the Neglect of Natural Beauty", in *Wonder and Others Essays*, Edinburgh University Press, 1984, p. 19.

② Nick Zangwill, "Formal Natural Beauty", *Proceedings of the Aristotelian Society*, Vol. 101 (2001), p. 217.

他主张，没有理由认为这一审美活动是借助赞格威尔描述的想象机制发生的，就像我们面对一座正在运动着的雕塑时，不可能非得想象它持续静止的样子才会发现它是令人震惊和奇怪的。“相信这片空地是海床”的认知状态会直接影响我们感知到的审美特征，即“令人不安的怪异”，之所以如此，用沃尔顿的术语来解释，是因为干燥与裸露对于“海床”这一正确范畴而言，明显属于反标准的非审美特征[①]。这就像我们在“立体主义绘画”这一范畴下鉴赏《格尔尼卡》时形象的逼真属于反标准的非审美特征一样。

不得不说，帕森斯的这一质疑确实具有很强的说服性。其实，即使我们后退一步，即暂且承认想象在“令人不安的怪异”这一审美判断中的确发挥着关键作用，也依然还会遇到另一个问题，那就是，我们为什么一定要想象它随后会被海水淹没？而不会想象成别的，比如会越来越干燥、以至于如同沙漠？在笔者看来，我们此处之所以不会想象成别的，正是因为这样的想象只有在借助关于“海床”的知识的引导下才会发生。也就是说，即使想象的作用是存在的，那它要发挥赞格威尔想让它发挥的作用时，仍然需要借助“海床”这一概念以及与其相关的知识作引导，而只要这些依然发挥作用，若按照赞格威尔的思路来推的话，这种美就不可能是纯形式的，无机自然界的极端形式主义立场也就是有问题的。由此说来，赞格威尔借助想象证明自己观点的做法并无多少实际效用，不论想象在这一审美过程中是否必要，都无法证明“令人不安的怪异”属于纯形式的审美特征。

这同时也意味着，赞格威尔以“无目的”为由否认历史性知识的审美相关性也是错误的，因为海床作为无机自然物显然是没有目的的，但是与海床相关的历史性知识却依旧会在审美活动中发挥重要作用，而且仔细审视赫伯恩关于海床的例子还会发现，也并非只有与“功能”相关的历史性知识才会在审美中发挥作用，赞格威尔的理论中却暗含着这样的观点：“在关于（自然）审美对象的知识中，唯一与审美鉴赏相关的就是那些关于它们的自然功能的知识。”[②] 赫伯恩关于海床的例子却明显证明了“令人不安的怪异”这一审美特征对自然知识的依赖，然而这里的自然知识却不是关于自然功能的知识。

其次，当赞格威尔以这样的“功能”概念解析沃尔顿，批判卡尔松时，由此出现的曲解、甚至误解也在所难免。前面已经提到，尽管赞格威尔将沃尔顿视为一位典型的反形式主义者，沃尔顿本人却并未直接发表过任何反对形式主义的言论，在他那被赞格威尔称为反形式主义代表作的《艺术范畴》一文中，甚至从未出现过“形式主义”一词。既然如此，沃尔顿为何会被赞格威尔视为反形式主义的代表？笔者认为，这一方面可能是受到了卡尔松的牵连，因为卡尔松的反形式主义观点的确在很大程度上有沃尔顿《艺术范畴》一文的影响；另一方面则可能与赞格威尔本人对沃尔顿理论的曲

---

① Glenn Parsons, “Natural Functions and the Aesthetic Appreciation of Inorganic Nature”, *British Journal of Aesthetics*, Vol. 44, No. 1 (January 2004), pp. 44 – 56, at p. 48.

② Glenn Parsons, “Natural Functions and the Aesthetic Appreciation of Inorganic Nature”, *British Journal of Aesthetics*, Vol. 44, No. 1 (January 2004), pp. 44 – 56.

解有关。他将沃尔顿在《艺术范畴》中的核心观点概括为：与艺术品起源相关的历史知识在批评中发挥着核心作用，审美判断必须以此为基础。赞格威尔称，沃尔顿本人虽然并未明确指出所有的艺术作品都必须被置于范畴之下来鉴赏，但其理论中实际上渗透着这样的普遍性倾向。也就是说，在赞格威尔看来，沃尔顿的理论中暗含这样的主张：所有艺术作品的所有的审美特征都是非形式的；或者后退一步称，绝大多数艺术作品包含的绝大多数的审美特征都是非形式的。赞格威尔认为，不仅前一种具有明显普遍倾向的主张是错误的，即使后退之后的主张也依然是错误的，因为还有很大一部分作品的审美特征是纯粹形式性的。[①]

但是，仔细阅读《艺术范畴》一文就会发现，沃尔顿真正要强调的却是，如果我们仅仅依靠艺术作品自身的可感特征，就无法对其做出"正确"或"恰当"的审美感知和审美判断。换句话说，关注艺术作品自身的可感特征没有问题，有问题的是仅仅关注这种可感特征而完全忽略其他因素。如果从这一层面来理解，沃尔顿就不是要否认艺术作品具有形式的审美特征，而且，即使根据沃尔顿的"正确范畴"理论，我们也同样可以鉴赏艺术作品的形式美特征，比如在"抽象主义绘画"这一范畴下鉴赏俄国画家瓦西里·康定斯基（Wassily Kandinsky，1866—1944）的《黄·红·蓝》时，色彩、线条，以及由其构成的对比、平衡等形式特征本身都属于标准的非审美特征，而关于"抽象主义绘画"的历史知识也告诉我们，鉴赏《黄·红·蓝》这样的作品时，就应该仅仅关注那些"在艺术作品中可被直接感知到的"。[②] 如果这种理解是正确的，赞格威尔将沃尔顿视为反形式主义者就是有问题的。

除了沃尔顿，赞格威尔对卡尔松理论的曲解也很明显。他曾经这样概括卡尔松的观点："他认为，如果我们打算将审美特征归因于某一个自然对象，就必须总是把该对象置于正确的历史和功能范畴之下。"[③] 然而卡尔松的原意却是，如果我们打算对自然对象做出"正确"或"恰当"的审美判断，就必须总是把该对象置于"正确范畴"之下。在这里，赞格威尔把卡尔松的"正确范畴"直接替换成了"正确的历史和功能范畴"，由于功能与历史在他看来是二而一的概念，此处亦即等于"功能范畴"。

但是根据卡尔松的理论，"恰当自然审美"必须是范畴依赖性的，却未必是"功能"依赖性的，因为并非所有的"正确范畴"都同时代表着某种"功能"。赞格威尔此处实际上是以偷换概念的方式有意识地收缩了"正确范畴"的适用范围，当然也唯有如此，他才能在卡尔松的语境下为纯形式美的存在预留下空间，因为与沃尔顿不同的是，卡尔松是一个彻底的反形式主义者，他坚持认为"恰当的"自然审美都是范畴依

---

① Nick Zangwill, "In Defence of Moderate Aesthetic Formalism", *The Philosophical Quarterly*, Vol. 50, No. 201 (October 2000), pp. 476 - 493.

② Nick Zangwill, "In Defence of Moderate Aesthetic Formalism", *The Philosophical Quarterly*, Vol. 50, No. 201 (October 2000), p. 476.

③ Nick Zangwill, "Formal Natural Beauty", *Proceedings of the Aristotelian Society*, Vol. 101 (2001), pp. 209 - 224, at p. 210.

赖性的，因此所有的审美特征也都是非形式的审美特征，而一旦“正确范畴”的使用范围被收缩，那些被排除在范围之外的领域就为形式的审美特征提供了存在空间。同时，也只有通过这种偷换概念的方式，赞格威尔才能够得出无机自然界只有形式美而无依存美的结论，因为在卡尔松的理论中，对所有审美对象的“恰当”审美鉴赏都是范畴依赖性的，无机自然界的审美也不例外，这就等于在说，无机自然界也只具有非形式的审美特征。当赞格威尔将“正确范畴”偷换为“功能”之后就变成了，由于无机自然界本身没有“目的”或“功能”，因此也就不可能存在依存美或非形式的审美特征。

而且，与声称无机自然物不存在“正确范畴”相比，称其没有“目的”显然更容易让人接受。然而根据卡尔松的理论，没有目的的无机自然物却并不意味着它同时也没有所属的正确种类或范畴，即便无机自然物没有任何“目的”，却依然可以是范畴依赖性的。再回到赫伯恩关于海床的例子，若是按卡尔松的思路来分析，“海床”就是这片广阔泥沙地的“正确范畴”，它确实显现不出赞格威尔意义上的“目的”或“功能”，然而它却在审美中发挥着根本性的作用，因为只有在这一范畴下鉴赏这片泥沙地时，才会感受到“令人不安的怪异”。

当然话说回来，卡尔松的极端反形式主义的立场也同样有问题。按照他的观点，在审美层面将海床判断为“野性的、愉悦的空旷”是“错误的”或“不恰当的”，只有“令人不安的怪异”才是“正确”或“恰当”的。然而正如赞格威尔说的，“野性的、愉悦的空旷”与“令人不安的怪异”其实可以并存，它们无须相互替代，只不过这样的并存并非像他所言，完全可以从形式主义角度来解释，合理的解释应该是，即使承认这里的正确范畴是海床，也不能因此否认海床有时的确会裸露在外边、并呈现为广阔泥沙地的事实，而既然这是一种事实，它有时就可以以这样的事实直接诉诸我们的感知，并表现出“野性的、愉悦的空旷”这样的审美特征。只不过当我们将其纳入“海床”这一范畴下鉴赏时，关于海床的知识会使我们意识到，它应该被海水淹没以及随后会被淹没，也从而会产生“令人不安的怪异”。这样说来，感知和鉴赏一个事物的形式美与将该事物置于某一特定种类或范畴下感知和鉴赏之间，并不存在不可调和的冲突，事实上，即使我们将一个事物置于特定种类或范畴下进行感知和鉴赏，也照样可以感知到它们的形式美，因为该事物依然具有同样的外观。只是当我们将其置于特定范畴下鉴赏时，会进一步感知到仅靠其外观无法感知到的审美特征，但这并不会因此抹杀掉先前形式美的存在，它只意味着我们的审美体验由此得到了进一步的丰富。

如果从总体上看，赞格威尔的温和形式主义理论远不够完美，但其贡献却也不容忽视，他不仅证明了形式美的存在是合理的，同时也证明了卡尔松的极端反形式主义观点是有问题的。从这一角度而言，我们或许可以对赞格威尔与卡尔松的理论进一步整合，整合后的立场可以概括为：不论是艺术作品，还是有生命的自然物，抑或是无机自然物，都可能既具有“形式美”或“形式的审美特征”，亦具有“依存美”或“非形式的审美特征”。

文本批评

繁花与落花：细读《江南逢李龟年》

卢迎伏*

（四川大学文学与新闻学院　四川成都　610207）

摘　要： 杜甫的《江南逢李龟年》一诗被清人孙洙赞誉为“少陵七绝，此为压卷”，本文即以现象学和新批评等研究方法为切入视角，对该诗进行文本细读，以期显明本诗何以历经千载却仍能直击人心，以及其遣词为诗之精妙。

关键词： 杜甫；《江南逢李龟年》；现象学；文本细读

江南逢李龟年

杜　甫

岐王宅里寻常见，崔九堂前几度闻。
正是江南好风景，落花时节又逢君。

本诗作于唐代宗大历五年（770年），是安史之乱（755—763年）后第7年，亦是开元盛世（713—741年）后第29年。是年杜甫虚岁59岁，他在暮春的某日于潭州（长沙）“逢”了乐工李龟年。是岁冬，诗人即逝于从潭州向岳州进发的湘江舟中。

诗题作《江南逢李龟年》，无疑正是与李龟年的这一偶逢，刹那间唤醒了59岁的老杜少时在东都洛阳所亲见亲闻到的开元盛世：

岐王宅里寻常见，
崔九堂前几度闻。

李龟年，据唐人郑处诲《明皇杂录》载，“唐开元中，乐工李龟年、彭年、鹤年兄

---

* 作者简介：卢迎伏（1981—），河北省定兴县人，四川大学文学与新闻学院副教授。

弟三人，皆有才学盛名"，三人颇得玄宗和贵族们的赏识，故李龟年能于"东都大起第宅，僭侈之制，逾于公侯"。安史之乱后，潦倒的李龟年曾"流落江南，每遇良辰胜赏，为人歌数阕，座中闻之，莫不掩泣罢酒"①。与李龟年的相逢，肯定唤醒了杜甫心中关乎开元盛世的不少记忆，就是与其相关的人想必也会很多，那为何老杜却独独拈出岐王和崔九二人呢？是其信手偶择吗？非也！

岐王李范，乃唐玄宗弟，"好学工书，雅爱文章之士，士无贵贱，皆尽礼接待"②，开元十四年病薨。显然，岐王的上述品性自是会让杜甫等冀望被赏识、拔擢的士人们万分怀恋。而崔九即秘书监崔涤，其"多辩智，善谐谑，素与玄宗款密"，"出入禁中，与诸王侍宴不让席，而坐或在宁王（玄宗长兄）之上"③，亦是开元十四年卒。崔涤虽"素与玄宗款密"，但仍"善谐谑"而不摆拒人于千里之外的官架子，故杜甫此处亲切地直呼其行第"崔九"，有四海之内皆兄弟之意。因此，本诗前二句提及岐王和崔九，首先要显明的乃是老杜对颇具盛唐气象的容人之雅量的深深追念，尤其是当诗人亲历开元的"唯才是举"与天宝的"任人唯亲"之大不同后，忆及开元时一开篇即祭出岐王和崔九，不亦宜乎？不亦痛乎！"岐王宅里寻常见，崔九堂前几度闻"，也点出了此次追忆对象的曾在"时间"——岐王和崔九均于开元十四年卒。须知，让人念兹在兹的开元盛世历时共计也不过29年，而岐王和崔九却都卒于开元十四年。"开元十四年"左右乃是开元盛世的中期，可谓盛世中的盛世之年，它就是杜甫在写《江南逢李龟年》一诗的前六年所作的《忆昔》诗中所说的那个"开元全盛日"。同逝于"开元十四年"的岐王和崔九，诚可谓被永久地定格在了开元全盛日，我们甚至可以说一并提及岐王和崔九便会让人想到开元全盛日。开元十四年，杜甫虚岁15岁，老杜日后在《壮游》一诗中曾如是追忆自己十四、五岁（开元十三、十四年）壮游东都洛阳能躬逢其盛时的挥斥方遒，"往者十四五，出游翰墨场"④。

此外，"岐王宅里寻常见，崔九堂前几度闻"，也点出了此次追忆对象的曾在"空间"——均在东都洛阳的"岐王宅"和"崔九堂"。当是时也，玄宗因要封禅泰山而率百官贵戚于开元十二年的十一月移驾东都，洛阳又成为唐帝国的政治中心长达三年之久⑤，其时有"河洛荣光遍"⑥的盛况。

① （唐）郑处海、裴庭裕：《明皇杂录·东观奏记》，中华书局1994年版，第27页。

② （后晋）刘昫等撰：《旧唐书》，中华书局1975年版，第3016页。

③ （后晋）刘昫等撰：《旧唐书》，中华书局1975年版，第2624页。

④ 参见冯至《杜甫传》，人民文学出版社1980年版，第13、136页。

⑤ 参见（后晋）刘昫等撰《旧唐书》，中华书局1975年版，第187—189页。

⑥ 张九龄：《奉和圣制登封礼毕洛城酺宴》（作于开元十三年十二月），《张九龄集校注》，熊飞校注，中华书局2008年版，第51—53页。据学者傅光考证，开元十年至十四年的五年中，"除去北巡与封泰山各一月左右，所余五十八月之中，居洛阳约为三十六个月，居长安约为二十二个月。在洛阳的时间大大超过了在长安的时间。而唐玄宗每次幸东都，都是有'百官、贵戚'扈从的。所以，在玄宗居洛阳的这三十六个月里，岐王李范和秘书监崔涤同时也都在东都洛阳。因而，杜甫出入崔、李宅第就在二人居洛阳这段时间里，并非在长安"。见《草堂》（今《杜甫研究学刊》）1987年第2期，总第14期。

简言之，《江南逢李龟年》一诗乃是59岁的老杜离蜀北归河洛的途中，于衰年思自己十四、五岁在东都洛阳这个“盛世中心地”，且又刚好是在“开元全盛日”时的华年以及思大唐的华年。故，本诗虽看似仅为淡淡地直陈，实则却是老杜在一字一恸地思华年。现已是“疏布缠枯骨，奔走苦不暖”的老杜，在其生命的最后几个月想北归河洛，却偏偏于屈子怨何深的江南（江湘一带）“逢”了李龟年——他一下就“逢”了过去的开元全盛日的“洛阳时间”，彼时：

岐王宅里寻常见，
崔九堂前几度闻。

“岐王宅里寻常见”，“见”龟年之容，“崔九堂前几度闻”，“闻”龟年之声，“寻常见”与“几度闻”的互文，既有此刻的老杜追忆自己昔日身处开元全盛日之中，却浑不觉盛世将会过去而当时只道是寻常的痛，亦有自己十四、五岁就能凭借才华而多次出入岐王宅和崔九堂的自得和快意。当然，身处开元全盛日中，认定开元盛世将如“龟年、彭年和鹤年”三兄弟的名字所预兆的那般延年无尽，亦是人之常情。毕竟，多少事，当时只道是寻常啊！

“岐王宅里寻常见，崔九堂前几度闻”，那些关乎李龟年的容与声彼时并未在杜甫的意识之“核”中，而仅在其意识的“边缘域”——在“晕”中。“晕”即“每一个此地此时被给予之物都具有的空间与时间的环境”，“晕”是一种“‘不确定的确定性’：其所以‘不确定’，是因为‘晕’虽然与‘核’一同被给予，但却不是当下、现时的；而它之所以‘可确定’，是因为‘晕’随时可以成为当下的‘前景’”①。换言之，晕就是“视域”，即“在意向体验中现时地被意指的那个‘对象’永远不会孤立地和封闭地、完全不确定地和未知地被经验，而是作为某个处在联系之中的东西，作为某个在环境之中和出自环境的东西而被经验到”②。

无疑，彼时置身岐王宅和崔九堂中的杜甫，其意识之“边缘域”中乐工李龟年的容与声虽与其意识之“核”中岐王和崔九的容与声一同被给予了，但龟年的容与声之于杜甫只是其自我并不重点关注的一个“可能对象”，而处于尚未被其自我所清醒地意识到的“非课题状态”。彼时，杜甫清醒地意识到的乃是岐王和崔九等可能会拔擢自己的贵人，因他当时受前辈援引而得以出入“岐王宅”和“崔九堂”的主要鹄的乃是去干谒，他想让岐王和崔九等王公贵族见识到自己“赋料扬雄敌，诗看子建亲；李邕求识面，王翰愿卜邻”，进而能“自谓颇挺出，立登要路津”，以便最终实现“致君尧舜上，再使风俗淳”的伟大襟抱③。

---

① 倪梁康：《胡塞尔现象学概念通释》（增补版），商务印书馆2016年版，第229页。
② 倪梁康：《胡塞尔现象学概念通释》（增补版），商务印书馆2016年版，第230页。
③ 杜甫：《奉赠韦左丞丈二十二韵》，见《杜工部诗集》，中华书局1957年版，第47页。

但当“寻常见”与“几度闻”早已过去了40余年之后，“岐王”和“崔九”已逝去了40余年之后，“开元盛世”已结束了近30年之后，以及长达8年的安史之乱也终于结束了7年之后，杜甫与李龟年在“江南”一相逢，“洛阳”的岐王宅和崔九堂中李龟年的容与声，瞬间便由彼时“不是当下、现时”的“不确定”，成为“当下的‘前景’”，成为“确定性”的、被其“自我”所“清醒地意识到”的“课题状态”。由此，当时原本处于杜甫意识之“边缘域”的那40余年前李龟年的容与声，不仅此刻才为老杜所真正地看见和听见，而且也很可能就是他关乎岐王宅和崔九堂之记忆的最深印象。故，这些寻常见和几度闻的容与声，恰如老杜《忆昔》一诗中的那两句“稻米流脂粟米白，公私仓廪俱丰实”，它们曾是那般近乎让人熟视无睹，但此刻却又如此这般实在可触。我们对同一现象的感受之所以会大不同，皆因“过去”的次序乃是“情感的次序”，我们切不要相信“现在一经过去就变成我们最切近的回忆”，“现在经历的变化可以把它沉到记忆最深处，也可以让它浮出水面；只有它本身的密度和我们生活的悲剧意义能决定它的浮沉”[①]。读者虽未真正出入过岐王宅和崔九堂，但当我们重游故地或翻看旧照时，不也常会被昔日因“寻常见几度闻”而以至于“视而不见听而不闻”的人与物直接拘摄回彼时的现场而竟哑然甚或怆然吗？此类体验是说，唯有当彼时的寻常经由时间之断隔而被孤显成一种可以为此时的我们所静观的异乎寻常，它方能向我们现身为一个不寻常，才会为我们所真正认出和知道。

时空重叠境明灭，却是旧时相识，不知当复有此日否？

噫！这次第，人生真如梦耶？逝者真不舍昼夜！

或许生而为人，便注定了毕生都在与时间抗争，他们本想“执著地眷恋一个爱人、一位友人、某些信念；遗忘从冥冥之中冉冉升起，淹没他们最美丽、最宝贵的记忆”，当我们“突然回到我们曾经喜爱的地方；我们决不可能重睹它们，因为它们不是位于空间中，而是处于时间里，因为重游旧地的人不再是那个曾以自己的热情装点那个地方的儿童或少年”，为期不远，“总有一天那个原来爱过、痛苦过、参加过一场革命的人什么也不会留下”[②]，终能实存于世的，或许唯余一次又一次的追忆而已。“岐王宅里寻常见，崔九堂前几度闻”，你所失去的不是什么别的，就是现在的生活，你真正拥有的也不是什么别的，也仅是能追忆正在逝去的现在的生活。只此两句，老杜便写出了此次追忆之变奏的远近暗明全过程。

江南“逢”李龟年，是此刻的一见，它刹那诱出过去的诸次“寻常见”。过去的寻常见，是在“岐王宅里”，“崔九堂前”虽也有寻常见，但首句只能是“岐王宅里”而不能是“崔九堂前”。原因有二，首先岐王比崔九位尊，故应先写。但更为重要的一点乃是，“岐王宅里”四字有“崔九堂前”四字所无的那种绵邈幽昧感，“岐王宅里”四

---

① ［法］让-保尔·萨特《萨特文集》（8），施康强等译，人民文学出版社2019年版，第50页。

② ［法］安德烈·莫洛亚：《〈追忆似水年华〉序》，施康强译，见［法］M. 普鲁斯特《追忆似水年华》（第一卷），徐和瑾译，译林出版社2010年版，第6页。

字能将此刻的逢“见”，曳往记忆之深宅里所匿藏的那过去的诸次“寻常见”里去。“宅里”，真能往幽眇中去，有一种茫茫冥冥的空间感，而“堂前”则正相反。这一“逢”如嗤的一声被擦亮的火柴，让幽秘的记忆“宅里”渐次亮了起来，而后清晰地为堂堂皇皇的“崔九堂前”，听，李龟年昔日的歌声正绕堂响起——

“崔九堂前几度闻”……

由“江南逢李龟年”，到“岐王宅里寻常见”，再到“崔九堂前几度闻”，是由面前先滑向邈远，而后再返回切近的面前。此次追忆，意识由此刻这一清晰的逢“见”，跌入到幽昧的过去里去“见”，最终“闻”到了那绕堂的歌声，也就“见闻”到了东都洛阳乃至大唐开元全盛日的容与声。遥远昔日的“开元全盛日”，就这样被老杜从幽秘的“岐王宅里”唤出，现身在“崔九堂前”，现身在身处江南的诗人面前，也现身在身为读者的我们面前。

但二人逢后，是相顾无言，还是曾一道追忆开元？李龟年有无“歌数阕”，杜甫闻之是否亦曾“掩泣”？老杜竟全未写，他转而只说面前的“江南好风景”。故，前两句诗中那浮现的“开元全盛日”还真如朵永在盛放着的昙花，因为它未及凋萎便被永久地冰封在了那里，失落的东西刚借由词语被召唤出，还未被详品细味便被定在那里而不再被提及。但读者须知，此种欲盖弥彰里，自有不可说的无尽诗意。

既不可说，那就且看看当下吧。

> 正是江南好风景，
> 落花时节又逢君。

此刻，杜甫身在江南，不管是北望东都洛阳还是西北望长安，他都只能望望而已。且他又已是衰年，故不仅开元全盛日不能再返，就是下一全盛日亦不得见了。悲哉此一逢！“正是江南好风景”一句的紧要之处在于，虽此刻的国家不是好风景，且老杜与龟年也不是好风景，但偏偏“正是江南好风景”！“正是江南好风景”，让人想起《世说新语》中那次喟叹“风景不殊，正自有山河之异”的“新亭对泣”[①]。故，第三句诗说此时“正是江南好风景”，实是在叹悼前两句诗所端呈出的彼时“正是开元好风景”。你看，老杜明明是在江南哀，却偏说“正是江南好风景”！此句毫不言二人逢后是否曾“谈笑”或“对泣”的客观描述语，真有一种“天地不仁，以万物为刍狗”的冷，亦真伏有一股子“叹息肠内热”的热！故，“正是”虽只二字，其重却不下万钧：

“落花时节又逢君”……

“落花时节又逢君”，“落花时节”是实写江南，更是隐写老杜、龟年以及大唐此刻之世乱时艰。不管与龟年的此一逢，老杜如何真感到了“似曾相识开元来”，但他却只

① 徐震堮：《世说新语校笺》，中华书局1984年版，第50页。

能恨叹“无可奈何花落去”了？“落花时节又逢君”！因此，老杜是以此刻这实在的落花，来写早已成虚幻的开元全盛日那如繁花般的繁华。江南落花时节的这一逢，又有多少恨而不能付泣谈中呢？老杜竟全不明说，而又以一句无情的客观描述将诗结束：“落花时节又逢君”。这句诗若让李后主来写，想必会有情的多：“无限开元，别时容易见时难，流水落花春去也，天上人间！”但老杜不是后主，“落花时节又逢君”，这一逢明明是如此的重，他却仅在“逢”前加一看似极轻的“又”字。“又”逢，似仅是在昔日“寻常见”的“见”上又添上了一次而已，但别忘了今日的“又逢”与昔日的“寻常见”间其实隔有40多年之久，且衰年的此地一为别，何日又能再“逢”？故“又”字，其实是在万钧之沉的“正是”二字后，再轻添一万钧重。今日之“又逢”李龟年，恰似《西游记》中五行山上的“六字真言帖”被唐三藏甫一揭下，困压在记忆山下40多年的“洛阳时间”便如孙悟空般跳脱而出：

“岐王宅里寻常见，崔九堂前几度闻”……

“落花时节又逢君”，“又逢君”中的“逢”也定会如诗题《江南逢李龟年》中的“逢”一般，再次将老杜关乎开元全盛日的追忆重新开启。本诗始于“逢李龟年”而结于“逢君”，不避重复首尾俱用了“逢”，“逢”的有意反复不仅道出了此番相逢之于老杜的分量，而且由逢“李龟年”到逢“君”亦写出了此一相逢由惊愕木然的客观疏远，到悲欣交集的主观亲近的情绪流转之次第。你看，与李龟年在江南的这次去如风般的短逢，经由诗言竟是如此的长，其长不仅要远过龟之年，而且似乎竟可得永年。因为1200余年后的今天，我们只要一读到《江南逢李龟年》，仿佛仍能看见“正是江南好风景”中的老杜和龟年，还呆在那困压开元全盛日之记忆的五行山下，当着无尽的“落花”……

江南逢李龟年

岐王宅里寻常见，
崔九堂前几度闻。
正是江南好风景，
落花时节又逢君。

明末清初的黄白山曾盛赞本诗道：“今昔盛衰之感，言外黯然，即使太白、少伯操笔，当无以过。乃知公于此体，非不能为正声，直不屑耳。”①而清蘅塘退士孙洙在其所编选的《唐诗三百首》中亦说“少陵七绝，此为压卷”，因“世运之治乱，年华之盛

① 见（唐）杜甫撰，（清）杨伦笺注：《杜诗镜铨》，上海古籍出版社1998年版，第1018页。

衰，彼此之凄凉流落，俱在其中”[①]。

诚然，这一切是“俱在其中”，但本诗之高妙处在于老杜对这一切竟“全未明说”，他只是以一种近乎无动于衷的客观态度淡淡地直陈。依此看，一切俱在其中的《江南逢李龟年》一诗实是30余字的《长恨歌》，亦是一部微缩版的《东都梦华录》。

① （清）蘅塘退士编，陈婉俊补注：《唐诗三百首》卷8，文学古籍刊行社1956年版，第4页。

毛泽东诗词的空间性与文化表征的建构

——以《沁园春·雪》为例

聂平均*

（河南大学文学院　河南开封　475001）

摘　要：毛泽东诗词当中存在着普遍的空间性以及通过空间性表征的具有高度中国革命、中国历史、中国特性的文化精神。毛泽东诗词当中的空间性主要表现为物理空间、历史空间和心理空间，这三种形态的空间结构以相互缠绕的形式在很多诗词作品中呈现独特的意境空间。物理空间、历史空间和心理空间分别对应着对中国革命文化的乐观性、封建历史的彻底清算、高度中国特性的文化表征。对毛泽东诗词的空间研究可以真实地呈现毛泽东的诗性文化表征建构。

关键词：《沁园春·雪》；物理空间；历史空间；心理空间；文化表征

问题的提出

毛泽东的人生尤其是长征和抗日的人生是一种以天地为床被，以群山为庭院，视大河大川为小桥流水的人生；是在枪林弹雨、崇山峻岭、高山草地中磨砺的人生；是在饿殍满地、强敌环伺、举步维艰中奋斗的人生。可以说，毛泽东的革命实践存在着一种现实的空间跨度，这种阔大的空间是以祖国的万里河山为界限，那么他这种现实的革命实践空间对于他的艺术创作有没有影响？他的诗词有没有受到他广阔的视野、博大的胸怀以及丰富的人生阅历的影响？他会不会自然而然地把这种非常阔大的“空间”视野带到艺术创作中，形成气势博大的空间意象和气冲斗牛的诗词作品中来呢？换句话说，现实的空间跃迁会不会影响到诗人作品中的诗歌意象以及意境的最终呈现

---

* 作者简介：聂平均（1981—），籍贯：河南省漯河市，工作单位：河南大学文学院，河南大学文学院文艺学硕士研究生。

状态？对毛泽东诗词的研究目前多集中于赏析与鉴赏[①]、中英文译本比较[②]、对革命文化传播[③]、价值取向[④]、对文化自信的影响[⑤]、诗词中的人民性体现以及跨文化传播[⑥]等方面，也有少量的研究者涉及诗词中的时空观[⑦]以及山峰叠峦[⑧]、江河湖海[⑨]的意象分析。他们的研究对于推进毛泽东诗词的研究有着极大的进益，但是并没有具体从诗词意境的空间性这个维度展开论述，当然他们部分研究也或多或少地涉及了诗词的空间意象、有的涉及了诗词的文化表征，遗憾的是把二者结合起来进行综合性表述的研究并未得见。

我们之所以要把空间作为研究毛泽东诗词的一个切入口，是因为首先在康德看来，空间是我们生存、生活和生长、感悟的先在关系，“我们把对象表象为在我们之外、并全部都处于空间之中”[⑩]，空间对于我们而言是一种先验的要素，我们按照空间来建构我们的方位、感知和思维。空间不仅提供我们生活的地域，更是我们感情生发的场域，没有了空间也就没有了人的主体性，更不会有生活的丰富多彩和人生的生离死别以及悲欢离合。换个角度来看，福柯则认为“空间是让隐喻最痴迷的东西”[⑪]，诗歌尤其是中国的古典诗歌并非是一种线性的时间顺序，而是一种“利用未定位、定位关系或关系模棱的词法语法，使读者获致一种自由观、感、解读的空间”[⑫]感觉的语言组织形式。一般认为中国诗词是富于跳跃性、有律动感、有可感性和带入感，其实这就是古典诗词的空间感带给读者的直观感受，尤其是诗人同时使用了视觉的、听觉的、触觉的甚至于味觉的感知手法的时候，读者会有一种身临其境的体验。正如叶维廉先生所言，不定位甚至于“不设定人称代名词”的方式，让时空移位、情景翻转、转瞬千年和主客互换，尤其是加上古典的语法和语词，完全可以实现无涉“理路”、超脱“言筌”式的自由创造，而这些正是非线性的、空间式的言说模式带来的语言魅力。如果把以上两个方面结合起来看，就会发现现实空间与作品呈现出来的审美想象空间之间有着一种紧密的联系，那么这二者之间有着一种什么样的关系呢？《沁园春·雪》在毛

① 樊宪雷：《毛泽东诗词中的大“我”自信形象》，《毛泽东研究》2018年第4期。

② 滑彦立、李圣轩：《毛泽东诗词英译译者主体性研究》，《天津外国语大学学报》2019年第6期。

③ 李琳、陈琳：《论毛泽东诗词中革命文化的英译》，《湘潭大学学报》（哲学社会科学版）2020年第3期。

④ 李义凡：《论毛泽东诗词的主要价值取向》，《河南师范大学学报》（哲学社会科学版）2020年第2期。

⑤ 王颖：《毛泽东诗词与文化自信问题的深入研讨——中国毛泽东诗词研究会第十七届年会综述》，《毛泽东研究》2018年第4期。

⑥ 齐静、胡慧：《关于毛泽东诗词跨文化传播的回顾与思考》，《湘潭大学学报》（哲学社会科学版）2020年第3期。

⑦ 杨迪：《毛泽东诗词中的时空机制探析》，《牡丹》2020年第14期。

⑧ 汪建新：《毛泽东诗词中的山岭峰峦》，《学习时报》2020年第4期。

⑨ 汪建新：《毛泽东诗词中的山岭峰峦》，《学习时报》2020年第4期。

⑩ ［德］康德：《纯粹理性批判》，《康德三大批判合集》（上卷），邓晓芒译，人民出版社2009年版，第25页。

⑪ ［法］米歇尔·福柯：《空间的语言》，汪民安编《声名狼藉者的生活：福柯文选Ⅰ》，北京大学出版社2015年版，第136页。

⑫ 叶维廉：《中国古典诗中的传释活动》，《中国诗学》，黄山书社2016年版，第18页。

泽东诗词当中是最具有空间特征的代表作之一，本文尝试对这首词进行意境空间的反向拆解，将其还原为物理空间、历史空间和心理空间以及空间中的构成：物理意象和历史意象，并通过意象和空间的分析来尝试揭示诗人如何通过空间性的诗性语言表征特定的文化特质。我们的基本判断是：诗人通过物理空间表征了积极乐观的革命精神；通过历史空间对千年的封建文化进行了历史性清算；通过心理空间建构了高度中国性的文化表征。

意境作为空间的先在性

意境到底是什么？童庆炳先生经过梳理列出了六种意境说，它们分别是："情景交融说""诗画一体说""境生'象外'说""'生气远出'说""哲学意蕴说"和"对话交流说"，他认为这几种学说都有一定的独到之处，但是并不能全面地把握到意境复杂的内蕴，最后他提出自己的观点，认为意境应该是一种"生命力的活跃"（他还曾表述为生命律动）同时又蕴含哲理、"情景交融的、具有张力的诗意空间"[①]。宗白华先生同样认为我们中国的诗画当中存在着空间意识，而这种意识主要代表着"节奏化的音乐化了的中国人的宇宙感"[②]，孙绍振先生则认为意境的美感在于错落有致，意象与意象之间的断裂形成诗歌的跳跃感，而意象的群落性和整体性构成了诗歌的空间意境之美[③]。对意境的空间性进行深入研究的学者是邓伟龙，他在《中国古代诗学的空间问题研究》中对意境的空间问题有过详细的研究和论述，他认为构成意境的因素主要有三个，分别是"意象、虚实和氛围"，尽管这三种因素各自有着不同的内涵和外延，但是"它们的共同之处是都具有空间或空间性"，因此他得出结论是"意境就是一种空间或空间性的东西"[④]。论者认为邓伟龙的意境空间研究是对几位前辈学人的总结和推进，尤其是对童庆炳先生理论的进一步阐释，尽管用"氛围"代替了"生命力的活跃"（或生命律动），但是基本的内涵仍然没有变，但是遗憾的是他并没有对意境的空间进行细化研究。

我们倾向于认为作为"情景交融""虚实相生"的审美想象空间的意境，正是诗人在现实世界的历练和体验引动了诗人经特定的历史世界沉淀从而进入物我两忘的心理审美空间的创造性转化。现实世界的历练是形成意境中"景"这一部分的物理意象的主要现实来源，而历史世界的沉淀和心理情感的回响则形成意境中"意"的一部分。可以说，现实的实践和历练是形成诗人意境的广度，而深度则需要借助于历史感和时

---

① 童庆炳：《"意境"说六种及其申说》，《童庆炳谈古典诗学》，河南大学出版社2008年版，第171—181页。

② 宗白华：《中国诗画中所表现的空间意识》，《艺境》，北京大学出版社1987年版，第203页。

③ 孙绍振：《古典诗词欣赏基础：比喻、意象、意脉、意境和直接抒情》，《文学的坚守与理论的突围》，人民出版社2015年版，第288页。

④ 邓伟龙：《意境本质：空间或空间感》，《中国古代诗学的空间问题研究》，中国社会科学出版社2012年版，第293—318页。

代感，只有二者结合起来才能实现诗歌的深度和广延。而情感的表现又忌讳一览无余，倾泻而下，更忌讳没有层次、没有结构的纯粹宣泄，中国传统的情感的表现是需要依附在特定的意象上面，让读者在涵咏和品味中得到审美享受。在诗人构筑的意境当中，物理意象和历史意象构筑的物理空间和历史空间构成了心理空间的范围和结构形式，同时又承担了情感表现的外化，心理空间既是实的又是虚的。之所以是实的是因为通过物理意象和历史意象的结构形式和空间形式可以感知到诗人的情感外化，另一方面需要读者深刻地体会和领悟由物理意象和历史意象所构筑的空间结构所传达的来自诗人的情感表现。从表面上来看，文字是一种平面的抒写，单纯文字本身并不能形成立体感，除非利用文字进行排列组合（比如藏头诗或者宝塔诗），但是文字的意义却可以传达立体空间的感觉，但是这种感觉需要借助于诗人和读者的比兴和联想。好的诗歌需要引动诗人的情愫、诗人的激动和诗人的灵感，要借助于外在的自然景物和历史的感悟，诗人作为建造者沟通着外部世界、历史世界和心理世界，利用文字借助于文字所营造的意象搭建了意境的空间性存在。而实质上，外部的现实空间引动了诗人心理空间中的情感和情绪的变化，使诗人思绪进入特定的历史空间追思，创造出兼具物理空间、历史空间和心理空间以及三种空间的相互交织和相互作用所形成的艺术作品。

诗歌是文化传播的一种媒介，本身属于一种语言表征系统，它可以影响读者的心理体验、社会实践进而影响到读者一定的行为①。而诗歌的意义却是通过作者和读者通过文本的中介进行的交流过程中产生出来的，现实的物的意义和价值被诗人寄托了情思在诗歌中变成了一种需要被破解的意象，读者通过对意象的感悟和体验把诗人要传达的、潜意识里想传达的、甚至于没有传达的东西变成自己的一种领悟。主动性的表征与无意识的表征最大的区别就在于能否对于意义的传达有比较明确和清晰的看法，在这一点上中国的古典诗学一直就有明确的文化表征功能，从“诗言志”到诗大序都强调对现实政治伦理的强烈人文关怀的文化表征功能。

一 物理空间：中国革命文化的乐观性表征

《沁园春·雪》是在 1935 年红军到达陕北，与陕北的红军胜利会师后，毛泽东 1936 年在陕西省清涧县高杰村附近的袁家沟看见大雪时②，被北国的壮丽河山震撼所创作的词作。上阕用“北国风光，千里冰封，万里雪飘”起兴，直接把读者带入到诗人所观照的雪景当中，现实空间跨度极其宏大，从远及近、由下到上风雪交加，天寒地冻，但是诗人兴致极高。这些词语表面上是描写陕北的雪景，深入体会的话会让读

① ［英］斯图尔特·霍尔：《表征的动作》，［英］斯图尔特·霍尔编《表征：文化表征与意指实践》，徐亮、陆兴和译，商务印书馆 2013 年版，第 3—7 页。

② 吴正裕：《毛泽东诗词全编鉴赏》，人民文学出版社 2017 年版，第 145 页。

者生发出苍茫辽阔的空间感，一种站在无边无际的苍穹下俯瞰祖国大好河山的自豪感，一种祖国山美、水美、景色美的崇高感。词的上阕后半部分，诗人笔锋急转，把视线从近景拉到了远景，用以动写静的方式把壮丽的北国雪景用写意的手法挥洒出来。动起来的意象确乎是“山”和“原”，背景则是辽阔的空间，在天地之间极富奔腾感和画面感。顺接着诗人通过移步换景，幻想假如雪过天晴，祖国壮丽的河山只会更加美不胜收，令人叹为观止。在词中他使用了“千里冰封”“万里雪飘”来构筑起了一个冰雪空间，在空间内用长城和大河进行了静态区隔，把大的空间构建和小的空间区隔好了之后，把群山和“秦晋高原”进行动态设计。我们可以看到在《沁园春·雪》当中所营造的物理空间布局，是通过意象与意象之间的空间结构才能形成所谓的境界或者意境（自成一界或自成一境）。《沁园春·雪》在论者看来就是一种主动的文化表征行为，但是虽然诗词空间参与了生产和建构意义，但是意义的背后却有福柯所谓的权利和话语的参与，因为诗人作为凝视的主体，他有权利选择要选用那些物象和意象来对其要表征的文化意义和价值，同时当诗人做出这些角度的选择的同时，也在自觉不自觉地进行诗性话语的建构工作。

回到这首词本身，可以清楚的看到物理空间框定了整首词中意境空间的范围，历史意象借助于时间在物理空间内形成历史空间，换句话说物理空间维度选定了空间的广延，而历史空间维度选定了空间的厚度，情感得以在既有广度又有深度的空间中驰骋。在这个大前提下，词的上阙首先呈现的是祖国的大好河山，但是作为建构性的表征，请注意“山舞银蛇，原驰蜡象”这两组意象的动态性。文化表征分析需要联系语境，当时中国共产党领导的长征到达陕北并准备前往抗日前线，一方面这两组意象是对革命队伍在现实空间中的映射；另一方面这两组意象是一种革命精神的雀跃和欢呼，因为后边的“欲与天公试比高”透出了这种变奏。词的下阕请注意诗人在历数“风流人物”之后的用词“俱往矣”，一方面通过历史人物的动态性出场对中华民族几千年的封建社会的回顾；另一方面是对现实中封建军阀和日本军国主义的一种藐视。这种例子绝非仅有，在《七律·长征》当中，毛泽东通过“五岭逶迤”“乌蒙磅礴”“金沙水”“大渡桥”“岷山雪”① 等意象的选取与之后的转折既体现了革命的大无畏精神表征，又是一种现实的革命总结性的表征；在《沁园春·长沙》当中，用“鹰击长空，鱼翔浅底”② 这样的空间对比表征了诗人对于革命前途的无限憧憬；《清平乐·蒋桂战争》中通过“红旗跃过汀江，直下龙岩上杭”③ 表征了一种革命胜利在望的喜悦和对未来革命胜利的期盼。在十六字令其一中，把马的速度与空间紧密联系起来，给人一种奇幻的感觉。按照常理，马的速度可以与某个具体的地域发生空间感，比如说与一座山，可

① 吴正裕：《毛泽东诗词全编鉴赏》，人民文学出版社 2017 年版，第 119 页。
② 吴正裕：《毛泽东诗词全编鉴赏》，人民文学出版社 2017 年版，第 13 页。
③ 吴正裕：《毛泽东诗词全编鉴赏》，人民文学出版社 2017 年版，第 36 页。

是诗人却打破了这种空间抒写方式，却用“惊回首，离天三尺三”[①] 这样的空间表述来表达马的速度快，可谓一种创见。当然这也是与诗人独特的个人感悟紧密相连的：因为他其实写的山之高，随着马的快速移动远远的回望好像山突然之间变高了。在十六字令其三中，山与天的空间意象被作者描摹为一种动态的画面，作者不写山之高而写山之利，诗人描摹山将天刺破之后，又用力撑起了摇摇欲坠的天，通过物理意象的摹写表达诗人对无产阶级革命即将成功的期盼和激动。

从创作的层面上来看，王国维认为，“客观之诗人不可不阅世……主观之诗人不必多阅世”[②]，虽然其并没有对客观诗人和主观诗人进行界定，但是从其所举的例子大概可以看出小说家之流属于客观之诗人，而诗词家则属于主观之诗人。毛泽东则没有对诗人进行分类，他认为“一切种类的文学艺术的源泉”都来自人民的生活，其中富含文学艺术生产的“矿藏”，也是一切文艺用来加工和创造的原料，是“粗糙的”、“质朴的”、更是“生动的”“丰富的”“基本的”，文艺需要汲取其中的营养进行提炼和加工，才能创造出来源于生活但是又高于生活的艺术作品[③]。另一方面，王国维曾有言“词人观物，须用诗人之眼，不可用政治家之眼”[④]，论者认为有一定的道理，但是人作为社会关系的一部分，他无论如何舍弃也不可能完全摒弃掉他身上的政治属性，更何况是作为政治领导人的毛泽东，这种看法其实是一种纯文学的观念，是受了德国无功利主义观点的看法。事实上，诗人作为时代和历史的一部分，无论如何都不能无中生有地创造完全脱离生活和实践的纯粹自由的文学，文学更不可能跟历史和时代无关，换句话说，诗人会自觉不自觉地对所在的文化进行表征建构。这种建构需要诗人选用兼具形式美和社会美的物理空间意象，正如在《沁园春·雪》里，他通过描绘祖国的壮丽风光、锦绣河山来表达对祖国历史文化底蕴的赞美和咏叹之情。

可以这样说，中华文化的根源所在就是这片诗人深爱的祖国大地，是祖国大地的疆域的辽阔构筑了诗人的雄伟壮丽的篇章，正是对自己民族的热爱、对自己祖国的热爱和对人民的高度自信，毛泽东才会在其诗词当中洋溢着革命必胜的信念和对困难与敌人的绝对藐视，比如在1930年毛泽东在词《蝶恋花·从汀州到长沙》当中，就用“万丈长缨要把鲲鹏缚”来对“天兵”进行形象刻画[⑤]。毛泽东与同时代的诗人相比，更多的是激昂的勇气和斗志，比如1933年的艾青也有对祖国大地（《大堰河，我的母亲》）的深情讴歌，但是诗人的意象是灰暗的、绝望的和无奈的，对于如何报答母亲以及如何为母亲向迫害她的社会和制度复仇在诗中并没有得以体现。闻一多在1925年归国之后写过一篇《一句话》，同样是深情地讴歌祖国，尽管认为祖国的未来充满了积蓄的能量等待

① 吴正裕：《毛泽东诗词全编鉴赏》，人民文学出版社2017年版，第65页。
② 王国维：《人间词话》，徐调孚校注，中华书局2018年版，第11页。
③ 《毛泽东选集》（第3卷），人民出版社1991年版，第860—861页。
④ 王国维：《人间词话》，徐调孚校注，中华书局2018年版，第60页。
⑤ 吴正裕：《毛泽东诗词全编鉴赏》，人民文学出版社2017年版，第145页。

爆发，但是诗人仅仅是表达了自己的深情和乌托邦式的期盼，并没有进行积极的建构性表征。相反，在两次反围剿当中以及长征途中和胜利之后，毛泽东多次提笔表达一种革命乐观主义精神，其实质就是通过诗词对革命文化的一种积极表征行为。

二 历史空间：对中国封建历史清算的文化表征

人除了是时代的以外，还是历史的，如果用索绪尔的视角来看，也可以说人既是“共时”的又是“历时”的。历史与空间不同，历史是属于线性的时间序列，历史属于时间的，但是历史有没有空间呢？我们似乎很难割舍掉时间与空间的关系，如果我们要想表示时间，基本上采用的是空间的方式，比如说机械表的转动、沧海桑田的变迁以及逝者如斯夫的感叹，都是借助于空间的形式来表达时间。同时历史的记忆基本上都是通过现实空间中的历史遗迹、物理挖掘、文物以及其他文献记载，“这种记忆依赖于物质的文献以重新获得对自己的过去事情的新鲜感”①。对于诗人而言，历史的凭吊和对历史的追忆构成了中国古典诗词蔚为大观的一种文学类型，从《诗经·大雅》的“颂”到《离骚》对尧舜桀纣的品评；从陶渊明咏荆轲到辛弃疾的赞廉颇都是明证。此外，对历史的凭吊和体悟需要特定的现实空间，也就是说诗人对于历史的感悟需要在特定的历史发生的场域内才得以激发。换句话说诗人进入特定的现实空间是由于历史的追忆和情感的激发才会对历史有特定的领悟和体验。

当诗人转战南北，在祖国的大好河山上飞驰的时候，看到雄伟的崇山峻岭、壮丽的高原和美丽的长江的时候，它们已存在千百年：有历史、有故事，更多的是关于它的记忆。诗人无法抑制当他望向这些外在空间中的景物时内心情感的喷涌和历史沉淀在心底的回响，更无法阻止用前人的诗歌和自觉流淌的诗歌来抒发对此物的感动和感应。物理空间的变化会激起诗人记忆的闸门：如此大好河山，怎能没有英雄驰骋？可是为什么中国几千年来无数的英雄人物和天之骄子都不曾完美地守望这片江山呢？这是一种历史的追忆和追问，在历史的空间中追问也是对历代文治武功的封建统治的一种清算，是为了对未来新中国愿景的展望和对民族未来的期许，这是在历史和现实的交融中体验到的一种对未来的憧憬。在《沁园春·雪》中，下阕与上阕相对，使用的几乎都是历史意象，表面上在咏史，本质上却在抒发对祖国未来的期许和展望。这首词空间画面感极其震撼，前半阕利用空间意象勾勒的山水空间、天地雪景空间和长城内外的空间以及流动的“山舞银蛇”“原驰蜡象”像极了他的书法作品，气韵生动挥洒自如，正如前人所谓“画山水而不亲临极高极深……未可便得佳境”②，只有身临其境的人才能描摹出真山、真水、真性情，没有在这样的空间中体验过的诗人无论如何也只能做个苦吟诗人或者书斋诗人。而下半阕同样具有空间画面感，但是它使用的是类

① ［法］米歇尔·福柯：《知识考古学》，谢强、马月译，生活·读书·新知三联书店1998年版，第6页。

② 唐志契：《绘事微言》，许租良、洪桥编译：《中国古代画论选译》，辽宁美术出版社2017年版，第7页。

似于电影快镜头和定格的手法，先用快镜头迅速地将历史记忆中的“英雄人物”过了一遍，然后画面定格在祖国的大好河山上，最难能可贵的是画面之外还有声音出场，用画外音的形式唱出了“还看今朝”的千古雄音。通过历数“秦皇汉武”“唐宗宋祖”“成吉思汗”在华夏大地这块物理空间上的历史功绩，在时间的长河当中对2000年封建主义进行彻底的清算。

历史空间的构筑需要借助于物理意象建构的诗歌物理空间，把历史意象的活动空间框定在其中，借助于诗歌当中时空的斗转星移，将时间的维度拉到未来，预示着无产阶级革命的最终胜利。类似于《沁园春·雪》的历史意象建构方式在《浪淘沙·北戴河》当中也可以窥见一斑：“往事越千年，魏武挥鞭”[①]，在词的结尾同样使用的是把时间维度拉到现在预示未来：“萧瑟秋风今又是，换了人间。”在《贺新郎·读史》中，毛泽东通过千年时间维度和人类进化史来构筑起宏伟的历史空间，读史读到最后对封建史书和所谓“风流人物”进行了批判，最后用“歌未竟，东方白”[②]收起全篇，对当下和未来做出了期许。所以可以说，诗歌当中的历史空间建构是由诗人选取适当的历史意象借助于物理意象所框定的空间展开的时间叙述，无论叙述的时间快慢，而映射的是诗人在现实时空当中受特定因素或者景物而体验到的历史记忆。历史的记忆将诗人带到了文化的层面上，在集体的记忆当中对现实进行深度反思和体悟，这种记忆的体验既是文化的认同和身份的归宿，又是对现实的历史性反观。对于毛泽东来说，短暂的历史追忆不仅跨越千年，最重要的是对中华民族文化根源的追溯和华夏血脉的传承，同时又是对中华民族的屈辱史和军阀的卖国史的现实的历史性反观，更是对封建历史的一种文化清算活动。

当时的中华民族民族自信心极度低落，不仅诗歌西化、政治制度西化、经济制度西化，甚至连语言都想要西化[③]。这在毛泽东看来，都是资产阶级软弱化的表现和民族高度失落根源的表现，更是文化不自信的表现，正如他在《中国共产党在民族战争中的地位》中所说的那样“我们不能隔断历史，从孔夫子到孙中山，我们应当给以总结”[④]。而这些总结集中体现在《沁园春·雪》和《贺新郎·读史》当中，通过对历史的总结，重建中华民族民族自信心和自豪心。中华民族的文化自信的底蕴一定是蕴含在文化历史血脉当中的永不割裂的一面，这种体验只有在对历史的回顾中、在当下的场景中，在未来的梦想中完美对接。正如习近平在《坚定文化自信》中所讲：“不忘历史才能开辟未来，善于继承才能善于创新”“努力实现传统文化的创造性转化、创新性发展”[⑤]，也只有在这种维度上才可以实现毛泽东的“还看今朝”。

---

① 吴正裕：《毛泽东诗词全编鉴赏》，人民文学出版社2017年版，第179页。

② 吴正裕：《毛泽东诗词全编鉴赏》，人民文学出版社2017年版，第297页。

③ 朱薇、李敏杰：《最早的“汉语拼音化”提议》，《社科纵横》2013年第8期。

④ 《毛泽东选集》（第2卷），人民出版社1991年版，第534页。

⑤ 《习近平谈治国理政》（第2卷），外文出版社2017年版，第313页。

三　心理空间：彰显中国特性的文化表征

人的心理是一种只能感知而不能用视觉去观看的空间，从空间的角度去认识人的心理其实是一种隐喻性的思维方式①，而诗人要想表现自己的内心情感，就必须借助于物化的形式，表现在诗词意境当中就是感情的部分，或者是“虚”的部分。正如宗白华先生所言“一切美的光来自心灵的源泉”②，诗人用心灵照亮世界，用感情与物合二为一，让物着我之情，而我着物之性，在物我互通之间实现审美的发生。诗人的感情是多层面、多维度的，他势必也会选取千变万化、飞腾辗转之物象来传情达意，如果现实中没有相对应之物，诗人必定会通过时空的转移、空间的移动以及改头换面的形式来创造符合自己内心空间的意象。也就是从这个意义上来讲，孔子才会发出“智者乐水，仁者乐山”这样的感慨，因为只有“山”“水”才能真正的实现“比德”和“比心”的文化表征功能。其次，从心理学尤其是拓扑心理学层面上来看，人们由于所处的集团“极力反抗其地位的改变”，随着其集团在社会中的地位发生移动就会在其心理上发生相应的拓扑性改变，尤其是当这个社会集团从“自由区域”移动到了“禁止区域”的时候，随着空间的扩大和集团控制范围的变化，社会集团成员的内心也会从经常移动的“自由区域”突破禁区进入一种人生的宝贵体验③。联系毛泽东领导的工农红军和后来的解放军的长征、抗日、抗战历程来看，随着红军的长征胜利、抗日胜利和解放全中国，无产阶级作为新的领导阶级登上历史舞台，毛泽东的人生体验尤其是心理体验对诗歌的创作可想而知。

从第一个层面上看，在《沁园春·雪》当中，“冰”“雪”“长城”“大河”“山”“原”等物理意象以及通过时空转移把“秦皇汉武”“唐宗宋祖”“成吉思汗”构成的历史意象合在一起组成了庞大意象群落，而意象与意象之间的空白则体现了司空图所谓的“不着一字，尽得风流”，这些空白之处充溢的就是诗人的感情、暗示和召唤、以及意犹未尽的、言外之意的和其他综合性的情感表现④。按照陶东风先生的说法，当然这种空白之处需要读者（或隐含读者）的积极参与，借助于作者创造的意象群落和意象之间的空白，读者发挥想象力和主体的情感参与，意义的建构才可以得以完成。第二个层面上来讲，无物理意象不沾诗人之感情，无历史意象不带诗人之用心，诗人通过诗性语言进行了开拓性的创造，无论是现实人生实践、还是历史事件亦或是山川风景，都被他用空间性的结构进行了处理。比如在两次反围剿过程中他写下了两首《渔家

① 王寅、李弘：《语言能力、交际能力、隐喻能力“三合一”教学观——当代隐喻认知理论在外语教学中的应用》，《四川外语学院学报》2004年第6期。

② 宗白华：《中国艺术意境之诞生》，《艺境》，北京大学出版社1987年版，第151页。

③ ［德］库尔特·勒温：《拓扑心理学原理》，高觉敷译，商务印书馆2017年版，第98—107页。

④ 陶东风：《文化与美学的视野交融》，福建教育出版社2000年版，第22—24页。

傲》，分别用“天兵怒气冲霄汉”和“横扫千军如卷席”来处理战争场面和反围剿战斗，建构了中国工农红军不畏艰险、勇于担当的使命文化和责任文化。从第三个层面讲，他在诗词中弘扬了中华民族世代乡居的华夏大地的空间感，在这种空间中诗人的感兴发生了拓扑心理学上的变化，华夏空间从外部的物质世界进入了人的精神世界，内心中梦想、希望和期待产生一个心理空间的位移。诗人之所以选择“山”“原”“大河”这种物理意象和“唐宗宋祖”“秦皇汉武”“成吉思汗”这些历史意象，是因为前者代表了中华大地独特的地貌空间，而后者代表了在这块独特大地上的至尊权力，而现在，在诗人看来，权力要发生交接，无产阶级要作为崭新的权力至尊代表者走上了历史舞台，这才是“中国性”当中最重要的文化表征。

总之，论者认为诗人的心理空间的体认是外在的，是通过外化的形式、语言、意象以及他们之间的相互结构表现的。首先从形式来看，诗人通过异于同时代的诗人模仿由胡适开启的诗歌西化创作之路，专心于中国古典诗歌的形式和格律以及意境，精心营构具有中国本土气息的文化表征。“新诗的‘新’，在诗形方面是体式和写法的自由……追求个性的自由”[①]，但是为了追求与古典诗歌的区别也为了与旧有的传统决裂，从诗歌形式到格律甚至于意象都要求与古典诗词区分开，这就直接造成了新体诗与旧体诗的撕裂性的断层。其次，从语言上来讲，毛泽东坚决采用本民族语言，坚持采用传统的诗性话语参与建构中国诗词传承，这与当时一批坚持西化甚至于汉语拉丁化的思想者是相异的。清末之时，文言确实对中国的文化、经济和文化形成了桎梏，但是把白话与文言放到二元对立、非生即死的程度来对待文化遗产，这种做法有失偏颇。除了会割裂文化血脉之外，更重要的是形成了两套彼此不相连的文字符号系统，甚至于废除汉字采用西文的形式来建立新文化就更是在走极端了，这些都是帝国主义经济、社会和文化压力下的知识分子软弱性的表现，更是本民族文化在特定历史时期暂时失落的症候。最后，诗人通过传统文化的意象而非同时代诗人的采用西化意象来建构中国的新时代话语，表现了一代伟人高瞻远瞩的眼光。与同时代的诗人的那种狂野的呐喊、彷徨和无助甚至于失望、绝望的无意识的西化意象相比，毛泽东的意象在论者看来倒是一种主动性的建构工作，他主动在他的古典世界里重新建构了山川河流、英勇的战士和期盼换新颜的人民，高扬了中国特色的高度自信的民族文化、革命文化和历史文化，当然这种积极主动的建构可能会影响某些诗词在艺术上和审美上所能达到的境界。

结　语

空间性是毛泽东诗词中普遍存在的现象，尤其是《沁园春·雪》当中存在着物理

① 赵敏俐主编：《中国诗歌史通论》，人民文学出版社 2013 年版，第 320 页。

空间、历史空间和心理空间相互缠绕的现象，而通过空间性的建构诗人完成了对“中国性”的文化自信心的文化表征工作。从空间意象角度切入，我们不仅可以看到不一样的毛泽东诗词，而且还可以看到不一样的毛泽东，这也正是研究过程中角度切换带来的魅力。但是限于理论素养的问题，论者的空间维度是从传统的角度切入的，没有具体涉及西方空间理论中的诸如空间的生产、空间与权力的相互关系分析，更没有用空间建筑或者空间地理学的角度进行深入分析，但是如果换用这些维度对毛泽东诗词进行分析是否合适或者会产生什么样的分析效果，这是一个值得深思的问题。另一方面，引申一下的话，从空间的角度切入也是为了弄清楚作者与作品之间的关系问题以及作者经历与作品之间的关系问题，这其实是《镜与灯》中所涉及的作者、世界与作品之间的关系问题。作者与世界的关系是一种历时又共时的关系，世界又是作者与作品存在的空间性场域，但是作者是对世界的反映、表征还是理解才构成了作品内容本身？而作品是作者用来自娱的、对话的、还是用来建构世界意义的？论者认为这几个问题还远远没有到了说清楚的地步，这还需要进一步的研究和确证。但是，毋庸置疑的是诗人通过诗性语言建构了诗意的空间世界，又通过意境的空间性对中华民族传统文化构成积极的建构作用，随着对毛泽东思想的不同维度的阐述，最终我们可以发现毛泽东在各个角度和维度下对中华文明的真正贡献所在。

从题画诗和咏画诗看赵朴初对绘画的诠释

王泽庆*

（安徽大学文学院　安徽合肥　230039）

摘　要： 赵朴初先生不仅是杰出的爱国宗教领袖，而且是著名书法家和诗人，他的诗歌题材非常广泛，其中有不少题画诗和咏画诗。通过这些诗歌，我们明显看到赵朴初对绘画的诠释有一种特别的倾向，即绘画诠释的佛教视域和诗画禅一律的审美理想。这是由于其身份与境遇的不同，才导致赵朴初对绘画的诠释有不同于他人的地方，丰富了《篝灯课读图》《松间明月长如此》等作品的意蕴。

关键词： 赵朴初；绘画；视域；诠释

赵朴初先生一生留下诗作无数，著有《滴水集》《片石集》，其作品被后人收入《赵朴初韵文集》等作品中。赵朴初诗作题材丰富，其中有不少题画诗和咏画诗，约有半百首。题画诗一般是指直接在画作上题的诗歌，有的是画家本人题的，也有的是请他人题的，如赖少其《万松图》上的题画诗，即是赵朴初题写的。赵朴初的咏画诗，有《田家英同志收藏书画展观后感》等。赵先生精通佛学、文学和书法，曾在中国佛家协会、中国作家协会和中国书法家协会担任相关领导职务，作为宗教领袖、著名诗人和书法家，他的题画诗和咏画诗，体现了他对画作的具体认识和对绘画的一般性了解，由于身份和境遇的特殊，赵朴初对绘画的诠释有不同于他人的地方。

一　绘画诠释的佛教视域

中国古代历史上有不少课读图，形象地描绘了母亲陪伴儿女读书的时光。通过这些画作，我们可以看出母亲对孩子教育的重视，她们的远见卓识和教子有方令人敬佩不已。另外，据徐雁平考证，有相当一部分的课读图是反映了寡母抚孤的现象①，母亲的辛劳和不易由此可见一斑，她的恩情永远也报答不了。《篝灯课读图》，是清代道光

---

* 作者简介：王泽庆（1972—），安徽枞阳人，安徽大学文学院教授，主要从事“语—图”关系、诠释学和中国近现代文艺思潮研究。

① 徐雁平：《清代世家与文学传承》，生活·读书·新知三联书店2012年版，第167页。

年间的费耕亭请王世绂所绘，并请众师友题跋，以表达对母亲徐氏的恩情。因题跋的空间有限，他的儿子费幼亭后来再请吴平斋画第二幅《篝灯课读图》，并请名儒名吏再次题跋。赵朴初的《题〈篝灯课读图〉》(1991 年除夕)，应是题第一幅《篝灯课读图》，诗作注释明确指出这一点。诗作具体内容：

可贵处，不在画。先看题，后读跋。啥缘由，许多名吏名儒都给它作了高评价？自古来，寸草春晖，永远有说不尽的恩情话。问何处是天堂，它就在母亲膝下①。

对于这幅画，赵朴初明确指出对画作的题跋，即诠释，比画作本身更为重要，众多名吏名儒的评价都是围绕对母亲的恩情上，赞誉母德，并对费耕亭“嘉其志而勉其行”。比较著名的就有，林则徐、梁章钜、王引之、张之洞和翁同龢等人。如翁同龢的《题费耕亭篝灯课读图为屺怀作》：立孤多涕泪，遗训更深沉。慈孝一门事，饥寒天下心。科名兼仕宦，循吏合儒林。差喜灯灯续，声华直到今……②可以看出，费耕亭的母亲也属于寡母抚孤，慈母孝子让人感慨不已、敬佩不已。

大部分题跋者，内容都集中在养育之恩的伟大和报答等方面，而赵朴初的题跋不同于其他人的地方，在于“问何处是天堂，它就在母亲膝下”。赵朴初的题画诗，先指出“自古来，寸草春晖，永远有说不尽的恩情话”，再进一步指出母爱即天堂。这种观点，实际上是他人间佛教思想的体现。在佛教看来，持五戒修十善的人进天堂，“常行十善，天堂便至”，而犯十恶五逆者则要下地狱。天堂就在母亲膝下，是指在慈母的关爱下，对孝子来说，天堂已在世间。这种解释是符合佛教经典的，如《六祖坛经》就说：佛法在世间，不离世间觉，离世觅菩提，恰如求兔角。在赵朴初看来，只有在做个好人的基础上，才能学佛成佛。如果能够持五戒修十善，做到母慈子孝，和平安乐的世界就是天堂，就是人间净土。行菩萨行，是有益于社会主义精神文明建设，这也是赵朴初人间佛教主张不同于生活在旧时代太虚大师的地方。

在赵朴初的眼中，万物都是平等的，都是众生，都要去爱。这从他另外几首题画诗和咏画诗可以看出，如《题胡林同志〈虾趣图〉》(1994 年 9 月)

庄子知鱼乐，君今识虾趣。同其乐，谐其趣。无臂胜千手，有口绘毫素。物我同春，推恩泛爱长相护③。

庄子知鱼乐，我们可以具体看《庄子·秋水》中庄子与惠子游于濠梁之上的故事。

---

① 赵朴初：《赵朴初韵文集》，上海古籍出版社 2003 年版，第 578 页。

② 翁同龢纪念馆编，朱育礼校点：《翁同龢诗词集》，上海古籍出版社 1998 年版，第 222 页。

③ 赵朴初：《赵朴初韵文集》，上海古籍出版社 2003 年版，第 661 页。

庄子对惠子说："鲦鱼出游从容，是鱼之乐也。"但惠子并不认可这一点，他说："子非鱼，安知鱼之乐?"庄子反问他道："子非我，安知我不知鱼之乐?"惠子解释道："我非子，固不知子矣；子固非鱼也，子之不知鱼之乐，全矣!"庄子最后说："请循其本。子曰'汝安知鱼乐'云者，既已知吾知之而问我。我知之濠上也。"[①] 对于这一段话，苏东坡有诗曰：欲将同异较锱铢，肝胆犹能楚越知。若信万殊归一理，子今知我我知鱼。[②] 苏东坡的逻辑是基于庄子的齐物论，我和鱼一样，我能感觉到快乐，鱼儿自然也会感觉到快乐。但是赵朴初更进一步指出，"物我同春"，即"万殊归一理"。他的重点是在于"泛爱"，将老庄与佛教思想进行了融合。赵朴初说过"庄子荆公皆我友"，他在1987年泰国国际佛教学术交流会上指出，佛教在中国与其他教派、学派（如儒学、道教）的关系在发展过程中可以说是互相渗透、互相促进的。他曾说："活泼泼的虾多好，谁忍心去伤害他？有一次宴会，我见他们端出活虾来吃，心里真难过，人怎么可以这样?"[③] 人见群虾生趣盎然，而忍见其汤镬之烹乎？这是他"泛爱"或普度众生思想的真情流露。不仅对虾如此，其他动物也是这样，如他的《辛未夏，奉酬莲涛先生惠赠〈猫蝶图〉》(1991年7月)

九十有童心，犹耽猫蝶戏。丹青拜嘉惠，挂壁增春气。平等视冤亲，待登欢喜地。号痴良非痴，画中无尽意。[④]

除了这首诗，还有《题丰子恺〈松间明月长如此〉画》(1982年3月8日)

明月松间照，天伦物我均。抚兹一幅画，感君三代情。[⑤]

丰子恺的《松间明月长如此》这幅画，并没有收在他出版的《护生画集》中，有学者认为是模仿古诗意境的茶画，[⑥] 但是赵朴初还是把它看作护生画。据说，此画是丰子恺为外孙女所作，后来丰一吟将它寄赠赵朴初，赵朴初回信说"此画借观三年后，当原璧奉还"。三年后，在画上题诗，并写了一段跋："余爱子恺先生护生画，曾向一吟同志乞其集外遗稿，一吟商之其姊，以此画见贻，盖曩年恺翁为外孙女所作者。余报以此诗，且言将璧还。今已留观三年，当践宿诺矣。遂题诗而寄归之。"在庄子看来，天地一指也，万物一马也。……故为是举莛与楹、厉与西施、恢诡谲怪，道通为一。护生，在赵朴初看来是护众生，不仅包括人和动物，还包括明月、松树等，即泛爱，他是从这个角度理解丰子恺的画，在《恺翁作画有殊征》(1984年冬) 中就写道：

① (清) 王先谦集解，方勇导读整理：《庄子》，上海古籍出版社2009年版，第169页。

② 王文诰辑注，孔凡礼点校：《苏轼诗集》(第2册)，中华书局1982年版，第284页。

③ 李家振：《菩提一叶》，上海辞书出版社2003年版，第30页。

④ 赵朴初：《赵朴初韵文集》，上海古籍出版社2003年版，第569页。

⑤ 赵朴初：《赵朴初韵文集》，上海古籍出版社2003年版，第329页。

⑥ 陈文怀：《茶之趣》，浙江摄影出版社2002年版，第81页。

"恺翁作画有殊征，笔下常存恻隐心。世界缘缘无有尽，三生松月庆堂成。"[①]。

二 诗画禅一律的审美理想

说赵朴初诠释绘画，注重诗画禅的结合，先要从诗画一律说起。赵朴初不仅从佛教的视角去阐释绘画，而且从诗的角度去阐释，其理论依据是传统的诗画一律，特别是苏东坡用"诗中有画，画中有诗"去评价王维的作品。他在1963年在《题傅抱石画》中就写道"可读画中诗，可观诗外画"。赵朴初不是画家，但他是诗人，可以用诗心去体悟画意。他的诗作《中国画研究院成立献词》（1981年11月1日）

> 山川辉映生花笔，日月光华照砚池。广辟神州新意匠，深参摩诘画中诗[②]。

在赵朴初看来，当代绘画要出新意，除了要描绘神州的新貌之外，还需要在继承传统的基础上，达到画中有诗的境界。画中有诗，实际上让有形的物质层面上升到无形的精神层面。赵朴初的《佛历二千五百三十二年佛诞日，题张宝松临摹法海寺壁画长卷》（1988年5月23日）

> 是临摹，是创造。竭其诚，探其道。契其神，会其妙。面壁坐，有止观。定生慧，现庄严。[③]

一幅临摹作品是否成功，关键就在于在原作基础上，"探其道""契其神"，在某种程度上说又超越了原作，达到创作的目的。当代著名画家吴冠中钦佩的"画中有诗"观点，其要点是画境应与虚实相生的诗境一样，写象外之象、味外之味。据说，有一次有人带了一位画虎的画家来访，并称赞说他的画是"画得很像，每一根老虎毛都画得清清楚楚"，但是赵朴初并不看好此画，没有用像与不像的标准来评价一幅画，而是引用石涛的话"诗画图章本一体，精雄老丑贵传神"说，中国画的优劣，不是看你画得有多细，而是贵在传神。赵朴初对陈从周墨竹图却赞誉有加，写有"壁上风来声簌簌，数竿潇洒遗尘俗"诗句。赵朴初贵画有诗的意境[④]，这件作品，具体说是有禅诗的意境。

绘画要达到诗的境界，需要创作者在精神层面的修养，传统文人画家一直强调"腹有诗书气自华"（苏轼）、"读书明理"（沈宗骞）和"读万卷书"（董其昌），就是这

① 赵朴初：《赵朴初大德文汇》，华夏出版社2012年版，第417页。
② 赵朴初：《赵朴初韵文集》，上海古籍出版社2003年版，第323页。
③ 赵朴初：《赵朴初韵文集》，上海古籍出版社2003年版，第493页。
④ 张华庆主编：《中国大书法·流水今日明月前身》，上海书画出版社2016年版，第12页。

个道理。对创作者如此，对接受者来说也是如此。赵朴初有一首诗《田家英同志收藏书画展观后题》（1993 年）

> 观其所藏，知其所养。余事之师，百年怀想①。

观其所藏，知其所养，通过你的收藏作品，基本上能看出你的精神状态，因为艺术作品不仅是现实世界的描摹，而且是创作者精神状态的折射和流露。

赵朴初尊崇诗画一律的理论，以诗歌的标准要求绘画，一方面他是认可文人画的创作理念，另一方面还与佛教思想有很大关系。这一点可以从《广元上人书画展观后敬拈一偈》（1991 年 9 月）中看出：

> 景云画松师画竹，善以幻笔舞红绿。
> 看朱成碧理可会，佛性本来无南北。
> 观画如观摩诘诗，水流花开人不知。
> 师之书法亦通禅，不枯不狂静而安②。

观画如观摩诘诗，不仅以“画中有诗”的审美理想来要求，更要画作体现出禅趣：“水流花开人不知。”虽然赵朴初明确说“师之书法亦通禅”，实际上也是对其画的赞誉。为什么画中有禅趣？一方面是因为画家自身的境界所致，王维的作品，不仅是诗中有画，画中有诗，而且是诗中有禅，画中有禅，是诗画禅的结合；另一方面是因为“佛性无南北”，赵朴初在这一句作了注释说，师以朱笔绘竹一幅见惠，题云“翠竹黄华含佛性”。可以看出，佛性不仅没有地域的限制，而且没有众生有情与无情的限制，人有佛性，动物有佛性，山川、草木、大地等无情众生也有佛性。从这个角度上看，因为画家和绘画表现的对象具有佛性，画中有禅趣是可能的。

赵朴初在《云南博物馆藏担当书画（二首）》（1975 年 6 月）中写道：

> 担当书画皆清绝，着手难寻笔墨痕。开卷千峰寒色满，了知禅意是诗心。
> 扫尽千林诛马阮，不留寸草刈洪吴。披霜手笔山如剑，画里真能见董狐。③

对于僧人担当的书画④，赵朴初以“清绝”来形容，虽然看不出他笔墨的痕迹，但能看出他画中有诗心，即禅意。

---

① 赵朴初：《赵朴初韵文集》，上海古籍出版社 2003 年版，第 634 页。
② 赵朴初：《赵朴初韵文集》，上海古籍出版社 2003 年版，第 572 页。
③ 赵朴初：《赵朴初韵文集》，上海古籍出版社 2003 年版，第 219 页。
④ 担当（1593—1673），俗姓唐，云南晋宁人，好侠义，喜剑术，曾以恢复明社为己任，后出家。

书画禅合一，赵朴初本人在创作实践中也积极践行。赵朴初在诗歌创作中注重画意的追求，1927 年回到家乡时，写下“江南五月风如酒，一路山花醉眼看”的诗句；1956 年乘飞机过秦岭时，又写下“碧空为海云为浪，点点青峰画镜开”的诗句，等等。[①] 而他的诗歌中有禅意，则更为普遍，如《游灵岩山，呈谢孝思画师暨诸同志》(1980 年 3 月 18 日)

欣随谢公屐，重上吴王台。湖山观意态，林木感兴衰。梵呗断还续，慈鸟散复来。柳条见春色，画境逐云开。[②]

还有《天净沙·题大悲禅师墨牡丹画》(1960 年 2 月)

禅师底事铺张？一枝浓墨凝香。扫尽红妆粉样。缁衣本色，花王长供空王。[③]

这两首诗中，“柳条见春色，画境逐云开”，是禅趣十足。“扫尽红妆粉样。缁衣本色，花王长供空王”，则是观画有感，通过“红妆”与“缁衣”、“花王”与“空王”的对比，艺术地表达了他对色空之间关系的认识。

三　结语

赵朴初曾经求教于陈增寿，陈告诫他说，学佛以解脱为贵，作诗以不解脱、极沾滞为贵。你写诗带有禅的意念，禅讲空，讲解脱，诗则不同，不要过分把禅的意念带进去[④]。对此，赵朴初 1987 年在中国作家协会鲁迅文学院讲课稿中提到，认为这是禅与诗的矛盾，他提出的解决方法，是如同淡水中稍微加一点盐，盐即是禅意。赵朴初指出的禅与诗的矛盾，在绘画中也存在禅与画的矛盾。禅以无相为体、“诸佛妙理，非关文字”，而艺术必须要通过一定的形式来表达，这是两者最大的差异。但是禅与艺术形式并不必然隔绝，“色不异空，空不异色”，只是让人不要执着于“色”。禅可以作为诗的表现对象，也可以成为画家的表现对象，或者成为追求的境界。所以，从这个角度上看，从佛教视域和诗画禅结合的角度去诠释绘画未尝不可。

对一幅绘画作品的诠释，不可能脱离诠释者自身的境遇，诠释关系着诠释者本人的知识结构和专业素养。对一个文本的解读，不仅不同时代的人解读结果不一样，即

---

① 朱洪：《赵朴初佛教思想研究》，载安徽省哲学社会科学规划办公室编《安徽省哲学社会科学规划项目成果摘编》，安徽大学出版社 2011 年版，第 461 页。

② 赵朴初：《赵朴初韵文集》，上海古籍出版社 2003 年版，第 281 页。

③ 赵朴初：《赵朴初韵文集》，上海古籍出版社 2003 年版，第 74 页。

④ 谷卿、汪远定：《赵朴初传：行愿在世间》，东方出版社 2014 年版，第 57 页。

使是同时代的人也不一样。鲁迅说过，一部《红楼梦》，经学家看见《易》，道学家看见淫，才子看见缠绵，革命家看见排满，流言家看见宫闱秘事。对于鲁迅的这段话，我们不仅要认识到每个人的诠释都是有限度的，同时也要看到诠释的个性化特点，它彰显了不同诠释者的境遇与视角的差异性，也揭示了作品意蕴的丰富性和多样性。一千个读者就有一千个哈姆雷特，实际上文本中的哈姆雷特只有一个，至于出现了一千个哈姆雷特，是因为读者的诠释不同而已。从这个角度上看，诠释是具有敞开性的。赵朴初对相关画作的阐释，是丰富了这些作品的意蕴。

现代性视域下的存在思辨
——论米兰·昆德拉《好笑的爱》

杜　娟*

（中山大学中国语言文学系　广东广州　510220）

摘　要：《好笑的爱》是昆德拉的第一部叙事作品，由七部内容相互独立但主题互相关联的短篇小说构成。昆德拉敏锐地洞悉了现代人的生存境遇，抓住小说的可能性限度揭示了现代性的后果：充溢现代社会的性爱游戏将爱引入荒原，个体存在因意义的缺失感而陷入虚假价值的追求，存在荒诞化。而荒诞感的源头是信仰的功利化，在工具理性世界中宗教神性被技术和计算所替代，超越维度的取消致使存在的终极意义趋向虚无。《好笑的爱》揭露了现代性的危机及其病根所在，从中可见昆德拉存在思辨的锋芒初露。

关键词：《好笑的爱》；现代性；性爱；存在；信仰

《好笑的爱》创作于1959年至1968年，是昆德拉的早期作品。长期以来，《好笑的爱》的光芒始终被遮蔽在昆德拉其他长篇小说的光环之下，而昆德拉曾直言："随着我的《好笑的爱》的第一个故事，我确信'找到了自我'。我成为写散文的人，写小说的人，而不是其他的任何什么人。"① 足见《好笑的爱》作为昆德拉小说创作的起点具有不可替代的重要意义。

昆德拉敏锐地洞察了现代社会的根本特征，现代性塑造的现代人染上了灵魂膨胀的恶习，把自身的理性能力提高到无以复加的程度，使之凌驾于万物。沃格林指出："由神所创立的封闭宇宙的稳定框架和由神的安排所引导的历史将让位于一种新的意义框架——现代性，现代性的核心特征是自然与历史将服从于人的决定。"② 因而人的理性拥有了超越性的力量，人取代神成为宇宙的中心、万物的主宰。现代人的根本特征也显示出现代性危机的病根所在：理性本身只是作为认识的工具而内在于世界，它可

---

* 作者简介：杜娟（1996—），女，甘肃定西人，中山大学博士生，研究方向为比较文学与世界文学。

① 米兰·昆德拉：《好笑的爱》，余中先、郭昌京译，上海译文出版社2011年版，第322页。

② 沃格林：《宗教与现代性的兴起》，霍伟岸译，华东师范大学出版社2009年版，第160页。

以作为追求知识、实现目的的利器，但却无法提供存在的终极目的本身。当现代性取消了超越维度，个体只有短暂而无意义的此世生存，存在就面临终极意义的缺失。终极意义上的虚无使得价值与存在割裂开来，没有了超越精神的指引，人生如同浮萍，随波逐流、无所归依。昆德拉通过《好笑的爱》展现出现代人荒谬的存在境遇与虚无的生存体验，对现代性与现代人的灵魂进行了拷问、揭示以及反思。

一　性爱的游戏化

这部颇受作家认可的短篇小说集最早被翻译成《可笑的爱情》，昆德拉曾在《小说的艺术》一书中解释了这七个短篇小说的总题："《好笑的爱》。不应该把这个标题理解为：有趣的爱情故事。爱情的概念总是与严肃联在一起。但是好笑的爱情，属于没有严肃性的爱情的范畴。"[①] 可见，昆德拉颠覆了爱情的传统表达，爱情的严肃性与崇高价值不是他着意探讨的问题，他把目光转向了与爱情难以分割且同等重要的性爱，因为性爱作为人类生存的根基，也是最隐秘，最能反映人类自我面目的一种方式。正如鲍曼所说的："性是无所不在的，并被所有的人类所共享。"[②]《好笑的爱》中形形色色的人们沉浸在性爱游戏中，上演了一出出爱情讽刺喜剧，昆德拉以性爱为人性的窥视镜，洞穿了现代社会两性关系的游戏化所致使的爱的荒芜情境。

昆德拉首先以《搭车游戏》展现了纯洁之爱被性爱游戏摧毁的图景。一对热恋的情侣维持着身心合一的亲密关系。然而姑娘却担忧这样单一化的爱对男友来说缺乏吸引力。在一次度假旅游的路上，姑娘决定改变自己平日在爱情中纯洁严肃的形象，使自己沉重的爱情角色变得轻盈，她一时兴起开启了角色扮演的游戏，她化身为轻浮的搭车女郎，并暗示男友扮演放荡粗俗的司机。姑娘惊异地发觉她毫不费力便滑入了角色中，她可以在角色中忘却自我，抛弃自我。然而男子所着迷的正是女友的纯情与羞涩，游戏中这些已无迹可寻。搭车女郎轻浮的举止使男子感到陌生和厌恶，于是他呼唤女友的名字，试图取消游戏，但姑娘却坚持演好这出戏，男子便只好作罢。搭车游戏顺利进行着，游戏的偶然性似乎成功为原本单调的爱情赋予了新鲜的色彩，背弃灵肉一元论带来的刺激感与新鲜感使两人兴奋不已。

然而，事态却逐渐朝着不可控的方向发展。搭车女郎作为游戏的发起者和引领者，至少还保持着足够的理智警醒自己认清游戏与现实的界限，但是随着游戏的深入，男人却逐渐迷失于游戏与现实的边界，他开始无法分辨平日纯情羞涩的姑娘与此刻的淫荡轻浮的搭车女郎孰真孰假。在姑娘有所察觉而惴惴不安地想要结束游戏时，得到的却是男友粗暴而又淫荡的回应。姑娘最担心的、千方百计要避免的事情发生了，男友不愿再吻她，他一再重复他只亲吻自己所爱的女子。搭车游戏非但没能巩固、升华两

① 米兰·昆德拉：《小说的艺术》，董强译，上海译文出版社 2011 年版，第 41 页。

② 齐格蒙·鲍曼：《后现代性及其缺憾》，郇建立、李静韬译，学林出版社 2002 年版，第 176 页。

人的爱情，反而将之摧毁，此时维系两人关系的只剩没有丝毫感情成分的性爱游戏。本来是以喜剧开始的故事，逐渐在灵肉分离的性爱游戏中变成了一场悲剧——爱情不再忠贞，性爱不再美好。

在灵肉一体的纯洁之爱消解于游戏化的性爱之后，昆德拉进一步将灵魂之爱与肉体之爱完全剥离，他塑造了许多不追求灵肉合一的人物，展现纯粹的性爱游戏的图景。这些人物都彻底背弃了灵肉一元论，他们虽有妻子但始终在不停地寻找肉体情人，乐此不疲地进行着游戏式的性爱历险，并且对于自己背叛妻子、背叛婚姻乃至背叛伦理道德的行为毫不羞愧，反倒毫无顾忌地标榜自己情爱追逐者的身份。

《永恒欲望的金苹果》中的马丁就以性爱作为他毕生追求的"事业"，他不停地追逐女人，将她们"注册"。虽然他精心设计的几次勾引纷纷落空，但他关注的并不是结果，而在享受着猎艳的过程。显然马丁并不是传统意义上的情爱追逐者与勾引者，传统时代的勾引者是在破坏整个社会关于性的伦理道德，投身肉体的嬉戏是极具冒险性的行为。而在性开放的现代世界中，与之相比更具吸引力的是在凡俗生活中突围的刺激感。追逐者们马不停蹄地奔向一个又一个目标，正如吉登斯所言："追求的刺激提供了某种高峰体验——不过这种高峰体验后来往往变成了自我沉醉。"[①] 支撑他们行动的不是对爱的渴望，他们沉浸在追逐游戏带来的短暂的自我满足中，而爱本身早已无足轻重。

同样的情形发生在《座谈会》中。主任医生说哈威尔是唐磺一样的人物，哈威尔为自己申辩，认为他根本没有条件做唐磺，如果说他在吸引女人方面的确有能力，那也只能归入"死神"这一与唐磺相反的类别里。因为在他看来，唐磺是个大征服者，而他面对越来越多主动向他投怀送抱的女人，顶多是一个大收集者。大收集者与大征服者全然不同，唐磺以英雄的姿态轻视并突破世俗的规约与法则，而大收集者一副奴隶的姿态一言不发便选择顺从。爱情，在大收集者的时代里已退变成一件随意而庸俗的事情——肉体之欢无数，灵魂之爱再无。

而对人类精神生活与心灵世界而言，爱是不可或缺的，正如阿兰·巴迪欧所言："爱情，作为一种大家共同的兴趣，是对于每个人而言赋予生命强度意义的东西。"[②] 昆德拉意在以一幕幕爱情讽刺剧揭示出爱走向荒原后现代人存在的荒谬与悲哀，这是现代性的基本后果之一。正如沃格林指出的："可以被称为现代的那个情感的复合体，包含了一种反对古代模式的自我伸张的意志。"[③] 在古代，爱情中蕴含的激情超越理性，直接指向着超验性的方向。正如西美尔所言："希腊人希望在被爱者身上获得趋达理念和提高道德修养的载体。"[④] 这从柏拉图那里便可见一斑，在《会饮》中，柏拉图把爱

---

① 安东尼·吉登斯：《亲密关系的变革》，陈永国、汪民安等译，社会科学文献出版社2001年版，第80页。

② 阿兰·巴迪欧：《爱的多重奏》，邓刚译，华东师范大学出版社2012年版，第39页。

③ 沃格林：《宗教与现代性的兴起》，霍伟岸译，华东师范大学出版社2009年版，第159页。

④ 西美尔：《柏拉图式的爱欲与现代爱欲》，王志敏、彭小樵译，刘小枫主编《现代性中的审美精神：经典美文选》，学林出版社1997年版，第260页。

分为了肉身之爱和灵魂之爱，柏拉图轻视转瞬即逝的肉体之爱，同时高度赞扬了永恒存在的灵魂之爱。此后文明的进程中，肉体之爱不断被贬低，而精神之爱一步步走上神坛成为至高的追求。中世纪的神性之爱更是将肉体欲望全数从爱情中剔除。而现代人对爱的认知与之背道而驰，14 世纪文艺复兴运动拉开了人的解放运动的帷幕，伴随宗教改革、启蒙运动，来势汹汹的解放运动渐入高潮，唤醒了人类的主体意识，个人主义成为个体发展的主要的价值取向，从此满怀信心的人类将肉体欲望从樊篱中释放。然而无所顾忌的身体游戏引发了现代社会爱的危机，正如布鲁姆在《爱与友谊》中指出的，现代以来“爱”被以一种科学化的眼光简化为了“性”这一单纯的肉体需要（bodily needs），肉欲性的性爱失去了爱的创造力，这实际上造成了爱的陷落（the fall of Eros）。[①]《好笑的爱》便展现了这种图景。

昆德拉借助游戏化性爱的书写，呈现爱的严肃意义与崇高价值在现代社会的消解，在爱走向荒原的时代里人们的灵魂极端贫乏，当人们试图突破樊篱追寻更高程度的自我，一局终了却面临“失重”后生命的无法承受之轻——陷入更深度的自我迷惘。此种情境昭示了现代人存在的悖谬与荒诞，《好笑的爱》还原了生活真实，游戏式的性爱显示出现代人的生存面貌：滑稽与无意义。

二 荒诞性的存在

在以性爱为入口进入昆德拉的存在思辨后，《好笑的爱》进一步展现了现代人更为广阔的生存境遇。昆德拉敏锐地洞察到现代人加速蔓延的精神危机，昆德拉分析说：“危机的根源在他（胡塞尔）看来处于现代的初期，在伽利略和笛卡尔那里。……人具体的存在，他的‘生活世界’，没有任何价值，没有任何意义：人被隐去了，早被遗忘了”[②]。现代社会中人们的具体存在本身已被遗忘，存在价值被消解，精神迷惘的现代人在找寻与失去意义的两极间的摇摆，无从自我确证，最终陷入了追逐虚假意义的荒诞境遇。

《谁都笑不出来》是一出荒诞喜剧，扎图莱茨基资质平平却立志成为艺术研究者，他极力掩饰缺陷和不足，想获得权威刊物的认可并以此确证自身存在的价值，他把希望全数寄托在助教身上，希望助教鼎力支持自己的研究成果。助教先生践行着自己玩笑式的人生观，他认为“人生的意义恰恰是在于游戏人生”[③]。面对并不具备科研能力的扎图莱茨基，他不愿表达真实看法，企图通过一个玩笑婉言拒绝。然而玩笑的结果让助教始料未及，迟钝之人一再纠缠，使得助教不仅丢掉了工作，失去了爱人，人品也受到众人的诋毁。他始终认为人们本应具有识别幽默的能力，可是小说中的系主任

---

① Allan Bloom, *Love and Friendship*, New York: Simon & Schuster, 1993, p. 13.

② 米兰·昆德拉：《小说的艺术》，董强译，上海译文出版社 2011 年版，第 65 页。

③ 米兰·昆德拉：《好笑的爱》，余中先、郭昌京译，上海译文出版社 2011 年版，第 22 页。

却回答他说："您将会发现，人类不成其为人类了，或者，您根本就不知道人类到底是什么样的。他们恐怕早就不会笑了。"① 扎图莱茨基顽固地想为自己满是陈词滥调的文章获得崇敬与赞誉，助教妄图以自己的玩笑为他人澄明真实与谎言的界限，然而存在个体有自己独立的思想、意志和欲望，真实与虚假、玩笑与严肃的界限因为人与人之间难以沟通的主观性而无从区分，扎图莱茨基和助教所坚守的存在意义以此为基础，本就是虚妄，所以他们始终处在行动的结果与目的相悖的荒诞境遇。

《哈威尔大夫二十年后》中的哈威尔大夫同样面临存在价值的失落，年轻时他是著名的"伟大的收集者"，被众多女性充满爱意的凝视包裹。但哈威尔的风流往事频频引起他绮年玉貌的女演员妻子的嫉妒，备感沉重的哈威尔躲避到了一家疗养院。然而时光的流逝不只伴随着躯体的衰老也伴随着魅力的消退，在乡间的温泉疗养院里哈威尔再也无法吸引任何人的注意，巨大的落差感使他备感孤独和悲哀。于是，他打电话邀请年轻貌美的演员妻子前来看望自己，这并非出于对妻子的想念，而是想要借助妻子的美貌和知名度来包装自己。极具讽刺意味的是哈威尔此举颇有成效，妻子的到来为他赢得了羡慕、迷恋、尊敬的目光。

年老的哈威尔不再能凭借自身魅力赢得女人的青睐并以此获取价值认同，只有仰仗外在的力量去缓解自己价值失落的焦虑。然而演员妻子看似帮助哈威尔唤回了用以确证自身价值的他者的目光，但这种价值是虚假的，它建立在人们对美貌、知名度等的盲目崇信之上。安东尼·吉登斯指出："男人需要在其他男人中间独拔而出，占有地位，在现代性的发展进程中，他们无意识地在情感上依赖于女人就成为他们力求在女人身上寻求答案的神秘；对于自我认同的追寻在这种没有公开承认的依赖性中被遮蔽了。"② 哈威尔试图在他者的目光中捏造一种有限的自我认同，以此填补精神的空虚，然而在对虚假价值的追求中却遮蔽了本真的存在意义。

《让先死者让位于后死者》自男女主人公的不期而遇开始。在15年前，男主人公是个大学生，而女主人公是个40岁的有夫之妇，两人曾碰撞出短暂的火花，并在没有开灯的昏暗的宿舍中有过一夜交欢，随后两人便在彼此的世界中消失了。许多年过去，尽管男主人公的身边出现了很多女人，但他始终为当年没能看清女主人公交欢时激动的表情而耿耿于怀，这也被他视作自己性爱旅程中的一大缺憾。此次重逢，尽管女方已经魅力尽失，但男主人公为了弥补当年的遗憾，即使内心毫无性欲也坚持要与女主人公发生关系。此时年近六十的女主人公已孀居十年，她视儿子为自己的全部，她顺应自私的儿子的要求以守贞寡妇的身份严格地约束自己，并始终坚信："人类存在的整个价值就在于超越自我，存在于自我之外，存在于他人中并为他人而存在。"③ 女主人公不间断地表现对死者的怀念，无非想通过祭奠死者的方式赢得生者的赞美与肯定，

① 米兰·昆德拉：《好笑的爱》，余中先、郭昌京译，上海译文出版社2011年版，第54页。

② 安东尼·吉登斯：《亲密关系的变革》，陈永国、汪民安等译，社会科学文献出版社2001年版，第80页。

③ 米兰·昆德拉：《好笑的爱》，余中先、郭昌京译，上海译文出版社2011年版，第214页。

并以此确证自身存在的价值。

然而，面对15年前的旧情人，女主人公压抑在心灵深处的欲望开始与“墓碑”赋予的价值争斗。对于青春的回忆让她的身体再次活跃起来，她再次体会到了幸福的感觉，接受了肉体的欢愉，并开始对儿子质疑的脸心生厌恶。正如先死者的墓碑将让位于后死者，“墓碑”赋予女主人公的存在价值最终也被不可遏制的情欲冲动所摧毁。女主人公终于明白了墓碑毫无用处，墓碑所代表的她存在的意义实则虚假而毫无价值，其重量甚至不敌当下的欢愉。

在昆德拉戏谑幽默的描写中，存在的荒诞性已然显露无疑。昆德拉将人性与文明抛掷在他的解剖刀下，捕捉人们尚未深刻意识到的现象背后的本质，展现现代人过度依赖他人认同的病态特征以及对虚假意义的追寻。正如列奥·施特劳斯所说的：“现代性的危机表现或者说存在于这样的一宗事实中：现代西方人再也不知道想要什么——再也不相信自己能够知道什么是好的，什么是坏的；什么是对的，什么是错的。”[①] 在人类社会中，个体们无法面对不受认可的人生：一旦他人的评价、接受出现缺失，个体就会不知所措。正如拉康的著名论断：欲望是他者的欲望。人类所欲望的根本对象是要去获得他者的认可，而这一切并非是自我所能够规定的，主体始终受制于他者的规约，“我们的欲望在某种程度上总是从‘他人’那里得到的，我们向往他人——例如父母——无意识地为我们向往的东西；而欲望的产生只是因为我们被卷入欲望的语言关系、性关系和社会关系——‘他者’的领域——之中”[②]。因而现代人无法真实地活着，因为他们把自己存在价值的建构全数建立于他者的目光，在虚假意义的追逐中存在本身日渐荒诞化。一方面是个体存在意义缺失带来的无法消弭的离异感受，另一方面是抗争的徒劳无功，这便是《好笑的爱》所揭示的现代性带来的存在困境。

三 信仰的功利化

毋庸置疑，整个现代社会笼罩着荒诞色彩。昆德拉认为，“人化”或者说“非神化”是现代社会的基本特征，用列奥·施特劳斯的话来说就是人们“不再希望天堂生活，而是凭借纯粹人类的手段在尘世上建立天堂”[③]。现代性中超越维度的缺失使人们无从感知“神”的指引，只能挣扎于荒诞的泥潭。昆德拉着意展现神圣信仰在现代走向彻底死亡的图景：“无信仰不再令人不可相信，不再具有挑衅性，而信仰则失去了它往日的、确定无疑的、传教的和不可宽容性。”[④] 昆德拉以幽默的笔调去思索严肃的神

① 列奥·施特劳斯：《现代性的三次浪潮》，丁耘译，汪民安、陈永国、张云鹏主编《现代性基本读本》，河南大学出版社2005年版，第32页。

② 王先霈、王又平主编：《文学批评术语词典》，上海文艺出版社1999年版，第510页。

③ 列奥·施特劳斯：《现代性的三次浪潮》，丁耘译，汪民安、陈永国、张云鹏主编《现代性基本读本》，河南大学出版社2005年版，第33页。

④ 米兰·昆德拉：《被背叛的遗嘱》，余中先译，上海译文出版社2003年版，第83页。

学问题，并在此基础上借助小说的复杂性精神，探讨重要的存在的课题：现代性所具有的自由与进步的革命性观念使得现代生活的重心从神转向了人自身，它要求神学、宗教、形而上学失效，在形而上学的至高者——上帝死了之后，面对多元价值的冲突，人们的信仰沦为何种面貌，又该何去何从？

《爱德华与上帝》便展示了信仰在现代社会的尴尬处境，主人公爱德华是一位刚走出校园的青年，他自愿从事了小城教员的职业，秉持着严肃生活的态度视自己的工作为“至关重要”的。作为无神论者的他爱上了基督徒——纯真少女阿丽丝。阿丽丝要爱德华爱她的同时也要爱她的上帝。爱德华为了得到阿丽丝的身体，钻研《圣经》，还违心地陪阿丽丝走进了教堂，甚至在街道上张扬地画十字以证明自己的“虔诚”。然而很快被学校当局察觉，当局认为这种行为后果十分严重，于是由女校长亲自负责“教化”爱德华。为了保住工作，爱德华试图俘获女校长，他吹捧年老色衰的女校长美丽动人并违心地向她示爱。女校长对此信以为真，满心欢喜的她开始步步为营、毫不遮掩地对爱德华进行性进攻。然而，眼看到了紧要关头，爱德华却毛骨悚然地发觉自己的身体无法同预想的那样进行表演，在他几近绝望、无路可退的一刹那，他突发奇想对女校长发出命令，让她跪下祈祷。于是，“瘦弱、赤裸、跪着的女人开始祈祷：‘天上的主啊，愿您的名字神圣，愿您的主宰……’”，[①] 此刻爱德华俨然成为她的上帝。爱德华审视着女校长，在这种报复性质的施虐行为中，他兴奋不已，身体随之取消了消极抵抗，顺利地完成了满足女校长肉体欲望的任务，保住了自己的工作。而极其荒谬的是，最终阿丽丝误以为爱德华为了自己成为政治斗争的受害者，感动之余主动献上了爱德华此前千方百计求而不得的身体，这使得爱德华顿觉索然无味，自此他不断地引诱其他的姑娘，并且经常去教堂坐坐。

这是一个以信仰为中心，夹杂着性与权力展开的故事，情节随三位主人公信仰的的转变展开，信仰的起点是阿丽丝，她因父亲的商店被国有化而愤愤不平，她通过信仰上帝来表现自己的仇恨与反抗。随后，信仰传递到了爱德华这里，他为赢得姑娘的欢心而选择追随阿丽丝的步伐。而当爱德华披上信仰上帝的外衣之后，本是要对其进行思想教育的女校长，非但没能成功教化爱德华，反而为了实现自己的欲望跪在了爱德华脚下，双手合十俨然一副信徒的模样开始了祷告。此时三人都选择了信仰上帝，因为这份信仰可以帮助他们获得自己想要的，信仰显现出全然的功利色彩：阿丽丝想标明自己脱离群众的反抗者的身份；爱德华想获得阿丽丝的身体；女校长想借爱德华满足自己的生理以及心理的双重需求。

然而随着需求的转变，和谐一致的“信仰”上帝的场景很快便被打破——作为信仰起点的阿丽丝，伴随着爱德华殉道者形象的生成而动摇了，她对“反通奸的上帝”的神圣信仰被爱德华表演的虚假信仰击溃。反观另一位女性：女校长，她代表与信仰

① 米兰·昆德拉：《好笑的爱》，余中先、郭昌京译，上海译文出版社 2011 年版，第 310 页。

上帝对立的政治权力，起初她和阿丽丝对各自的“上帝”都是忠实而坚定的，然而因为急于得到性满足，她同样背弃了自己的“上帝”，跪在地上向另一位上帝祈祷。信仰在这场混战当中沦为了实现目的的功利性工具，成为闹剧的添加剂。可见，宗教已在人与人无尽的欲望追逐中成为可悲的工具，无论“上帝”，还是“革命”，这些看似神圣不可动摇的信仰都只不过是一个暂时性的权宜之计，随着生存境遇的改变随时都可以抛弃。

昆德拉曾直言：“地球在没有任何主人的情况下在虚空中前进。这就是不能承受的生命之轻。”① 在统治西方世界 1000 多年的基督教思想中，上帝是世界与人类的创造者，也是道德的制定者和罪恶的惩罚者。在拥有上帝的古典时代，终极价值作为人的精神世界的依托与归宿，指引着人的生活。然而，正如克尔凯郭尔指出的：“我们时代的人都不在信念之处止步，而是径直前行……这个时代为供奉科学而取消了激情。”② 20 世纪，当技术垄断了文化的各个方面，资本主义彻底割断了人与大地的联系，当现代人处在“技术地栖居”之中而与本真的“诗意栖居”对立时，人越来越间接地与世界打交道，生活越来越外在化，人本身越来越抽象。人类生活全方面的理性化是注重操作手段与实现目的的工具理性对重视终极追求的价值理性的全面胜利，宗教神性被技术和计算所替代，走向衰落灭亡。然而，正如尤内斯库所说的：“人与自己的宗教的、形而上的、先验的根基隔绝了，不知所措。他的一切行为显得无意义、荒诞、无用。”③ 人的有限性注定了人的无知与盲目，上帝的缺席导致对世界意义与人生意义的解释成为空白，现代人逐步走向了巨大的虚无。

昆德拉用幽默、戏谑的方式探讨了沉重的主题，世界被科学和理性所控制，这一过程的产生发展意味着信仰的功利化以及价值世界和意义世界荡然无存。可见昆德拉呼应了韦伯在《新教伦理与资本主义精神》的末尾对现代社会的这种趋向的深深的担忧：“没人知道未来谁将生活在这个铁笼之中……这样来评说这个文化的发展的最后阶段‘专家没有灵魂，纵欲者没有心肝；这个废物幻想着它自己已达到了一个前所未有的文明程度，”④ 在文明的进步的现代世界，神圣的信仰消逝，虔诚的信徒沦落，可见昆德拉对现代社会信仰失落这一问题的深刻反思。

《好笑的爱》倾注了昆德拉对现代性问题的忧虑以及对存在的思辨，现代人把对永恒之爱的怀恋与向往缩减成了此刻的性爱游戏，把一切神圣的精神价值都替换为浮浅的实用价值，昆德拉对此进行审美把握，书写了现代人荒诞的存在图景。昆德拉忧虑地指出，在现代，人本真的存在正逐渐被忘却，“人”在日复一日地失去自身存在的价

① 米兰·昆德拉：《小说的艺术》，董强译，上海译文出版社 2011 年版，第 52 页。

② 克尔凯郭尔：《恐惧与颤栗》，刘继译，贵州人民出版社 1994 年版，第 2、3 页。

③ 萨缪尔·贝克特、尤金·尤内斯库等：《荒诞派戏剧集》，施咸荣、屠珍等译，上海译文出版社 1980 年版，第 7 页。

④ 马克斯·韦伯：《新教伦理与资本主义精神》，于晓、陈维纲等译，生活·读书·新知三联书店 1992 年版，第 143 页。

值。“遗忘”正是现代人存在危机的关键所在，而小说的使命在于发现、质询存在，进而使人们关于存在的记忆、感知存在的能力得以苏醒和复归。

作为一位极具责任意识的小说家，昆德拉以其创作呈示历史处境中人的灵魂，意在唤起现代人的反躬自省。《好笑的爱》所建构的存在世界，呈现出存在的多种可能性，同时以文化哲学的高度对整个现代性及其后果进行了揭露与反思，昆德拉锐利而深沉的思辨敲响了现代性的警钟。昆德拉超脱出世俗的偏狭，以哲学之维的诗意思辨来揭示人类自我和存在问题的创作特点，在《好笑的爱》这部小说集中已锋芒初露，可见《好笑的爱》不失为一把通向昆德拉小说思辨世界的密钥。

译 文

什么是批判*

[法] 米歇尔·福柯著　王丽丽译*
(北京大学中文系　北京　100871)

亨利·古耶 (Henri Gouhier)①：女士们先生们，首先我要感谢米歇尔·福柯先生在他今年繁忙的日程中为此次会议腾出时间，特别是因为我们是在他的日本长途旅行之后的两天，不是第二天，就逮着他的，这也是为什么此次会议的邀请信略显简短生硬的原因。正如我们可以想见的，福柯的文章一定是一个惊喜，一个令人心悦诚服的惊喜，所以我也就不耽误各位愉快的听讲了。

米歇尔·福柯 (Michel Foucault)：很感谢邀请我参加学会的这次会议。我记得大约10年前，我在这个地方做过一个题为《什么是作者?》② 的报告。

我今天要讲的问题没有标题。古耶先生十分宽容地说，没有标题的原因在于我的日本之行。诚然，这是一种非常善意的掩饰。事实上，直到几天之前，我都一直没有找到一个标题，或者说，确实有一个萦绕在我的脑际，但我不想选。你们很快就会明白为什么，因为不合适。

实际上，我想说和仍然想说的问题是："什么是批判?"检验几种有关此项事业的

---

* 作者简介：王丽丽（1969—），浙江台州人，北京大学中文系教授，主要从事西方文论与中国现当代文学理论批评研究。

《什么是批判》是福柯受亨利·古耶的邀请，于1978年5月27日在法国哲学学会（French Society of Philosophy）所做讲演的文本。由李莎·霍琪罗斯（Lysa Hochroth）翻译成英文。本文译自 Michel Foucault, *The Politics of Truth*, Semiotext (e), 2007, pp. 41-81。译者参考了严泽胜的中文译文，米歇尔·福柯《什么是批判》，汪民安编，北京大学出版社2015年版，第171—198页。——译者注

① 亨利·古耶：哲学史学者、马勒布朗士（Malebranche）和柏格森（Bergson）专家。尽管已有一定的学术建树，但他仍对新思想保持开放［他指导了吕西安·戈德曼（Lucien Goldmann）的论文］。紧接着福柯演讲之后的讨论涉及多方哲学专家：诺埃尔·穆劳德（NoËl Mouloud，美学家）、让-路易斯·布鲁赫（Jean-Louis Bruch，康德专家）、西尔万·扎克（Sylvain Zac，斯宾诺莎专家）、亨利·毕洛（Henri Birault，海德格尔专家），等等。

② 《什么是作者?》，初刊《法国哲学学会简报》(*Bulletin de la Societe francaise de philosophie*)，英译见约书亚·V. 哈拉里（Josue V. Harari）编著《文本的策略：后结构主义批评的视角》，哈拉里译，伊萨卡，纽约：康奈尔大学出版社1979年版（*Textual Strategies*: *Perspectives in Post-Structuralism Criticism*, Ithaca, New York: Cornell University Press, 1979）。再次发表见保罗·雷比诺（Paul Rabinow）编著《福柯读本》，纽约：万神殿图书1984年版（*Foucault Reader*, New York: Pantheon Books, 1984）。

观点也许是值得的。这项事业在哲学的外部界限（outer limits）之处成形、扩展和再生，非常接近于它（界限），挑战它，损害它，向着未来哲学的方向，或许还要取所有可能的哲学而代之。似乎在康德的了不起的事业与那些被称作批判的微不足道的论争性的职业活动之间，在我看来，现代西方世界（年代大约可经验地确定为 15 世纪到 16 世纪）似乎出现了某种思考、言说和行为的方式，某种与社会、文化的关系，还有某种与他人的关系，我们不妨把这些称之为批判的态度（the critical attitude）。自然，听说存在着现代文明所特有的批判的态度这样的东西，你们会感到惊讶，因为已经有如此多的批判、论战等，而且也因为康德问题的起源大概还可以追溯到 15 和 16 世纪之前。你们感到惊讶，还因为看到有人试图在这种批判中找到一种统一性，尽管从它的性质、功能或者行业来看，我都会说，它似乎都被判定是分散的、依赖性的和纯粹他律的。毕竟，批判只存在于与自身以外之物的关系之中：它是一个工具，一种探求它既不了解也不会碰巧成为的未来或真理的方法，它监督着它想管治（police）却不能控制的领域。所有这些都意味着，它是一种功能，在关系上从属于哲学、科学、政治学、伦理学、法学、文学等肯定性地建构起来的东西。同时，无论这种奇特的批判活动伴随着什么快感和补偿，它似乎都相当经常地、几乎总是不仅带有它所声称具有的某些严厉的效用，而且也受到某种比根除错误的律令更普遍的律令的支持。在批判中存在着某种类似于德性（virtue）的东西。在某种程度上，我想跟你们说的正是这种作为一般德性的批判的态度。

有数条路径可以采取并用来讨论这种批判态度的历史，我只想向你们提议我的这条。同样，它只是其他许多条路径中可能的一条。我要提议的是以下变异：基督教牧师（the Christian pastoral）或基督教会（因为教会正是精准、明确地按照牧师的方式行事）发展了这样一种奇特的、我相信与古代文化相当异质的观念：每一个个体，无论他的年龄和地位，他的人生，从始至终，每一个行为，都必须受到或让他自己受到一些他与之有着全面、谨慎和详细的服从关系的人的治理，也就是说，被引导走向拯救。这种在与某人的服从关系中以拯救为定向的操作，必须在与真理的三重关系中进行：被理解作教条的真理；就这种定向隐含着对诸个体特殊的、个别化的知识而言的真理；最后，这种引导像一种反思技巧般展开，而反思技巧包括一般规则、特殊知识、戒律、检查的方法、告解、面谈等。毕竟，我们不能忘了数个世纪以来希腊教会称为 *technè technôn* 而拉丁罗马教会称为 *ars artium* 的东西。它正是这种良心的指引，治理人的艺术（the art of governing men）。当然，这种治理艺术很长一段时间与相对有限的实践、甚至在中世纪社会与修道院生活、尤其是与相对受限的精神团体相联系，但是我相信，从 15 世纪开始一直到宗教改革之前，可以说出现了一次名副其实的治理人艺术的爆炸。爆炸表现在两个方面：首先，由于与宗教中心关系的移位，如果你们愿意，不妨说由于世俗化，这种治理人的艺术及其治理方法的主题，在市民社会中扩展开来；其次，这种治理艺术激增扩散到各个不同的领域——如何治理孩子，如何治理穷人和乞丐，如何治理一个家庭、一所房子，如何治理军队、不同的团体、城市、国家，还有如何治理自己的身和心。我相信，“如何治理”是在15或16世纪发生的基本问题之一。回答这一基本问题的是各种各样的治理艺术——如果你们愿意，如教育学的艺术、政治学的艺术、经济学的艺术，以及就当时治理这个词所拥有的广义而言各种各样的治理机构——的倍增。

所以，这种在我看来相当地代表了16世纪西欧社会特征的治理化（governmentalization），显然不能与“如何不被治理”这个问题分开。我的意思并不是说，治理化要与正相反对的主张发生某种当面对峙：“我们不想被治理，我们根本不想被治理。”我的意思是，在这种对治理方法的极大关注和对治理方法的探寻当中，我们识别出了一个永恒的问题：“如何不‘像那样’地被治理？‘像那样’即以那些原则的名义、头脑中预存如此这般的目的、通过这些程序。也就是说，不像那样、不为那些、不通过那些。”而如果我们赋予这个既是社会又是个人的治理化运动以我相信它具有的历史的维度和广度，那么似乎就可以从中大致定位我们可以称之为批判的态度的东西。与治理的艺术迎面相对并作为其补偿，或更准确地说，作为其伙伴和敌手、一次违抗的行为、一种挑战，作为一种限制、估量和改变这些治理艺术的方法，一种从它们逃离并无论如何取代它们的方法，带着一种基本的不信任，但也出于同样的理由，作为一条治理艺术发展的线索，在那时的欧洲，有一些东西诞生了，一种普遍的文化形式，既是政治的也是道德的态度，一种思维方式，等等，我想非常简单地称之为不被治理的艺术，或更加贴切地，不像那样和不以那样的代价被治理的艺术。因此，我建议将这样一个综合描述作为批判的初步定义：不被如此多地治理的艺术。

你们会告诉我说，这个定义既非常笼统又非常含混和易变。是的，确实如此！但我仍然相信，它可以让我们识别出一些我试图称之为批判的态度的东西内在固有的精确点。当然，它们是历史的锚定点（historical anchoring points），我们可以确定如下：

1. 第一个锚定点：当治理人处于本质上是一种精神的艺术或是与教会的权威、圣经的指示相连的宗教实践这一个时期内，不想那样地被治理基本上就意味着找到圣经另外一种与上帝的教义无关的功能。不想被治理是某种拒绝、挑战、限制（随你喜欢怎么说）教会规则的方式。它意味着返回圣经，找出其中可信的东西，真正写在圣经里的东西。它意味着质疑圣经讲述的是哪种真理，进入圣经在自身当中存在的真理，或许还会到达这一程度，即不管它写的是什么，最后会提出这样一个非常简单的问题：圣经是真的吗？简言之，从威克利夫（Wycliffe）到皮埃尔·培尔（Pierre Bayle），批判当然是部分地、大部分但并不排他地、在与圣经的关系中发展起来的。可以说，历史地看，批判是圣经的。

2. 不想被治理，这是第二个锚定点。不想那样地被治理，也意味着不想接受那些非正义的法律，凭借着它们的古老或者当日的君主赋予它们的或多或少具有威胁性的优势地位，这些法律隐藏着一种根本的不合法性。因此，从对抗治理及其规定的服从这一角度来看，批判意味着提出任何治理，无论它可能是什么，不管是一位君主、执法官、教育者还是一家之主，都不得不服从的不可剥夺的权利。简言之，如果你们愿意，我们在此又发现了自然法（natural law）的问题。

自然法当然不是文艺复兴的发明，但从 16 世纪开始，它就承担了一种批判的功能，这种功能仍然保持至今。针对“如何不被治理?”的问题，它回应说：“治理权利的界限是什么?”我们说，在此，批判基本上是一个法律问题。

3. 最后，“不想被治理”当然是不把权威告诉你什么是真的就当作真的接受，（此处我要快速行进），或至少不是因为权威告诉你这是真的就接受，而是只有当自己认为这么做的理由正当有效时才接受。这一次，批判在面对权威之时的确信问题中找到了它的锚定点。

圣经、法学、科学、书写、自然、与自我的关系；君主、法律、武断的权威。可以看到，治理化与批判的互动如何已经引发了我相信是西方文化史——无论是语文科学、哲学思想、法律分析或方法论反思的发展——上具有首要重要性的现象。但是，最重要的是看到，批判的核心主要是由相互牵连的、或一个牵连到另外两个的一束关系构成：权力（power）、真理（truth）和主体（the subject）。如果治理化确实是这样一种运动，即经由这一运动，个体通过依附于真理的权力机制屈从于社会实践的现实的话，那么，我要说，批判就是这样一种运动，通过它，主体赋予自己以就其权力的效应质疑真理和就其真理的话语质疑权力的权利。于是，批判就是自发的不服从的艺术，是经过反思的不可驾驭性的艺术（the art of voluntary insubordination，that of reflected intractability）。批判将从根本上保证主体在我们可以用一个词称之为真理的政治学（the politics of truth）的语境中，使主体解除屈从（the desubjugation of the subject）。

我自大地认为，这个定义，不管多么经验主义、粗略、就与它所涉及的历史的关系而言风格不同，但与康德提供的定义没有大的差别。康德的定义并不是界定批判，而恰恰是界定别的东西。事实上，它与康德给“启蒙”（*Aufklärung*）下的定义相差无几。确实，在他 1784 年的文本《什么是启蒙?》中，最有特色的是，康德将“启蒙”的定义与某种人在权威下所处的未成年状态（a certain minority condition）联系起来。其次，他将这种未成年的特征界定为某种无能，即人在缺乏他人指导的情况下没有能力运用自己的知解力（understanding），他用了 *leiten*（指导）这个已在历史上获得明确定义、具有宗教意义的德文词。第三，我认为，这表明康德是用某种关联来定义这种无能，即将人保持在这种未成年状态中的权威的行使或权威的过渡，与另一方面他认为并称之为决断和勇气的缺乏之间的关联。也因此，“启蒙”的这个定义不仅是一种历史的和推断性的定义，在此定义当中，存在着某种东西，如果称之为布道无疑会有点荒谬，然而在对“启蒙”的这一描述中，康德发出了对勇气的强烈呼唤。不应忘了，这是一篇报纸文章。研究从 18 世纪末开始哲学与新闻业之间的关系，还有许多工作可做……除非这项研究已经做了，但我不确定……了解哲学家们从何时开始插手报纸，以便向他们试图动员的公众说一些在他们看来在哲学上有趣、然而被铭刻在某种关系中的东西，是非常有趣的。最后，特别的一点是，在这篇论“启蒙”的文本中，康德精确地将宗教、法律和知识举作使人维持在未成年状态的例证，因而也成了“启蒙”必须在这些地方提升这种未成年状态、进而在某种程度上使之进入成年的例证。康德作为“启蒙”描述的，恰好是我之前试图描述为批判的，这种显现为西方世界的一种特定态度的批判的态度，我相信，历史开始于社会治理化的巨大的进程。联系到这个“启蒙”（它的格言你们都知道，康德提醒我们的是“要敢于认知”，对此腓德烈二世 Frederick Ⅱ则回击说：“只要服从，就让他们尽其所欲地推理吧。”）无论如何，联系到这个“启蒙”，康德会怎么定义“批判”？或者，无论如何，既然我并不打算以完全的哲学严密性复原康德的整个批判规划……在你们这些哲学家听众面前，我不会允许自己这么做，因为我自己不是一个哲学家，勉强是一个批评者……从“启蒙”的角度来看，该如何安置批判呢？如果康德的确在这个先于“启蒙”的整个批判运动中发出了呼唤，那该如何安置“他”当作批判理解的东西呢？这些都是完全孩子气的事情。我想说的是，就与启蒙的关系而言，在康德的眼里，批判就是他打算对知识（knowledge）说的东西：你知道认知能到达什么程度吗？任意地推理，但你真的知道推理到什么程度而不至于变得危险吗？简言之，批判与其说是我们或多或少勇敢地从事的事情，不如说是我们对自己的知识及其界限（limits）具有什么想法的问题。我们的自由处于紧要关头，也因此，它不是在让他人说“服从”的时候，而是在某个人一旦对自己的知识及其界限获得了恰当的了解，正是在这一刻，自主的原则（the principle of autonomy）才能够被发现。然后，他就无须再听到“服从”，或者更确切地说，“服从”将在自主本身的基础上被发现。

我无意展示在康德的“启蒙”分析与他的批判规划之间可能存在的对立。我想，不难表明，对康德自己而言，这个由“启蒙”提出的认知的真正勇气，这同一种认知的勇气，包含了对知识界限的承认。同样不难表明的是，对康德而言，自主性并不与对君主的服从根本相对。然而，当康德试图在权力和真理的语境中解除主体的屈从，作为整个现在和未来“启蒙”的导论的时候，他为对知识的认知，提出了批判的基本责任。

我不想进一步强调康德想要指出的这种“启蒙”与批判之间间隙（gap）的含义。我只想强调 19 世纪发生的事情向我们提示的、问题的这一历史方面。19 世纪的历史为人们追求康德以某种方式与“启蒙”相隔一段距离安置的批判事业，提供了远比追求“启蒙”本身这样的东西更好的机会。换言之，19 世纪的历史——当然，20 世纪的历史更是如此，似乎不得不与康德站在一边，或者至少为这种康德使其成为可能、且将之与“启蒙”拉开一段距离的新的批判的态度，提供具体的支撑。

这种似乎更多地提供给康德的批判而不是启蒙的勇气的历史的支撑，可以非常简单地表现为以下三个基本特征：首先是实证科学，就是说，它对自己怀有根本的信心，即使当它对自己的每一个结果都保持谨慎地批判的时候；其次是国家和国家体系的发展，它们将自身正当化为理性和历史的深层合理性（the reason and deep rationality of history），并且还把使经济和社会合理化的程序选作自己的工具；最后，第三个特征就是，科学的实证主义、国家的发展、关于国家的科学——如果你愿意——或曰国家主义，三者缝合在一起，相互交织成一个关系紧密的织体（a fabric），以至科学将在生产力的发展中扮演越来越具决定性的角色，而除此之外，国家型的权力（state-type powers）越来越通过完善后的技术来行使。如此，1784 年的问题“什么是启蒙?”，或毋宁说是康德试图用这个问题和他给出的回答安置他的批判事业的方式，这种对“启蒙”与“批判”关系的质询，将合乎逻辑地引起怀疑、或无论如何越来越怀疑地提问：那些权力的过度、治理化的出现，所有那些因为获得合理地正当化而愈加不可逃避的一切，岂不是理性本身应历史地为之负责吗?

而且，我认为，由于历史的原因，这个问题的未来在德国和法国不完全一样，这些原因值得分析，因为它们非常复杂。

大致可以这么说：与其说也许是因为一个美丽的、全新的和理性的国家在德国的最新发展，还不如说是因为大学对科学知识、管理和国家结构有着非常古老的依附关系，所以存在着这样一种怀疑，即在合理化（rationalization）、或许甚至就在理性本身当中，有某些东西应该对权力的过度负责。然后，在我看来，这种怀疑尤其在德国得到了很好的发展，不妨简而言之，它尤其在我们可以称之为德国左派那里得到了发展。无论如何，从黑格尔左派到法兰克福学派，一直存在着对实证主义、客观主义、合理化、“技术”和技术化的彻底批判、对科学的基本规划和技术之间关系的一整套批判，目的在于显示科学的幼稚假设与当代社会特征性的支配形式（the forms of domination）之间的关联。举一个可能距离所谓左派批判最远的例子，我们可以回想起胡塞尔（Husserl）。1936 年，他把当代欧洲人的危机归因于某些涉及知识与技术之间关系的东西，从知识（épistèmè）到技术（technè）。

在法国，哲学活动与政治反思的条件非常不同。也因为这个原因，对自负的理性及其特殊权力效应（effects of power）的批判似乎也被导向了不同的方向。我认为，在 19 世纪和 20 世纪，在与某种右派思想结盟的地方，人们可以再次发现这种以与之相伴随的权力效应之名，对理性或合理化的历史控诉。无论如何，由启蒙运动和大革命构成的障碍物，无疑以一种普遍的方式，阻止了我们真正和深刻地质疑合理化和权力的关系。或许这还因为宗教改革，也就是说，我相信第一次“不被治理的艺术”的批判运动就深深地植根于宗教改革中，然而宗教改革在法国没有获得如在德国一样程度的扩展和成功，这一事实清楚地表明，在法国，“启蒙”这一概念，连同它提出的所有问题，没有像在德国那样被广泛地接受，而且也从未成为一个像在德国那样有影响的历史性参照。可以说，在法国，我们满足于对 18 世纪哲学家的某种政治评价，即使启蒙运动的思想，也被降格为哲学史的一个次要插曲。与此相反，在德国，“启蒙”当然被理解为一段重要经历——无关更好或更糟、一种西方理性的深远目的的辉煌展现。在“启蒙运动”以及从16世纪至18世纪这一与“启蒙”这一概念相关的整个时期内，他们试图破译和识别西方理性这条线上最着重的斜坡，然而与此相连的政治，却成了怀疑审查的对象。如果你们愿意，这大致就是19世纪和20世纪前半法国和德国在“启蒙”问题的提出方式上的显著差别。

我确实相信，法国的情况在最近这些年已经发生了改变。在我看来，在法国，事实上（就像“启蒙”的问题在德国一直如此重要，从门德尔松、康德，一直到黑格尔、尼采、胡塞尔、法兰克福学派，等等）一个时代已经到来，在这个时代中，正是这个“启蒙”的问题，可能以显著接近法兰克福学派工作的方式被重新处理。不妨再简单地说——而且这毫不奇怪——

什么是“启蒙”这个问题是通过现象学及其提出的问题回到法国人身边的。事实上，它是通过意义和什么可以构成意义的问题回到我们身边的。意义是如何从无意义中产生的？意义如何发生？这个问题显然是对另一个问题的补充：合理化的伟大运动是如何将我们引向如此多的噪音、如此多的狂热、如此多的沉默和如此坏的机制？毕竟，我们不应忘记，（萨特的）《恶心》与（胡塞尔）的《危机》是几乎同时出现的。正是在战后通过对以下事实的分析表明，意义仅仅是由意指机制特征性的限制系统（systems of constraints）所构成。在我看来，正是通过对这一事实的分析，即意义只有通过这些结构所特有的强迫效应（effects of coercion）才存在，“理性”与“权力”之间的问题，才通过一条奇特的捷径，被重新发现。我还认为（这肯定会是一项该做的研究）——对科学史的分析、对科学历史的全面问题化（problematization）[无疑也植根于现象学，在法国，经过卡瓦耶（Cavaillès）、巴什拉（Bachelard）和乔治·康吉莱姆（Georges Canguilhem），完全属于另外的历史]——在某种程度上，科学的历史性这一历史问题（the historical problem of the historicity of the sciences）与这个意义的构成问题存在着某种联系、类似和呼应：合理性是如何诞生的？它是如何从完全不同的东西中形成的？由此，我们得到了与“启蒙”的问题对等的反问题：合理化如何导致了权力的狂热？

所以，看起来，无论是对意义构成的研究发现，意义仅仅是由能指的强迫结构所构成，还是对科学合理性的分析而将限制效应与其制度化和模式的构成联系起来，所有这些，所有这种历史研究所做的一切，我相信，都如同一束早晨的阳光，透过某扇狭窄的学术之窗，毕竟，与已过去世纪历史的深层潜流融汇在一起。对于所有那些我们的社会和经济组织缺乏合理性的断言，我们发现自己面对的我不知道是太多还是太少的理性，但无论如何确实是面对太多的权力；对于所有那些我们慷慨赋予革命承诺的赞美，我不知道当它真的发生的时候到底是好还是坏，但我们发现自己面对的却是一种在无限的自我维持的权力的惰性；尽管我们证明了暴力的意识形态和社会的真正科学理论之间的所有对立——即有关无产阶级和历史的——都有理，我们却发现自己与两种如兄弟般相似的权力形式为伍：法西斯主义与斯大林主义。于是，这一问题又回来了：什么是"启蒙"？因此，那使马克斯·韦伯的分析脱颖而出的系列问题被重新激活了：我们是在哪里开始与这个合理化相伴的，可以说合理化不仅是16世纪以来西方思想和科学的特征，而且也是社会关系、国家组织、经济实践甚或个人行为的特征？这个带有限制效应、或许还有遮蔽效应的合理化，它导致了庞大的技术和科学体系的大规模、持续增长地建立，却从未遇到激烈的论辩，对其到底应该如何评价？

在法国，我们现在必须肩起责任的问题就是这个什么是"启蒙"吗？我们可以用不同的方法来处理这个问题。而我想处理这个问题的方法——关于这一点你们应该相信我——在此绝对不会引发批判或争论。因为这两个原因，我只是试图指出差异，并以某种方式看清，在何种程度上我们可以使它们数量倍增、散布开去，使它们彼此区别，如果你们愿意地话，置换（displacing）分析这个"启蒙"问题的形式，毕竟，"启蒙的问题"也许就是现代哲学的问题。

在解决这个显示我们与法兰克福学派的伙伴关系的问题时，无论如何，我想马上指出，将"启蒙"当作中心问题绝对意味着很多事情。首先，它意味着我们正在参与某种历史的和哲学的实践，它与历史的哲学与哲学的历史都毫无关系。这是某种历史的—哲学的实践（historical-philosophical practice），这意味着，这项哲学工作所涉及的经验领域绝不排斥任何其他领域。它既不是内在经验（inner experience），也不是科学知识的基本结构。它也不是一组在别处已经得到详细阐述、经历史学家处理并被当作现成事实接受的历史内容。事实上，在这种历史的—哲学的实践中，实践者必须构造自己的历史，仿佛通过虚构、根据某个横贯其中的问题来编织历史，这个问题即清晰表达真实话语的合理性结构和与之相联系的屈从机制（the mechanisms of subjugation）的关系问题。很显然，这种方法将历史学家熟悉的历史对象，置换成了他们并不经常关心的主体与真理的问题。我们还看到，这个问题将哲学工作、哲学思想和哲学分析投入到由它设计的经验内容中。接下来，如果你们愿意，面对着这一历史的或哲学的工作，历史学家会说："是的，当然，是的，可能。"无论如何，考虑到由于朝向我所说的主体与真理的置换而产生的干预效应，事情绝不会是完全正确的。而哲学家们，即使他们不表现出像被冒犯的珍珠鸡般的神态，一般也会这样想："哲学，无论如何，完全是另外什么东西了。"这是由于向经验性（empiricity）降落、回归的效应，这种经验性甚至在内在经验中也未搁浅。

让我们给予这些局外人的声音应有的全部重要性，这一点确实非常重要。它们至少否定性地表明我们处在正确的道路上，我的意思是说，通过我们详细阐述并因它们是真实的或被估定为真实而坚持的历史内容，以下这个问题得以被提出：我，属于这个人类，或许属于人类中的一部分，那么，在人类臣服于普遍的真理和特殊的真理之权力的此时此刻，"我，因而，是什么"？如果你们愿意，这种历史的—哲学的实践的第一个特征，就是用历史内容使哲学问题“解主体化”（desubjectify），通过检查受其真理影响并被推测从其真理取得的权力的效应来解放历史内容。此外，这种历史的—哲学的实践显然与某个经验上可以确定的时期存在特惠关系（in the privileged relationship）。尽管相对地和必然地模糊，启蒙运动时期当然地被认定为现代人性的形成阶段。这也是康德和韦伯等人说起“启蒙”时的广义理解。这个时期没有确定的日期，却有多个切入点，因为人们可以将之界定为资本主义的形成、资产阶级世界的建构、国家体系的建立、现代科学及其所有相关技术的确立、被治理的艺术和不被如此治理的艺术对峙的组织。因此，这是一个对历史的—哲学的实践工作来说特别优惠的时期，因为权力、真理和主体之间的这些关系，在历史转变的可见表面活生生地显现（appear live，现场显现）。还有，就人们必须从中形成一个模型（a matrix）、以便在一整系列其他可能的领域中转变通行这一意义而言，它也是一个特惠时期。如果你们愿意，可以说，不是因为我们给予18世纪特权、因为我们对它感兴趣，才遭遇了“启蒙”的问题，相反我想说，正是因为我们从根本上想问这个“什么是启蒙?”的问题，我们才遭遇了现代性的历史方案。重点不在于说，5世纪的希腊人有点像18世纪的哲学家，或者12世纪已经是文艺复兴，而是在于试图看清，在什么条件下，需要付出哪种调整或概括的代价，我们可以将“启蒙”这个问题，亦即权力、真理和主体的关系问题，应用于历史的任一时刻。

这就是我想称之为历史的—哲学的研究的一般框架。现在我们来看看可以如何实施这一研究。

我在前面说过，不管怎样，我想非常模糊地追踪可能的路径，而不是那些迄今为止似乎已经被欣然清理了的道路。这绝不是指责后者不知何所往或不能提供任何有效的结果。我想要说的和建议的仅仅是：在我看来，这个始于康德、因为康德的“启蒙”的问题，大概还因为康德在“启蒙”和“批判”之间引进的这种隔离，基本上是从知识（connaissance）的角度提出的，就是说，在现代科学构成之时、知识的历史命运这个角度开始的。通过寻找这种命运中已有的东西表明，通过客观主义、实证主义、技术主义等等，通过将这一知识与所有可能知识的构成和合法性的条件联系起来，最后，通过看清对合法性的退出（幻觉、错误、遗忘、恢复等）在历史上是如何发生的，这个问题必然将与权力的无限效应联系在一起。一句话，在我看来，这就是已经被康德在“批判”和“启蒙”之间制造的间隙深刻动员起来了的分析的程序。我相信，从此以后，我们可以目睹一种基本上是最经常被追随的、可以称之为认知的历史模式的合法性调查［an investigation into the legitimacy of historical modes of knowing (*connaître*)］的分析程序。无论如何，许多18世纪的哲学家正是以这种方式理解它的，这也是狄尔泰、哈贝马斯等人理解它的方式。还可以更简单地表达：知识对自己有什么样的错误观念，它将自身暴露于何种过度使用之中，因此它与什么样的支配相联？

好！现在，除了这种显形为认知的历史模式之合法性的调查的程序之外，我们或许还可以设想一种不同的程序。它可能把“启蒙”问题当作接近权力问题而不是知识问题的途径。它不以合法性调查的方式，而是以我想称之为“事件化”的检验（an examination of“*eventualization*”）的方式推进。原谅我用了这样一个讨厌的词。那立刻要回答的是，这是什么意思？我对事件化程序的理解——虽然历史学家会担忧地大声抱怨——如下：首先，从可以识别的强迫机制（mechanism of coercion）与知识内容的连接处，以一种完全经验的和暂时的方式，选取多组要素。不同类型的强迫机制，可能也是立法的要素、规则、物质的建制、权威的现象等。还要考虑知识内容的多样性和异质性，在它们产生的权力效应的语境中看待它们，因为它们是被所属的知识系统确认为有效的。因此，我们并不试图去发现什么是真的或假的、已建立的或未建立的、真实的或虚幻的、科学的或意识形态的、合法的或滥用的。我们努力想查明的是，在强迫机制和知识的要素之间，可以识别出什么样的联系和连结，它们之间发展出什么样的中继和支持的相互作用，以至于一个给定的知识要素在一个给定的系统内被指定为真实的、可能的、不确定的或错误的要素而呈现出权力的效应，以至于一个强迫程序获得一个合理的、经过核算的、技术上有效的要素的恰当形式和合法化等。

因此，在这第一个层级，不存在任何指定合法性归属的情况，不判定观点的错误和虚幻。

这也是为什么在我看来，在这一层级，可以使用两个词的原因。这两个词的作用不是为实体、权力（puissances）或某种超验的东西命名，而是为它们涉及的领域进行系统的价值还原，不妨说，是对合法性效应的中性化，以及对是什么使它们在某一节点可以被接受并在事实上已被接受的说明。因此，使用知识（knowledge，savoir）这个词，指的是在一个特定的领域特定的时刻可以被接受的知识（knowledge，connaissance）的所有程序和所有效应；其次，权力（pouvoir）这个词仅仅涵盖一整系列可确定的和已确定的、似乎可能引起行为和话语的特殊机制。我们马上就会看到，这两个术语仅仅具有方法论的功能。这不是要通过它们识别现实的一般原则的事情，而是要以某种方式精准指出分析的前沿、分析必定会关涉的要素的类型。此外，还要阻止合法性的视角像它在“知识”（connaissance）和“支配”这两个术语被使用时那样地发挥作用。在分析的每一个阶段，赋予知识和权力以精准和确定的内容也很重要：这些和这些是知识的要素，这些和这些是权力的机制。任何人不应认为存在着“一套”知识或者“一种”权力，或者更糟，在自己之内并自行运作的“知识”和“权力”。知识和权力仅仅是一种分析的格栅（an analytical grid）。我们还要看到，这一格栅并不是由两个其要素彼此无关的范畴构成，一部分要素来自知识的这一边，而另一部分则来自权力的另一边——我以前对它们的谈论使它们彼此外在——因为没有东西可以作为知识的要素而存在，如果一方面它不与（例如）特定时期科学话语的特定类型的一套规则和限制性特点相符合，另一方面它不对那些被科学地确认为有效、或仅仅是合理的或被普遍接受的等东西具有特殊的强迫或单纯的激励效应的话；反之，没有什么可以作为权力机制发挥作用，如果它不是根据那些在或多或少一致的知识体系中可被证实为有效的程序、工具、方法和目的而展开的话。因此，这不是描述知识是什么和权力是什么而如何一个压制另一个或另一个滥用这一个的问题，而是必须描述一个知识—权力的复杂关联（a nexus of knowledge-power），以便我们可以掌握是什么构成了一个系统的可接受性（the acceptability of a system），无论这个系统是精神健康系统、惩罚系统，还是性系统，等等。

简言之，似乎从一个全套群组（an ensemble）对于我们的经验上的可观察性（the empirical observability），到它的历史的可接受性（its historical acceptability），再到它在事实上可被观察的那段时期（the very period of time during which it is actually observable），全程都贯穿着对支撑着这一套群组的知识—权力复杂关联的分析，在它被接受的地方复原它，进而探明是什么使它可以被接受，当然，不是一般而言，而是仅仅在它被接受的地方。这可以被描述为“在其肯定性中复原它”（recouping it in its positivity）。于是，就出现了一种不关心合法化、并因而将法律的基本观点排除在外的程序，其肯定性的循环（the cycle of positivity）从接受的事实开始，止于通过知识—权力的相互作用对可接受性系统的分析。我们说，这大致就是“考古学”（*archeological*）的层级。

再次，很快可以看到，这种分析存在着多种必然显现为其负面的和代价高昂的结果的危险。

这些肯定性及其群组的成套性根本不是显而易见的，不显而易见是从如下意义而言：无论什么样的习惯和常规可能使它们为我们所熟悉，无论它们唤醒了哪种权力机制的盲目力量，或者发展了什么样的正当化理由，它们都不可能凭借任何原初就存在的合法要求（right）而变得可被接受。为了彻底了解可能是什么东西使它们变得可被接受，必须提炼抽取出的，恰恰是那些丝毫不明显的东西，既不是被铭写在任何“先验”中的东西，也未包含在任何前例之中。有两个相关的操作需要完成。首先，揭示出一个系统可被接受的条件，跟踪指示系统出现的突破点（the breaking points）。疯狂和精神疾病在精神病学体制和科学系统中重合在一起，一点也不显而易见；惩罚、监禁和监狱的规训在刑罚系统中被铰接在一起，也不是一个既定的事实；欲望、淫欲和个体的性行为在一个被称作性（sexuality）的知识和常态的系统中被一个接一个地链接在一起，依然不是给定的。其次，对一个系统可接受性的识别，不能与识别什么使它难以被接受的东西分开。这些东西指的是就知识而言的任意本性、就权力而言的暴力，简言之，它的能量。因此，有必要对这一结构负责，以便更好地理解其诡计（artifices）。

第二个危险也是代价高昂与负面的，因为这些群组并不是被当作普适的东西（universals）分析的，历史及其特殊的环境会为之增添许多修正。当然，许多被接受的要素、许多可以被接受性的条件，可能都有很长的历史，但是在某种程度上通过对这些肯定性的分析必须被恢复（has to be recovered）的，不是本质的体现，或者类的个体化，而毋宁是纯粹的独特性（pure singularities）：现代西方世界疯癫的独特性、性的绝对独特性，以及惩罚的道德—法律系统的绝对独特性。

在一种纯粹的形式里没有基本的援助可求，亦无可逃避。这无疑是这种历史的—哲学的处理方式当中最重要和最具争议性的方面，如果它既不想偏向历史的哲学也不想偏向历史的分析，那么，它就必须自己保持在纯粹独特性的内在性领域之中。然后是什么？断裂、非连续性、独特性、纯粹的描述、静止的情景、没有解释、死胡同，所有那些你们都懂得。有人也许会说，对肯定性的分析并不参与所谓的解释性程序，而这些程序在三种情况下被认为具有因果价值：

1）因果价值只在目标指向被评价为深刻而独一无二的中介的最终权威的解释时，才被认可；对一些人来说，最终权威是经济学；而对另一些人而言，则是人口统计学。

2）因果价值只对那种遵循着金字塔的构型指向原因或原因的中心点即单一起源的情形，才被认可。

3）最后，因果价值只对那建立起某种不可避免性、或至少是处理必然性的情形，才被认可。

就这些肯定性都是纯粹的独特性，且这些独特性并没有被指定给一个类或一种本质、而是指定给了可接受性的简单条件而言，对它们的分析需要部署一个复杂而紧密的因果网络，但推测起来应该是另外一种，这种因果网络不会遵从被一种深刻、单一、金字塔型和必要原则所渗透的要求。我们不得不建立一个将这种独特性作为效应来解释的网络。因此，有必要对关系进行多样化，在关系的不同类型之间、在关联中必要性的不同形式之间进行区分，对循环的相互作用与将异质过程的交叉作用列入考虑范围的行为做出解释。也因此，没有什么比拒斥因果关系与这样的分析更陌生的了。然而，对这种分析至关重要的，不是将全部衍生的现象都带回到一个原因，而毋宁是它们能够使一个独特的肯定性恰恰就其使之变得独特的方面而言，变得可以理解。

可以大致地说，正如与起源（genesis）即朝向若干负载着众多派生物的主要原因的统一体相反，我提议代之以谱系学（*genealogy*），即某种试图还原（restore）一个独特性从众多的决定性要素中诞生而出现的条件，但这个独特性不是这些决定性要素的产物（the product），而毋宁是它们的效应（the effect）。这是一个使独特性显得可理解的过程，同时明确理解到，这个过程不依据任何封闭的原则（principal of closure）运作。封闭原则不存在的原因有好几个。

第一个原因，这种独特的效果可以从关系方面来解释，这些关系即使不完全是、至少也主要是个体和团体之间相互作用的关系。换言之，这些关系涉及主体、行为的类型、决定和选择。我们并不是要在事物的本性中寻找支撑，这种可理解关系网络的支撑在于，其不确定的边缘总是可变的、相互作用关系的语境之固有的逻辑。

之所以不存在封闭还因为，我们试图建立起来以便将一个独特性作为效应来解释的关系，这个关系的网络一定不会只由一个层面构成，这些关系不断地彼此滑移。在一个特定层级上，相互作用（interactions）的逻辑在能够尊重它的独特效应（既包括它的独特性也包括其规则）的个体之间运作，同时又与其他要素勉力完成在另一个层级上的相互作用。如此一来，在某种程度上，这些相互作用没有一个显得是原初的和绝对整体化的。每一种相互作用都可以被重新安置在超出它的语境中；反之，无论它可能如何局部，每一个相互作用都可能对它所属或被包含其中的相互作用产生影响或可能的影响。因此，概要地说，在复制同一个过程和改变这个过程之间，我们有永久的机动性、根本的脆弱性或毋宁说是复杂的相互影响（interplay）。简言之，在此我们必须提出一种分析的总体形式，可以称之为“战略统筹”（strategics）。

说到考古学、战略统筹和谱系学，我想到的并不是可以一个接一个地派生出来的三个连续相继的层级，而是描述同一个分析中必然同步的三个维度。正是由于它们之间的同时性，这三个维度可以让我们复原无论何种存在的肯定性，即复原那些使一个独特性可以被接受的条件，而这种独特性的可理解性，是通过识别它在战略统筹之内与之结为一体的相互作用而建立起来的。正是这样的研究解释了……（此处磁带翻面，一些句子丢失了）……作为效应产生，并最终“事件化”，在此事件化中，我们不得不处理一些其稳定性、深层根源和基础从未如此，以致我们无论如何都无法设想的东西，如果不是它的消失，至少也是识别其消失是因为什么、从什么东西中成为可能。

我在前面说过，有必要从权力和事件化的角度来处理问题，以代替从知识和合法化的角度来界定问题。正如你们所见，我们的工作不必将权力理解为支配、控制、根本性地给予、唯一的原则、解释或不可化约的法律。相反，权力必须始终从与相互作用领域的关系来考虑，在与各种知识形式不可分的关系中来深思。必须始终以这样的方式对它进行思考，以便看清它是如何与一个可能性的领域、并因而与可逆性即可能逆转的领域相联系的。

这样你们就看到，问题不再是由于什么错误、幻觉、疏忽或不合法，知识才开始引发在现代世界中显现为（录音听不清）霸权的支配的效应。相反，问题应该是：知识和权力的不可分性，如何在相互作用和多元战略的语境中，既导致了根据它们可接受性的条件而确定的独特性，又导致了一个可能、开放、非决定性、可逆和可能错位的领域，这些领域使它们变得脆弱、暂时，并且将这些效应转变成事件、不折不扣的事件？作为这些肯定性特征的强迫的效应，以何种方式，不会因为返回知识的合法目的、不会因为对确定知识的超验或半超验东西的反思而被驱散？相反，它们又如何能从一个具体的战略领域中被逆转和释放，这个具体的战略领域之引发它们，始于不被治理的决定？

总之，如果这场运动先是从批判的态度转向批判的问题，或更进一步，转向在批判的规划——其意图是使知识获得恰当的自我观念——中重估“启蒙”的事业，考虑到这种摆荡的运动、这种滑移、这种将“启蒙”的问题驱逐进批判的方式，现在不是有必要遵循相反的路径吗？我们不应该尝试在这条路上反转方向而行吗？而如果有必要就知识与支配的关系提问，那首要的，就应当从某种不被治理的做决定的意志（a certain decision-making will）出发，而这种做决定的意志，这种既是个人的又是集体的态度，正如康德所说，意味着“摆脱自身的未成年”。一个态度的问题。现在你们明白了，为什么我不能、不敢给我的讨论取一个题目，因为如果我想取的话，这个题目本该是：“什么是‘启蒙’?”

古耶：非常感谢福柯给我们作了这样一组协调良好、我愿意称之为哲学的反思，尽管他说“我自己不是一个哲学家”。我必须立刻指出，在作了“我自己不是一个哲学家”的表态之后，他又加了一句“勉强是一个批评者”，这就是说，无论如何，他总是带有一点批评家的意思。听了他的报告之后，我怀疑带有一点批评家的意思，是否一定不是一个十足的哲学家。

诺埃尔·穆劳德（Noël Mouloud）：我或许可以做两三点评论。第一点如下：福柯先生似乎让我们正视一种思想的整体态度，由对权力的拒绝或是对限制性规则的拒绝所产生的一种整体的态度、一种批判的态度。从那儿，他又走向他作为这种态度的延伸而提出的一个问题性、这种态度的现实化。这些都是目前就知识、技术和权力的关系而言被提出的问题。我愿意看到，在某种程度上，小范围的批判的态度，以某些核心问题，也就是说在很大程度上与起源或者历史的界限（如果你愿意那么说的话）相关的问题为中心。我们首先必须有一种做法（practice）、一种到达某些界限、设定问题、在某种僵局中终结的方法，以便使一种批判的态度能够出现。然后，以实证主义成功的方法论为例，尽管产生了一些困难，但也引发了出现于半个世纪之前的那种著名的批判性的反应，即逻辑主义的反思和批判主义的反思（logicist reflection and criticist reflection）。我想到的是波普尔学派或是维特根斯坦学派对规范化的科学语言之界限的反思。经常，在这些批判的时期，我们会看到一种新的决定出现，寻求一种更新之后的实践，寻求一种其自身具有区域性的方面、一个历史研究之方面的方法。

福柯：完全正确。批判的态度正是以这种方式发端，并在 19 世纪以一种享有特权的方式日益发挥其影响。我想说的是，对知识本身的界限，或者如你喜欢说的那样，就其在它的基本和具体的运用中遭遇到的绝境提出质疑，这一问题应该正是康德的方式、批判态度具有影响力的时期和本质的阶段。

有两件事触动我。一方面，如果你愿意，批判态度的这种康德式使用——说实话，在康德那里，这个问题的提出是非常清晰地——并没有阻止批判问出这样一个问题。（这是否是一个根本问题可以争论。）这个问题是：什么是理性的使用，什么样的理性的使用能给权力行使的滥用、进而给自由的确实终点带来影响？我认为，这个问题远没有被康德所忽略，围绕着这个主题，尤其在德国，存在着一个完整的反思的运动。如果你愿意，还可以再概括一些，它置换了你所引用的朝向其他领域的严格的批判的问题。你引用了波普尔，但毕竟，权力的过度对他而言，也是一个非常根本的问题。

另一方面，我想指出的是——请原谅我一直的概略——批判态度的历史，正如它自 15—16 世纪以来特别在西方和现代西方世界展开的那样，其根源一定存在于中世纪后半盛行的宗教斗争和精神态度之中。而恰好在那时，如下问题也被提出来了：人应该如何被治理，他要接受像那样地被治理吗？也正是在那时，事情在它最具体的层级被最历史性地决定了：中世纪后半所有围绕着基督教牧领的（the pastoral）斗争，为宗教改革准备了道路，而且我认为，这也类似于此种批判的态度所赖以发展起来的历史界限。

亨利·毕洛（Henri Birault）：我不希望在此扮演令人不安的珍珠鸡的角色！我完全同意康德明白无误地接管"启蒙"问题，以便在道德、宗教和政治律令等方面，同时接受一个决定性的理论限制的方式，这是康德哲学的特征。我认为，在这一点上我们完全一致。

现在，涉及您的论述更直接肯定的部分，当问题变成了知识和权力之间的交叉火力研究的时候，在基础的层级、某种事件的层级上，对于那个潜在的问题而言，那个我们说在更本质和更传统的意义上是哲学的、而且可能是这种不同领域中知识和权力之间相互作用的宝贵和微妙的研究之背景的问题而言，我怀疑是否仍然一如既往地没有什么空间存在。这个形而上的和历史的问题可以用如下的方式表述：我们不能说，在我们历史的某一点、在世界的某一区域，知识本身，在其自身当中、自行地、呈现出一种权力（pouvoir）或影响力（puissance）的形式，而同时，权力经常被定义为一种"本领"（savoir-faire），某种知道如何采取或如何采用某些最终被证实为是纯粹理性（noetic）的恰当的动态本质的东西吗？这种情况发生得毫不意外，好像不得不如此，然后米歇尔·福柯才能发现和理顺至少一段时期以来知识和权力之间建立的网络或者多重关系，知识的深底处是权力，而权力的深底处是知识，知识和权力都出自同一个意志，出自我必须称之为掌权意志（a will to power）的这同一个意志。

福柯：你的问题将是对这一类型关系的概括吗？

毕洛：与其说是概括，不如说是知识—权力这两个术语组成的双重性的根本性或者深隐的基础这一方面。难道不可能重新发现一种知识和权力共同的本质吗，知识将自己界定为权力的知识，而权力也将自身定义为权力的知识（然后仔细探究这种双重所有格的多重意义）？

福柯：当然可能！我没有充分讲清楚这一点，因为我愿意做的、我想要提议的，高于或者低于一种描述。大致地说，有知识分子和掌权的人，有科学家和工业的要求，等等。事实上，我们拥有的是一张完全交织在一起的网。不仅有知识和权力的要素，而且对知识而言，要作为知识发挥作用，它就必须运用权力。在与可能的知识的话语相联系的知识的其他话语中，每一个被认为是真的陈述（statement）都运用了一定的权力，同时也创造了一种可能性。反之，所有权力的运用，即便是置一些人于死地的问题，也至少暗含着某种“本领”。毕竟，残忍地镇压一个个体也是一种接受某些东西的方式。因此，如果你愿意，我完全同意，而我想阐明的是，两极对立之下有一种微光在闪亮，在我们看来，这种微微发亮的东西，显得与权力的那种极为不同。

穆劳德：我返回毕洛先生和我自己的共同参照：波普尔。波普尔的意图之一在于表明，在权力领域的构成中，不管它们的本性如何，就是教条、不可避免的规范、范式，活跃的与负有责任的并不是知识本身，而是偏离了常规的合理性，它不再是真正的知识了。知识或合理性，鉴于它是构成性的，其本身剥离了范式、剥离了方法。它主动地质疑自身的担保（its own assurances）、自身的权威，加入“反对自己的论争”。正是出于这一个理由，它是一个真正的合理性，而波普尔所构想的方法论，就是要在这两类行为之间做出区分，在它们之间做出判定，以便在方法的运用、程序的管理与理性的发明之间，绝无可能产生混淆和混合。我怀疑，尽管更加困难，在人文、社会、历史领域，作为一个整体的社会科学，是否并没有同等地与根本地对这一区分与有责焉；然而，情形仍然非常困难，因为社会科学在事实上与技术结盟。在科学和运用科学的权力之间，其关系并不具有真正的实质性，虽然重要，但在某种程度上仍然是“偶然性的”。运用知识的技术条件远比知识本身的条件与权力的运用、与某种逃避交换或检查的权力处于更为直接的关系之中。正是在这一意义上，我完全不理解报告的论点。除此之外，福柯先生做出了一些具有启迪意义的评论，并给予了确实地阐明。但是我自问：在知识的责任和要求与权力的责任和要求之间，存在着真正直接的联系吗？

福柯：假如有人能够那样做，我将激动万分，也就是说，假如有人可以说：有一种好的科学，它既是真实的，又不参与下流的权力；然后，无论是在它的机会主义的应用还是错误之中，对科学的坏的使用也显而易见。如果你能向我证明这是真的，那么，太好了！我将幸福地离开这里。

穆劳德：我没有这么说。我认识到历史的连结、事实的联系都很强固。但是我观察到几件事：新的科学研究（生物学研究、社会科学）正在再次将人和社会置于无一决定（non-determination）的境地，对他们的自由增设了妨碍，因此限制他们，这么说吧，让他们重新做决定。此外，压迫性的权力很少依赖科学的知识，而更喜欢依赖无一知识，即一种首先被降低为“神话”的科学。种族主义建立在“伪一遗传学”的基础之上，或者政治实用主义立基于新一拉马克变形的生物学，都是熟悉的例子。最后，我也非常明白，一门科学的积极的信息需要批判性判断的距离。然而在我看来——这大概就是我的论点——秉持文化的与价值论的标准的人文主义的批判，没有知识带给它的支持，对它的基础、预设和前情进行批判，是不可能获得完全地发展和成功的。这尤其关涉由人文科学和历史所提供的解释。我认为，哈贝马斯在他所称的意识形态批判、甚至对那些由知识引起的种种意识形态的批判中，特别地，将这种分析的向度包含在内。

福柯：我想这正是批判的优势所在。

古耶：我想向你提一个问题。我完全同意你所做的历史区分以及宗教改革的重要性。但是在我看来，由于苏格拉底的思想，整个西方传统，自始至终，都存在着一种批判性的酵素（a critical ferment）。我想问你的是，如你所定义和使用的"批判"这个词，是否并不可能是称呼我所临时性地名之为西方思想中苏格拉底主义的批判性酵素的一个合适的术语，这种批判性酵素曾在16和17世纪苏格拉底的复归中发挥过作用？

福柯：你让我面对一个更加困难的问题。我要说的是，苏格拉底的复归（历史的感知、识别和理解，它似乎发生在16和17世纪之间）只在牧领的斗争和对人的治理（使用治理这一词在中世纪末所具有的最充分和宽泛的意义）这些问题——对我来说远为更加重要——的语境中才可能。治理人就是用手牵着他们，通过一种操作，将他们引导至得救。这种精准领航的技术包括一整套全方位的知识，涉及被引导的个体、其被导向的真理……

古耶：如果你要作一篇有关苏格拉底和他的时代的论文，你可以将你的分析全部重做一遍吗？

福柯：这确实是一个真问题。在此，我再次对一些相当困难的问题快速回应。在我看来，从根本上说，当某个人像那样去研究苏格拉底，或者——我不敢说——我怀疑海德格尔研究前苏格拉底哲学家，是否不会做这个……是的，根本不会，这根本不是诉诸时代错乱或者将18世纪投射到5世纪的问题……但是这个"启蒙"的问题，我认为，对于自康德以来的西方哲学来说，却相当根本。我怀疑，这是否不是一个无论如何可以审视哲学所有可能的历史直至其根本源头的问题。从这个角度而言，我认为可以用一种有效的方式对苏格拉底的审判进行探究，不需要什么时代错乱，而是从无论是现在还是过去都由康德感知为"启蒙"问题的这个问题开始。

让-路易斯·布鲁赫（Jean-Louis Bruch）：我想问一个对于你的演讲而言非常重要的表达问题，你的两种表述方式在我看来是有差别的。在结尾部分，你说到"不被治理的做决定的意志"（the decision-making will not to be governed），作为你报告的主题"启蒙"的基础或者逆转。在开头之处，你谈到"不像那样地被治理""不被如此多地治理""不以这样的代价被治理"。在第一种情况中，表达是绝对的，而在另外一种情况下却是相对的，你根据的是什么标准？是因为你已经感觉到了治理化的滥用，因而到达了"不被治理的做决定的意志"这个激进的位置？最后我还想问，这后一个位置，不应该反过来成为一种探究、一个本质上应该是哲学的质疑的对象吗？

福柯：两个好问题。关于你提的表达上的变化这一点：我不认为根本不想被治理的意志是某种可以被人们认定为原始渴望的东西。我认为，事实上，不被治理的意志常常就是不被如此地、像那样、被这些人、以这种代价治理的意志。至于根本不被治理这种表达，我相信，这是某种应该是不被相当程度地治理的意志在哲学上和理论上的突然发作。当我在结尾部分说"不被治理的做决定的意志"时，那是我的一个过失，指的就是不被如此地、像那样、以这种方式治理。我并不是指某种可能是根本无政府主义的东西、某种可能类似原始自由的东西、对任何治理化的绝对和全心全意地反抗。我说的不是这个，但并不意味着我将这一意思绝对排除在外。我认为我的报告结束于这一点，是因为它已经太长了，还因为我正在琢磨……是否有人想要探索在我看来如此重要的批判的这一维度，因为它既是又不是哲学的一部分。如果我们打算探索批判的这一维度，难道我们就不会随即发现，它被一些一方面接近于反抗的历史实践、对一个真实的政体的不接受，另一方面近似于拒绝治理术的个体体验的东西所支持吗？特别打动我的——但或许我之所以被它所缠扰，是因为目前我已对之做了许多工作——是，如果西方世界批判态度的基体，必须在中世纪的宗教态度和与牧领权力之运用的联系中寻找，那么，神秘主义被视为个体的一种体验，而制度的和政治的斗争被目为绝对地统一并在任何情况下不断地相互参照，也同样令人惊讶。我想说，在西方，神秘主义是反抗的首个伟大形式之一。所有抵抗《圣经》权威、抵抗牧师仲裁的堡垒，都是由修道院内外的世俗民众发展起来的。当一个人看到这些经验、这些精神的运动很经常地被用作装饰、词汇，但是在被当作存在的方式、当作支持由我们可以定义为经济的、大众的以及用马克思主义的术语说是阶级之间的斗争所表达的希望之方式的时候甚至更加如此，我认为从中我们可以获得一些相当根本的东西。

在跟随其历史似乎开始于时间上的这一点的批判态度的路线之时，难道我们现在不应该探究什么样的不被如此地、像那样地等治理的意志，可能既是一种个体又是一种集体的经验吗？现在有必要提出意志的问题了。简言之，你可能会说，显而易见，人不可能在面对这个与权力的主题紧密地粘贴在一起的问题时，而不在某些时候自然地接近人的意志问题。这是如此地显而易见，以致我早先就意识到了这一点。然而，鉴于西方哲学一直以无限的防范和难题对待这个意志的问题，因此我们说，我尽可能地努力回避它。但我们说它难以回避。在此，我已经向你们阐述了我正在着手的工作中的一些考虑。

安德烈 · 瑟宁（André Sernin）： 你更偏向哪一边？示意性地说，是更偏向严格地区分教权与俗权的奥古斯特 · 孔德（August Comte），还是相反，偏向于声称只有哲学家自身成为世俗权力的领导者，凡事才能运行良好的柏拉图？

福柯： 我真的必须选吗？

瑟宁： 不，你无须在他们之间选择，但你打算更倾向于哪一个？

福柯： 我会尝试小心地避开居于他们之间。

皮埃尔 · 哈吉-迪莫（Pierre Hadji-Dimou）： 你已经成功地向我们提出了批判与哲学的联系问题，并且到达了权力和知识的关系。我想就希腊思想的主题作一点澄清。我认为我们的校长已经就此问题作过明确表述。“认知”（connaître）就是拥有“逻各斯”（logos）和“秘索斯”（mythos）。我认为，“启蒙”还不能够“认知”。知识不仅仅是合理性，历史的生命不仅有“逻各斯”，还有第二个源头“秘索斯”。如果我们参考普罗泰戈拉（Protagoras）与苏格拉底的讨论，当普罗泰戈拉就城邦（Politeia）惩罚的权利和权力发问的时候，他说他要举例详细说明他有关“秘索斯”的思想。“秘索斯”与“逻各斯”相连是因为合理性：它教导我们越多，它也就越美好。在此我想添加一个问题：无理性的思想是在对思想一部分的压制中抵达“逻各斯”的吗？换言之，正是经由对“秘索斯”的压制，我们才能够认识知识的源头，那个同样对之拥有神话般的感觉的权力的知识吗？

福柯：我同意你的问题。

西尔万·扎克（Sylvain Zac）：我想做两点评论。你说，批判的态度可以被认作一种德行，这很正确。事实上，有一位哲学家马勒布朗士（Malebranche）研究过这种德行：这是精神的自由。一方面，我不同意你在康德论“启蒙运动”的文章和他对知识的批判之间建立起来的关系。康德对知识的批判显然确定了界限，但并不是它自身有任何界限；它是完全的，而当你阅读那篇论“启蒙运动”的文章就可以看到，康德在公共的使用和私人的使用之间做了非常重要的区分。在公共使用的情况下，勇气必须消失。这意味着……

福柯：正好相反，因为他称之为公共的使用是……

扎克：当某个人，比如，在一所大学的哲学系拥有一个终身教职，在那个职位上，他可以公开发言，但绝不能批判《圣经》；在另一方面，在私下里，他可以这么做。

福柯：完全相反，而这也是非常有趣的地方。康德说：“理性的公共使用绝不能被限制。”什么是公共的使用？它是指从学者到学者的流通、出现在报纸和出版物上、向每个人的良心呼吁。这些使用、这些理性的公共使用，绝不能受到限制，不寻常的是，他所谓的私人的使用，在某种程度上，指的是政府雇员对理性的使用。公职人员或者政府的雇员、军官，他说，无权对他的上级说：“我不愿服从于你，你的命令是荒谬的。”令人奇怪的是，康德界定为私人使用的是，每个个体对他的上级、君主或他的代表的服从，因为他是国家的一个组成部分。

扎克：我同意你的说法。我弄错了。不过，结果是，在这篇文章中，勇气的显示是有界限的。而这些界限，我发现它们在门德尔松（Mendelssohn）的所有“启蒙者”身上到处明显可见。在德国的“启蒙”运动中有大量循规蹈矩的文字，而我们在18世纪法国的“启蒙运动”中没有发现。

福柯：完全同意。我不明白这究竟如何对我所说的构成了挑战。

扎克：我不相信在你给予中心关注的“启蒙”运动与批判态度及反抗态度的发展之间，存在着紧密的历史关联，无论从政治的还是思想的观点来看。你不认为我们可以承认这一点吗？

福柯：我不认为，一方面，康德对于“启蒙”会感觉到像一个局外人，对他而言，“启蒙”是他的现实状况，而且他也卷入其中，不仅通过论“启蒙”的文章，而且也通过许多其他事务……

扎克：“启蒙”这个词在《根据简单理性之界限的宗教》（*Religion according to the Limits of Simple Reason*）中再次出现，但在那里，它被应用于情感的纯度、一些内在的东西。于卢梭而言，发生了一个倒转。

福柯：我想结束我所说的……因此，康德感到与这个他称之为“启蒙”、并且试图加以定义的现在完美地连接在一起。考虑到这个“启蒙”的运动，我认为他引进了一个我们可能认为更具体、或者相反更普遍和更激进的维度如下：当这是一个知识和认知的问题时，第一个必须采取的大胆举措就是，弄清楚一个人能够知道的是什么。对康德而言，这是本质性的，更是他的事业的普遍性。我相信这种亲缘关系，无论什么界限，“启蒙者”都当然具有胆魄。我看不出，在这种康德经历了、并且我相信他有相当意识的运动中，“启蒙者”是胆怯的这个事实，如何能够以任何方式改变任何事情。

毕洛：我认为批判哲学代表了一个在总体上既限制了“启蒙”也使“启蒙”激进化的运动。

福柯：但是它与“启蒙”的联系在那时是每个人都在问的问题。我们正在说什么，这个直接先于我们、而我们仍然属于它的叫作“启蒙”的运动是什么？最好的证据就是，由门德尔松和康德撰写的系列文章是在报纸上发表的……这是一个当前事件。有点类似于我们自己可能问的问题：现在的价值危机是什么？

珍妮·杜布歇（Jeanne Dubouchet）：我想问，你在知识中放入了什么物质材料？权力，我相信我理解，因为这是一个不被治理的问题：然而是哪一种知识？

福柯：如果我使用那个词，就有必要将可能使价值合法化或仅仅是等级化的每一样东西都再次中性化。如果你愿意，对我而言——尽管在一个科学家或方法学家甚至科学史家的眼里，这可能会显得多么可耻——在我看来，就现在而言，当我说到知识的时候，我不会在一份精神病医生的陈述和一个数学运算之间做任何区别。我要借以引入差别的唯一之点，是要认清，哪些是权力，如果你愿意，也可以是归纳法——不是在这个术语的逻辑意义上——的效应，即，一方面，这个命题在它被构想的科学领域内——数学、精神病学等——可能有的权力效应，另一方面，什么是体制性的权力一旦进入流通就关联上的那个非—推论性的、非—形式化的、不是特别科学的网络。这就是我将称之为知识（savoir）的东西：知识（connaissance）的要素，不管它们具有什么与我们相关、与纯粹的精神相关的价值，在它们的领域之内和之外，都发挥着权力的效应。

古耶：我很荣幸感谢米歇尔·福柯为我们提供了这么有趣的一堂课，它必然会变成一份特别重要的出版物。

福柯：谢谢！

只有消费主义才能拯救我们

——环境危机的叙事方式及原因

［波兰］沃伊切赫·马莱茨基著　王亚芹　刘　林译*

（河北师范大学文学院　河北石家庄　050024）

内容摘要： 文章从“挑衅性”标题所带来的强烈的情感体验入手，认为艺术活动中的“抑制性经验”实际上是一种审美消费主义。而审美消费主义其实是环境学家和生态批评家进行环境叙事的一种方式。以往“亲生态”的教育方式对于提高人们的环保意识并未奏效，而环境写作和自然叙事的方式能够产生一定的社会影响，并起到实际的效用。作者认为，这种方式本质上是用消费主义来抵制消费主义，这也是目前唯一能够拯救环境危机的方式。

关键词： 挑衅性标题；审美消费主义；环境叙事

一

本文的标题显然是一种挑衅，与此同时，这种挑衅并不能明确地体现本文所要论述的主要内容。作为理解这种特殊表述方式的前提，我们先思考一个简单问题：学者们究竟为什么要给自己的演讲、文章和书籍起挑衅性的标题？例如，《为什么海德格尔在 1933 年迈出了正确的一步》（Why Heidegger Made the Right Step in 1933），《自然缺席的生态学》（Ecology Without Nature），《沙发会说话吗？》（Can the Sofa speak），《异类现象学，或作为物体是什么感觉？》（Alien Phenomenology，or What It's Like to Be a Thing?），《自由主义不存在》（Liberalism Does Not Exist），《伦理学不存在》

* 作者简介：沃依切赫·马莱茨基（Wojciech Małecki），文学博士、翻译家、现为波兰弗罗茨瓦夫大学（University of Wrocław）助理教授，主要研究方向为文学理论、实用主义哲学与美学、生态美学、后人类主义与动物研究等。

译者简介：王亚芹，女，山东阳谷人，文学博士，现为河北师范大学文学院副教授、硕士生导师，主要研究方向为文艺美学。刘林，女，河北新乐人，河北师范大学文学院 2019 级文艺学硕士，主要研究方向为文艺美学。

基金项目：本文系中国博士后科学基金第 12 批特别资助项目（项目编号：2019T120193）、中国博士后科学基金第 65 批面上资助项目（项目编号：2019M650050）河北省教育厅青年拔尖人才项目（项目编号：BJ2018107）的阶段性成果。

(Ethics Doesn't Exist)，甚至《为什么世界不存在》(Why the World Does Not Exist)，等等[①]。如果说他们这样做是希望在过度饱和的学术环境中以此种方式吸引人们的注意力，这固然是实用的，但是相当无趣。有趣的是，他们采用这种特殊方式的原因是什么？他们试图实现的真正目标究竟是什么？这种挑衅性的标题又是如何发挥作用的？

从字面上看，一个挑衅性的标题，要么是提出了一种反常的主张，要么是隐喻了一种反常的含义。之所以"反常"，是因为它质疑了我们大多数人视为理所应当的常识性问题，挑战了在我们信仰体系中居于核心地位的东西。当一个挑衅性的标题发挥作用时，首先，我们会意识到自己最坚信的东西正面临着挑战。因此，在某种程度上，个体可以被视为信念和欲望交织的网络，这是一种自我挑战。这种标题打开了一个黑暗空间，从中可能会出现一些东西，将我们击倒、嚼碎，使我们异化，甚至可能会引起神经紧张和焦虑。

但是，挑战也意味着机遇。在上述语境中，神经紧张和焦虑远比身处险境更易被人接受。我的意思是，这种标题一旦引起我们的注意，我们就要做好它可能会在学术话语体系中被提出的挑战。在学术话语体系中，应对挑战是一种可行的措施，我们有无数的方式去质疑任何论点的合理性，否定其前提或者搁置其结论。在此之后，我们方能感知到自己处于安全状态。显而易见，我们之所以处于安全状态，是因为很少有学者给自己的文章用挑衅性的标题，这实际上意味着他们文章标题的含义通常就是字面意思，或者说，很多人只有在超常规的条件下才会采用挑衅性的标题。一般情况下，他们的主要思想是非常温和的，只有以特定的、不太明显的方式理解其挑衅性标题时，才能体味出他们所要表达的观点。

譬如，当某读者认真阅读斯拉沃热·齐泽克(Slavoj Žižek)的标题《为什么海德格尔在1933年迈出了正确的一步》之后，一定会注意到在词语"Step"之后有一个上标数字，里面包含着一个重要的注释信息："即使方向错了。"如果有人读了整篇文章，最终会发现这是对哲学家参与革命行动的普遍赞誉，而不是对海德格尔参与纳粹主义那段历史的赞扬。齐泽克认为："海德格尔参与纳粹主义并不是'完全错误'的，可悲的是，他几乎没有错误，他部署了革命行动中的组织结构，然后以法西斯式的破坏扭转这一局面。从他20世纪20年代末到30年代中期的著作中可以看出，海德格尔最接近真理之处恰恰是他所犯错误最多之处。"[②] 这种观点仍然可以视为一种激进性的思想，

---

① 斯拉沃热·齐泽克：《为什么海德格尔在1933年迈出了正确的一步》，《齐泽克研究国际期刊》2007年第1卷第4期；蒂姆·莫顿：《自然缺席的生态学：反思环境美学》，马萨诸塞州剑桥：哈佛大学出版社2007年版；约翰·普洛茨(John Plotz)：《沙发会说话吗？观物论》，《评论》2005年第47卷第1期，也可参见：10.1353/crt.2006.006；伊恩·博格斯特(Ian Bogost)：《异类现象学，或作为物体是什么感觉?》，明尼阿波利斯：明尼苏达大学出版社2012年版；斯坦利·费什(Stanley Fish)：《自由主义不存在》，《杜克法律杂志》1987年第36卷第6期；乔恩·惠特利(Jon Wheatley)：《伦理学不存在》，《伦理学》1973年第84卷第1期；马库斯·加布里埃尔(Markus Gabriel)：《为什么世界不存在》(英文版)，英国剑桥；麻州莫尔登：政治出版社2015年版。

② 斯拉沃热·齐泽克(Slavoj Žižek)：《为什么海德格尔在1933年迈出了正确的一步》，《齐泽克研究国际期刊》2007年第1卷第4期。

但其激进程度并不像齐泽克最初在文章标题中所隐喻的那样。

总而言之，在我们分析如何面对这些挑衅以及那些理论上会把我们击碎的挑战时，我们应该与之保持一定的距离。我们向深渊眨眼，深渊也向我们眨眼（我们面临着挑战，挑战也面临着我们）。尽管这种抑制紧张或冒犯其支持者的经验似乎是自相矛盾的，但（这些经验）并没有任何特别之处，因为它们是艺术——这一人类最普遍和最受欢迎的活动的典型产物。例如，实用主义哲学家理查德·舒斯特曼（Richard Shusterman）在其文章《艺术即戏剧化》（*Art as Dramatization*）中认为，促使（这些经验）产生的能力是将某种事物定义为艺术的必要条件①。如果我们沿着实用主义美学的谱系去考究，就会发现其源头可以追溯到约翰·杜威（John Dewey）等的著作《艺术即经验》（*Art as Experience*），该书对"经验"（在艺术和人类活动的其他领域，包括学术话语）的吸引力有着相当贴切的阐释。也就是说，在杜威称之为"审美的"这种经验中，"所有生物都是有生命力的"，并且"通过享受而拥有了他的生活"②。换句话说，他们是用大量强烈的情感体验来对抗日常生活的单调与乏味的。

二

最终，学术挑衅性（标题或其他类型）的相对流行，将主要取决于其审美吸引力，当然，对某些人来说，这似乎是一个拙劣的小技巧。更重要的是，如果我们反观理论家蒂姆·莫顿（Timothy Morton）的近期观点，会发现，他认为，追求抑制紧张的体验，实际上是"赋予消费主义最高权力"，这是一种审美的或"浪漫的"消费主义：

> 变革以往的经验是有价值的，一如那些来自吸毒的经验，或者来自紧张的经验，正像华兹华斯所描述的"时间光斑"（spots of time）③ 一样——这些时间带来的创伤使自我脱离了其经验的循环，迫使我们去重新感受周围的事物。（偶然的）外部事件成为帮助我们重塑自我的重要经验，埃米莉·詹金斯（Emily Jenkins）的《舌头优先》《Tongue First》一书的标题暗示了19世纪反思消费主义（reflex-

---

① 理查德·舒斯特曼：《艺术即戏剧化》，《美学与艺术评论杂志》2001年第59卷第4期；关于舒斯特曼将艺术定义为戏剧化的讨论，更多内容可参见沃伊切赫·马莱茨基《"具身性"的实用主义：理查德·舒斯特曼的哲学与文学理论》，王亚芹译，中国社会科学出版社2019年版。

② 约翰·杜威，乔·安·博伊兹顿（Jo Ann Boydston）和亚伯拉罕·卡普兰（Abraham Kaplan）：《约翰·杜威的后期作品》（1925—1953），《艺术即经验》（1934），原文中用的"possesses his living through enjoymen"（通过享受而拥有了他的生活），南伊利诺伊斯大学出版社2008年版，第33页。

③ 译者注："时间光斑"（spots of time）的说法出自华兹华斯的自传体长诗《序曲》，他将早期的人生经历特别是童年和青少年时期的生命经历视为创作的重要源泉，当下的经验触发了他对以往经验的重新感知，于是出现了"当下的自我"和"曾经的自我"两种不同的"自我意识"。这些过去的"时间光斑"都是极度浓缩的、或情感激昂的瞬间经验，在经历了时间的沉淀之后被重新组织起来，进入一种难以获取的平静状态。作者在这里引用华兹华斯的例子其实是想说明，华兹华斯本人其实对这种"靠资本生存"是有自知之明的，可以被视为"反思性消费"的典型表达。

ive consumerist）或波西米亚主义（bohemian）的表达方式。这种思想是让人通过消费之前未接触过的物质（在詹金斯的案例中是海洛因），或扮演不同的角色，而浸入主观主义的新形式。这种浸入是可替代性的。现实总是给人一条救生索，其主观形式与所扮演的角色之间总保持着一种具有讽刺或批判意味的距离①。

这正是消费主义的精神内涵，我之所以把它呈现在文章的标题中，主要是为了让标题读起来显得不那么反常。如果有人认为我要谈论的是救赎的力量，可能会有些令人失望；如果认为我要谈论的是消费购物等话题，可能不会那么失望。按照莫顿的解释，这是因为审美消费主义是当前资本主义现实中主要的消费形式。从某种意义上说，之所以如此，一方面是因为消费者在获得商品之后更高层次的追求是我们所谈论的超越性体验，另一方面是因为审美消费主义作为一种“元消费主义者”（meta-consumptionist）体系适用于所有的消费类型：

（审美的）消费主义是一种反思性的消费方式。它与一个人如何成为某种类型的消费者有关。一个不只是吃胡萝卜的人，他却会自诩为食胡萝卜者。我们可以再进一步思考这种现象，由此形成了一种反思性消费主义。在现代社会，我们都是潜在的反思型消费主义者，这种类型的人在浪漫主义时期只属于某些先锋派（比如波德莱尔（Baudelair），德昆西（De Quincey）等）。反思型消费者的兴趣主要集中在对某种形式的消费主义的体验——主体性购物中心的橱窗式浏览——无“目的”或无购买意图的“康德式（Kantian）”审美消费。闲逛者……就这样诞生了。从某种意义上说，无论我们是否喜欢，现在我们都是闲逛者。客观的社会形态（电视、广告、互联网、购物中心）使我们不得不成为一个反思型消费主义者②。

现在，莫顿和达纳·菲利普斯（Dana Phillips）③ 都主张，一般意义上的环境写作尤其是自然写作，就其作用而言（即使读者在“舒适”的扶手椅中去体验“自然本身”的令人兴奋的现实感）可以并且应该被视为资本主义审美消费主义的一部分④。我同意

① 莫顿：《自然缺席的生态学》，哈佛大学出版社2007年版，第111页。

② 莫顿：《自然缺席的生态学》，原文强调的重点。

③ 我把这两位作者的并列归功于蒂莫西·克拉克（Timothy Clark）；蒂莫西·克拉克的《剑桥文学与环境导论》，《剑桥文学导论》，剑桥大学出版社2011年版，第39—42页。

④ 莫顿：《自然缺席的生态学》，哈佛大学出版社2007年版，第127页。达纳·菲利普斯《生态学真相：美国的自然、文化和文学》，牛津：牛津大学出版社2003年版，第211页。其中有一段写道：“自然作家像文案人员一样擅长描述，这使他们能够让读者感受‘在户外的’替代性‘体验’（一种惯用的，但却矛盾的表达）。不用说，他们的绝大多数读者将会舒适地坐在室内享受这种替代性体验。因此，他们可以避免不断暴露在室外可能产生的可怕事故，以及汗水、晒伤、昆虫叮咬、荨麻刺痛、扭伤脚踝和泳衣里进沙子等轻微的不适。他们可以在室内安全地玩，只是会无聊和花费一点零用钱。因为自然写作确实是一种商品；毕竟，自然作家开发自然资源，如果只是为了形象，他们可以把一个高雅和精致包装的产品推向市场。他们迎合了上层阶级的乔和简的品味，他们受过教育，有一些可支配收入，甚至可能在湖边或山区拥有一个能够像自然作家一样悠闲散步的度假别墅。”

上述观点，而且我还要补充一点，否认上述观点的生态批评家和环境学家们（他们中有相当一部分）[①] 极有可能是受蒙骗的或持怀疑态度的。此外，我也支持莫顿去尝试完成上述经验性的任务，大多数环境艺术（自浪漫主义以降）都显示出一种基本的结构悖论：一方面，它试图让我们对非人类世界产生一种温暖的亲切感，另一方面认为“自然是‘远离人类生活’的客体——是一片没有任何人类踪迹的原始荒野”，因此我们要重建“它试图消除的人与自然之间的隔阂”[②]。

无独有偶，我也认为，正是因为环境叙事迎合了审美消费主义和人们长期积淀的对环境的深厚情感，如果我们用多元的、浪漫主义的方法去分析环境问题，那么它将成为一种特别有用的、（或许是）唯一能够引起社会变革的工具。这种（方法）变革能够有效地解决我们今天所面临的环境危机。因此，我认为，如果仅仅因为环境叙事在审美消费主义中的作用，或者仅仅因为它被莫顿评断为幼稚的内在矛盾的理论，而不使用这个工具，这其实才是一种战略性的幼稚。我同样认为，依靠理论家自己所青睐的“理论上合法的”环境艺术形式的进步潜力是幼稚的。至少莫顿倡导的那些艺术形式，是希望我们“爱”非人类环境及其所构成的与人类有巨大差异性的有机生命（往往是令人恶心的、懒惰的和无意义的），但是并未尝试与环境建立任何一种亲密、友爱和亲缘性的关系[③]。如果在这种朴素的叙事和（那些令人恶心的、懒惰的和无意义的）“黑暗生态”中有进步力量的话，那么，这些就是例证[④]，只有像莫顿本人这种理论考究、审美雍华的人才能感受到，但是这种力量太少了，至少在目前情况下，这种力量还不足以转化为任何真正的、有价值的社会影响[⑤]。

如果环境学家们希望环境艺术产生真正的社会影响，那么出于战略上的考虑，他们可能会悖逆于当前环境艺术研究的潮流，转向他们不感兴趣但能够吸引他人关注的艺术形式。在这一点上，我赞同加里·沃尔夫（Cary Wolfe）在他的文章《人性倡导与人文学科：理念本身》（*Humane Advocacy and the Humanities: The Very Idea*）中提出的基本假设，即“为了人的理想而做出实际改变的语用学在很大程度上取决于一种预测能力，这种预测能力能够将其受众引向他所期望的视野中”[⑥]。概括地说，如果受众所期望的观点

---

① 菲利普斯：《生态学真相》，牛津大学出版社 2003 年版，第 211 页。

② 莫顿：《自然缺席的生态学》，哈佛大学出版社 2007 年版，第 125 页。

③ 莫顿：《自然缺席的生态学》，哈佛大学出版社 2007 年版，第 195 页。

④ 莫顿：《自然缺席的生态学》，哈佛大学出版社 2007 年版，第 195 页。正如莫顿所说：“这是真正的生态伦理行为。在这方面，黑暗生态与那些遵循黑格尔辩证法的浪漫主义背道而驰，自我与他人和解的故事中的自我是伪装的自我”。参见蒂姆·莫顿《黑暗生态学：未来共存的逻辑》（Dark Ecology: For a Logic of Future Coexistence），韦勒克图书馆批判性理论讲座，纽约：哥伦比亚大学出版社 2016 年版，第 196 页。

⑤ 当然，这并不是说这种叙事永远不会产生更广泛的影响。它们可以产生，但前提是要求我们首先进行社会转型（尤其是审美趣味的巨大转变），这将至少和我正关心的环境态度的变化一样难以实现，并且我们似乎没有足够的时间采取这种迂回的策略。

⑥ 加里·沃尔夫：《人性倡导与人文学科：理念本身》，载于《物种问题：人性倡导与文化理论》，由玛丽安·德科文（Marianne DeKoven）和迈克尔·伦德布莱德（Michael Lundblad）编辑，哥伦比亚大学出版社 2012 年版，第 27 页。

是，人类面对“人类纪”的挑战时能够拥有一种较强的环保意识（而我们想让更多人获得这种环保意识来应对这些挑战），那么环境叙事可能是我们唯一的希望。原因如下：

很长一段时间以来，人们一直认为教育是激发“亲生态”（pro-ecological）态度的好方法；为了实现这一目标，我们只需要向公众提供一些信息，这些信息包含人类对环境的影响程度以及由此带来的风险。诚然，这种想法听起来似乎是合理的，甚至是显而易见的，而且我们肯定能够找出大量令人印象深刻的实例来证实它。因此，我们不惜花费重金（数百万欧元和美元）以求在实践中实现这一目标。然而，正如托马斯·赫伯林（Thomas Heberlein）在他颠覆传统的著作《驾驭环境的姿态》（*Navigating Environmental Attitudes*）一书中所表明的那样，这种（通过教育来赢得公众对环境好感的方法）观念在实践中是根本行不通的[①]。由于诸如此类的研究，以及对提高环境意识的举措的普遍失望，研究者们一直在寻找能够影响公众态度和行为的其他方式。

特别是，最近社会心理学家、自然科学家和艺术家们纷纷提出，要实现上述目标，一个非常重要甚至是不可或缺的方法是使用艺术媒介，因为艺术媒介（显然它们是仅有的）可以把“被很多人认为是枯燥的科学问题”转变成一个令人感兴趣的、真正关注的对象，[②] 或者用 2014 年生态大片《星际穿越》（Interstellar）的导演的话来说，它变成了某种“非常明显和真实”的东西[③]。不用说，在这类论证中最常被引用的艺术形式，恰恰是菲利浦（Philips）和莫顿视为消费主义的环境叙事，他们之所以声称环境叙事有积极作用，与其说是为了迎合消费主义，不如说是因为艺术媒介所发挥的作用。

很多人文学者也一直持此观点。举例来说，劳伦斯·布尔（Lawrence Buell）和斯科特·斯洛维奇（Scott Slovic）等生态批评学家一直以来都认为，文学叙事可以作为强有力的情感手段发挥作用，让读者产生比在一般的日常语境中更加强烈的体验，如果现实世界的价值和不稳定性是可以替代的，这种“环境写作可能最终会对环境政策和法规，以及其他社会成员的日常行为，甚至是人们有意识和无意识的世界观产生影响”[④]。尽管

---

① 参见托马斯·赫柏林（Thomas Heberlein）《驾驭环境的姿态》，牛津大学出版社 2012 年版，也可参考作者的同名文章《驾驭环境的姿态》，《生物保护》2012 年第 26 卷第 4 期，威利在线图书馆，网址：10.1111/j.1523－1739.2012.01892.x。

② 托马斯·劳（Thomas Lowe）等：《明天会到来吗？灾难叙事与公众对气候变化的认识》，《公众理解科学》2006 年第 15 卷第 4 期，网址：10.1177/0963662506063796；苏珊娜·莫泽（Susanne C. Moser）和莉莎·迪林（Lisa Dilling）：《使气候变得炙手可热》（Making Climate HOT），《环境：可持续发展的科学与政策》2004 年第 46 卷第 10 期，网址：10.1080/00139150409605820；伯尼·布尔金（Bernie Bulkin）：《“气候变化小说”：气候问题的一个答案？》，《赫芬顿邮报》2013 年 11 月 1 日，网址：http：//www.huffingtonpost.com/bernie-bulkin/cli-fi-one-answer-to-a-climate-problem _ b _ 4179177.html。

③ 阿丽莎·罗森伯格（Alyssa Rosenberg）：《〈星际穿越〉中肯·伯恩这个令人惊喜的角色是如何诠释这部电影的》，《华盛顿邮报》，2014 年 11 月 6 日，网址：http：//www.washingtonpost.com/news/act-four/wp/2014/11/06/how-ken-burns-surprise-Role-in-Interstellar-explains-movie/。

④ 参见斯科特·斯洛维奇《远离思考：参与、务虚和生态批评的责任》，里诺：内华达大学出版社 2008 年版，第 140 页；劳伦斯·布尔《为濒临灭绝的世界书写：美国境内外的文学、文化和环境》，哈佛大学贝尔克纳普出版社 2001 年版，第 2 页。

这听起来匪夷所思，但这种观点已经得到了一些经验的证实[1]，而且这类相关研究的数量还在持续增加[2]。

三

如果我们上文所论，“环境叙事能够产生社会影响”的观点无须进一步证实的话，那么，最后这部分我想论述一下当代环境叙事流派的一个不利的发展倾向，它与处理当前生态危机的方式有关，而且可能会限制环境叙事的影响。简而言之，如果我们仔细研究环境叙事这一流派的发展演变史，不难发现，它主要关注的是人类对环境影响可能带来的灾难性后果，却很少关注历史上已经发生的实际性后果。最近大家对所谓的“气候变化小说”（cli-fi）的强调就是一个很好的例证[3]。要理解这一问题，必须注意：大多数公众可能没有意识到过去我们给环境造成的灾难性影响有多么严重，也可能没有意识到人类活动是如何引发了各种历史性的人为的环境灾难的。倘若一个人没有意识到这些问题，可能很难相信这些影响必定会给未来带来灾难。[4]

甚至可以说，以西方社会生态想象为基础的、对于生态公共话语所暗示的时间域，被一种历时性的精神分裂所破坏了。这种分裂表现在两个方面，一方面，当前环境变化的残酷现实可能会导致未来的严峻形势；另一方面，据说人类过去的行为导致了今天的困境，并且除了如信鸽的灭绝这类不幸的例外情况，人类已经摆脱了这种生态困境。目前对“人类纪”这一范畴的盲目崇拜，以及环境学者和环境活动家对“人类纪”被国际地质委员会和政府机构正式合法化的热切期盼，似乎是扭曲时空意识的表现。正如克莱尔·科尔布鲁克（Claire Colebrook）最近在她的文章《我们一直处于后人类纪》（*We Have Always Been Post-Anthropocene*）中所述：

> 我们看着地质上的伤痕（以“人类纪”一词为索引），然后对自己说，似乎有些东西已经变了：现在，地球终于告诉我们，我们影响了地球。“天哪，谁会想到几个世纪的奴役、暴力、残酷统治、掠夺，以牺牲他人为代价的一部分人的解放——谁会想到这是对‘人类’的破坏性控诉？如果没有地质上存在的确凿证

① 参见斯科特·斯洛维奇和保罗·斯洛维奇（Paul Slovic）合编《数字与神经：数据世界中的信息、情感和意义》，俄勒冈州立大学出版社 2015 年版。

② 见于托马斯·劳等《明天会到来吗？灾难叙述与公众对气候变化的看法》，《公众理解科学》2006 年第 15 卷第 4 期。

③ 史蒂文·科尼利厄斯（Steven Corneliussen）《小说会影响我们对气候变化的反应吗?》，《纽约时报》2014 年 7 月 29 日，网址：http://www.nytimes.com/roomfordebate/2014/07/29/will-fiction-influence-how-we-react-to-climate-change。

④ 当然，这并不是唯一与叙事有关的问题，因为它的叙事时间片完全以“危机时刻”为导向。有关其他一些问题的讨论，参见帕特里克·D. 墨菲（Patrick D. Murphy）《横向生态批评实践：理论论证、文学分析与文化批判》，列克星敦出版社 2013 年版，第 21 页。

据，谁能想象人类会破坏环境呢”[①]？

的确，谁能想象到这一点？今天又有多少人能够想象到呢？但是，由于上述原因，仅仅依靠历史或地质数据，或者利用环境教育项目中典型的推论方法提供的信息，来提高公众的地质想象力和环保意识的方式是不明智的。为了完成这项任务，我们可能需要一些对情感和感官具有适当影响的东西，此外，也要存在具有这些重要特征的环境叙事。我想将其命名为“影响叙事”（impact narratives），不仅是因为它可能对读者产生潜在的影响，还因为这种叙事的主要内容是我们对环境造成的灾难性影响的具体分析。

譬如，吉姆 · 谢泼德（Jim Shepard）的《零米跳水队》（*The Zero Meter Diving Team*）、[②] 艾琳 · 扎比特科（Irene Zabytko）2000 年的小说《未清洁的天空》（*The Sky Unwashed*）、克里斯塔 · 沃尔夫（Christa Wolf）1987 年的小说《核事故》（*Störfall：Nachrichten eines Tages*）和弗雷德里克 · 波尔（Frederick Pohl）的《切尔诺贝利》（*Chernobyl*）等作品都是关于切尔诺贝利的灾难。罗梅什 · 古斯科瑞（Romesh Gunsekera）1994 年的一部小说《珊瑚礁》（*The Reef*），该小说主要讲述了斯里兰卡河流筑坝对该国珊瑚礁的影响[③]；马哈思维塔 · 德维（Mahasweta Devi）关于“印度滥伐森林”带来的严重后果的短篇小说[④]；茱莉亚 · 雷（Julia Leigh）的小说《猎人》（*The Hunter*）和丹尼尔 · 奈西姆（Daniel Nettheim）根据此小说改编的电影（2011）；《星际穿越》这部电影在关注未来环境灾难的同时，也讲述了过去发生过的沙尘暴[⑤]；因德拉 · 辛哈（Indra Sinha）的小说《动物性人类》（*Animal's People*）和 2014 年的历史剧《博帕尔：祈雨》（*Bhopal：A Prayer for Rain*）都是关于博帕尔毒气的悲剧。最后是菲利普 · 斯普林格（Filip Springer）的《米兹扬卡》（*Miedzianka*）（2011），[⑥] 这是一篇报告文学，主要讲述的是“1948—1952 年俄罗斯人对下西里西亚省铀矿的过度开

---

① 克莱尔 · 科尔布鲁克（Claire Colebrook）：《我们一直处于后人类世》，即将出版的《人类世女性主义》，理查德 · 格鲁辛（Richard Grusin）主编，阿波利斯：明尼苏达大学出版社 2016 年版。我想感谢克莱尔 · 科尔布鲁克允许我引用他在学术教育网站（Academia. edu）上发表的论文草稿。

② 乌苏拉 · 海塞（Ursula Heise）：《落日余晖：切尔诺贝利和日常生活》，载于《文学与文化研究中的自然：大西洋两岸关于生态批评的对话》，卡特琳 · 格斯多夫（Catrin Gersdorf ）和西尔维娅 · 梅耶（Sylvia Mayer）合编（阿姆斯特丹；纽约（NY）：Editions Rodopi BV 出版社 2006 年版），第 177—207 页。

③ 参见夏雷 · 迪卡德（Sharae Deckard）《丛林潮，吞噬珊瑚礁：斯里兰卡文学中的（后）殖民焦虑与生态危机》，载于《后殖民之绿：环境政治与世界叙事》，邦妮 · 鲁斯（Bonnie Roos ）和亚历克斯 · 亨特（Alex Hunt）合编《在自然符号的引导下：生态批评的探索》（夏洛茨维尔：弗吉尼亚大学出版社 2010 年版），第 32—48 页。

④ 参见詹妮弗 · 温泽尔（Jennifer Wenzel）《森林小说与生态危机：解读马哈思维塔 · 德维（Mahasweta Devi）的“独木舟”中的生存政治》，载于《后殖民生态学：环境文学》，伊丽莎白 · M.（Elizabeth M. ）德洛雷（DeLoughrey）、乔治 · B.（George B. ）和汉德利（Handley）合编（纽约：牛津大学出版社 2011 年版），第 138 页。

⑤ 参见威廉 · 克罗侬（William Cronon）《有故事之处：自然、历史和叙事》，《美国历史杂志》1992 年第 78 卷第 4 期。

⑥ 译者注：米兹扬卡是一座被遗忘的波兰小镇，一度成为东欧铀矿工业的新中心。在经历了 7 个世纪的沧桑巨变之后，环境恶化使这里不再适合人类居住，居民大多被驱散他乡，如今它几乎成为废墟，只有不足百人生活在岌岌可危的矿井地面上。作者认为，这个被遗忘的小镇正是欧洲历史的缩影，警示着当下的人类如何对待生态环境。

采”，以及由此导致的一个毗邻波兰和德国的小镇的消失的故事。其他事例我们可以在具有历史敏感性的生态批评家的著作中找到，比如凯特·里格比（Kate Rigby）的作品，我们这里强烈推荐她的新书《与灾难共舞：危险时代的环境历史、叙事和伦理》（*Dancing with Disaster*：*Environmental Histories*，*Narratives*，*and Ethics for Perilous Times*）[①]。当然，类似的事例不胜枚举。我并不想在这里一一列举作品（事实上也无法穷尽），我想强调的是，上述作品大部分都是关于消费主义的研究典范，如果我的理论是合理的，那么消费主义似乎是目前唯一能够拯救我们的东西。

当然，有人可能会指出，由于审美消费主义似乎也是广义的现代消费背后的驱动力，它在很大程度上是造成当前的环境困境，使我们面临全球性生态崩溃与威胁的主要原因，由此认为我提出的解决方案是自相矛盾的。因为它似乎维持着一种机制，这种机制有助于解决它要补救的问题。所以，以环境叙事为形式的审美消费主义，与其说是把我们从问题中拯救出来，不如说是暂时地规避问题（尽管它必定会卷土重来）。

但是，另一方面，审美消费主义的逻辑（即渴望在舒适的环境中享受强化体验的逻辑）从表面看似乎没有任何问题，这可以防止它与传统上所理解的资本主义社会的消费主义形式的分离，这种消费主义已经把我们的经济变成了过热的反应堆，即“辐射灾难式的胜利”（出自阿多诺和霍克海默之语）[②]。我相信审美消费主义可以发挥这样的作用，在这个意义上，消费主义是能够自我克服的。更重要的是，也许你只能用消费主义来对抗消费主义。然而，这是对另一篇论文的挑衅。

---

① 更多内容可参见凯特·里格比（Kate Rigby）的著作《与灾难共舞：危险时代的环境历史、叙事和伦理》，夏洛茨维尔与伦敦：弗吉尼亚大学出版社 2015 年版，该书属于迈克尔 P. 布兰奇（Michael P. Branch）等人编辑的“在自然标志下的生态批评探索”（Under the Sign of Nature：Explorations in Ecocriticism）系列丛书之一。

② 马科斯·霍克海默（Max Horkheimer）和西奥多·W. 阿多诺（Theodor W Adorno）：《启蒙辩证法》，纽约：绵延出版社 1992 年版，第 3 页。

指 责

——论《鼠疫》

［英］杰奎琳·罗斯著* 王 月译**

（北京语言大学 北京 100083）

大约是1月底，自从新冠肺炎在西欧暴发以来，阿尔伯特·加缪（Albert Camus）的《鼠疫》（*The Plague*，1947年首次发行）销量呈指数增长，奇怪的是，这种激增与每天记录病人和死亡人数的图表走向相一致。到3月底，英国企鹅经典系列版本的月销量已经从几百增加到了几千，而且还在不断上升（现在上涨了1000%）。当试图追踪病毒的传播状况时，类似这样的记录总是近似统计和不完美的，但是知道这似乎对它们的准神圣地位没有任何影响。这就好像是根据同一种可识别公式来念数字，无论多么可怕，它使我们能够以某种方式感觉到每个人都知道的处境——不仅是由于政府无能——是失控的。《鼠疫》所传达的信息之一是在我们似乎正在面临最严峻的现实的时候，我们可能也在自欺欺人。计数既是一种科学的努力，也是一种神奇的思维方式。它可以是一种让我们准备好面对猛攻的方式，同时也是一种注定要成为全能的尝试，一种将恐怖分类并将其打包的体系。每次最新的数据被宣布，诸如持续上升，小幅下降，再次上升时，我们被确切地告知了什么？除此之外，我们无法掌握正在发生的事情。我们根据我们的情况和个人能力，力所能及地采取所有该采取的措施，充足的或者不足的。然后我们听天由命。

在加缪的小说中，只有当人们开始死亡，与上百只老鼠的死亡相反，公众才开始明白事情的严重性。即使是那个时候，也仅仅是缓慢地反应。在瘟疫的第三周死亡人数达到302人并不符合公共的想象："这场瘟疫是无法想象的，确切地说是被人们以错

---

* 原文刊于2020年5月7日《伦敦书评》，已经作者杰奎琳·罗斯及期刊编辑部授权翻译。

作者简介：杰奎琳·罗斯（Jacqueline Rose），现任伦敦伯克贝克大学人文学院联席主任，悉尼ACU社会正义研究所的教授研究员，英国独立犹太之声的联合创始人，英国科学院院士。研究领域涉及女权主义、精神分析、文学、政治和巴以意识形态等，在国际上享有盛名。代表作品有《西尔维娅·普拉斯的萦绕》《幻想的国度》《最后的抵抗》《黑暗时期的女人》等。作为《伦敦书评》的常客，她撰写并主持了2002年BBC第四频道的电视纪录片《危险的联络——以色列和美国》。

** 译者简介：王月（1985—），河北承德人，北京语言大学英语语言文学专业博士生，主要从事叙事学，英美小说与西方文论研究。

误的方向想象着。”正如加缪在他的1938年创作的笔记中所言，人们“缺乏想象……他们并未想到这场瘟疫的真正规模”想到的补救措施仅仅适合鼻子引起的一场感冒。而他们会慢慢死去。或许，小说中的一些人认为，并非所有的死亡都归因于这场瘟疫。他们问道，像这样规模的城市正常运转的话，一周的平均死亡数字会是多少？这些公式几乎完全是唐纳德·特朗普（Donald Trump）和贾伊尔·博尔索纳罗（Jair Bolsonaro）在最初的否认模式中使用的（博尔索纳罗至今不为所动）。对于加缪来说，这样的想法不应被误认为危险蠢人的咆哮，即便事实如此。他感兴趣的是人类主体如何应对灾难。否认或者防御是思维在压力下产生的反应中不可或缺的部分。战争和瘟疫在不信任下相遇。难以置信，它们全然发生，或者说，考虑到他们对人类尊严的侮辱——他们的“愚蠢”，用加缪的话来说——他们将忍受：“历史上的瘟疫和战争一样多，然而战争和瘟疫总是同样地让人感到吃惊”；“只有随时间消逝，稳定的死亡率才不会被忽视，那时，公众才认识到真相”。

然而，对于加缪来说，拒绝服从于无差别的数字统计同样代表一种创新形式，一个想象这个世界超越此刻苦难的决定。如果不这样做就是冒险复制瘟疫本身的残酷逻辑。小说中疾病可能接近尾声的第一个真正标志是当数字不再增加或者没有意义：如周一增长死亡人数，但到周三由于某原因全然没有增长；一个地区还有上百人依旧面临死亡，其他地区的瘟疫似乎悄然消失。这场瘟疫，加缪的叙述者评价道，是正丢失“它的自我控制，以及迄今为止一直是它的王牌，那近乎数学效率的冷酷无情”。被拉平的数字。这是一种杀人的艺术。统计人类，活着的或者死去的，意味着你已经进入了一个抽象的世界，事情已进入一个绝望转折点的首要标志。当然统计也可以具有完全相反的含义。如果某个人统计，这些数字的重要性体现在更进一步的暗示它们可以用来回应人类自己的行为。另一方面，不去统计是一种被忽视或无视，就像奥兰的阿拉伯人，他们从加缪描写的法籍阿尔及利亚城市中缺席现在看来似乎是小说最明显的败笔，当时有十万阿拉伯人生活在奥兰。

那么，“统计”或许是弗洛伊德所谓的“首要话语的相反含义”的一个例子，这是最古老埃及语言的特征：呼吁同时指示一件事及与其相反的事，而且这也具有一种魔力，因为它们将你释放到一个矛盾和神秘的世界。使用这样的语言总是一种冒险。你最不想指出的意思恰恰就在话语的表层之下，如同这场瘟疫甚至已经减轻之后，加缪坚持认为，它并没有永远地消失。相反，它耐心地等待它的时机在“卧室、地窖、树干、手帕及旧报纸中，直到这一天来临，为了人类的痛苦和启示，瘟疫唤醒了他的老鼠并释放它们到一个快乐的城市里死亡（小说最后的几行）”。在小说《鼠疫》中，鼠疫既是一种破坏，也是一种启示。它让一个腐败世界所隐藏的真理浮出表面。这在很早的时候就已被暗示，当死去老鼠的柔软尸体在夜里被感觉到就在脚下，但是在任何人死亡之前：

> 就好像我们的房子所在的土地上的分泌体液正在被清除，直到那时，一直在内部发挥作用的脓肿和血栓都被推到了地表。想象我们这个小城市的震惊，在此之前那么平静，短短几天就动摇了它的根基，就如一个健康的人突然感到他的浓稠血液的剧烈涌动。

这部小说的第一位英文译者司徒亚特·吉尔伯特将“内部发挥作用”——法语是“travaillaient intérieurement”译为“在其内脏里成形”。这更注重人体内脏但丢失了法语“intérieurement”本身的模糊性，它既可以指身体内脏的不安也可指潜意识思维的躁动。

在近期的一个采访中，朱莉娅·克里斯蒂娃注意到电话分析会议因为疫情而实施，在一个新的距离保持声音，这样帮助沉默的病人诉说记忆和不幸的深刻形式——一位因癌症早死的母亲；一个被虐待或遗弃的孩子——他们曾经没有机会表达。地点同样有它们的秘密，它们就像这场瘟疫，似乎可以爆发在任何地方。

2019 年 4 月，在德里，在采写新闻中她被射杀，这位北爱尔兰记者利拉·麦基曾描述平静的过程迫使人们对于动乱的暴力患上集体失忆症，目前它正在侵扰着当下“如同幽灵一样拒绝离开到另一个世界”。最大的背叛就是政治家的许诺“年轻人消失和弥留的年轻人将会消失的日子”。这篇文章发表于 3 月 28 日的《卫报》，正是英国封城的第一周，这增加了它那预兆性的奇怪氛围，好像麦基早就警告我们说我们将进入或者再次进入战争状态。

在他翻译的《鼠疫》中，吉尔伯特将“革命浪潮”去掉了革命的提法（作为一个人，很重要的一点是不要把政变和革命的特征联系起来），他将其翻译成更有诗意的“血液沸腾就像血管中的野火”。这是一个真正的损失。“革命”指向加缪的《反叛者》，这本 1951 年继《鼠疫》之后出版的书的英文书名《反叛者》——再次回避了革命的关键元素，以及厌恶的元素。加缪在本书开篇第一章中写道：“在每一次叛乱中，这个人都经历了……对侵犯他权利的反感。”在《鼠疫》中，这两种情感的不可分割性被最简洁地捕捉到在作为中心人物并在小说最后显露出作为叙述者的医生伯纳德·里厄和神父帕尼索之间的交流中，神父向充满恐惧的教众宣扬默许和神圣的爱，同时也加入了抗击瘟疫的行列，对于瘟疫他（终究是屈服了）。这两个人刚刚目睹了一个他们认为自己能够挽救的孩子的漫长死亡：

“有时候，我唯一的感觉就是疯狂的反抗。”

> 我明白了，帕尼索低声说。这种事情令人反感，因为它超出了人类的理解。但也许我们应该爱我们无法理解的东西。

> 不，神父。我对爱有不同的看法。直到我死的那一天，我都会拒绝去爱那些

让孩子们受折磨的制度。

这场瘟疫引发了一场血的革命。它像一场抗议或叛乱一样暴发了，一瞬间的清醒。由此看来，这本小说可能是在发出警告，也可能是在提出一个问题，促使人们对新冠病毒所暴露的世界做出许多反应。在什么条件下才能看到社会剥夺的真相？“封锁就像化学实验一样突然照亮了一切”，阿兰达蒂·罗伊（Arundhati Roy）最近观察到，印度的工人阶级和外来务工人员从富裕的城镇和大城市大量涌出，“就像大量不必要的收益”。在英国，紧缩政策的瓦解或多或少是在鲍里斯·约翰逊（Boris Johnson）赢得大选的那天早上开始的——尽管每个人都知道最初的转变是为了拉拢那些只是把选票“借”给他的红墙选民。没有人能够预测，这个政策是会被当前的危机放大到千倍，部长们纷纷宣布结束撒切尔时代的口令，国有化和经济救援，向国家医疗系统（NHS）注入数十亿英镑资金，并将工人保护写入法律，像羊毛被从他们的眼睛拔出，整个剥削和不平等的秩序可能就要结束了。

这使我们危险地接近了这样一种想法，即奇迹可以从诅咒中产生，所有的痛苦将被证明是值得的（加缪毫不含糊地说，没有什么可以为瘟疫引起的痛苦辩护）。但是有些东西正在发生，对此许多人早已视而不见。柏林墙倒塌后不久，纽约的一位朋友对我说，穷人突然出现在城市的街道上：在1989年之前，只要提到他们，就会被立即抹上共产主义的油漆。加缪被这个问题折磨着：人类睁开眼睛能做什么，或者被允许做什么。《反叛者》写于20世纪40年代，当时他无法理解为什么男人可以一边折磨别人，一边继续看着受折磨者。

今天，坚持主张的是“我们”都在一起，即使有社会差距——那个“我们”的脆弱——从未如此明显：在有花园的家庭和住在不通风的高楼大厦里的家庭之间的隔阂是在公园里包围人们的警察所忽视的区别；在伦敦北部的慢跑文化和孟加拉国的贫民窟之间的隔阂，社交距离的概念，更不用说大量的肥皂和洗手液，是一个恶心的笑话；在医疗严重短缺时分配了一张ICU病床给予首相的医疗护理——我们最初是这么被告知的——和托马斯·哈维之间，这名来自伦敦东部的护士，在（国家卫生系统）NHS工作了20年，直到他在浴室里喘着气死去之前，他的家人被建议他不必去医院（尽管家人打了四次电话到医院）。

奇怪的是，新冠病毒引发的恐慌性购买，转移了人们对在瘟疫和战争时期维持粮食供应这一更基本问题的注意力。关注个人的贪婪，这已成为英国的反应（少买！或者只拿你应得的那份！）。这意味着，只要人们克制自己，每个人仍将生活在一个供应充足的世界。意大利南部最贫困的地区发生的抢劫和超市袭击事件在英国几乎没有成为新闻，那里的人们面临着饥饿的真正风险，这表明，唯一值得报道的死亡事件是由疫情直接导致的。就像以前没有人死去一样。这不是不寻常。弗洛伊德在第一次世界大战中期的时候写到，人们倾向于把所有的死亡都视为可悲的例外，而不是我们都能及时想到的事情。当供应问题被提出，它往往会成为被讨论的一部分——一个必要的部分——关于全球化对食物链造成可能无法弥补的破坏。没有人知道新冠病毒之后的世界是否会更加适应气候变化，采取相应的应对措施以应对它，或者自然资源是否会加速开发，以弥补失去的时间。

在加缪的小说中，人们在挨饿。当奸商乘虚而入，利用粮食短缺之机，贫富之间的鸿沟进一步扩大："奸商出手以高价供应商店里买不到的基本食品。其结果是，贫穷的家庭处于巨大的困境，而富人几乎什么都不缺。"这是一个错觉，认为死亡是伟大的平衡器：因此鼠疫通过其公正的维护本应提升我们的城市居民间的平等，现在出现了相反的效果，由于不同形式的自私行为，它增强了人类心中对不公正的感知。当奥兰的穷人打着"面包或空气"的旗号走上街头时，他们的示威活动立即遭到残酷镇压。加缪在呼喊不公。这场瘟疫是（或者应该是）一个建立更公平世界的机会。他在号召一场起义，但他毫不怀疑，重要的是如果穷人采取行动，最可能发生的将是什么——面包、空气、生命——都掌握在自己手中。

不仅是穷人。今年4月，在巴基斯坦，医生们以和平的方式抗议医院的个人防护装备短缺被警察用AK47步枪袭击，被拖着穿过街道，扔进卡车，并被拘留了一整夜。"我当时想，警察怎么能对抗击新冠肺炎的第一线人员使用暴力呢？几天前，同样是这些人还向我们致敬，感谢我们在疫情中发挥了带头作用"。一位医生说道。"看来是我错了"。另一位医生已经因为缺乏设备（他所在的省只有19台呼吸机）而不得不拒绝接收病人，他简单评价说："我认为这种瘟疫在俾路支省（巴基斯坦城市）是无法治疗的。"

对于许多当代批评家来说，加缪对正义甚至对叛乱的呼吁都还不够。到《鼠疫》出版的时候，他已经从20世纪30年代走了很长一段路，当时他因支持阿尔及利亚人民党创始人梅萨利·哈吉而被法国共产党驱逐。哈吉为争取民族解放而斗争——虽然没有立刻获得独立——在全国劳工罢工和示威后他被视为危险的煽动者被驱逐出阿尔及利亚。那时，法国共产党认为加缪是阶级战争中反殖民斗争的特权。讽刺的是（杰里米·哈丁在2014年12月4日的《伦敦书评》中讨论了讽刺）加缪现在应该被看作是对阿拉伯事业的失望，因为他是一个如此敏锐的殖民主义批评家，并且在走在他的时代之前：他看到了"制度上"的不公正；重复的同化"谎言"；土地和收入分配明显不公平；殖民者对被殖民者的"蔑视"所造成的"心理痛苦"和伤害。但是，加缪最终未能支持阿尔及利亚的完全独立，这是不可原谅的。在萨特看来，在他们著名的争吵中，加缪后来转而反对苏联共产主义也是一个致命的错误，是一份对在冷战中错误一方的礼物，也是对越南反美帝国主义斗争的背叛。

在此之前，加缪在法国最为人知的是他在抵抗运动中的角色。1943年起，他担任法国地下刊物《战斗》（Combat）的编辑（一份关于《鼠疫》的长篇摘录，秘密地出现在一本抵抗运动出版物的合集中）。这部小说一全文出版就立刻成了畅销书。这本书在出版后十天就再版了，几个月之内就卖出了五万多册。对于一个试图埋葬国家耻辱的民族来说，它被认为是抵抗运动的寓言，同时也是它最大的优点和受到激烈批评的开始。对于西蒙娜·德·波伏娃来说，把1947年的法国写成寓言故事是一种逃避，因为这样读者就可以避免去揣摩维希政权的污点。两个中心人物里厄和让·塔鲁，按照他们关于鼠疫的私人记事来讲述这个故事，两人成为抗击鼠疫的盟友，也可以说是英雄，尽管两人都不愿接受这个称号。这个称号是留给约瑟夫·格朗这个人物的，因为他的善举和对理想的奉献（临时助理市政职员一天62法郎和30分那少得可怜的工资，他把所有的业余时间投入写作和重写他的小说第一句上）。对它的批评者来说，《鼠疫》是对这么多法国公民在战争中所扮演的不光彩角色的粉饰。只有一个角色，科塔尔被认为是一个合作者。

与此同时，加缪把这部小说作为与邪恶进行永恒道德斗争的一个篇章，让自己暴露在故事完全脱离历史的指责之下。如果法西斯主义是大自然的祸害，那么谁也不该受到责备。1955年，罗兰·巴特（Roland Barthes）在关于这部小说的两篇文章的第二篇中写道："邪恶有时也有人性的一面，而《鼠疫》对此却什么也没说。"纳粹是历史的代理人，而不是某种细菌（这是纳粹最喜欢用的一个比喻来形容他们的犹太受害者）。正如肖莎娜·费尔曼（Shoshana Felman）指出的那样，小说中对大屠杀的暗示是不容置疑的，这还不够：在过去成千上万的鼠疫受害者存在于当代的想象中，"只不过是一缕烟"；或者每天一万的死亡人数，里厄计算，相当于将所有人挤在出口五家爆满的电影院出口延伸到城市广场"成堆地死亡"。这两项指控似乎相互抵消了改写过的历史，也没有任何争议。加缪觉得自己被误解了。他认为，这部小说可以从三方面解读：一个关于流行病的故事；作为纳粹占领的象征（以及任何地方的极权政权）；或者作为对邪恶的形而上学问题的探索，就像梅尔维尔在《白鲸》中尝试的那样，"以其天才之力"。不清楚这些选择中是否有一种能使批评家满意。

当康纳·克鲁斯·奥布赖恩（Conor Cruise O Brien）注意到阿拉伯人在这场瘟疫中的缺席时，他加入了一长串批评的行列。女权主义者会反对小说对女性的表现。小说开篇里厄的妻子寻找治疗她的肺结核的方法；她去了附近山区的疗养院，后来她在那里死去。里厄的母亲在他妻子离开的当天来到他身边，并默默陪伴他支持他的战斗，而这场战斗中他自己并没有发挥作用。在塔鲁的日记里，她因其淡漠和沉静受到赞扬，一个静止的黑色形象，"逐渐融入入侵的黑暗"。塔鲁描述了八年前他母亲的死，说她"只是比平常更低调"。小说中的女人或者是受折磨的病人，或者是偶然的先知，她们被允许向夜空中哭诉自己的痛苦。她们中没有一个人能达到对男性角色的重新审视的高度，小说不止一次地表明，这种存在方式是鼠疫时代唯一的真正慰藉和坚守的伦理价值。里欧的母亲，塔鲁告诉我们，"她不假思索就知道一切"。吉尔伯特试图通过把这句话翻译成"她知道一切而不必（明显地）思考的天赋"来扭转局面，然而"天赋""明显地"并不在原文中。女人是多余的，她们绕着男人的思维转。

今天，随着数字的持续轰炸，一项令人胆寒的统计数据开始引起人们的注意：由于封锁，越来越多的女性在无路可退地忍受着家庭暴力。4 月 6 日，避难所报告说，自封锁开始以来，拨打其国家家庭暴力求助热线的电话增加了 25%。在 3 月 23 日至 4 月 12 日期间，经统计女性中有 16 人因家庭暴力死亡（而过去十年同期平均为 5 人）。想象一下这样一个场景：作为一个女人，你唯一的选择就是静静地被锁在一个可能会有生命危险的家里，或者去一个你不知道自己能否生存下去的地方。我们可以说，当故事开始时，《鼠疫》中的女人已经被关了很长时间。随着对女性暴力行为的增加开始被记录下来，重读这本小说，我开始发现，“封锁”不仅是描述她们生活的好方法，也是描述 40 年代和 50 年代许多女性生活的好方法。在加缪写作的时候，无论有没有瘟疫，沉闷的家庭生活都是常态。对我母亲来说当然这是事实，她的头两个女儿，姐姐吉莉安和我出生于 1947 年，《鼠疫》出版于 1949 年；她的第三个女儿艾莉森出生于 1956 年。我一直在读的那本有下划线和标记的版本，就是我 17 岁时为法语 A 级水平考试而学习的那本。

从那时起，许多事情都发生了变化，我过上了母亲梦寐以求的生活（法语 A 级在很多方面都是这样的生活开始的地方）。但话又说回来，也许没有那么多。我扪心自问，女性现在是否处于双重危险之中，受到某种形式的暴力，而在危机之前，她们至少有机会逃脱这种暴力；但也许还有其他的目标，一种报复或惩罚——所谓的“反弹”，因为在当今正常的（非病毒的）情况下，对大多数女性来说，被锁在家里、被关在家里、被隔离已经不再是常态。这些女性首先是时势险恶的替罪羊，但她们也因为刚刚赢得的自由而被谋杀。十年前，在与我的一次公开对话中，朱丽叶·米切尔说，令我和我们的讨论者吉恩·雷德福彻底吃惊的是，现代女权主义尽管有挫折和失败，但绝对是成功的。她解释说，因为女权主义永远是一场持续时间最长的革命，是一场你永远不会放弃的革命，即使你知道它不太可能结束。当我读到一些妇女的故事，她们今天唯一的选择是被困在家里，与一个虐待她们的伴侣在一起，我很难同意朱丽叶的观点。只是到目前为止的这种病毒，就像加缪的鼠疫一样，使我们对我们所看到的最糟糕的情况有了新的警觉和责任。

谁对这场鼠疫负责？在小说的关键时刻，读者从记录者塔鲁那里得到了这个问题的一个可能答案，里厄在实践上和心理上越来越依赖他。在他们之间最亲密的几次谈话中，塔鲁叙述了他的个人经历。后来，为了纪念他们的新友谊，这两个人晚上去游泳，利用他们作为一线工人的通行证到码头上去。这是小说中分享快乐的独特时刻。“当然，一个人应该为受难者而战”，里厄在出发时说，“但如果这阻止了他去爱其他事物，那又有什么用呢”？他们准备脱下衣服，投入月光下的大海：

> 黑暗在他们面前无限延伸。里厄的手能摸到岩石那张饱经风霜、粗糙不平的表面，他感到一种奇怪的幸福。他转向塔鲁，瞥见了他朋友那张平静而严肃的脸，脸上同样洋溢着幸福，那种幸福使他忘却一切，甚至谋杀。

在法语中，最后一个词是“暗杀”，可以翻译为“谋杀”或“杀害”。这个词与蓄意犯罪的概念很接近，从那到大屠杀是世界刚刚见证的事，它还没有被命名为“种族灭绝”或“反人类罪”，但很快就会被命名。

对塔鲁来说，谋杀就是国家谋杀。他最令人不安的童年记忆是在法庭上看着他的父亲，作为一个检察官判处一个人死刑（“他的头必须垂下来”）。这个罪犯显然有罪，对他所做的事感到恐惧。他看起来就像一只“被强光弄瞎了眼睛的黄色猫头鹰”，领带系歪了，绝望地摇着脑袋。在那一刻之前，塔鲁一直相信自己作为一个人是无辜的，但他那时意识到，作为一个公民主体，每天都要参与被制裁的谋杀。没有人例外或幸免。他解释说，即使是那些比其他人更好的人，也无法阻止自己杀人或让他人杀人：“这是他们生活的逻辑，如果不给别人带来死亡的危险，我们就无法在这个世界上动弹。”他和父亲疏远了——没有告诉父亲为什么——他成为废除死刑的积极分子，但这并不能减轻他的罪行。“瘟疫”的到来并不令人惊讶：“我已经有了瘟疫，”他在独白中说道，“早在我了解这个城镇和这种流行病之前”。他是个病菌（鼠疫）携带者，随时可能传染给他人：我们每个人心中都有瘟疫；“世界上没有人，没有人能摆脱它。我也知道，我们必须对自己保持时刻警惕，以免一时疏忽把气呼到了别人脸上，把病菌传染给他人”。塔鲁采取了社会距离的原则，并将其置于国家权力的中心。

“我们都是杀手”这一命题，与“不可杀人”这一或许是最严厉的戒律相冲突。因此，塔鲁在和帕尼罗神父谈话时所发出的那种软弱绝望的悲叹，远远不是在吟说我们都是可怜的罪人。他也没有扰乱小说的关键区别，就像整个小说被指责的那样。他并不是把抵抗者和合作者混为一谈，科塔尔是一个共犯，他也在逃避一些隐藏的过去的罪行；格朗是个英雄——或者是个强大和贫穷的人：他所有的同情都在受审的“猫头鹰”上，不管他的罪行是什么。相反，他将矛头指向现代国家，现代国家禁止公民使用暴力，如弗洛伊德所说，“不是因为它想要废除暴力，而是因为它想要垄断暴力，就像垄断盐和烟草一样”。对塔鲁来说，公民对自己的暴力行为的责任并没有因为这种欺诈行为而减轻，而是加重了，因为这种行为是国家以公民的名义颁布的。只要人类不质疑社会安排的残忍和不公正，瘟疫就会继续从卧室、地窖、箱子、手帕和旧文件中爬出来。我们都对世界的弊病负有责任。塔鲁渴望成为一名无辜的杀人犯（甚至一度成为一名圣人），他的意思是承认瘟疫是他的问题的人以他的每一口呼吸与之斗争。在最后一页，叙述者告诉他的读者，他写的故事，留下一个所经受的不公正和暴力的记忆，而且为了声明“简单来说我们在瘟疫中学习到的：人类值得尊敬的地方多于被鄙视的地方”。还有很多事情要做。一想到后果的时候，就还有很多事情要完成。

附　录

附录一　中国中外文艺理论学会历届会议

时间	会议主题	主办单位	地点
1994年6月	钱中文宣读民政部批准文件，宣布中国中外文艺理论学会正式成立	文学研究所和外国文学研究所联合开会	中国社会科学院文学所
1995年8月	“走向21世纪：中外文化与中外文论国际学术研讨会暨中国中外文艺理论学会成立大会第一届年会”	学会和山东师范大学联合主办	山东济南
1996年10月	“中国古代文论的现代转换”学术研讨会	学会与陕西师范大学中文系联合举办	陕西西安
1998年5月	“巴赫金学术思想国际学术研讨会”	学会与北京外语学院俄语系（现北京外国语大学）、河北教育出版社联合举办	北京
1998年10月	“西方文论与中国文论建设”全国学术研讨会	学会联合四川大学中文系举办	四川成都
1999年5月	“1999年世纪之交：文论、文化与社会暨中国中外文艺理论学会第二届年会”	学会联合南京师范大学中文系举办	江苏南京
1999年10月	“新中国文学理论50年”学术研讨会	学会与安徽大学中文系联合举办	安徽合肥
2000年8月	与法国、英国、德国、澳大利亚等多国学者合作，成立“国际文学理论学会”，并召开“21世纪中国文论建设国际学术讨论会”	学会与清华大学、北京师范大学等联合举办	北京
2001年4月	“全球化语境中的文学理论研究与教学研讨会”	学会与扬州大学文学院联合举办	江苏扬州
2001年7月	“创造的多样性：21世纪中国文论建设国际学术讨论会”	学会与辽宁大学文学院联合召开	辽宁沈阳
2001年10月	“新理性精神与文学研究方法论研讨会”	学会与厦门大学文学院联合举办	福建厦门
2002年5月	“文艺学与文化研究”学术研讨会	学会与云南大学文学院联合举办	云南昆明
2003年12月	“全国美学、文学理论前沿问题学术研讨会”	学会、中华美学学会与台州学院联合举办	浙江台州
2004年5月	“中国文学理论的边界”研讨会	学会与北京师范大学文艺学研究中心联合举办	北京
2004年6月	全国第二次巴赫金国际学术研讨会	学会与湘潭大学文学院联合召开	湖南湘潭

续表

时间	会议主题	主办单位	地点
2004年6月	“多元对话语境中的文学理论建构国际研讨会暨中国中外文艺理论学会第三届年会”	学会与人民大学、北京师范大学文学院等联合举办	北京
2005年10月	“2005：新时期文学理论的回顾与展望全国学术研讨会”	学会与湖南师范大学文学院、北京师范大学文艺学研究中心联合召开	湖南长沙
2006年9月	“当前文艺学热点与教育改革”学术研讨会	学会与北京师范大学全国文艺学研究中心联合召开	河北北戴河
2007年6月	“文学理论30年——从新时期到新世纪国际学术研讨会暨中国中外文艺理论学会第四届年会”	学会与北京师范大学、华中师范大学文学院联合召开	湖北武昌
2007年10月	“跨文化视界中的巴赫金”国际学术研讨会	学会与北京师范大学外语学院联合召开	北京
2008年4月	“中国现代美学、文论与梁启超全国学术研讨会”	学会与中华美学学会、杭州师范大学中文系联合召开	浙江杭州
从2008年开始，学会每年主办的学术会议称为“年会”，并定期出版学会“年刊”			
2008年7月	“理论创新时代：中国当代文论改革与审美文化转型研讨会暨中国中外文艺理论学会第五届年会”	学会与北京师范大学、陕西师大、兰州大学、西北大学、青海民族学院中文系联合召开	青海西宁
2009年7月	“新中国文论60年国际学术研讨会暨中国中外文艺理论学会第六届年会”（换届）在贵阳召开	学会与贵州大学、贵州师范大学、贵州民族学院联合召开	贵州贵阳
2010年4月	“文学理论前沿问题研究学术研讨会暨中国中外文艺理论学会第七届年会”	学会与扬州大学文学院联合召开	江苏扬州
2011年6月	“国外马克思主义文论与中国当代文论建构国际会议暨中国中外文艺理论学会第八届年会”	学会与四川大学文学院联合主办	四川成都
2012年8月	“21世纪的文艺理论：国际视域与中国问题”国际学术研讨会暨中国中外文艺理论学会第九届年会	学会与山东师范大学联合举办	山东济南
2013年8月	中国中外文艺理论学会第十届年会暨“文学理论研究与中国文化发展”学术研讨会	学会与湖南师范大学联合主办	湖南长沙
2014年8月	中国中外文艺理论学会第十一届年会暨“面向时代的文学理论与批评”国际学术研讨会	学会与河南大学联合主办	河南开封
2015年10月	中国中外文艺理论学会第十二届年会暨“当代中国文论的话语体系建构”学术研讨会	学会与湖北大学联合主办	湖北武汉

续表

时间	会议主题	主办单位	地点
2016年8月	中国中外文艺理论学会第十三届年会暨“文艺理论：传统与现代”学术研讨会	学会与江苏师范大学联合主办	江苏徐州
2017年8月	中国中外文艺理论学会第十四届年会暨“新时期以来我国文论发展的理论成就”学术研讨会	学会与辽宁大学联合主办	辽宁沈阳
2018年11月	中国中外文艺理论学会第十五届年会暨“新时代文艺理论的创新”学术研讨会	学会与中国文学批评研究会和深圳大学联合主办	广东深圳
2019年10月	中国中外文艺理论学会第十六届年会暨“中国文论70年经验总结与反思”学术研讨会	学会与中国文学批评研究会和湘潭大学联合主办	湖南湘潭

附录二 《中外文论》来稿须知及稿件体例

一 来稿须知

1.《中外文论》主要收录学会年会参会学者所提交的会议交流论文，也接受会员及从事文艺理论研究的国内外学者的平时投稿，学术论文、译文、评述、书评及有价值的研究资料等均可。

2. 本刊已被《中国学术期刊网络出版总库》及 CNKI 系列数据库收录。与会学者或会员投稿必须是首发论文；论文要求完整，不能是提要、提纲。

3. 来稿字数最长一般不要超过 1 万字，特殊稿件可略长一些，但最好控制在 1.5 万字以内。凡不同意编辑修改稿件者，请在来稿中注明。

4. 由于编校人员有限，所提交论文务请符合年刊稿件体例格式。稿件请在文末注明作者详细联系地址、电话号码、电子邮箱等，以便联系。

5.《中外文论》辑刊出版时间为 6 月下旬出版第 1 期，12 月下旬出版第 2 期。全年征稿，来稿请发至本刊专用邮箱：zgwenyililun@126.com。稿件入选后，将以邮件方式通知论文作者。

6. 本刊出版后，我们将免费为作者提供样书一本；凡按时缴纳学会会费的学会会员，可在学会年会召开期间免费领取样书一本。

7.《中外文论》期待专家学者惠赐稿件，也欢迎对本刊工作提出宝贵意见。

二 稿件体例

1. 论文请用 A4 纸版式，文章标题为三号黑体，二级标题为小四号宋体加粗，正文一律用五号宋体，正文中以段落形式出现的引文内容为五号字仿宋体，并整体内缩 2 字符。注释一律采用自动脚注形式，每页重新编号。

2. 论文请以标题名、作者名（标题下空一行，多位作者请用空格隔开）、作者单位（包括单位名称、所在省市名、邮政编码，各项内容用空格隔开，内容置于圆括号内，位于作者名下一行）、摘要内容（约 200 字，位置在作者单位下空一行）、关键词、正文（关键词下空两行）、参考文献（正文下空一行）顺序编排。

3. 文章请附作者简介与课题项目（若为课题项目成果），作者简介一般应包括姓名（含出生年份，出生年份请置于小括号内，后用连接号并后空一格，如：1970—）、籍贯、工作单位、职称、学位等内容；课题项目请标明项目名称与编号。作者简介与课题项目两项内容，请以自动脚注形式，脚注序号位于作者名右上角。

4. 标题文字应简明扼要，文中二级标题序号一般用“一、二、三……”形式标出，文中出现数字顺序符号，要以“一”“（一）”“1.”“（1）”级别顺序排列。阿拉伯数字表示序号时，数字后使用下圆点。

5. 数字用法请严格执行《出版物上数字用法的规定》这一国家标准。数字作为名词、形容词或成语的组成部分时，一律用汉字，不用阿拉伯数字。整数一至十，如果不是出现在具体统计意义的一组数字中，可以用汉字，但要照顾到上下文，以保持局部体例上的一致。

6. 标点符号一律按国家公布的《标点符号使用方法》的规定准确地使用，外文字母符号应采用国际通用标准，必须用印刷体，分清正斜体、大小写和上下角码。连接线一般使用“一”字线，占一个汉字的位置。

7. 稿件所引资料、数据应准确、权威，应以原始文献和第一手资料为原则。凡引用他人观点、数据、资料等，无论是否发表，无论纸质、电子版、网络资源或转引文献，均应详细注释。对已有学术成果的介绍、评论、引用，应力求客观、公允、准确。

8. 注释格式要求。

（1）所有经典著作引文必须使用最新版本。一般中文著作的标识次序是：著者姓名（多名著者间用顿号隔开，编者姓名应附“编”字）、篇名、出版物名、卷册序号（放入圆括号内）、出版单位、出版年、页码，顺序标出。

例如：孙中山：《三民主义》，《孙中山选集》（下卷），人民出版社 1956 年版，第 597、599 页。

（2）古籍的标识方式：可以先出书名、卷次，后出篇名；常用古籍可不注编撰者和版本，其他应标明编撰者和版本；卷次和页码应使用阿拉伯数字。

例如：《史记》卷 25《李斯列传》。

《后汉书·董仲舒传》。

《温国文正司马公集》卷 32，四部丛刊本。

（3）期刊报纸的标识方式如下：

例如：朱光潜：《研究美学史的观点和方法》，《文学评论》1978 年第 4 期。

周扬：《三次伟大的思想解放运动》，《人民日报》1979 年 5 月 7 日。

（4）译著的标识方式：应在著者前用方括弧标明原著者国别，在著者后标明译者姓名。

例如：［匈］卢卡奇：《历史与阶级意识》，杜章智、任立、燕宏远译，商务印书馆

1992 年版，第 100—102 页。

（5）外文书刊的标识方式，请遵循国际通行标注格式。

编辑部地址：北京市建国门内大街 5 号中国社会科学院文学所 732 室

邮政编码：100732

电话：010 - 85195467（仅限周二拨打）

E - mail：zgwenyililun@126. com

本刊声明

为适应我国信息化建设，扩大本刊及作者知识信息交流渠道，本刊已被《中国学术期刊网络出版总库》及 CNKI 系列数据库收录，如作者不同意文章被收录，请在来稿时向本刊声明，本刊将做适当处理。